空《そら》の幻像

アン・クリーヴス

ペレス警部のもとに、アンスト島でエレノアという女性が失踪したとの知らせがはいる。彼女はテレビ番組の制作者で、親友の結婚式への出席と取材を兼ねて、夫や友人たちと島を訪れていた。現地に渡ったペレスが捜索をはじめてまもなく、エレノアは死体で発見される。島に伝わる少女の幽霊――1930年に溺死した“小さなリジー”のことを取材していた彼女は、失踪する前日に「浜辺で踊る白い服の女の子を見た」と話していたが、そのことと事件との関係は……。シェトランド諸島を舞台に、繊細かつ大胆に織りあげられた、現代英国本格ミステリの優品。

登場人物

エレノア・ロングスタッフ……テレビ番組制作者
イアン・ロングスタッフ……エレノアの夫
ポリー・ギルモア……エレノアの友人
マーカス・ウェントワース……ポリーの恋人
キャロライン・ローソン……エレノアの友人
ロウリー・マルコムソン……キャロラインの夫
ジョージ・マルコムソン……ロウリーの父
グルーシェ・マルコムソン……ロウリーの母
サラ・マルコムソン……ロウリーの大伯母、故人
チャールズ・ヒリアー……ホテルのオーナー
デイヴィッド・ゴードン……同、チャールズのパートナー
シーラ・モントゴメリー……エレノアの母
ニール・アーサー……配管工

ヴァイラ・アーサー…………ニールの妻
ルイーザ・ローレンス………アンスト島の教師
エリザベス・ゲルダード……溺死した少女、〝小さなリジー〟
ジミー・ペレス………………シェトランド署の警部
ウィロー・リーヴズ…………インヴァネス署の警部
サンディ・ウィルソン………シェトランド署の刑事
メアリ・ロマックス…………アンスト島の女性警官
ジェームズ・グリーヴ………病理医
ヴィッキー・ヒューイット…北スコットランド警察の犯行現場検査官
フラン・ハンター……………ペレスの婚約者、故人
キャシー・ハンター…………フランの娘

空《そら》の幻像

アン・クリーヴス
玉木　亨　訳

創元推理文庫

THIN AIR

by

Ann Cleeves

ジョゼフ・クラークとその美しい母親に

本書をより良きものにすることに手を貸してくれた方々（わたしのエージェントであるサラ・メングックとモーゼズ・カルドナ、担当編集者のキャサリン・リチャーズ）に感謝いたします。パン・マクミラン社のジェレミーとベッキーとエマとサムのチーム、アンディ・ベルショーのグループにも感謝いたします。シェトランドの友人たち、ありがとう。イングリッド・ユーンスンとジム・ディクソンは、美味しい食事を提供し、いい話し相手になってくれました。メアリ・ブランスは、シェトランドにかんするあらゆることで助言をくれました。スティーヴンとシャーロットからは本書のアイデアを、その他大勢の方からは紅茶とビールとお話を提供していただきました。本書における誤りは、すべて作者の責任です。アンスト島ではｉＰｈｏｎｅ《アイフォーン》でメールを送ることができないのは承知していますが、これはフィクションです。最後に、困ったときにはいつでもわたしを救ってくれる妖精エレインに、シャンパンで乾杯。

空《そら》の幻像

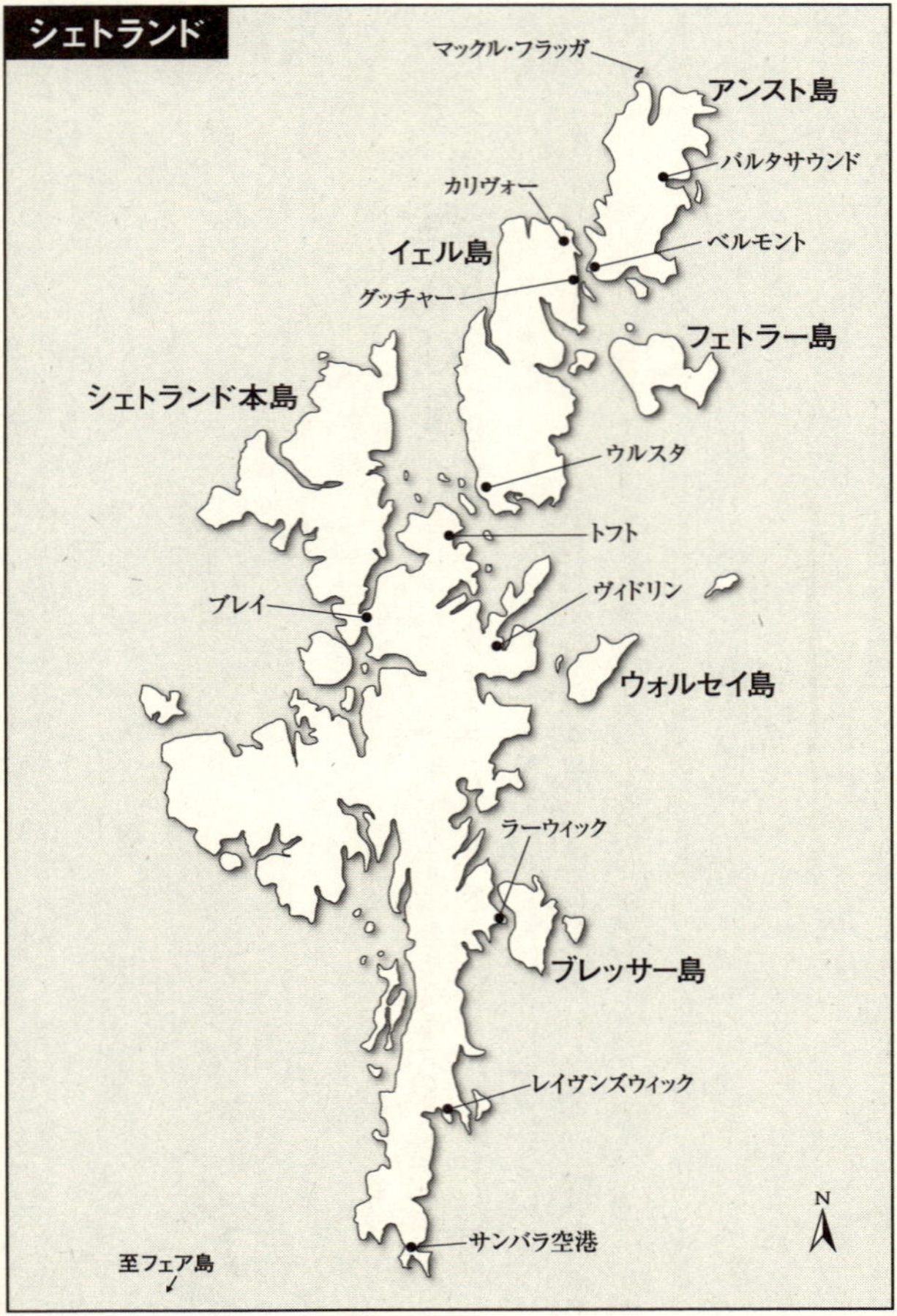
シェトランド
マックル・フラッガ
アンスト島
バルタサウンド
カリヴォー
ベルモント
イェル島
グッチャー
フェトラー島
シェトランド本島
ウルスタ
トフト
ヴィドリン
ブレイ
ウォルセイ島
ラーウィック
ブレッサー島
レイヴンズウィック
N
サンバラ空港
至フェア島

1

バンドの演奏がはじまろうとしていた。ヴァイオリン《フィドル》とアコーディオンのあいだで和音がひとつ奏でられ、そのあとで息をのむ静寂がつづく。ポリーの脳裏に目のまえの光景が写真のようにくっきりと焼きつけられたつぎの瞬間、メオネスの集会場全体が踊っていた。アバディーンから十三時間かけて夜行フェリーでシェトランド本島のラーウィックに着いたとき、ポリーはひさしぶりに踏んだ地面が足もとで揺れているのを感じていたが、これもまた、そのときとおなじ錯覚だった。音楽が壁や床から跳ね返り、人びとを椅子から立ちあがらせて、部屋の中央へと押しやっていた。垂木に飾られた手作りの旗布や風船までもが踊っているように見えた。奏でられる音楽のリズムにあわせて、人びとの頭が上下に動き、つま先が床を叩く。パーティ用におめかしした子供たちが手拍子をとり、年輩の親戚たちが踊りにくわわろうと椅子から重い腰をあげようとしていた。若い母親が膝の上で赤ん坊を軽く揺すっていた。花婿のロウリーがキャロラインの手をとってダンスフロアへと誘い、いま一度、自分の一族に新婦をお披露目した。

これはロウリーの里帰り結婚式だった。彼はシェトランド人で、長年にわたる交際期間をへて、ついにキャロラインから結婚するよう説得――もしくは、強要――されたのだ。正式な結婚式は、キャロラインの実家のあるケントのちかくでおこなわれた。そして、花嫁の親友ふたりは祝宴を最後まで見届けるべく、それぞれ自分のパートナーをともなって、シェトランド諸島の最北端に位置するアンスト島までついてきたのだった。

「彼女、光り輝いてるわね」ポリーの椅子のかたわらで、しゃがみこんでいたエレノアがいった。

エレノアとポリーは学生時代からキャロラインを知っており――三人は同志であり、そのなかでキャロラインは理性の声だった――ケントで花嫁の付き添いをつとめたあとで、いままたロンドンでいっしょにえらんだクリーム色の絹のドレスに身を包み、里帰り結婚式に参加していた。花嫁のあとについて部屋をひとまわりし、こうしてあらためてキャロラインの優美で落ちついた物腰と高価なドレスに見惚れていた。

「彼女は大学の新入生歓迎期間中にロウリーをはじめて目にしたときから、こうなることを願っていた」エレノアがつづけた。「彼女がその望みを達成するであろうことは、当時からわかっていたわ。われらがキャロラインは、こうと決めたら最後までやり遂げる人だから」

「ロウリーは、それをあまり気にしていないみたいよ。結婚してから、ずっとにやけっぱなしだもの」

エレノアが笑った。「最高じゃない？」

こんなにしあわせそうなエレノアを見るのは数カ月ぶりで、「ほんと。すごく楽しいわ」とポリーはこたえた。彼女はこういう社交の場であまりリラックスできたためしがないのだが、今夜は実際かなり愉快な気分になっていた。エレノアにほほ笑み返すと、一瞬、つながりとやさしさを感じる。両親を亡くして以来、ポリーにとってはこの友人たちが唯一の家族だった。とはいえ、こんなふうに感傷的になっているのは、酔っているせいにちがいなかった。

「そろそろ夕食がはじまるわ」エレノアが演奏の音に負けじと声を張りあげた。頬が紅潮しており、目は熱があるかのようにきらきらと輝いていた。「花嫁と花婿の友人は給仕を手伝わなくちゃ。そういう仕来りだから」

音楽がやみ、客たちから歓声と拍手があがった。ポリーの恋人マーカスは、ロウリーの母親と踊っていた。彼のステップはいいかげんだったが、それでも潑剌とした足さばきだった。音楽がつづくなか、彼が跳ねるような足どりでちかづいてきた。

「夕食の時間よ」エレノアがマーカスにいった。「組み立て式のテーブルを用意するのを手伝って。イアンはもうはじめてるわ。わたしたちもすぐにウェイトレスとして参加するから」

マーカスはポリーの頭に軽くキスをすると、姿を消した。楽しんでいるかと彼に訊かなかった自分を、ポリーは誇らしく思った。彼女はマーカスとの関係に自信がもてずに、しょっちゅう確証を得ようとしていた。そして、そうした言動に彼がいらついてきていることに、気がついていた。

小さいほうの部屋には、すでに男性陣によってテーブルと長椅子が用意されていた。ロウリーの友人たちが客たちにスープのはいったマグカップを配り、エレノアとポリーはトレイをもつ係だった。エレノアはこの状況を大いに楽しんでいた。これ見よがしに年輩の男たちといちゃつき、注目を浴びて喜んでいた。スープのあとには、〝バノック〟と呼ばれるパンと、大皿に盛った羊肉とコーンビーフ——ロウリーがいうところの〝バノックと肉〟——が出された。ポリーは菜食主義者なので、キッチンから大皿をはこぶあいだ、指の先にある山盛りの肉にすこし吐き気をおぼえた。パーティのあいだじゅう、なんとなく頭がぼんやりとしていた。まえの晩に船の上で十三時間すごし、そのあとで一日じゅう屋外にいたせいだ。この北の地の夜の奇妙な明るさのせいだ。エレノアがひどくはしゃいでいるせいだ。ポリーは紅茶をすすり、ウエディング・ケーキをすこしかじった。足の下でまだ船が揺れているような気がした。

食事が終わると、ポリーはマーカスといっしょにテーブルのかたづけを手伝った。それから、ふたたび演奏がはじまり、彼女は辞退したにもかかわらず、八人《エイトサム》で踊るリールに参加させられた。気がつくと、輪の真ん中にいて、男性から男性へと手渡され、ぐるぐるとまわっていた。ポリーの相手はロウリーの父親で、腕をからめて勢いよくまわっていると、彼女の足は床から浮かびあがりそうになった。ポリーは彼のことを老人だと考えており、その力強さに驚かされた。一瞬、予想もしなかった性的衝動が身体を駆け抜ける。演奏が終わったとき、ポリーは自分が震えていることに気がついた。身体を動かしたのと、奇妙な興奮をおぼえたせいだ。エレノアもマーカスも姿が見えなかったので、ポリーは空気を吸いに外へ出た。

時刻は十一時ちかいはずだったが、あたりはまだ明るかった。ロウリーによると、この白夜のような状態をシェトランドでは〝夏の薄闇〟と呼ぶのだという。はるか北に位置しているので六月には夜でも空が完全に暗くなることがなく、実際、いまも浜辺は灰色と銀色に染めあげられていた。ポリーは仕事で民話を分析しており、シェトランドで醜いこびと《トロール》――不思議な力をもつ小さな人びと――の伝説が生まれてきたわけが理解できた。劇的な季節の変化と、この奇妙な明るさが原因にちがいない。それをテーマに論文を書いてみてもいいかもしれなかった。北欧の研究者が興味を示すかもしれない。

うしろの集会場では、つぎの曲の演奏が終わろうとしていた。笑い声。そして、キッチンで皿洗いをする音。眼下の浜辺で、ふたり連れが腰をおろして煙草を吸っているのが見えた。人影しかわからなかった。そのとき、どこからともなく浜辺に小さな女の子があらわれた。白いドレス姿で、このほのかな明るさのなかで輝いているように見えた。レースで飾られたウエストの高いドレス。髪につけた白いリボン。少女は両手でスカートをつまんで大きくひろげると、頭のなかの音楽にあわせて砂浜をスキップしながら踊っていた。やがて、少女はポリーのほうにむきなおると、すごくかしこまってお辞儀をしてみせた。ポリーは立ちあがって、拍手をした。

ほかにこれを見ている大人はいないかと、ポリーはあたりを見まわした。会場では気がつかなかったが、少女はきっと両親といっしょにパーティにきているにちがいなかった。もしかすると、下の浜辺にすわっているふたり連れがそうなのかもしれない。だが、ポリーがふたたび波打ちぎわに目をやると、すでに少女の姿は消えており、そこにはかすかな光を放つ月が水面に映っているだけだった。

2

メオネスの集会場でのパーティがおひらきになると、新婚夫婦は新郎の実家にひきあげ、ポリーたちは四人で借りた〝スレッツ〟という休暇用のコテージまで歩いて戻った。いま、ふた組のカップル――ポリーと恋人のマーカス、エレノアと夫のイアン――は眠れずに、コテージのテラスに出て白い木製の椅子に腰かけ、潮がひくのをながめていた。聞こえるのは、水の音と自分たちのささやきかわす声だけだった。ときおり、大きなグラスにワインを注ぐ音が響いた。ポリーはふたたびめまいをおぼえており、やはりそれを飲みすぎのせいにした。ほかの三人のほうへ注意を戻すと、いつのまにか会話がはじまっていた。

「ロウリーの従姉妹の子供を見た?」エレノアの声には、羨望の響きがはっきりと聞きとれた。

「まだ生後四週間で、ヴァイラっていうの」

エレノアは三十六歳で、ひどく子供を欲しがっていた。後期流産を体験しており――生まれてくるはずの赤ん坊は、女の子だった――ほかの三人はなんといっていいのかわからずに、長い沈黙がつづいた。

「きょうの午後、あなたたちが散歩に出ていたときに、すごく奇妙なものを目にしたわ」エレノアがつづけた。どうやら、話題を変えることにしたようだった。ほかのみんなが赤ん坊の話に気まずさをおぼえていることに、気づいたのかもしれなかった。「小さな女の子が浜辺で踊っていたの。全身白ずくめで、昔風のパーティ・ドレスを着ていた。ひとりでいるには幼すぎるような気がしたけど、わたしが声をかけようとちかづいていくと、もういなくなっていた。跡形もなく消えていたの」

「なにがいいたいんだい？」エレノアの夫がいった。その口調にはからかうような響きがあったが、同時に思いやりも感じられた。「まさか幽霊を見たとでも？」

ポリーはなにもいわなかった。自分が砂浜で目にした踊る女の子のことを思いだしていた。

「わからない」エレノアがいった。「こういうところにくると、幽霊の存在を簡単に信じられそうだわ。さまざまな過去が、すぐそこに埋まっているんだもの。仕事のために調査して出くわした体験談のなかには、すごく説得力のあるものもいくつかあった。大勢の人から話を聞いたけど、みんな自分が超自然的なものに遭遇したと本気で信じているようだった」

「どうせ、変人ばかりだろ」

「そんなことないわ！　ごくふつうの人たちが、ふつうでない体験をしているのよ」

「きみはいま休暇でここにいるんだ」イアンがいった。「会社やあたらしい企画のことを考える必要はない。そんなことしてたら、また病気になるぞ。なにもかも忘れて、リラックスするんだ」ポリーとマーカスは落ちつかない笑い声をあげた。イアンがこの気まずい状況を上手く処理して、ふたたび夜を楽しめるようにしてくれることを願っていた。

そのとき、ポリーはふと思った。イアンがシェトランドへくることに同意したのは、ポリーとマーカスもいっしょだとわかっていたからではないのか？　彼は自分の妻とふたりきりでいることに耐えられないのだ——たとえ、エレノアの鬱がこのふた月のあいだにいくらか改善されてきていようとも。エレノアが流産したあとで、イアンは妻がおかしくなりかけていると決めつけていた。彼が赤ん坊を望んでいたのかどうかさえ、ポリーはよくわからなかった。もしかすると、イアンはただ出会ったころのエレノアを取り戻したいだけなのかもしれなかった。お洒落で、とてもわかりやすくて、悪ふざけやいたずらが大好きな楽しい女性を。

エレノアの顔は紅潮していた。彼女はテレビ業界で働いており、ふだんは酒にのまれたりしないのだが、今夜は夕方からずっと飲みつづけで、さすがにすこし酔っぱらっているように見えた。「あなた、わたしの頭がまたおかしくなりかけてると思っているんじゃない？　精神病院に送り返したほうがいいんじゃないかと？」エレノアは海をみつめたままいった。「さもなければ、わたしが作り話をしていると？　注目を集めるために」

ふたたび沈黙がたれこめた。ポリーは一瞬、自分も白いドレス姿の少女を浜辺で見かけたことを口にしかけたが、そのまま黙っていた。一種の裏切りだった。

「そりゃ、きみが死後の世界からきた幽霊を見たと言い張りつづけていたならね」イアンの口調はそっけなかった。彼は音響技師で、すこし口下手なところがあった。あきらかにこの会話を馬鹿げたものと考えており、なじみのない分野の話題にとまどってもいた。

外の世界はこの時季としてはもっとも暗くなってきており、その残りすくない光を、海のほうからのぼってきた霧が包みこんでいた。ポリーはぶるりと身体を震わせた。綿入りのジャケットを着ていても、寒かった。「もうなかにはいりましょう」という。「そろそろ寝ないと」

「あなたはわたしの話を信じてくれるでしょ、ポル？」エレノアは学生のころから大人びた妖艶な魅力をたたえた美人で、それに較べるとポリーは栄養不良の地味な子供といえた。イアンが身をのりだして、テーブルの上にある太くて白い蠟燭に火をつけた。炎が揺れ、ポリーはエレノアの目の下のしわに気がついた。ストレスと絶望によるものだ。エレノアは花嫁の付き添いのドレスの上に芝居がかった黒い夜会用のマントを羽織った姿でいった。「きょうの午後、ちょうどどこかで昼寝から目をさますと、すぐそこに小さな女の子がいたの。あなたたちが散歩に出かけていたときよ。それから、その子は消えてしまった。まるで、そのまま海のなかにはいっていったみたいに」

「もちろん、わたしは信じるわ」ポリーは自分が味方であることをエレノアに伝えたかった。彼女が子供の話をしてばつの悪い思いをするのをやめさせたかった。すこし間をおいてから、つづける。「たぶん、わたしも今夜、その少女を見てるわ。夕食のあとで、ひと息つこうと集会場の外に出たの。そのとき、少女が浜辺で遊んでいるのが見えた。でも、その子が幽霊だとは思わない。きっと、パーティのために着飾った地元の子供よ。そして、きょうの午後は消えたんじゃなくて、走って家に戻ったの」今夜自分が見かけた少女も目を離した隙に消えてしまったことは、黙っておいた。そんなことをいえば、エレノアの妄想を助長するだけだろう。イアンとおなじく、ポリーもかつてのエレノアを取り戻したいと考えていた。かつての親密さを。その笑い声やおふざけを。

ポリーが立ちあがってグラスをコテージのなかへはこんでいくと、男たちもあとにつづいた。マーカスはいまのやりとりをどう思っただろう、とポリーは考えていた。彼はポリーのあたらしい――とりあえず、つきあいはじめてからまだ日の浅い――恋人だった。自分たちがカップルであることを、ポリーはいまだに信じられずにいた。彼のことを考えるたびに、十代の少女のようにくすくすと笑いたくなった。里帰り結婚式への同行を打診したとき、彼からはすぐに返事がかえってきた。「真夏のシェトランド？　もちろん、いくよ」彼女の心をまず鷲づかみにした、あの男子学生のような満面の笑みを浮かべていう。「それに、北へ旅するなら、アンスト島以上の場所はない。イギリス国内で最北端のところなんだから」マーカスにとって人生とは、まさにあたらしい体験をすることのようだった。

キッチンの窓越しに、エレノアがまだ外のテラスにすわっているのが見えた。霧がコテージまで忍び寄ってきており、その姿は氷の像がゆっくりと溶けていくような感じでぼやけていた。ポリーはドアのところへいき、大声で彼女に呼びかけた。

「なかにはいったら。風邪ひくわよ」

エレノアが手をふった。「あとすこし。すぐいくわ」彼女はそういうと、蠟燭を吹き消した。自分の部屋へむかおうとしたとき、ポリーは波打ちぎわで踊る白い人影が見えたような気がした。

3

　ふだん、ジミー・ペレスはキャシーといっしょに徒歩で丘を下って、レイヴンズウィック小学校までつきそうようにしていた。キャシーをひとりでいかせることもあったが、そういうときは、彼女がどんな天気のときでもかぶっているフェア島《アイル》の模様の赤い紐つき帽子――ペレスの母親が編んでくれたもの――が学校のなかに消えるまで、家からずっと見守っていた。このキャシーの安全にかんする強迫観念は、罪の意識と、彼女が自分の子供ではないというところからきていた。彼はキャシーの世話を託されたのであり、それを誇らしく思うと同時に、責任の重さを感じていた。

　今週末、キャシーは実の父親のところにおり、遅番のペレスはゆっくりと家で――礼拝堂を改装したフランの家で――すごしていた。ラーウィックにある自分の家をどうにかしなくては、という考えがふたたび頭に浮かんでくる。そこを売るところまでは、まだ踏ん切りがついていなかった。自分の身になにかあった場合、それが財政面でキャシーを守ってくれるのではないか、という思惑もあった。キャシーの実の父親は昔から金に不自由したことがないように見えたが、ペレスにいわせれば、彼は無責任で軽率な男だった。ラーウィックの家をキャシーに残しておけば、大学の学費とか、彼女の最初の家の頭金くらいにはなるかもしれない。町なかの不動産は、田舎の物件よりも高い値がつくのだ。とはいえ、住居が不足しているこのご時世にあそこを空き家のままにしておくのは、犯罪にひとしいことに思えた。それに、誰も住んでいないと、あの家はすぐに湿気てしまう。ペレスは仕事へいくまえに町の不動産屋に立ち寄り、そこを貸し出すことを検討してみることにした。まえの年にフランが亡くなったときには、こうしたちょっとした用事でも、とてもこなせないと感じられたものだった。それがいまでは自分から対処しようと考えられるようになっており、そのことにふと誇らしさをおぼえた。

そのとき、携帯電話が鳴りはじめた。同僚のサンディ・ウィルソンだった。ペレスが彼のことを〝同僚〟と考えるようになったのはつい最近のことで、それまではどちらかというと、指導して見守ってやらなくてはならない子供とみなしていた。

「アンスト島で女性がいなくなりました」とはいえ、サンディからくわしい情報をひきだすには、いまだにこちらからの働きかけが必要なようだった。

「どういう女性だ？」ふた月前ならば、ペレスは腹をたて、苛立ちを表にあらわしていただろう。いまでもまだ、彼はふさぎこむことがあった。夜遅く、悲しみと罪の意識に苛まれて眠れないときに、世の中を憎んだりすることも。だが、キャシーのために朝食を用意するとき、彼はまともにふるまわなくてはならなかった。そして、それはほかのあらゆること同様、練習を積み重ねることで簡単にできるようになってきていた。

「旅行者です。名前はエレノア・ロングスタッフ。年齢は三十六歳。住まいはバタシーです」間があく。「ロンドンの。彼女は旦那やもうひと組のカップルといっしょに、メオネスにある休暇用の貸し家に滞在していました。かれらはロウリー・マルコムソンの里帰り結婚式に出席してから、そのコテージに戻って、真夜中ごろに何杯か飲んだ。そして、エレノアだけを外のテラスに残して、ほかの三人はベッドにはいった。ところが、けさ起きだしてみると、彼女の姿はどこにもなかった。跡形もなく消えていたんです」

ペレスは考えた。「彼女がベッドにこなかったことに、夫は気がつかなかったのか？」

「その点は夫に確認しました」サンディはいつでも自分が批判されていると考えており、むきになることがあった。「彼は眠りが深いんだそうです。それに、さっきもいったとおり、みんなかなり飲んでました」

「彼女が予備の寝室で寝たってことはないのか？　それか、ソファで？　そして、けさになってから黙って出かけたとか？」それならば、焦る必要はなかった。たとえ、そのエレノアという女性がアンスト島で見つからなくても、いまごろはもうフェリーが運航をはじめているから、ほかの島へ渡ることができる。彼女はひとりになる必要があると感じただけかもしれなかった。もしくは、自然豊かな田舎が肌にあわずに、都会へ逃げ帰ったのかも。夫と喧嘩した可能性もあった。だが、彼女が夜遅くに姿を消したのなら、その場合はフェリーは使えなかっただろう。イギリス国内で最北端の島から逃げだすことはできない。ただし、ずっと飲んでいた女性が朝まだきに小道からそれて崖のほうへ迷いこむことは、考えられなくもなかった。白夜の奇妙な明るさは、人の感覚を狂わせることがあるからだ。

「それはわかりません」サンディがいった。「イアンって旦那によると、奥さんはこのところ本調子ではなかったとか。気分が落ちこんでいたそうです。赤ん坊を亡くしたとかで」

「彼女は自殺したのかもしれない、と旦那は考えているのか？」

「そうはいってませんでしたけど、たぶん、そのことが頭にあるんでしょう。動揺した声を出してました。いますぐ警察にきてもらいたがってます」サンディが言葉をきった。「できるだけはやくそちらへむかう、といっておきました。あそこはメアリ・ロマックスの管轄ですけど、彼女はいま本土に出かけてます。なので、沿岸警備隊に捜索をはじめるよう指示しておきました。かまわなかったですか？」

「完璧だ」ペレスはいった。きょうは晴れていて風がないので、シェトランド諸島の北の島々へ旅するにはもってこいだった。「フェリーの予約をとっておいてくれ。ラーウィックでおまえを拾っていくから」


トフトに着いたとき、本島からイェル島へむかうフェリーはすでに接岸していた。かれらの車は予約した列の二台目だったので、ほとんど待たされずに乗船できた。ペレスとサンディは、乗客室にある自動販売機で買った不味いコーヒーを飲んでいた。海面ちかくを飛ぶフルマカモメをながめながら、ペレスはきょうが休みの日のように感じていた。ずる休みだ。自分の携帯電話に目をやり、サンディにも確認するようにいう。電波は届いたり届かなかったりで、これでは失踪した女性がふたたび姿をあらわしていたとしても、こちらは知りようがなかった。メオネスに着いてみたら、そこには問題の女性がいた、という展開をペレスは期待していた。そのときの女性の様子を想像する。警察に迷惑をかけた埋め合わせに、コーヒーか昼食を勧めてくる。大きな騒ぎになってしまったことを恥じ、過剰に反応した夫にすこし怒っている。彼とサンディはラーウィックにひき返し、結局は半日を無駄にしただけですむ。だが、フェリーがイェル島のウルスタに到着して、携帯電話がふたたびつながるようになっても、なんの知らせもはいってこなかった。ペレスはなぜか妙に気がせいて、北へむかって車を飛ばした。グッチャーに着くと、ちょうどアンスト島行きのフェリーが出ていくところで、つぎの便まで待たなくてはならなかった。ペレスは額と背中が緊張でこわばってくるのを感じていた。フランが亡くなったのも、やはり三十六歳のときだった。

フェリーがアンスト島のベルモントに着いたとき、そこには南へむかうフェリーを待つ子供たちの一団がいた。学期末の遠足で、ラーウィックにいくところなのだろう。なかには、きちんと着飾った子供もいた。くすくす笑いながら、シェトランド本島へむかうバスに乗りこんでいく。これがなんの行事なのか、ペレスはサンディにたずねてみようとした。サンディは、うわさ話好きの女性とおなじくらい熱心に『シェトランド・タイムズ』に目をとおしているのだ。だが、彼はいま膝の上に地図をひろげてメオネスへの行き方を調べることに集中しており、邪魔をしないほうがよさそうだった。

その休暇用の貸し家は、白塗りの細長い平屋の建物だった。海のちかくにあって、陸側が砂利になっている三日月形の砂浜に面していた。もともとは牛小屋つきの農家だったのかもしれないが、休暇で訪れる旅行客向けに上手く改装されていた。海側に木製のテラスがついていて、そこではいまひと組のカップルがすわって警察の到着を待っていた。ペレスは車から降りながら、カップルを観察した。女性のほうは痩せていて、青白い顔をしていた。角張った興味深い顔。フランなら、きっとそれを絵に描きたがっただろう。首のうしろでまとめられた長い髪。ジーンズに、木綿のセーター。ペレスたちを出迎えようと、女性がちかづいてきた。「なにかわかりましたか？　イアンは車で彼女をさがしにいきました。でも、ずいぶん時間がたつのに、まだなんの連絡もなくて」彼女の目は灰色で、猫のように斜めに吊りあがっていた。そのしゃべり方には、かすかにイングランドの訛りがあった。

ペレスは自己紹介をした。

「ポリー・ギルモアです。こちらは恋人のマーカス・ウェントワース」

「それで、あなたがたはロングスタッフ夫妻といっしょにここに滞在しているんですね」

「ええ。わたしたちはロウリーとキャロラインの結婚パーティのためにきたんです。四人でこれを休暇旅行にしようと考えました。静養みたいな感じで」ポリー・ギルモアの目は、ほとんどまばたきをすることがなかった。

「ミセス・ロングスタッフには静養が必要だったんですか？」テラスまでくると、ペレスはテーブルをはさんでマーカス・ウェントワースのむかいにある木製の椅子に腰をおろした。サンディは家の壁にもたれかかって、なるべく目立たないようにしていた。

沈黙がながれた。もしかすると、こういう質問を予想していなかったのかもしれなかった。

「言い換えると」ペレスはいった。「ミセス・ロングスタッフには逃げだしたくなるような理由がなにかあったんですか？　なにかでつらい思いをしていたとか？」

ポリー・ギルモアはためらった。「エレノアは妊娠後期で流産したんです」という。「最近、すこし気分が落ちこんで入院していたので、ロンドンを離れるのは彼女にとっていいだろう、とイアンは考えていました」

ペレスはしばらく、なにもいわなかった。彼はフランと知りあうまえに結婚していたことがあり、そのときに妻が三度の流産を体験していた。そのたびに彼はうちひしがれていたが、それで取り乱すまいと決めていた。そんな彼のことを妻のサラは思いやりに欠けると考え、結婚生活から去っていったのだった。

「エレノアさんは、まだ鬱の治療を受けているんですか？」

ポリー・ギルモアが首を横にふった。「彼女は自主退院したんです。そして、それ以来、治療を拒んでいます。子供を亡くして悲しく感じるのは自然なことだ、といっていました。悲しみを感じなければ、それこそほんとうに病気になってしまうと。実際、最近の彼女はまえよりもずっと調子が良さそうでした。ほとんど以前の彼女に戻っていました」

ふたたび沈黙がながれた。サンディがいらついているのが、ペレスにはわかった。マーカス・ウェントワースも落ちつかない気分になっているらしく、立ちあがった。「コーヒーでもどうです？　ラーウィックからは、車でずいぶんかかりますよね。実際にこちらにくるまで、ここのひろさがよくわかっていませんでした。集落と集落のあいだの距離とか……」その自信たっぷりで落ちついた口調から、彼がいい学校の出身で、望むものを手にいれることに慣れているのが伝わってきた。

「いいですね」ペレスはマーカス・ウェントワースが家のなかへ姿を消すのを待ってから、ふたたびポリー・ギルモアのほうをむいた。「エレノアさんについて、聞かせてください」

ここでようやく、ポリーはまばたきをした。「わたしたちは友だちです。とても親しい。三人いるんです。エレノア、キャロライン、わたし。大学の初日に出会いました。エレノアは、わたしを守ってくれた。そのころから、彼女が成功をおさめるのは誰が見てもあきらかでした。もちろん、美人というのもありました。それは、いまの時代でも助けになります。ちがいますか？　とりわけ、マスコミ業界で働きたいと思ったら」

「彼女はどんな仕事を？」

「大学では演劇をやっていて、卒業と同時にテレビ局に就職しました。最初は使い走りでしたけど、やがて台本校閲人になった。そして、いまは自分でテレビ番組制作会社を立ちあげています。おもにドキュメンタリー番組をチャンネル４やＢＢＣに提供しているんです」

「ストレスの大きそうな仕事ですね」ペレスは小さく笑った。会社を経営したりロンドンで暮らしたりするのがどういうものなのか、彼には想像がつかなかった。ひらいたドアのむこうのキッチンから、コーヒーの匂いが漂ってきた。美味しそうなコーヒーの匂いを嗅ぐと、彼はいまでもフランのことを思いだした。

「ネルはストレスを糧にしているんです。そこから生気を得ている。それに、わたしの知るかぎりでは会社は順調にいっています。でも、妊娠となると話はべつでした。彼女の力ではどうにもならなかった。たぶん、彼女がなにかで挫折を味わうのは、あれがはじめてだったんでしょう」

「彼女は自殺した、とあなたは考えているんですか？」

その質問にポリーはぎょっとしたように見えたが、すぐに返事がかえってきた。「いいえ。まったくそんなことは考えてません。ネルは闘士です。決してあきらめない。いま彼女はある企画に取り組んでいて、それを途中で放りだすようなことは絶対にありません」

「その企画というのは？」ペレスはマスコミ業界のことをなにも知らず、途方に暮れていた。テレビを観るのはキャシーといっしょにいるときくらいで、たいていはＢＢＣの子供向け放送とかディズニー・チャンネルだった。

「幽霊にかんするドキュメンタリー番組です。現代の幽霊をとりあげた企画で、わたしが〝小さなリジー〟の話をすると、彼女はとても喜んでいました」

「どこでその話を？」〝小さなリジー〟の幽霊について知っている人間がシェトランドの外にもいることに、ペレスは驚いていた。

「わたしは司書です」ポリーがいった。「民話やイギリス国内の神話や伝説を専門とする」いったん言葉をきる。「ネルは仕事人間で、それにかんしては中毒にちかいものがあるかもしれません。ここに滞在しているあいだに、〝小さなリジー〟を目撃した人たちにインタビューできるんじゃないか——そう考えて、デジタル式の録音機《レコーダー》まで持参していました」

〝小さなリジー〟というのは、アンスト島のメオネス近辺で夜遅くにあらわれるとされている幼い少女の幽霊のことだった。彼女は大きな屋敷の娘で、一九三〇年にこのちかくで溺死していた。両親が中年になってからできた子供だったため、この少女の幽霊の出現は妊娠の予兆であるという話もいくつか残っていた。もしかすると、それでエレノアはすごく興味をもっていたのかもしれなかった。だが、ペレスは懐疑論者だった。この幽霊の目撃者は、たいていがすこし酔っぱらった若い男性か新聞に名前を載せたがっている目立ちたがり屋で、彼の知るかぎりでは、誰もそのあとで妊娠してはいなかった。

ポリーはまだなにかいいたそうに見えたが、結局は顔をそむけて、浜辺のほうに目をやった。そこで、ペレスは会話を先に進めた。

「彼女は幽霊に会えるかもしれないと考えて、きのうの晩、ふらふらと道路を歩いていったんでしょうか？」

マーカス・ウェントワースがトレイをもってあらわれた。コーヒーのポットと四個のカップがのっていた。ポリーは彼がトレイをテーブルに置くのを待ってから、返事をした。

「そのほうが、彼女が自殺したと考えるよりもありそうなことに思えます」間があく。「先ほどもいったとおり、彼女はこの企画に夢中になっていました。ですから、ええ、彼女がそういう行動をとっていたとしても、おかしくないでしょう」恋人を見あげる。「そうは思わない？」

「ぼくは彼女のことをよく知らないから。きみとちがって。二度ほど夕食の席で会って、それからアバディーンからここへくるフェリーでひと晩いっしょにすごしただけだ。でも、たしかにきみのいうとおり、自殺しそうな女性には見えなかったな」

「写真をおもちですか？」ペレスはまだ失踪した女性の人物像がよくつかめておらず、姿形が頭にはいっていればもうすこし具体的に考えられそうな気がした。「捜索の範囲をひろげる必要が出てきた場合、写真があれば役にたちます」アンスト島とイェル島を結ぶフェリーの乗組員に見せれば、エレノア・ロングスタッフが朝はやい便でこの島を出たかどうかが確認できるだろう――彼女が徒歩で、車に乗っていなければ。

「印刷した写真はありませんけど」ポリーがいった。「画像がいくつかノートパソコンにはいってます。アバディーンからくるフェリーの船上で撮ったので、つい最近のものです。この家にはＷｉ‐Ｆｉがあるので。さあ、どうぞなかへ」

家の内装は、趣味よくすっきりとまとめられていた。ここがシェトランドであることを感じさせるのは、薪ストーブのまえの羊皮と壁に掛かったツノメドリやカツオドリの写真だけだった。それと、窓から見える素晴らしい景色だ。ノートパソコンはコーヒーテーブルの上にひらいた状態でのっており、ポリーはそのスイッチを入れた。何度かクリックして、写真のおさめられたファイルをひらく。

エレノア・ロングスタッフは黒い目をした女性で、長い髪が風で顔から吹き飛ばされていた。その容貌からすると、ペレスと祖先がおなじだとしてもおかしくなかった（ペレスの先祖は、フェア島沖で難破したスペインの無敵艦隊の船の生き残りといわれていた）。写真はノースリンク社のフェリーの甲板で撮られたもので、エレノアは防水性のアノラックを着て手すりにもたれかかっていた。すくなくとも、その笑顔からはストレスや鬱の徴候はまったくうかがわれなかった。

「なんなら、コピーをメールでお送りしましょうか」ポリーがいった。

ペレスはうなずいて、くわしい連絡先のはいった仕事用の名刺を渡した。送ってもらった画像は、あとでアンスト島の小さな警察署にいって印刷するつもりだった。地域警察官のメアリ・ロマックスはいま島を留守にしているかもしれないが、サンディがその建物の鍵をもってきていた。

キーボードを叩いていたポリーのほっそりとした指が、突然止まった。周囲の人たちを見まわすその顔は、ショックでさらに青白くなっているように見えた。「エレノアからメールが届いているわ。けさはやく。午前二時に送信されてるから、わたしたちがベッドにはいって間もなくのころよ。きっとiPhone《アイフォーン》から送ったのね」

「あけてみるんだ！」マーカス・ウェントワースが肩越しにコンピュータの画面をのぞきこみながらいった。

ポリーが許可を求めて、ペレスのほうを見た。ペレスはうなずき、画面がもっとよく見える位置へと移動した。ポリーがダブルクリックして、メールをひらいた。

あいさつも結びの言葉もなかった。キスをあらわすお決まりのx印さえ。ただ一行だけ。

わたしをさがそうとしないで。そのころには、もう死んでいるだろうから。

4

家の外の小道を車がゆっくりとちかづいてくる音がした。イアンの四輪駆動車だ。ポリーは急いでノートパソコンを切った。そばに立っている警察の人にどう思われようと、かまわなかった。イアンが部屋にはいってきて、みんなが彼の妻からきたメッセージをみつめているところに出くわすと考えると、耐えられなかった。しかも、そのメッセージは自殺者の遺書かもしれないのだ。ポリーはまだ、そのメールが現実のものだとは信じられなかった。ふたたび受信箱をあけたら、消えてしまっているような気がした。集団幻覚というやつだ。

イアンは人間よりも機械を相手にするほうが得意な技術者で、感情とは無縁だった。顔をしかめてドア口に立っているいまも、彼が目のまえの状況をどう考えているのかを読みとるのはむずかしかった。ポリーはつねづね、彼とエレノアは不釣合いなカップルだと考えていた。エレノアは、たくさんの愛情を必要とする女性だった。ふれられ、抱きしめられ、キスされることを求めていた。そんな女性が、どうしてこれほど感情をあらわさない男性に惹かれたのだろう？　これが余計なおせっかいであることは、ポリーも承知していた。もしかすると、自分はただ大学時代の親友を失うのが――彼女たちから切り離されるのが――嫌なだけなのかもしれなかった。とはいえ、キャロラインがロウリーと結婚したときは――思いやりがあって、とてもわかりやすい男性だ――ポリーは心から祝福していた。

それとは対照的に、エレノアがイアンと婚約したとき、ポリーは最初から心配だった。エレノアの結婚式のまえの晩、三人はポリーのフラットに集まって飲み会をひらいた。花嫁とその付き添い、プラス大量の発泡性のワイン。欠かすことのできない儀式だ。

「まだ手遅れじゃないって、わかっているわよね」ポリーはいった。キャロラインはすでに隅の椅子で口をあけたまま、いびきをかいて眠っていた。「無理に最後までやりとおす必要はないのよ。いま中止しても、大丈夫。わたしがかわりに事後処理をするわ」

「中止だなんて、とんでもない」エレノアはぎょっとして、ポリーを見た。まるで知らない人でも見るような目つきだった。「イアンこそ、わたしの望む相手よ。わたしにとって必要な人なの。彼のいない残りの人生なんて、想像できない。あなた、いったいどうしちゃったの？　わたしのために喜べないわけ？　わたしがついに特別な人を見つけたことが妬ましいとか？」

それは三年前のことで、いまだにポリーはエレノアとのあいだにぎくしゃくしたものを感じていた。キャロラインは気づいていなかったが、ポリーはそれを意識して、注意して言葉をえらぶようになっていた。かつてのように――ふたりとも独身だったころのように――感じたことをそのままエレノアにぶつけることができずにいた。今回のアンスト島への旅でふたりのあいだが元どおりになることを、ポリーは望んでいた。

もちろん、エレノアとイアンの結婚は滞りなくとりおこなわれ、ポリーも証人としてその場に立ち会った。そして、三月のそよ風の吹く日に登記所のまえでカメラにむかってほほ笑み、みんなといっしょに写真におさまった。エレノアは夫の苗字に改姓していた（もはや、そうする友人はほとんどいなかったのに）。その日の午後、列席者は大観覧車《ロンドン・アイ》に乗って、シャンパンでロングスタッフ夫妻に乾杯した。それから、エレノアは客たちをパーティへと送りだした。

「夫とわたしはふたりきりになりたいの」輝くような笑みだった。

　キャロラインの結婚をきっかけに、ポリーの脳裏には当時の思い出がすべて甦ってきていた。いまもコテージのドア口に立つがっしりとした体格のイアンをまえにして、そのときのことを思い返していた。ふと馬鹿げた考えが浮かんできた。〝四つの結婚式とひとつの葬式〟（映画《フォー・ウェディング》の原題）ならぬ、〝ふたつの結婚式とひとつの葬式〟だ。自分の口もとににやけた笑みが浮かびかけているのに気づいて、それがストレスのせいだとわかっていても、ポリーはあわてた。

　スペイン風の名前をもつ刑事が――そう、ペレス警部だ――まず口をひらいた。立ちあがって、あらたに登場した人物にむかって自己紹介をする。それから、「奥さんは見つかりましたか？」

　イアンが首を横にふった。彼はふだんから口数がすくなく、いまは全身が硬直しているように見えた。「ロウリーの家にいってみたんだが、誰もいなかった。妻の携帯にかけても、留守番電話につながるだけで」

「ボランティアの沿岸警備隊が捜索にあたっています」ペレス警部がいった。

　イアンはうなずいたが、ドア口から動こうとはしなかった。

「すこし歩きましょう」ペレス警部がいった。「そのほうが、頭がよく働くものです」

彼は思いやりがあるから、みんなのまえでエレノアからきたメールのことをイアンに話したくないのだ、とポリーは思った。

イアンがむきなおり、ふたりの男性は家から出ていった。ポリーとマーカスは、ペレス警部の若い同僚とともに居間に取り残された。マーカスがもっとコーヒーを淹れてこようと立ちあがった。外のテラスからトレイをとってきて、キッチンにもっていく。ポリーは彼に謝りたくなった。あなたをここへ連れてくるんじゃなかった。きっと楽しいだろうし、わたしの友人たちを知ってもらういい機会になると思ったのに、結局は最悪の悪夢になってしまった。だが、若い刑事が目と耳を働かせており、この状況では彼女がなにをいっても誤解されてしまいそうだった。

ポリーはふたつの学位をもち、〈センティマン・ライブラリー〉で立派な仕事についているにもかかわらず、いまだに部屋に知らない人がいると自信がなくなり、所作がぎごちなくなった。しゃべり方と育ちのせいだ。郊外の中流家庭で育った彼女は、両親から知識階級に対する畏怖の念を植えつけられていた。ときどき、イアンも自分とおなじように感じているにちがいない、と確信することがあった。ふたりとも北部の出身で、マーカスやエレノアのような自信――かれらが歯切れのよいしゃべり方や潤沢な財産とともにひき継いできたもの――に欠けていたからだ。もしかすると、ポリーはイアンとくっついたほうがお似合いなのかもしれなかった。エレノアとマーカスなら、お洒落な有名人カップルになれるだろう……。

「きっといい結婚パーティだったんでしょうね」若い刑事がいった。彼が口をひらいたのははじめてで、ポリーは相手がゆっくりとしゃべっているにもかかわらず、その言葉を聞きとるのに苦労した。ロウリーは大学のときからイングランドにきていて、その訛りはときどきからかいの対象になってはいたものの、ここまできつくはなかった。「アンスト島の里帰り結婚式は、昔から盛りあがることで有名なんです」まるで自分も招かれたかったとでもいうような、残念そうな口ぶりだった。

「きのうの晩、たぶんエレノアは家のなかに戻っていないと思うの」ポリーはいった。「テラスのドアには鍵がかかっていなかった。ロンドンからきた人は、必ずドアに鍵をかけるわ。それが習慣になっているから」ポリーは、ずっとそのことを考えていた。

「いまは真夏で、夜になってもなかなか暗くならないので、寝つけずに苦労する人がいます」若い刑事がいった。「それに、きのうはすごく天気が良かったから、あなたのお友だちは散歩に出かけたのかもしれない。こちらでは都会でお目にかかれないような星空を見られますから。ロウリーとその家族は、いまごろメオネスの集会場に戻って、かたづけをしているんでしょう。もしかすると、お友だちもいっしょかもしれない」

「でも、あのメールは?」ポリーは叫ぶようにいった。「どうして、あんなメールを送ってくるの?」

「たちの悪い冗談とか？　それか、誰かにアカウントを乗っとられたのかもしれない」

ポリーはかぶりをふった。エレノアは悪ふざけやいたずらが大好きだが、友人たちをこんなふうに心配させることはないだろう。あのメールを送ったのが彼女ならば、窓の外から様子をうかがっていて、友人たちが心配しはじめるまえに、〝じゃじゃーん。ほら、ひっかかった〟という笑みを浮かべて、部屋に飛びこんでくるはずだ。ポリーは、あのメールがなによりも気になっていた。エレノアのアカウントが乗っとられたというのは、ありえない話ではなかった。

「集会場にいって、確認してきてもかまわないかしら？」ポリーはいった。「ロウリーとキャロラインがそこにいるかもしれないとは、誰も考えてなかったの」

若い刑事の顔に困ったような表情が浮かんだ。彼がどうしていいのかわからずにいるのを、ポリーは見てとった。自分で決断を下すことに慣れておらず、上司にたずねたいと考えているのだ。そこでポリーは、ジャケットをつかんで出ていくことで、彼をその責任から解放した。

「ありがとう。わたしがどこへいったのか、マーカスに伝えておいて」そういうと、彼女はコテージを出た。

空は晴れ渡り、海は日の光を反射してきらきらと輝いていた。イアンとペレス警部が話しこみながら浜辺を歩いていくのが見えたが、ポリーはそれとは逆方向の内陸にむかっていたので、むこうから気づかれることはなかった。その道は狭く、片側には柵が連なり、反対側には車がすれちがうための待避所がところどころに設けられていた。羊が一頭、目のまえに迷いでてきた。すぐに逃げていったが、そのまえに羊毛の脂と踏み潰された草の匂いが鼻をついた。丘に一羽のオオトウゾクカモメがいた。曲がったくちばし。恐ろしげな顔つき。こちらをにらみつけているような感じがする。メオネスは、土地つきの農家にまじって新築の家が点在するだだっぴろい集落だった。スレッツとほかの家のあいだには古い建物の残骸がいくつかあり、壁や境界を示す石塀がワタスゲや野生のアヤメのなかに半分埋もれていた。道がもうすこしひろい道路に合流する地点に、古い公衆電話のボックスと集会場があった。車が二台とまっており、集会場のあけっぱなしの窓からは電気掃除機の音が聞こえていた。ポリーはドアを押しあけ、なかにはいった。正面ホールでは、ロウリーが脚立の上に立って、旗布をはずしていた。彼は大手小売チェーンの会計士をしており、ロンドンではいつもジャケットとネクタイでぴしっと決めていた。だが、いまはスウェットシャツにジーンズという恰好で、頭にはポークパイのような形をしたフェア島《アイル》模様の手編みの帽子をかぶっていた。ポリーに気づいて、にっこり笑うと、手をふってくる。電気掃除機の音は、小さいほうの部屋から聞こえていた。きのうの晩、みんなで夕食をとった部屋だ。掃除機の音がやんで、キャロラインがあらわれた。

「ようやく手伝いにあらわれたわけね!」キャロラインがいった。「遅すぎるくらいよ。もう、ほとんど終わってるわ」彼女は骨太の女性で、髪はブロンドだった。「かたづけがすんだことを祝して、ちょうど一杯やろうと思ってたの。どうやら、それも仕来りらしいから」

「エレノアはきてる?」

「まさか! 彼女、二日酔いでまだ寝てるんじゃないの?」キャロラインは夫から旗布の紐を渡されると、端からそれをまるめはじめた。

「きのうの晩、エレノアはスレッツから消えてしまったの」ポリーはいった。「いまどこにいるのかわからなくて、イアンは心配のあまり、警察を呼んだわ。ラーウィックから警察の人がふたりきて、いま警部がイアンと話をしている。沿岸警備隊が崖のほうを捜索しているところよ」

ロウリーが脚立からおりてきた。「そう遠くへはいっていないはずだ」その口調は淡々としていて、彼がこれを過剰反応だと考えているのがわかった。都会の連中ときたら、犯罪にすごく神経質になっていて、なにを見ても事件だと考えてしまうのだ。もしかすると、ロウリーはかれらが大騒ぎしたことを恥ずかしく思っているのかもしれなかった。女性がシェトランドの変わった夜をひとりで体験したがったせいで、警察は二本のフェリーを乗り継ぎ、ふたつの島を縦断してこなくてはならなかったのだから。だが、すでにお昼ちかくなっているのに、エレノアの姿は依然としてどこにもなかったし、彼女から送られてきた奇妙なメールもあった。

「彼女から、こんなメッセージが届いたの」ポリーは声を冷静に保とうとした。「自分をさがそうとしないでくれ。そのころには、もう死んでいるだろうから」ここまでいうと、ポリーは泣きはじめた。

ポリーはロウリーの実家に連れていかれ、キッチンにある背もたれの高い木製の椅子にすわらされた。紅茶がでてくる。外の明るい陽射しのあとでは、家のなかはすごく暗く感じられた。影と埃だらけだ。調理用こんろの上の横棒には、何十枚もの布巾が干してあった。おそらく、きのうの晩に使用したあとで洗ったものだろう。キッチンは信じられないくらい散らかっているように見えた。色あせた雑誌と毛糸と野菜がごっちゃにあるなかで、どうやったら目的のものを見つけられるというのか？　羊とかびの匂いがかすかにした。ポリーは乱雑なのが大嫌いで、そういうなかにいると肉体的な嫌悪感をおぼえた。こんなに散らかっていたら、恥ずかしくて客を家に招けないのではないか？

ロウリーの両親の姿は、どこにもなかった。

「わかってるわ」ポリーはいった。「こんなふうに取り乱すのは馬鹿げてるって。それに、筋のとおった説明がきっとあるはずだって。でも、最近のエレノアは、すごく不安定だったでしょ。流産に見舞われたと思ったら、今度は幽霊の話ばかりして。警察の人から集会場のかたづけのことを聞いて、わたしはこう思ったの——〝もちろん、エレノアはあなたたちといっしょに集会場にいるんだわ〟。あれ以上、あのコテージにはいられなかった。そしたら、あなたたちも彼女を見てないっていうじゃない。その瞬間、きっとエレノアの身になにか恐ろしいことが起きたのだとわかった」

キッチンはとても暖かく、ポリーは自分が硬い椅子の上でまどろみかけているのを感じた。そのあとで目がさめたら、すべては夢だったとわかるのだ。

「いっしょに歩いてスレッツに戻りましょう」キャロラインがいった。「あたらしいことが、なにかわかっているかもしれない」

その声は、冷たく突き放した感じに聞こえた。まるで、エレノアのことをまったく心配していないかのようだった。どうして彼女は、もっと動揺していないのだろう？　そのとき、ポリーはふと思った。キャロラインは、義理の両親が戻ってくるまえにポリーを家から連れ出したいのかもしれない。ヒステリーを起こすような友人がいたら、自分の印象が悪くなるからだ。キャロラインは大学の先生をしていて、昔から冷静沈着で几帳面だった。それから、べつの考えが浮かんできた。もしかすると、キャロラインはポリーの話を信じていないのではないか。それで、いっしょにスレッツまでいって、エレノアの失踪にかんする事実を自分で確かめようというのだ。

ふたりは集会場からきたときとはべつのルートをとおって、休暇用のコテージに戻っていった。キャロラインが先に立って、庭を突っ切っていく。金網のむこうで雌鶏たちが地面を突いているのが見えた。踏み越し段を越えて、みじかく刈られた草地に降り立つ。キャロラインはすっかりこの地になじんでいるように見えた。

「将来シェトランドで暮らすことを考えているの?」ポリーはふいにたずねた。「ロウリーはそうしたがっているのかしら?」

「もしかすると、そうすることになるかもしれない。わたしが一日じゅうひませずにすむことを見つけられたら。ふたりでそれについて話しあったわ。わたしは子供を都会では育てたくないの」キャロラインがいきなりにやりと笑った。「ロウリーはここで事業をはじめたらどうかと考えている。ビニールのトンネル栽培で小さな果物を育てるの。そして、高級なジャムとか砂糖漬けを作る」

「あなたは、それでかまわないの? 友だちをあとに残してきても? それに、都会の暮らしに付随するもろもろもあきらめなくてはならない。劇場。お店。バー。レストラン。ラーウィックでさえ、ここから何マイルも離れているわ」気がつくと、ポリーはエレノアの心配を忘れて、このあたらしいキャロラインに注意を奪われていた。長靴をはき、有刺鉄線の柵を物ともせずにあつかい、極端な四季が支配するこの荒れ地に居をかまえることを考えているキャロラインに。

「場所にかんしては、すこし妥協してもらうことになるかもしれない。わたしにとっては、アンスト島はあまりにも田舎すぎるから。それに、ロウリーのご両親のことは大好きだけど、そのとなりには住みたくないわ」キャロラインはここで言葉をきり、ロウリーの実家のほうをふり返った。「ときどき、お義母さんはロウリーを九歳の子供みたいにあつかうの。ほうっておいたら歯も磨けない子供みたいに」

低い丘のてっぺんまでくると、ポリーは自分のいまいる位置がつかめた。休暇用のコテージにつづく小道と浜辺が見えた。砂浜にはまだイアンとペレス警部の姿があったが、かれらはいまスレッツにひき返していくところだった。南には崖と岬が見えていた。

「もしもエレノアが崖から転落していたら」ポリーはふいにいった。「彼女は発見されないまま、何日も下の岩場で野ざらしになっているかもしれない」

ふたりの目のまえには、空積みした石壁で作られた円形の囲いがあった。側面の一箇所が途切れており、そこから出入りできるようになっている。ワシくらいありそうな巨大なトウゾクカモメが、いきなり太陽のほうからふたりめがけて急降下してきた。ポリーは悲鳴をあげた。はばたつく羽で顔に空気があたるのが感じられた。キャロラインは小さく笑った。「いまのは自分の巣を守っているだけよ。手を空中に突きだしたら、そっちのほうへ飛んでいくから、顔を狙われずにすむわ」それから、円形の石壁を指さした。「これは作物の囲い《プランティクラブ》よ。昔、ここで羊の餌にするキャベツを育てていたの。たぶん、この壁で作物を潮風から守っていたのね」キャロラインは、そのまま歩きつづけようとした。

ポリーには、友人の心がすでに決まっているのがわかった。彼女はここで暮らすことにしたのだ。だから、はやくもここの歴史や文化を吸収しつつあるのだ。だが、キャロラインの専門は人文地理学であり、いつまでたってもここでの彼女は部外者かつ観察者でありつづけるだろう。博士論文のために移民労働者を研究したときとおなじ客観性をもって、面白がりながら隣人たちを評価するのだろう。

エレノアやキャロラインのいない都会での生活を、ポリーは想像できなかった。ふたりがいつもそこにいてくれたので、彼女はつきあいの輪をひろげる必要を一度も感じたことがなかった。どういうわけか、いまはマーカスのことなどどうでもよくなっていた。鳥に急襲されたショックで、ポリーはふだんの生活で体験したことのないパニックに陥っていた。職場では、彼女は有能な専門家だった。勤め先の会員制の私設図書館のために蔵書をえらび、そこを利用する歴史学者や学生に助言をあたえていた。だが、いまは前日とおなじめまいをふたたび感じていた。身体をふたつに折って、両手を膝につく。血液が頭に戻ってくるのがわかった。

「すこし休む?」キャロラインはポリーを気づかうと同時に、すこし自慢げだった。自分は鍛えており、あと何マイルでも歩きつづけられる、というわけだ。ポリーはあらためて、キャロラインがエレノアのことをまったく心配する様子がないことに驚いていた。彼女の頭のなかには、結婚したばかりの男性と将来の計画のことしかなさそうだった。

ふたりは石壁に背をもたせてすわった。太陽で石が温められており、壁のおかげで風からも守られていた。

ポリーは、またしても自分がうとうとしかけていることに気がついた。エレノアがまだ発見されていないのに、どうしてそんなふうになれるのだろう？　ポリーは立ちあがって、眠気をはらおうと手足をふりまわした。そして、そのときはじめて作物の囲い《プランティクラブ》のなかをのぞきこんだ。もう何年も、そこでなにかが栽培された形跡はなかった。みじかく刈られた草。あちこちに散らばる羊の糞。そして、ピンクのケースにはいったiPhone《アイフォーン》。それは間違いなく、エレノアのものだった。

5

ジミー・ペレスは、となりを歩く男の緊張を肌で感じていた。ロボットのようなぎくしゃくとした動き。一歩ずつ踏みしめるような重い足どり。ふり返ったペレスは、砂浜に残る自分たちの足跡の深さがほとんど変わらないのを見て、驚きをおぼえた。

「結婚して、三年になるんですよね？」こうして浜辺にいると、あの趣味の良い休暇用のコテージからは何マイルも離れているような気がした。自然の音で形成された泡のなかに隔離されているような感じだ。ノルウェーから吹いてくる風。水際の砂利の土手を洗う波。遠くの水平線をかすかにぼやかしている陽炎。

「三年ちょっとです。彼女の番組のひとつで、音響を担当したんです」イアンがペレスのほうを見た。そこには隠しきれない苛立ちがあらわれており、それが怒りへと変わろうとしていた。「ここでこんな話をしていても、時間の無駄だ。彼女をさがしているべきなのに」

「それはみんながやってくれています」ペレスはいった。「この土地を知りつくしている地元の人たちが。われわれはその邪魔になるだけだ。いまは、あなたたちがシェトランドに着いてからの出来事をすべて聞かせてください。きのうの朝、アバディーンからフェリーで到着したんですよね？」

「自分の車をもってきたかったんです」イアンがいった。「それで、飛行機ではなくフェリーにした。結局、マーカスも自分の車をもってきました。ここがどんなところか、よくわからなかったので。店があるのかどうかとか……」

「ああ。このあたりも最近では、だいぶ文明化されてきていますよ」

イアンが足を止め、思わずにやりと笑った。「そうですよね。ただ、ネルもぼくも田舎にはあまり縁がないので、どういうところかよくわからなかったんです」

「ラーウィックには立ち寄らなかった？　買い物とか、朝食で？」

「朝食は船の上ですませていたので、まっすぐここへくることにしました。トランクには数カ月もつくらいの食料と酒を積みこんでありましたし、パンと牛乳はキャロラインが用意しておいてくれることになっていたので。地図を見るまで、ここがこんなにラーウィックから遠く離れたところだとは知りませんでした」

「フェリーをふたつ乗り継いで、縦長の島をふたつ縦断したあとで、ようやくたどり着くところですからね。しかも、そのまえにまずシェトランド本島の北端にあるトフトまでこなくてはならない」時間ならいくらでもあるといった感じで、ペレスはいった。

「ここに着いたころには、お昼ちかくなっていました。すぐにコテージにはいれるように手配してあったので、そこのキッチンでポリーが昼食を用意してくれました」イアンがふたたび足を止め、ペレスをみつめた。「ほんとうに、こんな話を聞きたいんですか?」ふたりの頭上でアジサシが鋭い鳴き声をあげた。

「ええ」

「エレノアは、アバディーンからのフェリーであまり寝ていませんでした。興奮すると、子供みたいになるんです。じっとしていられない。みんなで昼食のあとかたづけをしたあとで、彼女は結婚パーティのまえに休みたいといいました」

「彼女はほんとうに興奮していたんでしょうか?」ペレスはたずねた。「悩んだり落ちこんだりしていたのではなく?」

「あのふたりから赤ん坊のことを聞いたんですね」イアンが海のほうをながめながらいった。

「あれは二度目の流産でした。彼女は子供を欲しがっていたので、もちろん動揺しました。そして、怒りを感じていた。彼女はいつでも欲しいものを手にいれてきましたから」ここで言葉をきる。「そういうと、ひどい人間みたいに聞こえますね。でも実際、彼女はなんでも簡単に手にいれてきた。芸術に理解のあるリベラルな家庭で育って、金には不自由していなかった。頭が良く、あまり勉強しなくても試験に合格できた。そのあとで、これです。金や努力では解決できないことにぶちあたった。それで彼女は、打ちのめされたんです」

「しばらく入院していたとか？」

「ぼくが勧めたんです」イアンがいった。「自分の手には負えないと感じたので。以前の妻を取り戻したかった。ぼくは技術者で、きちんと機能していないものは修理したくなる。それで、彼女を私立の施設にいれました」

「だが、奥さんは施設にとどまるのを拒んだ？」それはふたりの関係にどのような影響をおよぼしたのだろう、とペレスは考えていた。悲しんでいるからという理由で、夫が自分の妻を施設に送りこんだのだ。

「自分は病気じゃない、とエレノアはいいました。悲しみを癒すのに時間が必要なだけで、自分を信じてもらいたいと」イアンが言葉をきった。「彼女のいうとおりでした。今回の旅行では、彼女はだいぶ本調子に戻っていた。あたらしい仕事の企画に打ちこみ、こちらにきて結婚パーティに出ることにはしゃいでいた」

「そして、幽霊に夢中になっていた」

「それは仕事です。現代の幽霊をあつかった企画で、ぼくらはそのことで彼女をからかい、彼女はそれに負けじとやり返してきていた」

「それで、みんなで昼食をとったあと、奥さんは昼寝をした」ペレスはいった。「残りのみなさんは、どうしたんです？」

「このあたりの様子をつかむために、散歩にいきました。崖沿いに南へむかう歩行者用の小道があって、そこからの眺めは素晴らしかった。天気も良かったですし。手をのばせばさわれそうなくらいちかくに、ツノメドリがいました。エレノアが喜びそうな光景だったので、途中でひき返して彼女を呼んでこようかと思いました。彼女がこれを体験しそこなうのは残念な気がして」イアンの表情が曇った。

「でも、あなたはひき返さなかった？」

「ええ。彼女を休ませることにしたんです。その晩は遅くなることがわかってましたし、コテージは一週間の予定で借りているので、彼女が探索する時間はじゅうぶんにある」イアンはふたたび歩きはじめており、言葉はきれぎれにはっせられた。「ぼくらが戻ったときには、彼女はもう目をさましていて、テラスにすわってました。その晩、パーティのあとで、彼女はこのとき幽霊を見たのだと言い張りました」

「〝小さなリジー〟ですか？」ペレスは感情をまじえずに淡々といった。イアンは馬鹿にされるのを好まないだろう。その鋼のような外見の下には傷つきやすい自尊心が隠されているのを、ペレスは感じとっていた。

「そう、子供の幽霊です。昔風の白いドレスを着て、頭にリボンをつけた女の子で、エレノアがいうには、しばらくその子を見ているうちに、両親がまわりにいないことに気づいたそうです。それで、心配になった。女の子が水のすぐそばにいたので。ところが、いざちかづいていくと、女の子はどこにもいなかった。すくなくとも、エレノアの話では」

「あなたはそれを信じなかった？」これがエレノアの失踪と関係があるのかどうか、ペレスにはよくわからなかった。彼はフェリーの乗り場で見かけた着飾った子供たちのことを思いだしていた。エレノアが見かけたのは、そのうちのひとりだった可能性もあった。

「エレノアは悪ふざけをしたり人をからかったりするのが大好きです。だから、このときもぼくらをかついでいるんじゃないかと思いました。でも、ポリーとマーカスはその話を真剣に受けとめ、考えられる説明をあげていきました。ポリーはいつでも、すこし真面目すぎるんです。彼女とエレノアがどうしてあんなに仲良くなったのか、謎ですよ。もっとも、ネルのまわりにはいつでも賛美者が群がっていますけど。彼女といると、人は自分が特別な存在になったような気がするんです。ぼくはこの幽霊話を、ただ聞き流していました」

「それが奥さんの鬱が再発したしるしかもしれないとは、思わなかったんですね？」ペレスはフランが亡くなったあとの鬱状態の時期に、さまざまなものを想像していた。

「鬱のせいで声が聞こえたりいろんなものが見えたりする、ってやつですか？　いいえ、そうは思いませんでした。でも、彼女から責められましたよ。〝あなたはわたしの頭がおかしいと思っているんだ〟といって」

「それで、あなたたちは散歩から戻ると、結婚パーティに出かける準備をした？」

「そうです。そして、すこしはやめに会場にいって、手伝いました」

「そうでしょうね」ペレスはいった。「それが新郎新婦の友人としての務めですから。仕来りです」

「ええ、そういわれました」あまり仕来りというものに感銘を受けていない口調で、イアンがいった。

その手伝いの様子が、ペレスには想像できた。バーを設置して、到着した年かさの友人や家族を出迎え、食事を用意する。すでに牛乳のくわえられた紅茶のはいった巨大なポット。手作りのパンののったトレイ。そして、客に給仕する若者たち。「パーティでの奥さんは、どんな様子でしたか？」

「潑剌としてました！　元気よく踊っていた。女性陣はロンドンで教室にかよって、ステップを習っていたんです。踊りの輪にくわわれるようにと。エレノアはとてもしあわせそうで、そんな彼女を見るのは最高でした」

「パーティが終わったあとは？」

「ぼくらはあのコテージに戻りました」イアンがいった。「真夜中をすぎてましたが、みんなまだ興奮していて、眠りたい気分ではなかった。そこで、ワインの栓を二本あけると、暖かい恰好をして外のテラスにすわりました」言葉が途切れる。ペレスは相手が先をつづけるのを待った。「エレノアはロウリーの従姉妹の話をしていました。赤ん坊を産んだばかりの女性です。彼女はその小さな赤ん坊をパーティに連れてきていて、親戚一同が手から手へと渡して、その子を褒めそやしていた。母親は注目の的でした」ふたたび言葉が途切れる。それから、白状するような感じでイアンがつづけた。「エレノアがうらやましがっていたのが赤ん坊だったのか、それとも母親が浴びていた賞賛だったのか、ぼくにはよくわかりません」ここでもやはり、ペレスはなにもいわなかった。

イアンは、きのうの晩の出来事を頭のなかで再現することに集中しているようだった。「やがてポリーが、〝自分も白いドレスの少女を見た〟といいだしました。集会場の外の浜辺で。といっても、ここと おなじ浜辺ですけど。北へいっただけで。すると突然、エレノアがおかしくなった。やけに芝居がかって、感情的になった。そして、〝自分の話をまともにとりあってくれないのは、頭がおかしいと考えているからだ〟といって、ぼくを責めた。彼女はただ、飲みすぎていただけかもしれません。ぼくら三人がベッドにひきあげたあとも、彼女はひとりでテラスに残っていた。わざとそうしているのだ、とぼくは思いました。ぼくがひき返してきて謝るのを——迎えにきてくれるのを——期待しているのかもしれない、と」ふたたび言葉が途切れた。「でも、ぼくは頑固なクソ野郎だ。だから、そのままベッドにはいりました。そして、昔から寝つきがいいので、すぐに眠りに落ちた。朝になって目がさめると、彼女の姿はどこにもなかった」はじめてイアンは自制心を失ったように見えた。歩くのをやめ、両手で頭を抱えこむ。

ペレスはしばらく待ってからいった。「エレノアさんは間違いなくベッドにはこなかったんですね？　まったく？」

イアンは首を横にふった。「彼女はいまもパーティのときに着ていたドレスのままにちがいない。ほかには、なにもなくなっていませんから。スニーカーさえ残っていた。化粧も落としてません。クリームとティッシュが荷造りしたままなので。たとえ立っていられないくらい酔っぱらっていても、エレノアは化粧を落とそうとするでしょう」イアンが小さく笑った。「彼女はこの状況に大喜びするんじゃないかな。自分が跡形もなく消えて、幽霊話の主役になっているんだから」

ふたりはすでに浜辺を半分ほど歩いてきており、視界にはメオネスの集会場がはいっていた。まえの晩、そこでは音楽がながれ、人びとが踊っていたのだ。旗布。花。新婚カップルの名前の書かれた巨大な輝く看板。ふたりはきびすを返した。そして、あとすこしでコテージに着くというところで、テラスに立って手をふるサンディ・ウィルソンの姿を目にした。逆光だったので、ペレスにはサンディの顔に浮かんでいる表情がよくわからなかった。嬉しくて手をふっているのか、それともいますぐペレスにきてもらいたがっているのか。もしかすると、エレノアは足首を挫いた程度の怪我で、捜索隊に発見されたのかもしれなかった。ペレスはそうであることを願った。彼女に会ってみたかった。イアンがいきなり駆けだした。

テラスにいるサンディに、ポリーが合流した。

ちかくまできたところで、イアンが大声でたずねた。「彼女はどこだ？　見つかったのか？」

その声には必死な響きがあった。

サンディは、その質問にこたえなかった。

女性たちはエレノアの携帯電話を、発見時の状態のまま作物の囲い《プランティクラブ》のなかに残してきていた。アメリカから大量にはいってくる犯罪ドラマのおかげで、すくなくとも人びとは犯罪のおこなわれた可能性のある場所をむやみにいじくってはならないということを学んでいた。現場にはキャロラインが残って、見張りについていた。ペレスは崖のてっぺんにつづく羊道をたどりながら、携帯電話が発見されたことの意味を理解しようとした。イアンの話では、エレノアがいないことに気づいてすぐに、彼女に電話をかけたという。「もちろん、彼女に連絡をとってみようとしました。まず携帯電話のことが頭に浮かんだんです。以来、何度もかけていますが、一度も応答はなかった」

なぜ携帯電話はエレノアの手もとにないのだろうか？　ということは、ポリー・ギルモアに送られてきたメッセージはエレノア以外の人物によって作成されたのか？　ペレスは頭のなかでメールの文言をくり返した。わたしをさがそうとしないで。そのころには、もう死んでいるだろうから。さまざまな可能性が頭のなかを駆けめぐり、それらはしだいに突拍子もないものになっていった。エレノアはすでに殺されていて、犯人が自殺という筋立てを用意した。誰かが手のこんだ悪趣味ないたずらを仕掛けた。ひとつだけ、たしかなことがあった。生きているにせよ死んでいるにせよ、エレノアはまだアンスト島にいた。けさ島を出たフェリーにエレノアの人相と合致する人物は乗っていなかったことが、サンディの問い合わせにこたえた乗組員たちの証言によって確認されていたのだ。

ロウリーの新妻は、作物の囲い《プランティクラブ》の外の草の上にすわっていた。ペレスがちかづいてくるのを目にして、あわてて立ちあがる。ペレスは彼女から、いかにもイングランド人らしいという印象を受けた。健康的で力強く、きれいな白い歯と縮れたブロンドの髪をしている。彼女がホッケーグラウンドを駆けまわってチームメートを鼓舞しているところが、目に浮かんだ。そして、そのしゃべり方はきびきびとしていた。

「ポリーは大丈夫ですか？　彼女をひとりでいかせたくはなかったんですけど、誰かがここに残るべきだと思って。羊やとおりかかった人をおいはらうために」エレノアがいなくなったことを心配しているのだとしても、彼女はそんな様子を微塵も見せてはいなかった。だが、感情を表にあらわさないというのも、彼女の性格の一部なのかもしれなかった。

「ポリーさんはいま、マーカスさんといっしょにいます」ペレスは言葉をきった。マーカスは子供を世話するような感じで、ポリーを慰めていた。ひざ掛けで彼女を包みこみ、ハーブティーを淹れようとしていた。「もちろん、動揺していますけれど、大丈夫でしょう」

ペレスは石壁のむこうをのぞきこんだ。「あれがエレノアさんの携帯電話であるのは、間違いありませんか？」

「直接手にとって通信履歴を見たわけではありませんけど」キャロラインがいった。「型と色は、間違いなくエレノアが使っているのとおなじです」

ペレスは手袋をはめてから、石壁越しに手をのばして携帯電話を拾いあげた。そのとき、ふと思った。自分はここを殺人事件の現場かもしれないと考えているのだ。エレノアが生きて発見されるとは期待していない。だが、手袋をしようとしまいと、あまり関係はなさそうだった。携帯電話が夜のあいだここで大量の露に覆われていたとすると、指紋が採取できる可能性はほとんどなかった。それに、ここ数日間、彼女の友人たちは誰でもこの携帯電話にふれることができただろう。電池はだいぶすくなくなっていたが、送信箱に残るポリーへのメッセージとイアンからの着信記録を確認するにはじゅうぶんだった。それ以外、通話やメールの送受信は一切おこなわれていなかった。

ペレスは、落ちつきはらってこちらを見ているキャロラインに目をやった。「エレノアさんの身になにが起きたのか、心当たりはありませんか？」

キャロラインはペレスをじっとみつめていた。なにかいうまえに、じっくりと考えている。いつもそうなのだろう、とペレスは思った。そして、彼女から返事がかえってくるまえに、べつの質問が頭に浮かんできた。

「お仕事は、なにをされているんですか？」

「大学教師です。人文地理学の。ロンドン大学のユニヴァーシティ・カレッジで教えています」

「それでは、われわれもあなたの研究対象にふくまれている？」

キャロラインが小さく笑った。「その研究は興味深いものになるでしょうね。ストレスのかかった状態にある島の共同体における孤立の影響。もっとも、きっとすでに誰かが研究していそうだけれど」

「それに、あなたは研究対象にちかすぎて、客観的になれないかもしれない」

「ああ」キャロラインがいった。「客観性ね――それはそれで、まったくべつの研究分野になるわ」

「客観的な立場から、あなたはお友だちの身にけさはやくなにが起きたのかを推測することができますか?」

ふたたびみじかい沈黙がつづいたあとで、キャロラインは返事をした。「たぶん、エレノアはご主人から逃げようとしたんだと思います」

6

キャロラインはペレスを義理の両親の家に連れていった。キャロライン・ローソン――どうやら彼女は結婚後も旧姓を使うことにしたようだった。その件について、ペレスは一度もフランと話しあったことがなかった。だが、もしもフランがまだ生きていて、ふたりが予定どおり結婚していたなら、おそらく彼女はそれまでの姓を名乗っていただろう。彼女は画家として名前を知られてきたところで、それを一からやりなおすのは馬鹿げていた。とはいえ、〝ハンター〟というのは彼女のもともとの姓ではなかった。別れた夫でキャシーの父親でもあるダンカンの苗字だ。現代の家族は複雑で多様化してきているが、かれらの場合もそのひとつだった。

フランが自分と結婚したあともダンカンの姓を名乗っていたら……。そのときの自分の心境はいまや推測するしかなかったが、おそらくはキャシーのことを考えて、それを受けいれていただろう。

ドアには鍵がかかっていなかったが、家には誰もいなかった。キッチンのテーブルの上に書き置きがあった――〝エレノアをさがす捜索隊に参加しています〟。キャロラインは紅茶を淹れるために、調理用こんろのホットプレートにやかんをのせた。

「すっかりシェトランドになじんでいるように見えますね」ペレスはいった。

「ここがすごく気にいっているんです」間があく。「ロウリーはここに戻ってきたがっています。わたしも賛成するかもしれません」

「あなたの仕事がここで見つかりますかね？」

「わたしの専門分野では、無理でしょう。でも、まえまえから自分の研究を一冊の本にまとめたいと考えていたので」

「では」ペレスはいった。「エレノアさんのことを聞かせてください」

やかんがピーっと鳴って、キャロラインが紅茶を淹れた。マグカップを置けるようにテーブルの上の『シェトランド・タイムズ』の山を移動させてから、ペレスのむかいに腰をおろす。ペレスもまた、これとよく似たキッチンで育ってきていた。油布を敷いたテーブルは作業空間で、パンを作り、毛糸を編み、助成金の申請用紙に記入するための場所だった。ご近所さんにわざわざ見せるところではなかった。猫がぶらりとはいってきて、窓の下枠の日溜まりにすわった。

「わたしたち四人はダラム大学で出会いました」キャロラインがいった。「ロウリーはべつの学部でしたけど、ポリーとエレノアとわたしはおなじ学部の新入生で、寮もいっしょでした。部屋もおなじ廊下に面していて、キッチンを共有していた。三人とも、わくわくすると同時に、すごく怯えていました。おわかりになるでしょう……」

ペレスはうなずいたものの、彼に洒落たイングランドの大学のなにがわかるというのか？ペレスにとってそれにいちばんちかい体験といえば、十二歳のときにひとりでフェア島からラーウィックにきて、アンダーソン高校の寄宿寮にはいったことくらいだった。その当時、ダンカン・ハンターは彼の仲間であり、保護者だった。だが、いまは彼と友だちづきあいするところなど、想像もできなかった。ふたりはキャシーに対する責任を共有しているがゆえに、どうにか折り合いをつけてやっていた。

キャロラインがつづけた。「わたしたちは共同で、二年生のときにはフラットを、三年生になると家を借りました。ある晩パーティで、エレノアがわたしたちを〝三銃士〟ならぬ〝三女子〟と命名しました。そのころ彼女はフェミニズムにはまっていたんです。そして、それが定着した。わたしはロウリーとつきあうようになりましたが、そのまま彼女たちと同居をつづけました。そして、やがてロウリーもそこにいりびたるようになった。わたしたちは、すごくちかしかったんです」

「そして、大学を出たあとも連絡をとりあっていた？」ペレスは一度も、そうした緊密な友情関係を築いたことがなかった。同僚を代理の家族とするような警官ではなかった。

「卒業すると、三人とも生活の拠点をロンドンに移しました。ポリーは司書として卒業後の研修期間にはいり、わたしは博士論文に取り組んだ。そして、エレノアは民放のテレビ局で使い走りの仕事についた。だから、わたしたちはそのまま三人で共同生活をつづけたんです。みすぼらしいフラットを借りて。ロウリーはエディンバラで就職しましたけど、機会があるたびにロンドンにきていました。わたしたちはとても貧しくて、生活は大学生のころと大して変わりませんでした」キャロラインは小さな笑みを浮かべた。「でも、ネルはお母さんからたっぷり援助してもらっていましたし、つましい生活にうんざりすると、週末にゆったりとできる実家に戻っていました。わたしの場合は、ロウリーが稼いでいたので、彼がこっちに泊まりにきた晩にデートに連れだしてもらっていた。だから、ほんとうにお金の面で大変な思いをしていたのは、ポリーだけだったと思います。とはいえ、エレノアもわたしもしょっちゅういろんなことで愚痴っていましたけど」

ペレスは話を聞きながら、社会に出たばかりの三人の若い女性のロンドンでの生活を思い描こうとした。キャロラインをせかそうとはしなかった。自分はここで話を聞いているほうが捜索隊を手伝うよりも役にたつだろう、と考えていた。

「わたしたちは、それぞれの分野で順調にやっていました」キャロラインがつづけた。「そして、例のみすぼらしいフラットから脱出した。ロウリーが昇進してロンドンにきたので、わたしは彼とふたりで同居をはじめました。エレノアはテレビ局でめきめきと頭角をあらわしていた。ポリーは資格を得て、まず地元の地方自治体の図書館に就職し、それからいまの〈センテイマン・ライブラリー〉に移りました。ハムステッドにある変わった図書館です。英国民話協会の記録を保管しているところで、モリスマンのお話とかグリーンマンの伝説とかがそろっていいます。そういうの、ご存じですよね？」

ペレスには、ちんぷんかんぷんだった。「そして、そこでは幽霊の話もあつかっている？」

キャロラインが鋭い目でペレスを見た。「それについては、なにも知りません。ポリーに訊いてもらわないと」間をおいてから、つづける。「彼女とネルは、しばらくふたりでフラットを借りていました。でも、やがてエレノアがイアンに熱をあげて、南ロンドンにある彼の家にかっさらわれていった。ポリーは、そこからあまり離れていないところに自分だけの感じのいい小さなフラットを見つけました」ここで言葉をきる。「たぶん、わたしたちは成長したんでしょう」

「でも、友情はそのままつづいた？」

「大学を卒業して三人で借りていた家を出るとき、わたしたちは誓いを立てたんです。最低でも月に一度は会おうって。はじめのうちは、それをきちんと守っていました。でも、そのうちに三人そろって都合のいい時間を見つけるのがむずかしくなっていった。わたしには指導しなくてはならない学生たちがいますし、エレノアは自分の会社を立ちあげて以来、しょっちゅう海外に出張しています。それに、ロンドンにいるときは、イアンにすべての時間をとられているみたいですし。この誓いを守りとおすだけの勤勉さと決意をもっているのは、ポリーだけのような気がします。彼女がわたしたちふたりにメールして、集まる時間と場所を調整してくれるんです。その彼女でさえ、マーカスが登場して以来、まえほど手がまわらなくなっています」キャロラインが言葉をきった。「だから、わたしは里帰り結婚式でふたりがここまでくることに同意してくれて、すごく嬉しかったんです。ロンドンを離れて三人でいっしょにすごす、いい機会でしたから」

「エレノアさんがご主人から逃げだしたがっている、とあなたが考える理由は？」この会話のそもそものきっかけは、それだった。だが、ここへ戻ってくるまでに時間がかかったことに、ペレスはいらついてはいなかった。おかげで、それぞれの仕事で成功をおさめている三人の女性たちのことが、まえよりもよく理解できていたからだ。

キャロラインは、はじめて自信のなさそうな様子を見せた。「証拠はないんです」

「ときとして、警察は証拠のない状態で捜査を進めなくてはなりません」ペレスはいった。

「この仕事の目的は証拠を手にいれることであって、証拠からはじまるわけではないんです」

「こんなふうに憶測で話をするのは、裏切りのような気がするわ」キャロラインが顔をしかめた。

ペレスはなにもいわなかった。

「この半年間、エレノアはとても落ちこんでいました。それまで見たこともないくらい、不幸せそうだった」

「彼女は子供を亡くしたんです」ペレスはそっといった。この丈夫な身体と明晰な頭脳をもつ女性は、それがどういうものかを理解できないのかもしれなかった。キャロラインが想像力に富む女性だとは、思えなかった。母性豊かな女性だとも。

「ええ。そして、そんな彼女をイアンはまったく支えようとしなかった。彼女を私立の精神病院にいれて厄介ばらいすると、しっかりしろと叱りつけた。彼女に業を煮やしていた」ここで、ふたたび言葉をきる。「エレノアはべつのところに慰めを見いだしていたのではないか、とわたしは考えています」その言い方は、やけに堅苦しく聞こえた。ペレスはふたたび、学生時代の彼女を想像することができた。

「べつの男性ということですか？」

「そうです」いまやキャロラインは、この会話をはじめたことを後悔しているような口調になっていた。「でも、さっきもいったとおり、たしかな証拠はなにもありません。それに、ネル自身もそんな話はしていなかった」ふたたび言葉が途切れた。窓越しに、道路を歩いていく高齢の男性の姿が見えた。老人は日曜日の一張羅を着ており――黒いズボン、ぴかぴかに磨いた靴、総柄の手編みのセーター――杖の上に屈みこんでいた。キャロラインは老人が視界から消えるのを待ってから、ふたたび話しはじめた。「ある晩、レストランのまえをとおりかかったときに、店内にエレノアがいるのが見えました。男の人がいっしょでした。ふたりのテーブルは窓際ではありませんでしたけど、彼女なのは間違いありませんでした。立ちあがって、椅子から落ちたスカーフを拾いあげようとしていた。男の人はこちらに背をむけてすわっていたので、後頭部しか見えませんでした。エレノアが手をのばして、テーブルの上にある彼の手にふれました。そのときの彼女の表情……なんていったらいいのか。いろいろな感情が混ざっていた。もしかすると、それは罪の意識だったのかも」

「エレノアさんはあなたに気づきましたか？」ペレスは、そのときのレストランの情景を思い浮かべようとした。たぶん、これはキャロラインの考えすぎだろう。エレノアは仕事で問題を抱えている若い同僚を連れてきて、ただ励ましていただけかもしれなかった。手をふれたのは、親愛の情のあらわれとも考えられた。親密な関係を示唆しているとは、かぎらなかった。

「いいえ、気づいていませんでした」キャロラインがいった。「いまのは数カ月前の出来事です。エレノアはクリスマスの直前に二度目の流産を経験し、このときは三月か四月だった。あたりはもう暗くなっていて、霧雨が降っていた。真冬のように感じられる日です。彼女が病院を自主退院してから、まだそれほどたってはいなかった。そんな状態では、わたしには気づかなかったでしょう」

「このことをエレノアさんと話しましたか？」

「ええ」キャロラインは言葉をきった。「彼女は嘘をつきました。〝きっと、あなたの見間違いよ、キャロ。その週はブリュッセルにいて、ロンドンにいさえしなかったんだから〟といって。でも、彼女の声はぴりぴりとして張りつめていました。わたしはそれ以上、追及しませんでした。でも、絶対に見間違いなんかじゃありません。あれは、たしかにエレノアだった」キャロラインは顔をあげて、ペレスを見た。「そのとき、このあたらしい男性が彼女にとって大切な存在にちがないとわかったんです。もしもこの食事がただの仕事の打ち合わせなら――あるいは、たとえ浮気とか一夜かぎりの情事であったとしても——彼女はわたしに嘘はつかなかったでしょう。正直に話してから、それを秘密にするよう誓わせていたはずです。でも、彼女は嘘をついた。そして、そんなことはそれまで一度もなかった」ふたたび言葉をきる。「それ以来、エレノアはわたしを避けているようでした。ポリーとはふたりきりで何度か会っていたようですけど、わたしと会うときは、つねにその場にほかの人たちがいた」

「もしもエレノアさんがご主人のもとを去ろうと計画していたのなら」ペレスはいった。「それをわざわざシェトランドにきてから実行に移したのは、なぜでしょう？　ここでのほうが、ずっとやりにくいのに」

キャロラインがこわばった笑みを浮かべた。「エレノアは、生まれてから一度も計画を立てたことがありません。きっと、ダンスの最中にふと思い立ったんでしょう。それか、ロウリーとわたしを見て、イアンとは暮らしていけないことを悟った。もう耐えられないと。そして、ただ立ち去った。あと先のことなど考えずに。アンスト島にあるホテルをあたってみましたか？　フェリーで島を出ていないのだとすると、彼女はいまごろ快適なベッドでぐっすり眠っているのかもしれない。エレノアは昔から居心地がいいのが好きでしたから」

「歯ブラシや保湿クリームをもたずにですか？」

キャロラインは、はじめてすこし動揺したような表情を浮かべた。「あら」という。「それは、わたしの知っているネルらしくないわ」テーブルの真ん中にあるポットに手をのばして、紅茶を注ぎ足す。

外が騒がしくなった。犬が吠え、駆け足の音がちかづいてくる。男がドアからキッチンに飛びこんできた。走ったあとで息を切らしており、顔が紅潮していた。男は身体をふたつに折って、しゃべるまえに息を整えようとした。キャロラインが立ちあがり、男の額から髪の毛をかきあげた。まるで不安をおぼえている子供を慰めているようなしぐさだった。

「彼女を見つけた！　警察に通報しないと」男がいった。それから、薄暗がりにすわっているペレスに気づいて、つづけた。「誰だ？」

「警察の人よ」キャロラインがもどかしげにいった。「ネルを見つけたのね？　どこなの？彼女は大丈夫？」

ロウリー・マルコムソンは身体をまっすぐに起こすと、妻になったばかりの女性の質問を無視して、直接ペレスにむかっていった。「エレノアは死んでます。いっしょにきてください」それから、キャロラインの肩に両腕をまわして、自分のほうにひき寄せた。「残念だよ」彼は泣いていた。「きみにとって、彼女はすごく大切な人だったのに。それに、これは誰の身にも起きてはならないことだ。ほんとうに残念だ」


キャロラインはいっしょにきたがったが、ペレスはそれを押しとどめた。「これが不審死である場合、現場をできるだけ汚染しないようにしなくてはなりません」

キャロラインは、もっともだというようにうなずいた。「スレッツにいって、ほかのみんなに知らせてもかまいませんか？」

「まだ誰にもいわないでください。はっきりとしたことがわかるまでは」

キャロラインは、ふたたびうなずいた。

「ひとりで大丈夫ですか？　誰かをここに寄越すこともできますけど？」

「その必要はありません」キャロラインはいった。じつに強い女性だ、とペレスはあらためて思った。ひと昔まえの島の女性といっても、おかしくなかった。夫が海に出ているあいだ、ひとりで小農場の仕事をすべてこなし、子供を育てている女性。夫が嵐で溺れ死んだという知らせにも、ひとりで対処する女性だ。「じきにロウリーの両親が戻ってくるでしょうから、大丈夫です」


エレノアの死体は、スレッツの南に位置する岬で見つかっていた。殺人犯は現場まで最短距離をとっていっただろうから、ペレスはこれ以上の汚染を避けるために、大きくまわりこんでちかづいていった。まえの日に崖を散策したとき、イングランド人たちはここから百ヤードも離れていないところをとおっていたはずだった。その歩行者用の小道からすこし外れたところに、花崗岩から切り出した立石があった。立石の根元の泥炭の地面には小さな水溜まりができていて、そこに青い空と小さな白い雲と立石が映っていた。だが、その影をさえぎるものがあった。浅い水溜まりにあおむけで横たわるエレノア・ロングスタッフだ。彼女は裸足だったが——指にペディキュアが施されているのが見てとれた——まえの晩も着ていたと思われる長い丈のクリーム色の絹のドレスは身につけたままだった。風がドレスをかすかに揺らすなか、その大きく見開かれた目は広大な空をじっとみつめていた。

7

ジミー・ペレスから電話がかかってきたとき、サンディはまだ休暇用のコテージにいて、お昼はどうするのだろうと考えていた。腹がへっていたし、居心地の悪さも感じていた。ここに滞在しているイングランド人たちは、スレッツを小さなロンドンに変えていた。豆から挽いたコーヒー。食器棚にならべられたお洒落な食料品。シェトランド人の自分のほうが、よそ者の気分を味わっていた。サンディは外へ出て電話をとった。

「参考人たちにつきそう人物を見つけたら、こっちにきてくれないか、サンディ?」それから、一連の指示がつづいた。サンディはそれらを手の甲に書きつけた。あわてているときは、なにも覚えられなくなってしまうのだ。「それと、ひき継ぎの人間がくるのを待つあいだに、ジェームズ・グリーヴとヴィッキー・ヒューイットに連絡がとれないか、やってみてくれ。きょうが日曜日なのはわかっているが、おまえの魅力を使えば、なんとかなるだろう? ふたりをきょうじゅうにこちらに呼べたら、いうことなしなんだが。それが無理なら、あすの朝いちばんに」

「スレッツにいるイングランド人たちには、なんていいます?」

「エレノアのご主人には、彼女が亡くなったことを伝えろ。彼にはそれを知る権利がある。ほかの人たちにそれを伝えるかどうかは、彼が決めることだ。メアリ・ロマックスが島に戻ってきているようなら、かれらのお守り役は彼女に頼むといい」メアリ・ロマックスはシェトランド諸島の北の島々を担当する中年の地域警察官で、母親っぽいところがあり、その仕事にはうってつけだった。グラスゴーで育った女性だが、すぐに島の生活になじんでいて、いまではしゃべり方を除けば、生粋のシェトランド人といってもとおりそうだった。

サンディはメアリ・ロマックスに電話をかけた。彼女はすでにアンスト島に戻ってきており、三十分後にスレッツにくることで話がまとまった。それから、サンディは携帯電話をマナーモードにした。頭のなかで、あの角張った顔をもつ鋭い目をしたイングランド人にむかって彼の妻が亡くなったことを告げる文言を練習する。ドアをとおって部屋にはいっていくと、そこにいた全員の目が彼にむけられた。サンディは口のなかがからからになった。

「ちょっと外でお話しできますか、ロングスタッフさん？」相手にこちらの訛りが理解できるように、一語ずつゆっくり区切るようにしてしゃべる。

サンディは質問され、抵抗されるものと予想していた。だが、イアン・ロングスタッフはおとなしく立ちあがると、サンディのあとについてテラスにむかった。ふたりが出ていくあいだ、残されたカップルはあいかわらず黙ってサンディをみつめていた。

「彼女が見つかったんだな」それは質問ではなかった。サンディはうなずいた。「死んでるのか？」

「残念です」

サンディはお悔やみの言葉を口にしようとした。本気でいっているときでも、いつも嘘っぽく聞こえてしまう言葉を。だが、イアン・ロングスタッフはそれをさえぎるようにしていった。「きっとそうにちがいないと、わかっていた。彼女はあんなふうにいなくなったりしない。ひと言もなく、ひと晩じゅう姿を消すなんて。ぼくが心配すると、彼女にはわかっていた。このところいろいろとあったが、それでもぼくらは愛しあっていた。ほかの人たちには理解できないやり方で」イアン・ロングスタッフが顔をあげた。「彼女に会えますか?」

「それは手配できます」サンディはいった。「ただ、いますぐは無理かもしれません」

小道をちかづいてくるエンジンの音がした。メアリ・ロマックスが車から降りてくる。彼女は制服に着替える時間も惜しんで駆けつけており、下はトラックスーツ、上は飼い犬のコリーの匂いのするぼろぼろのフリースという恰好だった。時間に余裕があるとき、彼女は小農場の世話をひきうけていた。サンディは彼女にむかって手をふりながら、学期の終わりにいつも感じていた安堵感をおぼえていた。

「急いでやることがいろいろあるんでしょ、サンディ。こっちは、わたしにまかせてちょうだい」彼女はそういうと、腕をイアン・ロングスタッフの肩にまわした。その腕は押しのけられるのではないかというサンディの予想に反して、イアン・ロングスタッフは彼女のほうへ頭を垂れると、しがみつくような恰好のまま、家のなかへと導かれていった。

ペレスは丘の上でサンディを待っていた。死体からはじゅうぶんに離れたところで、現場に背をむけていた。ほかのものたちはすでに帰したらしく、ひとりで南のほうを見ていた。土地はそちらへむかってなだらかに下っており、〈スプリングフィールド・ハウス〉へとつうじていた。古い地主の屋敷を改装したホテルだ。サンディは犯行現場にやたらとちかづいてはいけないとわかっていたので、柵のところで足を止めていた。これはペレスにとってかなりきついのではないか、とサンディは思った。亡くなった女性は、ちょうどフランが命を落としたときとおなじくらいの年齢だった。最近のペレスには、なんと声をかけていいのかよくわからなかった。彼の気分を明るくするような言葉があるのかどうかさえ。

「ジェームズ・グリーヴは、最終便でアバディーンから飛んできます」柵のところからでもまだかなり距離があったので、サンディは叫ばなくてはならなかった。

どうやら、それが良かったようだった。ペレスは笑みを浮かべると、サンディのほうにちかづいてきた。

「捜査を指揮する警部も、今夜じゅうにはこちらに着けそうだ」

「誰を呼んだんですか?」

「ウィロー・リーヴズだ」

その名前を耳にして、サンディは小さく笑みを浮かべた。「おれがここに残って、とおりかかった人や野次馬をおっぱらいましょうか?」サンディは死体のそばにいても気にならなかった。相手が死人なら、怒らせる心配がないからだ。

「いや、大丈夫だ。すでにラーウィックから応援を呼んである」ペレスはひとりで黙って見張りをしていたいのだろう、とサンディは思った。ペレスはすでに海のほうへむきなおって、水面をみつめていた。ひとりになる時間が必要なのかもしれなかった。「どこか泊まるところを見つけておいてくれないか、サンディ？　ここからラーウィックまで、毎晩戻るわけにはいかない。われわれ全員が泊まれるくらい大きなところがいいな。たしか、スプリングフィールドのあたらしい所有者は、あそこをホテルにしたんじゃなかったか？　あたってみる価値はあるかもしれない」

そこでサンディは車にひき返すと、メオネスから数マイル南にある大きな建物へとむかった。この〝スプリングフィールド〟と呼ばれる屋敷は何年も空き家になっていたが、すこしまえにイングランド人のカップルがあらわれ、そこを修復したのだ。この屋敷はシェトランドの言い伝えのなかで特別な地位を占めていた。〝小さなリジー〟は溺死したとき、ここで暮らしていたからだ。

サンディが〈スプリングフィールド・ハウス〉に到着したとき、所有者のひとりがちょうど家族連れを自分の車に乗せているところだった。所有者は手に車の鍵をもち、ドアのところに立っていた。「なにかご用でしょうか？」年齢は六十歳くらいか。灰色の前髪が鶏冠《とさか》のように突っ立っていて、漫画じみた滑稽な感じがした。

サンディは自己紹介をしてから、できるだけ多くの部屋が必要なのだと説明した。

「いまから、お客さまをフェリーの乗り場に送り届けるところなんです。話はそのあとでかまいませんか？　バーにいって、ビリーにコーヒーかサンドイッチを出してもらってください。できるだけはやく戻ってきますから。パートナーは午後じゅう出かけているので」その声は深みがあり、どこか聞き覚えがあった。

バーは、建物の裏の中庭から直接はいれるようになっていた。もともとは厩舎か車庫だったのだろう。サンディは博物館で、〝小さなリジー〟が住んでいたころの屋敷の写真を見たことがあった。酒落た服に身を包んだ紳士や淑女が写っていた。魚釣りや狩りを一週間楽しむために本土からきた人びとだ。もしかすると、かれらはこのバーがあるところに釣り竿や銃をしまっていたのかもしれなかった。カウンターの奥では、ビリー・ジェイミソンがグラスを磨いていた。サンディは一年ほどまえに彼を飲酒運転で挙げたことがあったが、相手はそれを根にもってはいないようだった。「サンディ、なにか用かい？　こいつは仕事か？　それとも、お楽しみか？」

「仕事だ」くわしいことを口にしなくても、この情報はすぐに知れ渡るだろう。たぶん、すでにうわさがひろがっていて、ビリーはたんにもっと情報をひきだそうとしているだけかもしれなかった。「部屋を予約しにきたんだけど、おたくのボスは客をフェリーの乗り場に送り届けにいっちゃってね。待つあいだにコーヒーとサンドイッチを出してもらえ、と彼はいってた」

ビリーはうなずくとコーヒーの機械をいじくり、それから奥の小さなキッチンへと姿を消した。顔だけちょっとのぞかせて、ハムでかまわないかと訊いてくる。「それ以外は、あまり残ってないんだ」

「こっちは腹ぺこなんだ」サンディはいった。「マスタードをたっぷりつけてくれたら、おまえがはさまってるサンドイッチでも食っちまうよ」サンディはカウンターに腰をおろして、コーヒーを飲んだ。バーにいるのは、外国人旅行客のカップルと隅でちびちびとビールを飲んでいる地元の男だけだった。「ここの働き心地はどうだい？」

ビリーは、その質問の裏にこめられた意味をくみとっていた。ゲイの男性カップルがスプリングフィールドを手にいれたというニュースは、シェトランドじゅうでうわさになっていたのだ。最近のシェトランド人は偏見に与せずという意識をもつようになっており、それほど不快な反応は見られなかった。とはいえ、みんな大いに関心をもっていたし、なかには笑えない冗談を口にするものもいた。ビリーは肩をすくめてみせた。「悪くないよ。デイヴィッドは腕のいい料理人で、実務のほとんどをこなしてる。チャーリーは表方だ」

そこへちょうど、先ほどの男が戻ってきた。ドア口のところで日の光を背にしている人影が手をさしだし、ほほ笑みながらちかづいてくる。「お待たせして申しわけない。チャールズ・ヒリアーです」その名前が大きな意味をもつとでもいうような——サンディが知っていて当然とでもいうような——口調だった。実際、サンディの頭のなかでは記憶がうごめいていた。祖母のミマの家で観た土曜日の晩のテレビ番組。両親が家を留守にするので、兄といっしょに泊まりにいっていたときのことだ。演芸番組だかゲーム番組だかが放映されていて、三人はいっしょになって笑っていた。子供でも楽しめるようなお笑いだった。その記憶はひどくあいまいだったが、相手の男はあきらかに自分をまだ有名人だと考えており、サンディは気まずさをおぼえた。そこで、とりあえずは目のまえの仕事に集中することにした。このホテル経営者のことは、あとでグーグルで調べればいい。

「すくなくとも数日間、アンスト島を捜査の拠点にしたいと考えているので、そのための部屋をいくつか借りられませんか？　泊まる部屋と、できれば会議のできるような部屋を」

自分の正体に気づかれなかったことで落胆していたのだとしても、チャールズ・ヒリアーはそれを表にはあらわさなかった。すぐに仕事モードに切り替えて、サンディを母屋に連れていくと、奇術師のようなはでな身ぶりでドアをあけながら、つぎつぎと部屋を案内していった。彼は芝居っ気たっぷりで、華やかさのある人物だった。サンディは頭のなかで料金を計算し、ジミー・ペレスになんといわれるだろうかと心配になった。「割引してもらえませんかね？　これだけたくさんの部屋を借りるんだから？」

チャールズ・ヒリアーが笑った。「検討してみましょう。こちらとしても、警察の方たちにはできるだけ協力したいですから」彼はサンディを社交室に案内すると、紅茶と小さな自家製のショートブレッドののったトレイをはこんできた。

「なにがあったんですか？」チャールズ・ヒリアーがたずねた。彼の頭がひょいとまえに動いたのを見て、サンディはふたたび鳥を連想した。オウムといったところか。その目はビーズのように小さくて、きらきらと輝いていた。「話しても差し支えがないのであれば」

もはや秘密にしていても意味はないだろう、とサンディは考えた。「島を訪れていた人が亡くなったんです」という。「不審死の可能性があります」それに対して矢継ぎ早に質問が飛んでくるかと思いきや、チャールズ・ヒリアーはふたたび頭を紅茶のほうへすこし下げただけで、それ以上はなにもいわなかった。

8

ジミー・ペレスの電話を受けたとき、ウィロー・リーヴズはちょうどノース・ウイスト島に住む両親のところに帰省中で、ヒッピー共同体《コミューン》のメンバーとともに古い納屋に集まり、長いテーブルを囲んで昼食をとっているところだった。時間が逆回転して、彼女はあっという間に子供に戻っていた。なにもかもが昔のままだった。自家製のパンと野菜シチューの味。礼儀正しさの下に不満や異議が潜むひそひそ話。だが以前とはちがって、テーブルには子供がひとりもいなかった。ウィローの記憶のなかでは力強く軽快に動きまわっていたメンバーたちも、いまでは白髪頭で関節炎に悩まされていた。ウィローが警察官になって以降、あらたな加入者はゼロだった。島の学校の生徒数を増やすような家族は、ひとつもなかった。所有権や信念の共有というヒッピー共同体《コミューン》の理想は、どうやらサッチャー世代には受けないようだった。

ウィローは中座を詫びてから、電話をとるために外へ出た。母親のロッティは娘に会えたことを喜んでおり、ウィローもここでの滞在を楽しんでいた。なにも考えずに肉体労働に没頭し、自然食品を毎日とっていると、心が洗われた。それに、両親に電話をかけるたびに——母親から今度はいつ帰ってくるのかとやんわりと切なそうな声で訊かれるたびに——感じていた罪の意識も、払拭されていた。父親との関係は昔からもっとこみいっていて、いまも二週間をいっしょにすごしたあとで、ウィローはすぐにでも出ていきたい気分になっていた。したがって、外の世界からの予期せぬ連絡は、渡りに船ともいえた。

「こんなときに申しわけない」ペレスの声は遠くに聞こえた。「いまご両親のところにいるそうだが」

「事件なの、ジミー？」

「不審死だ。里帰り結婚式に出席するため本土からアンスト島にきていた女性が亡くなった。死因ははっきりしないが、死体はきちんと整えられたようになっていたので、自然死とは考えにくい。ジェームズ・グリーヴは今夜の飛行機でこちらへくることになっている」

ジェームズ・グリーヴはアバディーンを拠点に活動している病理医で、ウィローはシェトランドで起きた前回の事件で彼と顔をあわせていた。そのときの死体も、やはりきちんと整えられていた。

「いま休暇中なのは知っているが」ペレスがいった。「まずきみに連絡しようと思った」間があく。「興味があるだろうと思って」

ペレスが自分にきてもらいたがっていると知って、ウィローは一瞬、嬉しさをおぼえた。自分が真っ先にえらばれたのだ。頭のなかでは、すでに飛行機の時間やさまざまな可能性についての計算がはじまっていた。十分後にここを出発すれば、ベンベキュラ島を発つつぎの便に間にあうはずだった。「グラスゴーからそちらへむかう飛行機の最終便を予約しておいてもらえるかしら、ジミー?」

「きょうの便か?」

「そちらがそれでかまわなければ、警部」わざと堅苦しくいう。なぜなら、スコットランド北部の重大犯罪にかんするかぎり、形式上は彼女がペレスの上司になるからだ。

「サンバラ空港へは迎えにいけない」ペレスがいった。「今夜、自分がアンスト島を離れるのはまずいと思うんだ。知ってのとおり、ここからシェトランド本島へ戻るのは大変だ。空港にレンタカーを手配しておく。アンスト島までくる最終便のフェリーの予約のほうも。いっしょにジェームズを乗せてきてもらえるかな? 泊まる場所も用意しておく」

　仕事で戻らなくてはならないと両親に告げたとき、ふたりは口ではがっかりしたといいながらも、内心ではウィローとおなじくほっとしているのがわかった。ウィローは、かれらにヒッピー共同体《コミューン》が栄えていたころのこと——子供たちが騒々しく庭を駆けずりまわっていたころのこと——を思いださせていた。軽やかな身のこなしで畑仕事をするウィローは、まさに三十年前のかれらの姿だった。父親はウィローの便が離陸するまで空港にとどまっており、飛行機が滑走路を移動するあいだも、じっと動かずにそれを見送っていた。

　ジェームズ・グリーヴは背が低く、いつもぱりっとした身なりをしている男だった。その姿を見るたびに、ウィローは彼が元軍医であることを思いださずにはいられなかった。彼の便のほうが先の到着だったので、ウィローがサンバラ空港に着いたとき、そこにはすでに彼の姿があった。足もとに置かれた革製の旅行鞄。腕に掛けられたコート。靴はきれいに磨きあげられて、日の光を反射していた。

ジェームズ・グリーヴは小さくこわばった笑みを浮かべてみせた。「警部。まただな」

北へむかって車を走らせるあいだ、ウィローはさまざまな地点で前回シェトランドにきたときのことを思いだしていた。当時、ジミー・ペレスは病気休暇中で、怒りっぽくて人を寄せつけず、ときおり手に負えなくなることがあった。先ほど電話で話をしたときは、そのころよりも調子が良さそうだった。前回の捜査ではペレスと上手くやれた、とウィローは考えていた。そしていま、自分の心のなかにはべつの感情もあることに気づいていた。期待感のようなものだ。だが、その方面で期待するのは間違いだとわかっていた。彼女は昔から男性関係で失望しつづけており、今回も仕事に専念するのがいちばんだった。もしもペレスが彼女に個人的な関心をもっているのなら、もっとまえに連絡してくることもできただろう。それに、彼はまだ婚約者の死を悲しんでいるところだった。ウィローはラーウィックを迂回して、車を北へと走らせつづけた。トフトではフェリーがくるのを十分待ち、グッチャーではアンスト島へ渡るフェリーにぎりぎりで乗りこんだ。ウィローは機内で地図を調べてきており、自分の目指す場所がどこに位置するのかを正確に把握していた。

ペレスは道路わきの電話ボックスのそばで、ふたりを待っていた。アンスト島に着いたときに、ウィローが電話で知らせておいたのだ。ペレスは暗い顔をしていた。身なりがだらしなく、髪がすこし長すぎた。ウィローは彼の誘導にしたがって、車を集会場のすぐわきにとめた。

「ここから現場までは歩いていける」ペレスがいった。

ウィローとジェームズ・グリーヴが車から降りると、一瞬、気まずい沈黙がながれた。「そう」ペレスがいった。「まただな」

それから、ジェームズ・グリーヴが亡くなった女性と現場にかんする質問をはじめた。ペレスの案内で羊の食んだ草地を進んでいくあいだ、ウィローは一連の出来事をくわしく説明するペレスの声に集中しようとした。時間の感覚がおかしくなっていた。ウイスト島でも真夏はかなり日照時間が長くなるが、ここはさらに北に位置しており、もう夜だというのに、お昼すぎくらいの明るさがあった。空積みの石塀の隙間にある踏み越し段のそばで、サンディ・ウィルソンが待っていた。陽射しをもろに浴びており、そのそばかすのある顔は男子生徒のように見えた。ウィローを見ると、彼はにっこりと笑った。すくなくとも、サンディは彼女に会えて喜んでいるようだった。

「ヴィッキー・ヒューイットをつかまえました」サンディがいった。「あすの朝いちばんの飛行機で、こっちへきます。朝はやく空港にいって、彼女を拾ってきます」ヴィッキー・ヒューイットは犯行現場の鑑識責任者で、やはり本土から呼んでこなくてはならなかった。

「羊道をいこう」ペレスがいった。「これまで全員、そこをとおってきたから」

まずウィローの目に飛びこんできたのは、立石だった。巨大で、先が尖っている。ウィローの集中は途切れかけており、気がつくと、この巨大な石のかたまりを尖らせて泥炭に埋めた人たちのことを考えていた。かれらにとって、それはどんな意味をもっていたのだろう？　さらには、立石の据えられた時代よりもあとにここにあった集落のことにも考えはおよんだ。空積みの石塀は土地の境界線をあらわしていたし、直角に交わるすこし高めの石塀は、もともとは家の角を形成していた壁の残骸なのかもしれなかった。この土地には、以前はもっと多くの家族が住んでいたのだ。

現場にちかづくにつれて、水のなかに横たわる女性が見えてきた。黒い髪。青白い肌。〝死体は整えられている〟といっていたペレスの言葉の意味が、わかった。もしも病気で倒れたり足を滑らせたりしたのなら、あんなふうに頭をまっすぐ立石のほうにむけて、あおむけに横たわってはいないだろう。かといって、自殺にも見えなかった。「書き置きがあったのよね？」

「メールだ」ペレスがいった。「友だちのひとりに送られてきた〝わたしをさがそうとしないで。そのころには、もう死んでいるだろうから〟」

「遺書のようにも聞こえるわ」

「ただし、そのメールを送ってきたｉＰｈｏｎｅ《アイフォーン》は、死体とはべつのところにあった。さっき車をとめてきたところにちかい丘の上で見つかった」

「つまり、殺人犯はゲームを仕掛けてきているというの？」いまはゲームをするのにぴったりの季節だ、とウィローは思った。

ペレスは、憶測をめぐらせるのは気が進まないとでもいうように肩をすくめてみせた。ウィローは前回の捜査のときのペレスを思いだして、ぴしゃりといいたくなった。わたしを相手にゲームをするのはよしてちょうだい。いいから、あなたの意見を聞かせて。

ジェームズ・グリーヴは写真を撮っており、作業に完全に没頭していたので、ペレスとウィローのあいだに走った緊張には気づいていないようだった。ふいに顔をあげる。「わかっているだろうが、死体をはこぶまで、死因についてはなにもいえない。これなら、今夜は自分のベッドでぐっすり眠ってから、あすの朝いちばんできてもよかったな」

「でも、そうしていたら、今夜わたしたちといっしょにすごせませんでしたよ」自分も今夜ノース・ウイスト島にとどまることができた――その可能性を考えると、そうならずにすんだことにあらためて感謝した。ウィローは故郷の島に着いた瞬間から、自分の自信が父親の不満によって突き崩されるのを感じていたのだ。

「死亡時刻は?」訊いても無駄だとわかっていたが、それでもウィローは質問せずにはいられなかった。

ジェームズ・グリーヴがじろりとにらみつけてきた。「彼女が最後に目撃された時刻と死体となって発見された時刻を教えてくれたら、そのふたつのあいだのいつかだ」

「いちおう訊いてみても損はないかと思って」ウィローは病理医にむかって、ちらりと笑みを浮かべてみせた。彼と話をしていると、どこまでなら無理をいっても大丈夫なのかがよくわからなかった。「ここにはサンディを残しておいて、わたしたちはあなたの容疑者に話を聞きにいってはどうかしら、ジミー?」

ウィローの先に立って斜面をおりながら、ペレスは小道の突き当たりにある海のそばの平屋建ての白い家を指さしてみせた。

「あれがスレッツだ」ペレスがいった。「休暇用の貸し家で、かれらはあそこに滞在している。ふた組のカップルで、アンスト島には友人の結婚式に出席するためにきた。みんな三十代で、ロンドンで働いている」いったん言葉をきる。「かれらは友だちが亡くなったことを知っているが、くわしいことはまだなにも聞かされていない。かれらには、地域警察官のメアリ・ロマックスがつきそっている。もっとまえに話をしにいくべきだったのかもしれない。かれらは情報を待ちわびて、ぴりぴりしているだろう。こちらに敵意を抱いていてもおかしくない。だが、かれらを相手にどう話を切りだせばいいのかわからなくて、それできみの到着を待っていたんだ。かれらは、まるでちがう国の言葉を話す人たちのようだ。べつの惑星からきた異星人という気がする」

「わたしのほうがかれらと共通点が多いと考えているのかしら？　それって、冗談よね？」ウィローは自分の恰好を見おろした。チャリティ・ショップで買って、丈があうように裾をおろしたジーンズ。肘に穴のあいた手編みのセーター。

「きみなら怖じ気づいたりしないだろう」ペレスの声は真剣だった。「きみが誰かに怖じ気づくところなど、想像できない」

その褒め言葉に、ウィローは一瞬、息ができなくなった。それから、自分が赤面していることをペレスに悟られまいと顔をそむけ、駆けるようにして貸し家のほうへと斜面を下っていった。

スレッツでは、三人の男女がダイニングテーブルを囲んですわっていた。もっとも、その上にならんでいる食事は、ピクニックのような感じだった。フランスパンが半分。包んだままのチーズがいくつか。フムスのはいった容器。誰もしゃべっていなかった。ペレスがかれらを異人種だといっていた意味が、ウィローには理解できた。髪の形や色艶、普段着の質感からしてちがうのだ。ここでは、チャリティ・ショップで手にいれたジーンズにお目にかかることはないだろう。ウィローはドアを叩いてから、染みひとつないキッチンにずかずかとはいっていった。この休暇用の貸し家は、インヴァネスにあるウィローのフラットよりもはるかに設備が充実していた。ダイニングテーブルにいた三人がいっせいにふり返って、ウィローをみつめた。依然として、誰もしゃべろうとはしなかった。それから、彼女のうしろにいるペレスの姿に気づくと、かれらは口ぐちに質問をはじめた。教育を受けた育ちの良さそうな声が混ざりあう。キッチンの隅では、母親のような雰囲気をたたえた女性が椅子に腰かけて手紡ぎ糸で編み物をしていた。

ウィローが両手をまえに突き出すと、声はしだいに小さくなっていった。イングランド人の女性が立ちあがった。ポリー・ギルモアだ。彼女はブロンドの髪をしていて、肌の色が青白く、表情に不安と緊張があらわれていた。「なにも知らされないまま、ここで何時間も待たされているんです。外の世界から切り離されたまま。メアリも、わたしたちとおなじくらいなにも知らない。一時間前にやってきた男の人は、わたしたちの携帯電話とノートパソコンを押収すると、責任者から説明があるといってました。もう何時間もここにすわって、誰かがあらわれるのを待っていたんです」いったん言葉をきる。「ああ、大変。誰かがシーラに知らせないと」

「シーラ?」

「エレノアのお母さんです」

「番号を教えてください」ウィローはいった。「こちらから連絡します」

がっしりとした体格の男性が立ちあがった。「なにがあったんだ? 彼女は自殺したのか? 事故で亡くなったのなら、こんなに大騒ぎはしないだろう」

「あなたは?」ウィローは男のほうへむきなおった。

「彼女の夫だ。イアン・ロングスタッフ」

「ほんとうにすみません、ロングスタッフさん。なにもお知らせしないまま、こんなに長いことお待たせしてしまって。けれども、ここは警察官の数がすくなくて、なかなか手がまわらないんです。このたびは奥さまが亡くなられて、ほんとうに残念です」ウィローは相手の反応をうかがった。なにもなかった。男は無表情なままだった。あまり感情を表にあらわすタイプではないのだ。それに、彼には妻の死を受けとめる時間がじゅうぶんにあった。彼がそのことを告げられたときに自分もその場にいられたらよかったのだが、とウィローは思った。

「彼女の死因は?」その言葉は平手打ちのようにぴしゃりと口にされた。

「まだわかっていません。アバディーンから病理医がきていて、あす彼女を検死のために本土へ移送します」

「自殺だった?」

「いまの時点では、なんともいえません」目のまえにいる三人のイングランド人が途方に暮れているのが、ウィローには見てとれた。かれらは自分たちの生活をコントロールすることに慣れていた。異邦の地にいると感じているのは、かれらのほうなのだ。かれらは素晴らしい文化的な体験を期待して、ここへきた。地元の人たちと会い、その伝統にふれることを期待して。そして、全員そろって家に帰り、たくさんの土産話を洒落たカフェやワイン・バーで友人たちに披露するつもりでいた（ただし、動物園を訪れた見物人とおなじで、その滞在に影響を受けることなく）。ところが実際には、ロンドンに帰っても、かれらの生活は二度ともとに戻ることはないだろう。

「ところで、あなたは？」まだひと言もしゃべっていなかった男が口をひらいた。ポリー・ギルモアの恋人だ。縮れた黒髪。整えられていないひげ。パブリックスクールや一流大学を連想させるしゃべり方。礼儀正しいが、当然答えをもらえるはずだという自信を感じさせるしゃべり方だ。その顔は日焼けしており、休暇から戻ってきたばかりなのかもしれなかった。

「ウィロー・リーヴズです。インヴァネスにある重大犯罪捜査班の警部で、この捜査の指揮をとります」

「エレノアは殺されたと考えているのか？」夫のイアンだった。ウィローのほうに顔をぐいと突き出している。喧嘩腰の口調になっていて、先ほどよりも地方の訛りが強くなっていた。このグループのなかでは彼も異邦人の気分を味わっているのではないか、とウィローは思った。

　ウィローは声を冷静に保った。悲しみのあらわれ方は、人それぞれだった。「これは不審死です」という。「死因については、ドクター・グリーヴの検死が終わるまで、なんともいえません」

「彼女はいまどこに?」ポリーがたずねた。

「発見された場所です」ウィローはゆっくりとポリーのほうへむきなおった。「この家の裏手にある立石のそばで、あすの朝にそこから移されることになっています」

「それがエレノアだというのは間違いないのか?」ふたたび夫がいった。「けさ、みんなで彼女をさがしたときに、その辺もあたってみた」

「彼女を発見したのは、ロウリー・マルコムソンです」ペレスがいった。「彼が確認しました。それに、あなたがたが崖沿いに捜索したのなら、彼女には気づかなかったでしょう。彼女は小さな水溜まりのなかに横たわっていて、歩行者用の小道からは見えませんから」

エレノアの死体は夜明けまえからそこにあった、とウィローはにらんでいた。六月の天気の良い日曜日ともなれば、明るくなってからだといつ散歩をする人がとおりかかるかわからず、犯人は時間をかけてあれほど丁寧に死体を整えるわけにはいかなかっただろう。たとえ捜索隊が実際にあのあたりをさがしてまわったのだとしても、かれらはきっとエレノアを見逃していたにちがいなかった。「くわしい供述をとらせていただく必要があります」ウィローはいった。「でも、それはあしたの朝でかまいません。今夜は、すこしお休みになってください」かれらには口裏をあわせる時間がすでにじゅうぶんあったので、ひと晩くらいおいたところで、なんのちがいもないと思われた。

テラスに出ると、あたりは暗くなりかけていた。もう真夜中にちかかった。コテージのなかでは、みんなのすわっているテーブルの上の蠟燭にポリーが火をつけていた。窓越しに見えるイングランド人たちは、まるで美しい構図の絵のようだった。パリの酒場の一場面といってもいい。蠟燭の光で髪の毛が銀色に見えている女性。テーブルの反対側の椅子の背にもたれてすわっている、黒髪にひげをたくわえた男性。白いテーブルクロスの上のパン屑と果物。そして、背中をまるめてむっつりと外をみつめている、妻を亡くしたばかりの男。絵のタイトルは、どんな感じになるだろう？　三人の友人たち。とはいえ、かれらを友人としてひとつにまとめていたのはエレノアだったのではないか、とウィローは思った。そのエレノアがいなくなったいま、かれらはおのおのの考えにふける三人の他人のように見えた。

9

ジョージ・マルコムソンは混乱状態が好きではなかった。一九九五年に自動化されるまで、彼はマックル・フラッガ灯台の灯台守を務めていた。そして、それがすごく性にあっていた。灯台守の仕事というのは、すべてがきちんと決まっていた。いつペンキを塗り、いつ設備の保守点検をするか。いつしらふでいて（勤務中だ）、いつ酔っぱらうか（陸地にあがっているときだ）。マックル・フラッガ灯台はイギリス国内で最北端に位置する灯台で、彼はそれが気にいっていた。それは明白な事実であり、灯台に特別な意味をあたえてくれていた。かれらは四週間おきに灯台のある岩島までヘリコプターではこばれ、勤務が終わると陸地に連れ戻された。ただし、それは天候が許せばの話だ。ジョージは、陸地で足止めを食ったときのほうが、岩島に取り残されたときよりもいらついた。マックル・フラッガ灯台では、灯台守は三人ひと組で勤務についていた。狭いところに男をふたりで置いておくと、敵意が生まれて、喧嘩やとんでもない行為へと発展しかねないからだ。ジョージは自制心が強く、決してかんしゃくを起こさないので、仲裁人という評判をとっていた。ほかのものたちは彼と組みたがった。冷静で几帳面——それがジョージ・マルコムソンだった。

灯台で型にはまった生活を送っていたせいで、彼は迷信深くなっていた。いまだに〝3〟を幸運の数字と考えていたし、船の上では口笛を吹かなかったし、作物を植えるのは満月の時期と決めていた（彼は潮の満ち引きにパワーがあることを知っていた）。

いま彼は〈スプリングフィールド・ハウス〉のバーにいて、テーブルでビールのパイントグラスをまえにすわっていた。〝ヴォクスター〟と呼ばれている彼の家は、息子の友人の女性が亡くなったせいで混乱状態に陥っていた。彼女の死の裏にはなにがあるのか、彼は突きとめようとした。悲劇がただ起きたというのでは気に食わず、ここでも型を見つけようとした。エレノア・ロングスタッフの死の裏では、なにがどのように展開していたのか？　自分たちの行動が彼女の殺害につながったとは考えにくかったが、いまは大変なときであり、確信はなかった。息子のロウリーは大学生のころに、あの女性の思いのままになっていた。だが、そういったことはずっと昔に終わっているはずだった。ジョージは頭のなかで何度もきのうのことを思い返して、理由をさがした。このようなことが起きたことを説明してくれるような、どんな小さな出来事でもよかった。

彼が自分の生活を型にはめずにはいられないことを、妻のグルーシェは理解できずにいた。そして、彼はもはやそのこだわりを妻に説明しようとはしなかった。グルーシェはもっと子供が欲しかったのだろうが、彼は〝3〟というのが家族の人数として良いことを知っていたので、なんのかんのと理由をつけて、ロウリーが生まれたところで打ち止めにしていた。つぎに生まれてくる子は健康ではないかもしれない。おまえも年をとってきているし、身体のことが心配だ……。グルーシェは彼の不安を笑い飛ばしたが、結局は夫を説得しようとするのをあきらめていた。彼は頑固になることがあり、その迷信じみた考え方を、馬鹿げているといいながらも受けいれざるを得なかったのだ。それに、彼女はロウリーにべったりだったので、つぎの子供が疎外感を味わう可能性があることに気づいたのかもしれなかった。

ヴォクスターには大勢の見知らぬ人間が出入りしていて、彼の決まりきった日常をかき乱していた。そして、そのせいで彼は神経がぴりぴりしていた。里帰り結婚式の騒ぎでもかなりひっかきまわされていたが、それについては覚悟ができていた。彼を落ちつかない気分にさせているのは、あの黒い髪と輝く目をした女性の死だった。もしもあのまま家にとどまっていたら、彼は自分のためにならないくらい飲んでしまい、まわりのものに迷惑をかけていただろう。そこで、適当な口実をぼそぼそとつぶやくと、車でここにやってきたのだ。まえの晩の酒がまだすこし残っているかもしれないので、すごく慎重に運転した。メアリ・ロマックスは本土へ出かけていると聞いていたので、警察官に止められる心配はないだろうが、事故は起こしたくなかった。そんなことになれば、グルーシェを怒らせる理由がまたひとつ増えるだけだ。彼は妻を愛しており、彼女を傷つけたくなかった。

そのとき、サンディ・ウィルソンがバーにはいってきて——ウォルセイ島出身の若い刑事だ——ジョージはここでも居心地の悪さをおぼえた。帰ろうと立ちあがったとき、刑事のしゃべる声が耳にはいってきた。どうやら、〈スプリングフィールド・ハウス〉を捜査班の宿にしようとしているようだった。突然、この屋敷にまつわる過去の因縁がいろいろと頭に浮かんできて、ジョージはそれらにどう対処していいのかわからなくなった。家にむかってゆっくりと車を走らせていくあいだ、彼はふたたび、灯台が自動化されなければよかったのにと考えていた。灯台の塔に水漆喰を塗ったり、レンズを磨いたり、仲間と勤務についたりする昔の生活に戻りたかった。毎月、異国からきた妻と幼い息子の待つ家に帰っていく生活に戻りたかった。彼の世界がもっと単純だったころに。

10

ウィローは宿の豪華さに驚いていた。サンディが部屋をとってくれたホテルはメオネスのすぐ南にあり、エレノアの死体が発見された崖からもそう遠くなかった。美しく修復された巨大で豪壮なジョージ王朝風の建物で、時代物の家具や絵画がそろっていた。〝小さなリジー〟はこの屋敷で育ち、陸地に深く切れこんだ入り江で溺死した。言い伝えによると、濃い霧の日に潮にさらわれたのだという。いまは夜のもっとも暗くなる時間帯で、空には星があらわれ、水面には銀色の月が映っていた。屋敷はすこし小高いところにあり、水面だけでなく、地平線から突きでた遠くの立石ものぞむことができた。リジーの父親はイングランド人の地主で、現在ここに滞在するのも、ほとんどがイングランド人の観光客だった。かれらはこの屋敷で、島の当主の気分を――そこまでいかなくても、屋敷とそのまわりの庭の主の気分を――味わうのだ。地元の人間もここを訪れたが、それは屋敷の裏にあるかつての厩舎を改装した一般向けのバーを利用するためで、あとは特別な場合に食堂で食事をするときくらいだった。

サンディが弁解がましくいった。「すこし値段は張りますけど、確認したら、ほかはどこも満員だったんです。値引きしてもらいましたから」

彼がこの屋敷で居心地の悪さを感じているのが、ウィローにはわかった。その立派さに圧倒されているのだ。「最高よ！　すごく便がいいし、必要とあらば捜査本部を設置できるだけのひろさもある。文句なしだわ」

すでに真夜中をすぎており、社交室にはかれらしかいなかった。ホテルの所有者がキッチンに食事を用意してくれており、サンディがラップに包まれたサンドイッチのトレイと、ケーキとビスケットののった皿をはこんできた。ウィローにはダブルの部屋が割り当てられていた。金襴のカーテン。凝った装飾の施された巨大な鏡。彼女がすわったら重みで壊れてしまいそうな華奢な椅子。ウィローは昔から不器用で、物を壊すのではないかといつもびくびくしていた。部屋に旅行鞄を置いて、そこから故郷の味である島《アイランド》モルトをとりだす。前回シェトランドにきたときも彼女はそれを持参しており、これが良き伝統のはじまりになるかもしれないと考えていた。

社交室のテーブルにあるふたつのランプを点けて、かれらは食事をはじめた。ウィローは食器棚でグラスをいくつか見つけてくると、それらにウイスキーを注いだ。ジェームズ・グリーヴが彼女にむかってグラスを掲げながらいった。「葬儀屋と話をした。死体はあすの夕方のフェリーで本土へはこぶ」

「それで、ほんとうに死因はまったく見当がつかないんですか？」

ジェームズ・グリーヴのそばにいると、ウィローはいつでも自分がだらしがなくてぎこちがないと感じた。洗練されておらず、気が利かないと。グリーヴからはすでにさじを投げられ、面白がられてさえいるのではないか、と彼女は考えていた。彼が法病理学者をしているあいだに警察がどれほどだめになったのかを示す具体例、というわけだ。

「わたしに憶測をめぐらせろといっているのかな、警部？」

「まさか。めっそうもない、ドクター」

ジェームズ・グリーヴは笑った。「わたしが賭けをする男ならば、被害者の後頭部には鈍器による外傷が見つかるところに張るだろうな」

「そして、そのせいで彼女はああいう姿勢をとらされていた？」ウィローは独り言のようにしていった。「死んだあとも傷ひとつなく完璧に見えるように」

「そいつは心理学とかそういった魔法の分野の話になるので、わたしにはなんともいえないな」ジェームズ・グリーヴはグラスのウイスキーを飲みほした。「見える範囲でいえるのは、それくらいだ。それ以外の死因は、死体を移送してからだ」立ちあがる。「そろそろベッドにはいるとしよう。では、またあすの朝はやくに」

サンディはこの会話のあいだじゅう、うとうとしているように見えた。そして、立ちあがると、ドクターといっしょに社交室をあとにした。ウィローは手をのばして、ペレスのグラスにすこしウイスキーを注ぎ足した。それから、自分のグラスにも注いだ。「それで、調子はどうなの、ジミー？」酒を飲んでいなければ、これほど個人的な質問をする勇気は出てこなかっただろう、とウィローは思った。「あと、キャシーのほうも？」

「あの子は元気だ」ペレスがいった。「とりあえず、悪夢を見る回数は減ってきている」

「あなたはよく眠れるようになったの？」ウィローが前回シェトランドにきたとき、ペレスはまだ病気休暇中で、気分がひどく落ちこんだ状態だった。キャシーの母親である恋人が亡くなったところで、どうにかしてそれを乗り越えようとしていた。

「仕事に支障はない」ペレスがすばやくいった。「何カ月もまえに職場復帰したんだ」

「あなたが仕事に支障をきたしたことなんて、一度もないわ、ジミー。あなたは、わたしがこれまで組んできたどの刑事よりも優秀よ。でも、わたしが訊いたのは、そういうことじゃない」疲れているはずなのに、ウィローの脳はまだうなりをあげていた。時差ぼけを経験しているような感じだった。シェトランド諸島と、ノース・ウイスト島のあるヘブリディーズ諸島――そのふたつは似ているように思えるが、実際にこちらへきてみると、ウィローはいつでもまったくちがう、もっと遠いところへきたような感じで、印象を受けていた。

ペレスは過剰に反応したことを詫びるような感じで、肩をすくめてみせた。「調子のいい日と悪い日がある。いまは、いい日のほうが増えてきている」

「それじゃ、この件を担当することに抵抗はないのね？　エレノア・ロングスタッフは、フランが亡くなったときとちょうどおなじくらいの年齢よ」ウィローはペレスを見た。自分が一線を越えたのではないか、彼の個人的な悲しみにずかずかとはいりこんでしまったのではないかと、ふたたび不安をおぼえていた。

「問題ない」ペレスはそういって、ウィローに笑みを浮かべてみせた。「今回は、かんしゃくはなしだ。約束する。いい子にしてるよ」

ウィローは、どう返事をすればいいのかわからなかった。ふたりは立ちあがって、立派な階段をのぼっていった。そして、てっぺんまでくると、それぞれの部屋へとむかった。

翌朝、ウィローはふたたびスレッツを訪れた。地域警察官のメアリ・ロマックスはまえの晩、休暇用のパンフレットで〝お子さまに最適〟と宣伝されている小さな納戸にそのまま泊まっていた。「ずっと静かでしたよ」彼女はウィローに報告した。「でも、みんな、どれだけ眠れたのやら。けさはそろって、げっそりした顔をしてましたから」

「いまは、どこに?」家は空っぽな感じがした。「出かけているのかしら?」

「いいえ。外で朝食をとってます。家のなかにきちんとしたテーブルがあるのに、どうしてそんなことをしたがるのかは謎ですけど。まあ、かれらはイングランド人ですからね。新鮮な空気のためかもしれません。ロンドンでは、なかなかお目にかかれないものなんでしょう」

かれらはテラスにいた。きのうの晩とおなじ席次で、ポリーとマーカスが白いピクニック・テーブルをはさんですわり、イアンはその真ん中で水面をみつめていた。彼は雄牛みたいな体格をしている、とウィローは思った。両肩と首のまわりががっしりとしていて、逆に下半身は華奢といっていいくらい細い。

「わたしたち、どうすればいいのかわからなくて」ポリーがいった。「ロンドンに戻ろうかと考えていたんです」

「それはきみの考えだろ」イアン・ロングスタッフの言葉は情け容赦がなく、残酷といってもいいくらいだった。まるで彼女を軽蔑しているかのように聞こえた。「ぼくはここに残る。なにがあったのかわかるまで」

ショックで、一瞬、沈黙がながれた。「それなら、わたしたちも残るわ」ポリーがいった。いまにも泣きだしそうに見えた。「当然でしょ。あなたひとりを残していったりしない」

イアンは両手で頭を抱えた。「すまない」という。「いまのはぶしつけだった。でも、まともに考えられなくて。なにもかもがむちゃくちゃで、わけがわからない。ここへはパーティのためにきたのに、エレノアはもうこの世にいない」

ウィローの耳には、その言葉はあまり説得力をもって聞こえなかった。彼女はイアン・ロングスタッフのことを、強くて口数のすくない男だと考えていた。謝るなんて、彼のイメージにそぐわなかった。

「あと二、三日、こちらに滞在していただけると助かります」ウィローは穏やかにいった。「エレノアさんの死について、もっとくわしいことがわかるまで。この島にある〈スプリングフィールド・ハウス〉というホテルに捜査本部を設置しました。よろしければ、そこでこれから、みなさんの供述をとらせていただきたいと思います。ほかにご予定はありませんよね？」

「いまにも彼女があらわれそうな気がする」イアンがいった。「ここ数週間、彼女があんなに夢中になっていた幽霊みたいに。土曜日の晩に着ていたドレス姿で浜辺を歩いてきて、いっしょに踊ろうとするかのように、ぼくの手をひっぱるんだ」すこし間があってから、イアンがウィローのほうをむいた。「もちろん、みんなできるだけ協力します。まず誰と話をしたいですか？」

「では、ウェントワースさんからお願いします」ウィローはよく日焼けした男のほうを見た。「それで異存がなければ」スレッツにくる道すがら、ウィローはこの件について考え、彼がいちばん客観的な証人になるという結論にたっしていた。知りあいの女性が亡くなったことにショックを受けているかもしれないが、ほかのふたりほど感情的にはなっていないだろう。エレノアのことを、それほどよくは知らなかったのだから。「よろしければ、半時間後に。送り迎えの車は必要ですか？」

マーカス・ウェントワースは首を横にふって、自分の車があるといった。ウィローは彼に道順を説明した。彼女がテラスをあとにしたとき、イングランド人たちは黙ったまま、じっとすわっていた。

マーカス・ウェントワースは約束の時間きっかりに〈スプリングフィールド・ハウス〉にあらわれた。ウィローは日当たりのいい小さな居間を捜査本部にしており、いまも部屋には日の光があふれていた。炉棚の上には切り花を活けたガラスの花瓶があって、マホガニー材のテーブルの奥に陣取ったウィローは、ヴィクトリア朝の女領主の気分を味わっていた。ジミー・ペレスも同席していたが、事情聴取は彼女が取り仕切ることで話がまとまっていた。ペレスはうちにこもった感じで、心ここにあらずに見えた。本人はよく眠れるようになったといっていたが、昨夜はそうでもなかったのかもしれなかった。あるいは、キャシーのことが気にかかっているのかも。ペレスはキャシーの世話を数日間、実の父親に託してきていたが、このふたりの男性の関係があまり良好でないことを、ウィローは知っていた。

マーカス・ウェントワースは黄色い金襴のソファに腰をおろした。すごく落ちついていて、自分が部屋にはいってきてからつづく沈黙を気にしていないように見えた。ウィローは、それを一種の傲慢さととらえた。

「どのような経緯で、ほかの方たちといっしょにスレッツに泊まることになったんですか？」ウィローはいった。「あなたは、キャロラインさんのこともロウリーさんのこともよく知らなかった。でも、ふたりの里帰り結婚式に招かれた」

「じつをいうと、そのふたりのことはまったく知りませんでした」マーカス・ウェントワースがいった。「おそらく、ポリーが招待されるように手をまわしてくれたんでしょう。よくある話です。〝マーカスを同伴してもかまわないかしら？〟きっと、そういうことだったにちがいない。嬉しかったですよ。シェトランドにはきたことがありませんでしたし、これだけ北のほうでひらかれる結婚式ともなれば、きっと特別なものになると思われましたから」

「ミズ・ギルモアとは、どれくらいおつきあいを？」

「半年ほどです」マーカス・ウェントワースは言葉をきり、顔をあげてほほ笑んだ。「でも、そのあいだにとても親しくなりました。彼女は大変控えめな女性で、ようやくきちんと知るようになってきたところです。ほんとうにとてもやさしい女性で、そこに惹かれています。やや人見知りなところもあります。彼女から話を聞くときは、そのことを忘れないでください。それと、彼女がすごく親しい友だちを失ったばかりだということを」

彼は決して大人になることのないパブリックスクール出身者のひとりなのだ、とウィローは思った。感傷的で、〝名誉〟とか〝女性を守る〟といった考えにころりとまいってしまう手合いだ。ウィローは一度、それと似たような世界観をもつ陸軍将校とつきあったことがあった。最初から上手くいくはずのない関係だった。「エレノアさんのことは、どれくらいよく知っていたんですか？」

マーカス・ウェントワースはペレスのほうへ一瞥をくれた。「そちらいるあなたの同僚にも説明したとおり、ぼくはこのグループのなかの部外者です。四人でいっしょに何度か食事にいきましたし、アバディーンからのフェリーでは、もちろんいろいろとおしゃべりしました。エレノアは、とても感じが良かった。でも、ポリーの親友ということで、ぼくははじめから彼女に好意をもっていましたから」

間があいた。どうして自分はこの男を好きになれないのだろう、とウィローは不思議に思った。たんに、昔の恋人を思いださせられるからか？　だとするならば、もっと客観的になるよう努力しなくてはならなかった。「あなたご自身のことをすこし聞かせてもらえますか、ウェントワースさん。お仕事はなにを？」ウィローは反感の埋め合わせに、声に温もりをこめていった。

「自分でツアーを組んでいます。ありきたりの旅はしたくないが、個人でお決まりのコースを外れるのはすこし不安だ、という人たちのためのツアーです。北アフリカと中東を専門にしています」いったん言葉をきる。「すみません。いまのはまるで売り込み口上だ。ぼくは大学へ進むまえに休学期間《ギャップイヤー》をとって、そのときに旅行熱にとりつかれたんです。しばらくほかの人の下で働いてから、独立しました。最近では、宣伝する必要がないところまできています。ほとんどの仕事は、口コミによる推薦ではいってくるんです。お得意さんは、年輩のアメリカ人です。とても裕福な年輩のアメリカ人」マーカス・ウェントワースはにやりと笑ってみせたが、ウィローは笑みを返さなかった。

「ギルモアさんとは、どのようにして出会ったんですか？」このふたりは不釣合いなカップルだ、とウィローは考えていた。あちこち飛びまわるツアーの先導者と、物静かな司書。

「ぼくが企画した休暇ツアーのひとつに、彼女が参加したんです。モロッコでした。タルダンとアトラス山脈をめぐるツアー。ほかの参加者の平均年齢は七十歳といったところで、みんなホテルのプールやマイクロバスからあまり離れたがらなかった。それで、ぼくらは長いことふたりきりですごしました。彼女はやさしい女性です」ここで、ふいに顔をあげる。「やさしさは、とても魅力的だ。そうは思いませんか?」

ウィローは返事に困った。しだいに苛立ちが募ってきていたものの、部屋の隅にいるペレスを意識して、心を落ちつかせようとした。彼の武器は、辛抱強さだった。参考人が先にしゃべりだすまで、沈黙を長びかせるのだ。

ついに、マーカス・ウェントワースが話のつづきをはじめた。「じつをいうと、彼女はいつものぼくのタイプではありません。ふだんは、もっと外向的な女性に惹かれるんです。自分とよく似たタイプに。でも、なぜかポリーはぼくの心をとらえた。数週間前に、母に紹介までしました。母はぼくのガールフレンドにいつもいちゃもんをつけるのに、ポリーとはすぐに意気投合していた。ぼくもそろそろ、身を固める頃合なのかもしれません」マーカス・ウェントワースはふいに決まり悪そうに口をとざすと、小さく笑った。「すみません。ぼくの恋愛事情なんかに興味ありませんよね。でも、ポリーから今回の結婚式に誘われて、すごく嬉しかったんです。彼女はぼくに気があるにちがいない、と思って。だって、そうでしょ? いっしょにいるのが耐えられない相手とまるまる一週間すごしたがる人なんて、いやしない。ちがいますか?」今度は、沈黙が破られるのを待っているのはマーカス・ウェントワースのほうだった。

そのとき、ペレスが口をひらいた。「エレノアさんとイアンさんの関係を、あなたはどう思いましたか?」

マーカス・ウェントワースは、その質問に驚いた様子だった。まるで、ペレスが部屋にいることを忘れていたかのように。「そうですねえ。あのふたりとは、知りあってからまだ間がないので」

「かれらはあなたの恋人の親友です。あなたとポリーさんは、きっとかれらの話をしたはずだ。とりわけ、つらい経験をしてきたエレノアさんのことを」

「イアンはポリーの友だちとはいえないと思います」マーカス・ウェントワースが慎重にいった。「あのふたりには、あまり共通点がない。イアンはとても野心的で、やる気に満ちている。一方、ポリーは自分の仕事を天職ととらえている。彼女なら、たとえ給料が支払われなくても、あの仕事をしているでしょう」

「いまのは、先ほどの質問への答えになっていませんね」ペレスはいった。「あなたの恋人がイアンさんを完全には認めていないのだとすると、なおさらあなたと彼の話をしたがるでしょう」

マーカス・ウェントワースが、さっと顔をあげた。「イアンはエレノアを殺したりしませんよ。いまのが、それをほのめかしているのだとしたら。あのふたりは、劇的な状況を楽しむカップルです。喧嘩しては仲直りすることで、興奮をおぼえていた。ポリーはちがいます。彼女には、それが理解できなかった。とても安定した子供時代を送ってきたんです。たぶん、ご両親は結婚してから一度も喧嘩をしたことがないんでしょう。すくなくとも、娘のまえでは。人は、自分がもっとも安心できるものをよしとしがちだ。そうは思いませんか？」

ウィローは思わずマーカス・ウェントワースをみつめていた。彼のことをウッドハウスの小説に出てくるパブリックスクール出身の愚かものというふうに決めつけていたが、いまはどうして自分がそういう結論に至ったのかが不思議でならなかった。

「ポリーさんのお友だちについて、ほかにもなにか考えをおもちですか？」ペレスがたずねた。

「たとえば、ロウリーさんとキャロラインさんについてとか。あのふたりを、どう思いますか？」

「かれらと会ったのは、結婚式とそのあとのパーティのときだけですよ！」マーカス・ウェントワースがいった。「ふたりは、いっしょにいてくつろいでいるように見えました。しっくりきているように。あのふたりはシェトランドに腰を落ちつけるんじゃないかな。なんとなく、そんな気がしました。それに、ふたりはとてもエレノアのことを好きそうに見えました。どちらかがエレノアを傷つけたいと思うところは、想像できませんね」

「エレノアさんがいなくなった晩」ウィローはテーブル越しに身をのりだした。「あなたはなんらかの理由でコテージを離れましたか？」

「もちろん、そんなことはしていません。どうして出かけたりするんです？」

「あなたはイギリス国内で最北端の地にきていて、いまは真夏です。この時期、人はおかしな行動をとります。それに、あなたは未開の地に魅力を感じている。この機会にひとりで探索しようとしたとしても、不思議はありません」

「ぼくは疲れていました」マーカス・ウェントワースがいった。「ひとりでぶらつこうとは思わないくらい。それに、ぼくはどこででも眠れます。飛行機や奥地のキャンプや知らないホテルで寝られなかったら、いまの仕事はできませんからね。空が明るくても、気にはならない。ぐっすり眠りましたよ」

「それで、ポリーさんは？」

「ああ。ポリーはぼくとは正反対です。旅行で家を離れるときは、睡眠薬を飲んでいる。翌日になっても疲れがとれないことを心配しているんです。かわいそうに、あらゆることでやや心配性の気があります。できれば、ぼくがそれを治してあげられるといいんですけど。でも、睡眠薬を飲んだら、彼女は朝までぴくりとも動きませんよ」

11

ポリーは、イアンといっしょにコテージにいるのが気詰まりでならなかった。彼はエレノアと使っていた部屋に閉じこもっていたが、壁越しにもその絶望が伝わってきた。彼が怒りを抑えてむきだしの木の床の上をいったりきたりするところが、目に浮かんだ。彼を慰めるべきだとわかっていたが、怖くて近寄れなかった。マーカスが警察の事情聴取を受けるためにコテージを出ていくと、ポリーはコーヒーのポットを用意して、外のテラスにすわった。

浜辺に幼い女の子が出てくるのが見えた。バケツとスコップを手にしており、靴と靴下を脱ぐと、しゃがみこんで砂を掘りはじめる。集中して、すごく几帳面に作業を進めていた。学校へかようくらいの年齢に見えたので、ポリーは少女がそこでなにをしているのか不思議に思った。両親といっしょに休暇旅行にきているのかもしれないが、そばに大人の姿はなかった。ロンドンでは、子供がひとりでいるのを見かけたら憂慮すべき問題となる。だが、こちらでは、そうおかしなことではないのかもしれなかった。少女が立ちあがって海のほうへと駆けだしたときになって、はじめてポリーは、それが里帰り結婚式の晩に砂浜で踊っていた女の子だということに気がついた。長い髪。細い手足。だが、きょうは白いドレスではなく、青いブラウスに青い蝶のプリントされたエプロンドレスを着ていた。それでもまだ、その装いはすこし古めかしく、浜辺での服装にしては格式ばって見えた。ポリーは、すぐには自分の目を信じられなかった。エレノアに影響されて、自分までもがあの少女を〝小さなリジー〟だと信じはじめているかのようだった。

ポリーはジャケットをとりに家のなかに駆けこんだ。建物から離れると、冷たい風が吹いているのがわかったが、少女は寒さを感じていないようだった。ポリーが浜辺に着いたとき、少女はまだそこにいて、メオネスの集会場のほうへ歩み去るところだった。もしかすると、そこで保護者が待っているのかもしれなかった。少女はときおり足を止めて、貝殻や流木を拾ってバケツにいれていたが、その割にはすでにずいぶん遠くまでいっていた。ポリーは急いであとをおった。おいついたらどうするのかは、あまりよく考えていなかった。そこで少女の両親とゆきあったら、なんといおう？　わたしの親友は、娘さんのことを幽霊だと思っていたんですよ。

少女は水のほうに背をむけると、内陸へむかう小道にはいっていった。道路に出たところでおいつけるだろう、とポリーは考えた。少女はきっと、そこで靴下とサンダルをはくはずだ。そのそばをとおりかかったときに、ポリーはやさしい言葉をかけて、会話へと誘いこむつもりだった。少女はスレッツと集会場のあいだにある何軒かの家のどれかに住んでいるのかもしれなかった。ポリーは、自分がいまなにをしたいと考えているのかに気がついた。エレノアが亡くなる日の午後に見たといっていた光景――少女が浜辺にいて、海に消えてしまったように見えた――の裏づけをとりたいのだ。それが想像の産物でなかったことを証明するのが、ふいにとても重要なことに思えていた。

砂地の小道は、メオネスの集会場のわきをとおって電話ボックスのところで道路に合流していた。集会場の角までくると、道路の両方向を見渡すことができた。少女はここで道端にすわり、ソックスと靴をはくまえに足の砂をはらっているだろう、とポリーは予想していた。だが、少女も保護者も見当たらなかった。車の音も耳にしていなかったので、それで走り去ったとも考えられなかった。それでも、少女の姿は完全に視界から消えていた。

スレッツに戻る道路沿いには、家が二軒あった。ポリーは足早に歩きながら、少女の姿がちらりとでも見えやしないかと、それぞれの家のなかをのぞきこんだ。寝不足とエレノアの死をめぐるごたごたのせいで、自分の判断力に自信がもてなくなっていた。白夜の銀色の光が脳に染みこんで、理性をのみこんでしまったように感じられた。バケツとスコップをもって浜辺にいた少女は、彼女の空想だったのだろうか？　結婚パーティの晩に砂浜で踊っていた少女は？

とおりかかった一軒目の家は現代風の平屋だったが、間取りは島に昔からある家と変わりなかった。正面に屋根つきの玄関があって、その両側に部屋がある。家の裏手の草地にはブランコのついたジャングルジムが置かれていて、回転式の物干し綱からは男物のジーンズがぶらさがっていた。子供のいる家族の暮らす家だ。まあ、ふつうに考えれば、先ほどの女の子は急ぎ足で道路を歩いて、この家にはいったのだろう。スレッツを飛びだしてここまでおいかけてくるなんて、過剰反応もいいところだった。少女はきっと、ポリーに気がついたにちがいない。その存在に恐怖をおぼえた可能性さえあった。エレノアの死はすでに知れ渡っているだろうし、子供たちは知らない人に用心しろと言いふくめられているのかもしれない。だから、あんなに急いで姿を消したのだ。これから、どうしようか？　エレノアなら、この家のドアを叩いて住人を魅了し、なかに招きいれてもらおうとするだろう。紅茶を淹れてもらい、浜辺で見かけた女の子が幽霊かもしれないと思ったと説明して、いっしょになって笑う。だが、ポリーにそんな度胸はなかった。

携帯電話が鳴った。ここまでくる途中でポリーは何度か携帯電話を確認していたが、電波は届いていなかった。かけてきたのはマーカスだった。あきらかに取り乱していた。「いまどこにいるんだ？」不安のあまり、その声は怒っているように聞こえた。「ちょっと散歩に出ただけよ」ポリーは、少女の住まいかもしれない家に背をむけた。「あの家にいると、閉じこめられているような気がしたの。刑務所にいるみたいに」「外には殺人犯がうろついてるんだぞ」マーカスは、いまにもどもりそうになっていた。ポリーは驚いた。自分が彼に気にいられているのは、あまり多くを求めず、彼が崇拝している母親にやさしく接するように努めたからだ、と考えていたのだ。こんなにも心配してもらえるなんて、思ってもいなかった。みんなから憧れられているマーカスが、どうして自分のことを気にかけるというのか？　誰でもえらび放題なのに。ポリーは息ができなくなるくらい強く彼を愛していたが、それが両想いかもしれないなどとは、一度も想像したことがなかった。「きみは危険な目にあっていたかもしれない。いまどこにいるんだい？　迎えにいくよ。刑事たちがきみの話を聞きたがっている」

マーカスがこれほど動揺しているのはそれでかもしれない、という考えがポリーの頭をよぎった。彼女が刑事たちに迷惑をかけたからだ。だが、マーカスはそういうことに無頓着なタイプだった。ふだんから、人からどう思われようと気にしていなかった。

ポリーは道路で彼の車に拾ってもらうことにして、そのまま歩きつづけた。となりの家は、一軒目よりもずっと古くて荒廃していた。屋根に草が生えていて、とても人が住める状態には見えなかった。窓の割れた屋外便所。雑草が伸び放題の庭。だが、家のまえをとおりすぎたとき、窓から外をのぞく白い顔が見えたような気がした。窓ガラスがひどく汚れており、それ以上の細かいことはよくわからなかった。それに、見えたと思った瞬間、その顔は消えていた。そのとき、マーカスの車がちかづいてくるのが目にはいった。

ポリーは、少女を見かけて浜辺をおいかけてきたことをマーカスにはいわなかった。自分が馬鹿みたいに見えるだけだろう。助手席に乗りこむと、となりにいたマーカスが彼女の手をとって、ぎゅっと握りしめた。「すごく心配したんだ」彼はいった。「もう二度と、こんな真似はしないでくれ」

マーカスは〈スプリングフィールド・ハウス〉のまえでポリーを降ろすと、車のなかで待っているといった。本を持参してきていた。彼もスレッツの雰囲気に――イアンの悲しみと怒りに――耐えられないのだ、とポリーは思った。〈スプリングフィールド・ハウス〉は背の高い左右対称の建物で、この木のない島では場違いに見えた。マーカスが育った屋敷とよく似ていた。ひと月ほどまえ、彼の実家に連れていかれたのだ。彼は間違いなく自分よりも立派な家で育っているにちがいない、とポリーは考え、緑豊かな郊外の通りにある庭つきの一戸建てを想像していた。すぐちかくにゴルフコースのあるロンドン郊外の高級住宅地で、テムズ川が望めるような家だ。だが、彼の実家はその予想をはるかに上まわっていた。数エーカーの地所に囲まれた、ちょっとした領主の邸宅だった。ポリーが子供のころによく連れていかれたナショナルトラストの保存する屋敷の小型版だ。マーカスがあけてくれたドアをとおりながら、ポリーは頭のなかで自分の母親の声を耳にしていた。あらたに一般公開された大邸宅を見学しにいくたびに聞かされていた言葉。いいかい、おまえ。こういうところは掃除が大変なんだよ。だが、そこにいたのは彼の母親だった。とても上品な女性で、応接間で紅茶を出してくれた。気がつくと、ポリーはしゃべるときにアクセントを消して、地元の言葉を使わないようにしていた。それは自分の出自に対する裏切りのように感じられたが、両親は昔からポリーが上の世界へいくことを望んでおり、娘がここで客として遇されているのを見たら、大喜びしただろう。

ふたりの刑事——背が高くて髪の毛がぼさぼさの女性と、色黒で物静かな男性——は、建物の表側にある日当たりのいい部屋でポリーを待っていた。魔法瓶から注いだコーヒーと自家製のビスケットが出てきた。〈センティマン・ライブラリー〉の就職面接とすこし似ていたが、あのときに質問してきたのは年輩の風変わりな理事たちで、彼女の味方だった。

「申しわけありませんが、もう一度すべてをくわしく聞かせていただく必要があります」

ポリーは自己紹介されたときに女性の刑事の名前を聞き損ねており、いまさらたずねるのは決まりが悪かった。彼女がライブラリーでの仕事を愛しているのは、そこでなら、こうした決まり悪さをおぼえずにすむからだった。いまの職に就くまえの彼女の人生は、ちょっとした気恥ずかしさの連続だったような気がした。ほかの人たちは、それにどう対処しているのだろう？　マーカスは自信に満ちており、みんなから愛されているという確信をもって、順風満帆の人生を送ってきていた。いまポリーは女性の刑事にむかってほほ笑むと、それは仕方のないことなので、まったくかまいません、といった。

「あなたとエレノアさんは、古くからのお友だちなんですよね」女性の刑事がいった。

「大学の初日からのです。どうしてあんなに気があったのかは、よくわかりません。わたしたちは、とてもちがっていましたから。わたしはすごく怯えていた。うちの家族で大学に進んだのは、わたしがはじめてだったんです。一方、彼女は落ちつきはらっていて、すべてを楽々とこなしていました。大学の演劇部では、最初のオーディションのときからスターでした。どこへいっても人気者だったんです。エレノアとキャロラインがいなければ、わたしは大学の一年目をのりきれたかどうか」

「彼女はあなたにいろいろなことを打ち明けていた？」

ポリーはそれについて考えた。「以前は、間違いなくそうしていました。男の子のこと。つきあいのこと。仕事での不安。ほら、わたしは競合する相手ではなかったんです。もちろん、彼女がイアンと結婚してからは、まえほど頻繁に顔をあわせることはありませんでしたけど」

「そして、彼女はあなたにではなく、ご主人に打ち明け話をしていた」女性刑事がほほ笑んだ。それは質問というわけではなかったが、それでもポリーはこたえなくてはいけない気がした。

「ええ。たぶん、そうだと思います」

「でも、ご主人はあなたほどエレノアさんの問題を親身になって考えていなかった――あなたはそう思っているんじゃありませんか？」女性刑事はふたたびほほ笑み、ポリーの返事を待った。

ポリーは顔が赤くなるのがわかった。「流産というのは、男の人にとっては理解しにくいことです」という。「エレノアはひどい体験をした。とりわけ、二度目のときは」

「そして、彼女はあなたとその話をした？」

「知らせを聞いてすぐに、わたしは彼女の家に駆けつけました」ポリーはその晩のことを思いだしていた。その日は雨だった。熱帯地方の雨季に降るような雨で、ポリーは車を降りるなり、ずぶ濡れになっていた。雨粒が歩道ではね、溝からは水があふれていた。イアンがドアをあけてくれた。はじめは、なかにいれてもらえないのではないかと思った。雨に濡れるがままに、戸口の上がり段で待たされるのではないかと。だが、ようやく彼はわきにどいた。エレノアは部屋着姿で、ソファにすわっていた。化粧はしておらず、ひどく老けて見えたので、一瞬、そこにすわっているのはエレノアの母親かと思ったくらいだった。エレノアが顔をあげると、彼女が泣いていたのがわかった。

「ああ、ポル。ほんとうにおぞましかった。わたしは産まなくてはならなかったの。出産の苦しみを味わうだけで、なにも得るものはなかった」

「彼女は動揺していた」またしても質問のように聞こえる発言が、ポリーの回想をさえぎった。

「もちろんです」自分がきつい口調になっているのが、ポリーにはわかった。「彼女は流産の危険に怯えながら、大変な思いをして、ずっと赤ちゃんをお腹に抱えていたんです。今度は大丈夫そうだ、と考えるようになっていました。超音波検査で赤ん坊は女の子だとわかっていたので、それにふさわしい可愛らしい子供部屋まで用意していました。妊婦でいることを楽しんでいた。それが突然、なんの前ぶれもなしに、その子がいなくなってしまったんです。いえ、いるにはいましたけど、生きてはいなかった」

「では、彼女が海に消える幼い女の子を見たと思いこんだとしても、不思議はなかった」

「いいえ！」ポリーは友人にかわって腹がたってきていた。一瞬、間をおいてからたずねる。

「すみません。お名前はなんといいましたっけ？」

女性刑事は落ちついた様子でこたえた。「リーヴズです。ウィロー・リーヴズ警部」

「では、説明させてください、リーヴズ警部。エレノアは流産のあとで気落ちしていましたが、精神を病んではいませんでした。おかしなものを見たり声を聞いたりということはなかった。浜辺には、実際に女の子がいたんです。その子は海に消えたりせずに、浜辺で踊っていました。わたしは見たんです。おとといの晩のパーティのとき、消えゆく日の光のなかで、エレノアが説明していたような少女が浜辺で踊っているのを。けさも、その少女は浜辺で砂遊びをしていました。ですから、それはエレノアの想像なんかではなかったんです」

沈黙がながれた。日の光の筋のなかを、細かい埃がふわふわと漂っていた。隅では、もうひとりの刑事——ペレス警部だ——がメモをとっていた。ポリーが感情を爆発させたあとの部屋は、すごくのどかに感じられた。ポリーは、自分の過剰な反応を謝りたくなる気持ちを抑えた。

「おとといの晩」リーヴズ警部がいった。「あなたはなんらかの理由でコテージを離れましたか？」

ポリーは首を横にふった。

「あなたは生前のエレノアさんを最後に見た人物です。そのとき、彼女はまだ外のテラスにすわっていたんですね？」

「ええ」ポリーはペレス警部のほうをちらりと見た。彼は窓の外をみつめているように見えた。あの晩、部屋へ戻ろうとしたときに波打ちぎわにいる人影を目にしたことを、刑事たちに話すべきだろうか？　だが、そんな話をすれば、自分も精神を病んでいると思われかねなかった。

「エレノアもすぐに家のなかにはいってくるだろう、と思っていました」

「でも、あなたは彼女がはいってくる音を聞かなかった？　実際に彼女が家にはいってきたかどうかは、わからない？」

「ええ」ポリーはいった。「翌朝になって目がさめるまで、なにも耳にしませんでした」認めるのが恥ずかしくて、いったん言葉をきる。「寝つきがよくないので、ときどき睡眠薬をのむんです」

「それで、ウェントワースさんは？」リーヴズ警部がいった。「あなたが目をさましたとき、彼はまだそこにいましたか？」

「もちろんです！　彼はわたしといっしょにベッドにいきました」

「おなじベッドですか？」

「いいえ。シングルのベッドがふたつの部屋なんです。寝室は、ひとつがダブルで、もうひとつがツインでした。わたしたちはどちらがダブルの部屋をとるかで、硬貨を投げました。そして、エレノアとイアンが勝った」もうはるか昔の出来事のように思えた。スレッツに着いて、家に飛びこみ、なかを確認したこと。どちらがダブルベッドの部屋をとるかで、笑いながらあらそったこと。

「では、彼はあなたが気づかないうちに部屋を出ていたかもしれませんね。水を飲みにいくとか、朝日がのぼるのを見るとかするために」リーヴズ警部が浮かべたやさしげな笑みは、ちょうどポリーが、気おくれしたライブラリーの利用者にもっと突っこんだ質問をするようにと励ますときに浮かべるものだった。

「こんな話が、いったいなんの役にたつんですか」ポリーはしだいに怒りが募ってくるのを感じていた。これらのつまらない質問は、エレノアとはなんの関係もないように思えた。

「わたしがいおうとしているのは」リーヴズ警部がいった。「あなたはウェントワースさんがひと晩じゅうベッドにいたと決めつけていますが、ほんとうにそうだと言いきれるのか、ということです」いったん言葉をきる。「おとといの晩、あなたがたはどちらも相手に気づかれずにスレッツを離れることができた」

12

部屋には大きな上げ下げ窓から日がさんさんと射しこんできており、暑いくらいだった。ペレスは隅にすわって、ウィローとポリーの会話に耳をかたむけていた。一瞬、意識がほかへとそれる。彼はキャシーのことを考えていた。あの子が学校のなかにはいるまで、ダンカンがきちんと見守ってくれているといいのだが……。おまえは考えすぎだ、とペレスは自分に言い聞かせた。キャシーは安全だし、こんなふうに過保護でいると、そのうちあの子に愛想をつかされてしまうぞ。ペレスは、いま目のまえで事情聴取を受けている女性のほうへと注意を戻した。彼には、ポリーがよくわからなかった。内気で、いかにも司書らしいので、彼女と活力に満ちた映像制作者とのあいだに友情が存在していたとは、にわかには信じがたかった。自分がいつでも美しさと強烈な個性をもつエレノアの陰にいることに、ポリーは不満を感じていなかったのだろうか？

ペレスがポリーに仕事のことを質問しようとしたとき、ウィローがそれをたずねた。まるで、彼の心を読みとったかのようだった。「お仕事はなにをなさっているんですか、ギルモアさん？」

「司書です。専門はイギリス国内の神話や民間伝承で、英国民話協会で働いています。協会の図書館がハムステッドにあって、一般にも開放されているんです」彼女の声は、急に熱を帯びていた。「その仕事につくまえは、しばらく忙しい公共図書館で副司書をしていました。でも、そちらはあまり性にあわなくて」そういって、ポリーは小さく自嘲気味な笑みを浮かべてみせた。その瞬間、ペレスはエレノアがポリーのなかに見ていたかもしれないものを、ちらりと目にすることができた。なんのかんのいって、ポリーにはユーモアの感覚があるのだ。「わたしは、人間よりも物語を相手にするほうが得意なんです。ですから、これはわたしにとって夢のような仕事です」

「そういうところで働いているのなら、エレノアさんから相談を受けたのではありませんか。彼女が番組で幽霊をとりあげることになったときに」

「それが、そうではありませんでした。里帰り結婚式でこちらへくることになったとき、わたしはエレノアに〝小さなリジー〟の幽霊の話をしました。そのときはじめて、彼女の会社が超自然現象を体験したと主張する人びとのドキュメンタリー番組を制作すると聞かされたんです。わたしは、番組に役立ちそうな資料をそろえておこうかといいました。でも、すでに彼女のスタッフがいろいろと動きはじめていました。エレノアはあきらかに、そういった伝説の起源よりも現代の目撃談のほうに興味があるようでした」ポリーが顔をあげて、ほほ笑んだ。「エレノアは昔から、細かい調査が苦手だったんです」

部屋に沈黙がたちこめた。遠くのほうでミヤコドリの鳴く声がした。ウィローがペレスのほうを見て、なにか質問はあるかと目で問いかけてきた。

「エレノアさんが最近浮気をしていたかどうか、ご存じありませんか?」その言葉が口をついて出た瞬間、ペレスはもっと如才ない言い方をすべきだったと反省した。頭の半分はまだキャシーのことで占められていて、学校に電話して彼女が無事に着いたかどうか確認したらおかしいだろうか、と考えていたのだ。ポリーは頬をひっぱたかれたかのように、目をぱちくりさせてペレスのほうを見た。

「いいえ！」ポリーがいった。「そんなはずありません」

ペレスはまたしても、ポリーとエレノアのあいだの不釣合いな関係について考えた。ポリーの態度からは、対等なものどうしの友情というよりも、英雄崇拝にちかいものが感じられた。だが、人間関係には、つねにそういう不均衡が存在しているのかもしれなかった。いつだって、片方がもう片方に対して従属的になる。

「エレノアさんは、夫以外の男性とのセックスにかんして道徳的な抵抗感をもっていましたか?」

ポリーはペレスをみつめてみた。「そういった話は、一度もしたことがありません」

「彼女にそういったことはできない、とお考えですか?」

「いいえ」ようやくポリーがいった。「できなくはないと思います。彼女はなににかんしても、あまり道徳的な抵抗感をもつことがありませんでしたから。でも、そういうことをしていたら、わたしに話してくれていたでしょう。わたしたちのあいだに秘密はなかった。そういう大きな事柄にかんしては」

「最後にエレノアさんとふたりきりで会ったのは、いつですか?」エレノアとポリーがふたりでいるところを見たかった、とペレスは考えていた。フランがロンドンやシェトランドで友だちといるときの様子を覚えているが、そういうとき、彼女はいつでもリラックスしてくつろいでいた。友だちと声をあわせて笑い、ワインを飲みすぎ、うわさ話に興じていた。いま目のまえにいる女性がそういうふうにふるまうところは、なかなか想像できなかった。とはいえ、ポリーはいま悲しんでいるところで、気が張りつめているのかもしれなかった。ペレスはふたたび、自分が彼女に対してすこし厳しすぎるのではないかと思った。

「木曜日の晩です。ロンドンを発つ前日の」ポリーが顔をあげて、ペレスを見た。「旅行の最後の細かい打ち合わせをするためでした。エレノアがライブラリーにきて、ふたりでいっしょにわたしのフラットまで歩いて帰りました。わたしが夕食を作って、それを食べながら、いろいろと話しあって調整した」

「そのときの彼女の様子は？」

「元気でした」返事がかえってくるのが、すこしはやすぎた。ペレスは相手が先をつづけるのを待った。「すごく調子が良さそうでした。それに、興奮もしていた。いまとりかかっているドキュメンタリー番組のことで。その仕事は、彼女の会社にとって大きなチャンスでした。あらたな分野への進出です。それまで彼女の会社が手がけてきた番組よりも一般受けする内容で、すべてが上手くいけば、BBC1で放映されることになっていました。エレノアはうきうきしていて、そんな彼女を見るのはひさしぶりでした。ようやく彼女も赤ん坊のことをふっきれたのだろう、と思いました」

「では、彼女の人生にあたらしい男性が登場したという話は出てこなかった？」

ポリーは首を横にふった。「そんな考えがどこから生まれてきたのか、わかりません。シーラと話をしたんですか？　彼女はエレノアの結婚が長つづきすると思っていませんでした。知性を鼻にかけている人で、イアンでは物足りなかったんです」

「シーラというのは、エレノアさんのお母さんですね？」

「ええ。美術史家で、大英博物館に勤務しています。すごく偉そうにしている変わり者です」

ポリーが言葉をきった。シーラはポリーのことも自分の娘には物足りないと考えていたのではないか、とペレスは思った。

　ポリーを帰したあとで、ペレスとウィローは〈スプリングフィールド・ハウス〉のキッチンで昼食をとった。ジェームズ・グリーヴは朝からずっと飛行機に乗り遅れることを心配しており、とっくの昔に空港にむけて出発していた。サンディは鑑識のヴィッキー・ヒューイットの出迎えでそれに同行しており、テーブルをはさんで食事をしているのはペレスとウィローだけだった。ペレスはウィローと組んで仕事をすることになんの問題も感じていなかったが、彼女が自分にあたえる影響については複雑な感情を抱いていた。自分の人生のなかにべつの女性がいるというのは、たとえそれが同僚であっても、フランに対する裏切りのように感じられた。それに、ウィローはこれまでに出会ったことのないタイプの女性だった。背が高く、骨太で、髪はぼさぼさ、服装はみすぼらしい。ノース・ウイスト島のヒッピー共同体《コミューン》で暮らす両親のもとで育った女性だ。

「それじゃ、どう考えたらいいのかしら？」ウィローがテーブル越しにペレスのほうへ身をのりだした。ちょうど、ふたりでレンズマメのスープと自家製のバノックを食べているところだった。「犯人は、スレッツにいるあの三人のうちの誰かにちがいないわ。でしょ？　地元の人はエレノア・ロングスタッフと結婚パーティで会っただけだろうから、彼女を殺す動機がない」ウィローはバノックの端をスープに浸してから、さらに考えを押し進めた。「もちろん、結婚パーティの主役を務めたマルコムソン夫妻のアリバイも確認しないといけないわね。このふたりもエレノアのことを何年もまえから知っていたんだから。そうなると、犯人はいまあげた五人のなかのひとりということになる」

「エレノアがこのあたりの住人の誰とも接触していなかったことを確認しなくてもいいのかな?」ペレスはゆっくりといった。「その可能性が低いのは認めるが、エレノアがすでに幽霊の番組の準備にとりかかっていたのなら、〝小さなリジー〟を目撃した人たちに連絡をとっていたかもしれない。かれらと会う約束さえしていたかも」

「午前二時に会うというの?　そして、そこで自分への殺意を抱かせるくらい相手を怒らせてしまった?」ウィローは馬鹿にしたようにいった。

「たしかに、ありそうにない話だ。だが、もしもエレノアが地元の人間と話をしていて、それを夫や友人たちに黙っていたとしたら、じつに興味深くないか?」

しばし沈黙がながれた。チャールズ・ヒリアーがぶらりとキッチンにはいってきて、ふたりにチーズと果物を勧めた。彼がパートナーといっしょにこの巨大な屋敷を買ったとき、シェトランドではさまざまなうわさがながれた。かれらがゲイのカップルだということだけでなく、それ以外のことでも。ペレスは細かい内容を思いだそうとした。たしか、過去に有名人だったことがあるといったうわさではなかったか?

チャールズ・ヒリアーはテーブルのまわりでぐずぐずしていたが、自分がふたりの邪魔になっていることに気づいたようだった。「どうぞ、ごゆっくり。わたしは失礼しますから。デイヴィッドは一日じゅうラーウィックに出かけているので、心配いりません。ホテルの客には、居間は立ち入り禁止だと伝えてあります。それに、かれらはキッチンに入れないことくらい心得ている。労働衛生安全基準法がうるさいですからね。もう悪夢ですよ！」チャールズ・ヒリアーは自分も会話にくわえてもらいたそうにしばらくたたずんでいたが、ふたりが黙ってほほ笑んでいると、おとなしく姿を消した。

「それじゃ、このあとはどうする？」ウィローがチーズを大きく切りとりながらいった。「サンディはほぼ一日じゅうヴィッキーにつきそうことになるだろうし、わたしは死体の運び出しに立ち会いたい」

いまのは彼女の気づかいだ、とペレスは思った。彼がふたたび死体を見て心痛をおぼえるかもしれないので、犯行現場から遠ざけておこうというのだ。だが、彼はなにもいわなかった。人から親切にされて腹をたてるようなことは、もうなくなっていた。「だったら、わたしはきょうの午後、新郎の両親から話を聞いておこうか？」

「お願いするわ」間があく。「それと、誰かがロンドンにいって、エレノアの母親や同僚と会ってくる必要がある。エレノアが職場の誰かと浮気をしていたのなら、きっと同僚が知っているはずよ。あなたに頼みたいところだけど、キャシーがいるから、むずかしいわよね」

「それなら、問題ないかもしれない」そういったとたん、ペレスの頭のなかにはさまざまな計画が浮かんできていた。気がつくと、本土への旅に妙に興奮していた。「好都合とさえいえるかも。キャシーをいっしょに連れていって、フランの両親のところに預ければいい。かれらは孫娘と会いたがっていて、しばらくご無沙汰しているから」

「それじゃ、いってもらえるのね？」

ペレスはうなずいた。

「ああ、ジミー・ペレス。あなたがそんなにわたしから離れたがっていたとは、知らなかったわ」ウィローは笑みを浮かべて、いまのが冗談であることを示してみせた。だが、それでもペレスは、相手を傷つけてしまったような気まずさをおぼえた。


ペレスはチャールズ・ヒリアーの姿をさがしてホテルのなかを歩きまわった。ホテルの所有者は上階の豪華な浴室のひとつにいて、蛇口の水漏れを修理しているところだった。

「あなたのパソコンを使わせてもらえませんか？」

チャールズ・ヒリアーはペレスをオフィスに案内すると、コンピュータを立ちあげて、ペレスがインターネットでロンドンへの飛行機の切符を予約できるようにしてくれた。コンピュータのスクリーンセーバーは、ヴィクトリア朝風の衣装で舞台に立つチャールズ・ヒリアーの写真だった。巨大なのこぎりをふりかざし、ブロンドの美女のはいった樽へとちかづこうとしている。

「そうだ、あなたは有名な奇術師だった！」ペレスの頭に、両親といっしょに観たテレビ番組の記憶がおぼろげに甦ってきた。父親はすごく楽しんでいたが、ペレスはその古めかしい演出に気恥ずかしさをおぼえていた。「このころが懐かしいですか？」

「いいえ。引退するころには、がっかりさせられることばかりでしたから。何マイルも車を走らせてオーディションにいっても、その出し物は時代遅れだといわれるだけで。エージェントからの電話を受け損ねるんじゃないかと、おちおち家も留守にしていられなかった。それに、女性の身体を半分にしたりウサギを消したりするやり方には、かぎりがあります。金がすっかりなくなるまえに、やめる潮時だったんです。フーディーニのような身体を張った脱出術は、若い連中にまかせる。そういった方面へ進出するには、わたしは臆病すぎるので。でも、正直なところ、今回のちょっとしたメロドラマは楽しませてもらっていますよ。退屈な日常生活に活を入れてくれますし、亡くなった女性は知りあいというわけではありませんでしたから」

「どうしてシェトランドにくることに？」

チャールズ・ヒリアーが顔をあげた。「デイヴィッドです。彼は昔からアウトドアが好きで、子供のころからよくここを訪れていました。彼はわたしが奇術師として活動するあいだ、ずっと支えてくれた。ですから、今度はわたしが支える番です。すごく楽しんでますよ。ここを買って北へ移ってくるというのは、ふたりでした最高の決断でした。もっとも、想像していたよりも仕事が多いのはたしかですけど」

チャールズ・ヒリアーはそういうと、水漏れする蛇口のところへ戻っていった。ペレスはオフィスの固定電話からフランの両親にかけた。フランの母親が電話に出た。

「楽しみだわ！　もちろん、キャシーはうちに泊まってちょうだい。それと、ジミー、あなたもね。いろいろと積もる話もあることだし」
大変ありがたい申し出だが、自分は仕事で街の中心部に泊まらなくてはならないので、とペレスはことわった。フランの両親が娘の死でペレスを責めたことは一度もなかったが、心のどこかでは彼に責任があると考えているのではないか、とペレスは疑っていた。もしも彼が去年の秋にフランをフェア島へ連れていかなければ、かれらの娘はまだ生きていただろう。ペレスはフランの両親が好きだったが、かれらといると気まずさをおぼえた。仕事中は罪の意識をどうにか心の奥底にしまいこんでおけたが、かれらのまえでは、それ以外なにも考えられなくなった。ペレスは自分用に翌日の晩のホテルを予約すると――エレノアの会社のそばにあるキングス・クロスのホテルにした――外へ出かけた。

風の強い日で、突風が太陽にかかる小さな雲を吹き飛ばし、入り江の水の波頭を白く泡立てていた。マルコムソン家の小農場へむかう道すがら、ペレスはロウリー・マルコムソンの両親について知っていることを頭のなかでおさらいした。ジョージ・マルコムソンは、マックル・フラッガの灯台が自動化されるまえの最後の灯台守のひとりだった。九〇年代なかばに灯台が自動化されたときのことを、ペレスは覚えていた。『シェトランド・タイムズ』に、ジョージとその同僚たちの写真が載ったのだ。全員が制服姿でびしっと決めていて、岩島での生活にかんする記事が添えられていた。当時、ペレスはまだラーウィックの学校にかよっていて、その生活にすごく憧れた。ジョージは灯台守の職を失ったあとで、父親の小農場に移り住んだ。彼の妻のグルーシェはドイツ人で、もともとは料理人としてシェトランドに渡ってきていた。はじめてこの近海で石油が発見されたときに、その作業員用のキャンプで働いていたのだ。ふたりは、ジョージが休暇で陸にあがっているときにダンス・パーティで出会った。うわさによると、彼がグルーシェと結婚したのは、彼が灯台へいって留守にしているあいだ、彼女が家にひとりで取り残されることを気にしなかったからだという。ジョージにはそれ以前にも恋人が何人かいたが、みんな彼に灯台守の仕事をやめてもらいたがっていた。

ペレスは、ジョージよりもグルーシェのほうをよく知っていた。フランが講師をしていた美術の夜間講座に、グルーシェが参加していたからだ。フランとグルーシェは友だちになり、グルーシェが映画やコンサートでラーウィックにきて、アンスト島へ戻るフェリーの最終便に間にあわなかったりすると、レイヴンズウィックにあるフランの家に泊まっていくこともあった。グルーシェはつい先ごろアンスト島の学校の調理師をやめたばかりで、いまは〈スプリングフィールド・ハウス〉のためにパンを焼いていた。確認しなくても、ペレスの頭のなかにはこれだけの情報がおさまっていた。シェトランドでは、こうした家庭の内情は周知の事実となっているのだ。

ペレスが小農場に着いたとき、マルコムソン夫妻はキッチンにいた。グルーシェはテーブルの板の上でパン生地をこねている最中だった。背の高い女性で、そのきりりとした顔立ちは、魅力があるというよりは印象に強く残るものだった。窓の外をとおるペレスに気がつくと、彼女は手をふって、彼をなかに招きいれた。

「あなたがうちにきたって、キャロラインから聞いたわ」グルーシェがいった。「この件を担当するのが、あなたでよかった」彼女のしゃべり方には、ドイツ語とシェトランド諸島の北の島々の訛りが混じっていた。調理用こんろのほうをむき、そのそばの低い椅子でまどろんでいる夫にむかっていう。「彼がジミー・ペレスよ。フランがつきあっていた。まえに話したことがあるでしょ」間があく。「うちの人は、きのうの晩あまり寝てないの。子供たちといっしょにひと晩じゅう起きていて、今回の出来事についてしゃべっていたから」

自分たちが子供あつかいされているのを知ったら、ロウリーとキャロラインはどう思うだろう？ ペレスはそう考えながら、椅子から立ちあがろうとしているジョージにむかって握手の手をさしだした。「いくつか質問させてもらわなくてはならないんだ。さしでがましく感じられるような質問を。いいかな」

「もちろんよ、ジミー。それがあなたの仕事だもの。ちょっと待ってちょうだい」グルーシェはパン生地をまるめてクリーム色の陶磁器の碗にいれると、それを清潔な布巾で覆ってから、調理用こんろの上に置いた。グルーシェは夫のぶんまで返事をするのが習慣になっているのだろうか、とペレスは考えていた。「紅茶を飲む？ それとも、もう限界かしら？」

「どうぞ、おかまいなく」ペレスはグルーシェといっしょにテーブルに腰をおろした。

グルーシェが笑みを浮かべた。「それじゃ、もうたっぷり飲んできたのね、ジミー。シェトランドらしいわ」

「あなたたちは、エレノア・ロングスタッフのことをどれくらいよく知っていたのかな？」

「何度か会ったことがあるわ」あいかわらず、グルーシェがふたりを代表してしゃべっていた。「ロウリーがダラムの大学にいたころに、そこで。あと、もっと最近になってからは、ロンドンで。あの子たちは、みんなそこで暮らすようになっていたから。すごく仲がいいみたいで、全員がケントであげたロウリーの結婚式にきてくれたわ。エレノアは花嫁の付き添いのひとりで、すごい美人だから、主役の座を奪ってしまいそうだった」

「ロウリーは、どうしてイングランドの大学に?」たいていのシェトランド人は、グラスゴーやスターリングといったスコットランドの大学で冒険はじゅうぶんだと考えていた。

「わたしのせいよ！」グルーシェがにやりと笑った。「あの子が子供のころから、外にはおまえの探索すべきひろい世界がある、と言い聞かせてきたの。それに、息子にはすごく期待している。子供がひとりしかいない女性がどんなだか、あなたも知ってるでしょ、ジミー。わが子のためなら、なんだってする！　わたしはあの子をオックスフォードとかケンブリッジにいかせたかったけど、本人は力不足だと考えていた。ダラムは妥協の産物よ」

それで、ジョージは？　ペレスは頭のなかで自問した。彼はひとり息子が遠くの大学にいくことを、どう思っていたのだろう？

「エレノア・ロングスタッフのことは、どう思っていたのかな？」

「いい娘よ！　すごく面白くて、いつでもなにかを演じて、人を楽しませていた。彼女と芸術や政治の話をするのは、楽しかった」いったん言葉をきる。「でも、ロウリーがキャロラインを好きになってくれたときには、ほっとしたわ」ふたたび言葉をきる。「世の中には、濃厚なチョコレートケーキみたいな人がいる。そうは思わない、ジミー？　すこし食べるだけで、じゅうぶんなの。エレノアがアンスト島で暮らすところは、想像できなかった」

「でも、ロウリーとキャロラインなら、ここへ戻ってくるだろうと？」

「かもしれない。そうなってくれたらいいわよね、ジョージ？」

グルーシェの夫が椅子のなかで笑みを浮かべてみせた。「ああ。孫が成長するところを見たいしな。それに、小農場を手伝ってもらえるとありがたい」

「そういったことを、こちらで勝手に決めつけないようにしないと」グルーシェが鋭い声でいった。「子供を作ることにかんしても、ふたりがここでなにをするのかにかんしても。でも、ロウリーが家にいなくて寂しかったから、あの子が戻ってきてくれたら、こんなに嬉しいことはないわ」

「それじゃ、ロウリーはエレノアといっしょになっていたかもしれないんだ？　昔、彼女とつきあっていた？」そのことは、ペレスには初耳だった。イングランド人たちは、この情報を彼から隠していたのだろうか？　それとも、遠い昔の出来事なので――学生時代のみじかいつきあいだったので――みんな忘れていたのか？　もしかすると、シェトランド人のほうが過去のことをよく覚えているのかもしれなかった。

グルーシェは肩をすくめてみせた。「何度かデートした程度よ。エレノアは魅力的な女性だから」

ジョージが立ちあがり、調理用こんろに背中をもたせかけた。「あの女はロウリーの心をずたずたにした」という。「ジミーには正直に話さないと。どうせ、いずれ突きとめられることだ。そういったことは隠しおおせるものじゃない」

「あの子は十九歳だったのよ」グルーシェがいった。「まだ子供で、はじめて家を離れたところだった。ふられたことをあんなに重く受けとめたのも、無理ないわ」

「だが、ロウリーは家に戻ってくると、大学をやめるといいだした」ジョージがいった。「おまえはあの子が自殺するかもしれないとまで考えてたじゃないか！　そして、あの女を〝魔女〟と呼んだ」

「あのときのわたしは、大げさに騒ぎすぎてたのよ」グルーシェがいった。「ロウリーもね。でも、あの子はキャロラインを見つけた。分別があって、手練手管を弄さない女性を」

「そして、エレノアはそれとは正反対の女性だった」ジョージ・マルコムソンはひと言ずつ考えながら発言しているように見えた。その言葉の裏に特別なメッセージを潜ませようとするかのように。「彼女は心がひろくて温かみのある、面白い女性だった。だが、あまり親切ではなかった。自分以外の人間の喜びに関心がなく、つねに興奮をおいもとめていた」

ペレスはジョージを見た。どうやら彼は、エレノアの死体が発見されて以来、ずっとそのことを考えていたようだった。「ほかに、こちらが知っておくべきようなことは？」

ジョージはためらってから、首を横にふった。「いや、ない。だが、彼女が誰かに殺されたと聞いたとき、おれは驚かなかったよ」

13

ウィロー・リーヴズが見守るなか、死体をのせた霊柩車はスレッツのまえを通過して、二日前に被害者が踊っていたメオネスの集会場のむこうへと姿を消した。この距離からだと、日の光を反射させた霊柩車は黒光りするカブトムシのように見えた。エレノア・ロングスタッフの死体はいったんラーウィックにはこばれたあとで、今夜、本土へむかう船にのせられ、あすにはグリーヴ医師の待つアバディーンの死体置き場に到着することになっていた。

ウィローは作業中のヴィッキー・ヒューイットのほうにむきなおった。これまでのところ、犯行現場検査官は死体の発見された現場周辺でウィローを興奮させてくれるようなものをほとんど見つけられていなかった。地面が乾燥しているため、靴跡は残っていなかったし、水溜まりのまわりは水際までヘザーが生えていて、泥や砂の部分がなかった。死体を水からひきあげると、ジェームズ・グリーヴが予想したとおり、後頭部に殴られた跡があった。高価な絹のドレスの背中には、血の染みがついていた。しばらく水に浸かっていたにもかかわらず、生地の血しぶきは付着したときのままで残っていた。ドレスについているそれ以外の痕跡は、草か土の染みかもしれなかった。

「つまり、彼女はどこかべつの場所で殺されてから、ここにはこばれてきたのかしら？　死体が水溜まりのなかに横たえられたころには、すでに血が乾いて生地に染みついていた?」だとすると、なぜそんなことをしたのだろう? この場所には、なにか特別な意味があるとか? あるいは、エレノアを完璧に見せようとした?

「はこばれたのではなく、ひきずられてきたのよ」ヴィッキー・ヒューイットの声はマスクでくぐもっていた。彼女が指さしてみせた地点では、そこここでヘザーの茎が折れてなぎ倒されていた。「もちろん、断定はできないけれど。なぜなら、あんなふうに倒れている植物は、この一、二週間に頑丈なブーツをはいた歩行者がとおった跡かもしれないから。でも、あれが死体をひきずった跡だという可能性はある。でしょ? それなら、ドレスの背中についている草の染みも説明がつくし。それに、彼女はそう遠い場所で殺されたとは思えない。石塀の隙間にある踏み越し段のまわりの植物は、踏み荒らされていないから」ヴィッキー・ヒューイットは身体をふたつに折って、手袋をはめた手で湿地の草やヘザーをゆっくりとしらみつぶしにかきわけていった。羊に食べられてみじかくなった草のところで、いったん足を止める。それから、ふたたび腰を曲げ、なにかを拾って証拠袋にしまった。小さすぎて、ウィローにはそれがなんなのかわからなかった。

「なにを見つけたの?」

「まだよくわからないわ。ちょっと待ってちょうだい」ヴィッキー・ヒューイットは指先による捜索をつづけ、ふたたびしゃがみこむと、べつの袋になにやら小さなものを滑りこませた。

ウィローは靴に覆いをつけていたが、ヴィッキー・ヒューイットから呼ばれてはじめて、そちらへちかづいていった。そこは崖の縁にちかいところで、波の砕け散る音と陸にむかって吹きつける風で、ウィローはふいに気分が高揚するのを感じた。あたりにはハマカンザシとブルー・スキルが生えていた。ヴィッキー・ヒューイットは手のひらに証拠袋をのせており、ウィローは中身を見ることができた。

「ちぎった紙の切れ端ね」ウィローはがっかりしていった。「なにかはわからない」

「ふつうの紙くずではないわ」ヴィッキー・ヒューイットがいった。「キャンディーの包み紙とかポテトチップスの袋ではない。それに、そもそもそういったものなら、どうして細かくちぎる必要があるの？」

「だったら、なんなのかしら？」

「紙質は硬くて光沢がある。おそらく、写真よ」

ウィローはそれについて考えた。いまどき、誰が写真を印刷したりするだろう？　みんなデジタルで撮って、それをフェイスブックやツイッターに載せるだけだ。「じゃあ、誰かがここで写真をびりびりに破いたわけね。怒りに駆られてとか？　残りの紙片も見つかるといいんだけど」

ヴィッキー・ヒューイットが笑った。「この風だと、残りはいまごろノルウェーまではこばれてるわ。ここにあるやつは、たまたまほかよりも丈の長い草にひっかかっていたのよ」

崖の縁のそばには、激しい嵐のときに打ち上げられてきた石がいくつも転がっていた。水で角がとれてすべすべになった石だ。なかには、小さな子供くらいあって、大の男でももちあげられそうにないものもあった。強風の吹く大しけのときには、こうした巨大な石ですら下の浜辺からおはじきのように弾き飛ばされてくるのだ。「殺人の凶器となったのは、このへんにある石のどれかだった可能性があるわね」ヴィッキー・ヒューイットは大きく伸びをしてから、痛む腰をさすった。「もっとも、わたしが犯人だったら、目的を達成したあとで、その石はすぐにもとあった崖下に投げ捨てるけど」

「だとすると、この犯行はあらかじめ計画したものではなかったことになる」ウィロー は独り言のようにいった。「犯人は武器を持参していなかったんだから」

「犯人は、ここにこういう石があることを知っていたのかもしれない。それで、ここを待ち合わせ場所に指定したのかも。あと、被害者は歩き去るところだったようね。それか、背中をむけたところだった。これは、自己防衛のための殺人、もしくは喧嘩のはずみで起きた殺人ではないわ」

完全無比なエレノアがつかみあいの喧嘩をしているところを、ウィローは想像できなかった。「犯人の服には血がついたかしら？　被害者の関係者が事件の晩に着ていた服を押収して、本土に送ってあるの。まだ結果は出てきてないけど」

「頭を殴ったときには、つかなかったかもしれない。でも、そのあとで死体をひきずったり整えたりしているあいだに血がつかないようにするのは、むずかしかったでしょうね」ヴィッキー・ヒューイットは顔をしかめた。「ヘザーの標本をいくらか採取しておくわ。そこにも血の痕跡がわずかに残っているかもしれない。犯人が頭の傷口の血がつくのを嫌って、死体の足をもってひきずっていったのなら、なおさらのこと。それと、犯人の靴と靴下はびしょ濡れになったはずよ。死体をあそこまできちんと横たえるには、あの水溜まりのなかにはいるしかなかったでしょうから」

「ただし、犯人も被害者とおなじく裸足になっていたのかもしれない」ウィローは言葉をきった。「被害者の靴は、まだ見つかっていないわ。正確にいうと、サンダルだけど。きのう、サンディがこのあたりをざっと捜索したの」

ヴィッキー・ヒューイットが鼻を鳴らした。「なにかをきちんと見つけられる男に、これまでお目にかかったことがある？　うちの旦那なんて、救いようがないわ。ちょっとさがしただけで、〝ヴィッキー、おれのサッカーの道具をどこへやった？〟って訊いてくるの。そして、お人好しのわたしは彼のかわりにそれをさがしてあげるというわけ。だって、そのほうが旦那に自分でさがさせるよりもずっと簡単だから」

「それじゃ、被害者のサンダルはまだこのあたりにある、とあなたは考えているの？」ヴィッキー・ヒューイットが結婚しているというのはウィローには初耳で、一瞬、注意がそらされた。子供はいるのだろうか？

「その可能性はあるわね」ヴィッキー・ヒューイットはすでにふたたび身体をふたつに折り、手袋をした手で大きな丸い石のあいだをさぐっていた。それから、地面にはいつくばり、崖の縁ちかくの砂っぽい地面にある穴につぎつぎと手を突っこんでいった。だが、結局なにも見つけられず、立ちあがると、ふたたび伸びをした。

彼女のご主人はどんな仕事についているのだろう、とウィローは考えていた。自分の妻がおかしな時間に犯行現場に呼び出されることを、気にしていないのだろうか？　ウィローがこれまでつきあってきた男性のなかで、彼女がたびたびいきなり姿を消すのを我慢してくれた人はひとりもいなかった。

「捜索隊に、きちんとさがしてもらうわ」ヴィッキー・ヒューイットがいった。「でも、犯人にいくらかでも分別があるのなら、被害者のサンダルは崖の下に投げ捨てられ、いまごろ波にさらわれてしまっているでしょうね」彼女は立ち入り禁止のテープのところまで歩いていくと、犯行現場用の紙スーツを脱ぎはじめた。まともにしゃべれるように、マスクを顔からとる。

「では、犯人はあわてていなかったわけね」ウィローはいった。海上では一隻のトロール船が波に激しく揺られており、見ているだけで気分がすこし悪くなった。「犯人は怒りにまかせてエレノアの頭を殴り、逃げだしたわけではなかった。冷静に殺人の凶器を海に投げ捨てた。それといっしょに、エレノアが最後に目撃されたときに着用していたサンダルと夜会用のマントも。そして、もしかすると写真をびりびりに破いて、その破片を風にのせてばらまいた。それから、何事もなかったかのように道路へ歩いて戻った。そのころには、すでに明るくなっていたはずよ」

「被害者の携帯電話は、どうして集会場のそばの丘にあったのかしら？」ヴィッキー・ヒューイットは道具をまとめると、それをおさめた銀色の大きな箱を手に丘を下りはじめた。

「それは謎ね。携帯電話は、こちらの目をくらますために、そこに置かれていたわけではない。

そもそも犯人は、死体を見つけてもらいたかったんだもの。隠したければ、死体はサンダルやマントといっしょに崖下に捨てられていたはずよ。死体が岬の下の大きな丸石の転がる浜辺で発見されていたなら、これはおそらく事故でかたづけられていたでしょうね。なんのかんのいって、あの晩、彼女はお酒を飲んでいたし、その目撃者は大勢いた。この崖から転落したら、まず助からないし、落下時にできたほかの傷にまぎれて、頭の傷はそれほど目立たなかったかもしれない」死体を崖の縁までひきずっていくのも、立石の水溜まりまでひきずっていくのも、距離としてはそう変わらないだろう、とウィローは考えていた。崖の縁のまわりの草のほうが丈がみじかいので、作業としてはそちらにはこぶほうが楽だったにちがいない。

「もしかして、エレノアは携帯電話をあの晩のもっとはやい時刻に落としていたとか?」ヴィッキー・ヒューイットは踏み越し段のところでふり返り、ウィローがおいつくのを待っていた。

「でも、その携帯電話からは朝の二時にメールが送信されているの。そんな時間に、エレノアは外をうろつきまわって、なにをしていたのかしら? それに、どうして集会場のちかくの石壁の囲いまでいってから、反対方向にある立石のほうへと歩いていったの? 疑問が多すぎて、さっぱりわけがわからないわ」エレノアはここで誰かと会うつもりだったのだ、とウィローはふたたび考えていた。まえもって約束していた相手と。ウィローは、そのときの状況を思い描こうとした。朝はやくの奇妙な薄明かりのなか、エレノアは——もしかすると震えながら——相手があらわれるのを待っている。暖を逃すまいと、パーティ用のドレスの上に夜会用のマントをしっかりとまきつけている。うとうとしたのだろうか? それで、待っていた相手に不意をつかれた？　それとも、犯人はエレノアが調べていた幽霊のように、草地をそっとちかづいてきて、いきなり彼女に襲いかかったのだろうか？

現場をあとにしたウィローは、〈スプリングフィールド・ハウス〉の豪華な玄関広間にはいっていったところでペレスと鉢合わせした。「マルコムソン夫妻のほうは、どうだった？」「興味深かった……」ペレスはそこで言葉をきり、ちらりと自分のうしろに目をやった。そのときはじめて、ウィローは玄関広間の薄暗がりで自分たちを待つイアン・ロングスタッフの姿に気がついた。ペレスがつづけた。「だが、その話はまたあとで」

三人は日当たりのいい小さな居間で腰をおろした。ウィローはこの事情聴取をペレスにまかせていた。彼はすでにイアン・ロングスタッフと話をして、個人的な関係を築きあげていた。それに、ウィローは自分がイアンから不信の目で見られていることに気づいていた。おそらく、イアン・ロングスタッフの知っている女性はほとんどがマスコミ関係者で、お洒落に身なりを整え、神経をぴりぴりさせているのだろう。ウィローのように髪の毛がぼさぼさだったり、チャリティ・ショップで手にいれた服を着ていたりということはない。ウィローは、イアン・ロングスタッフの視界の外にある華奢な低い椅子にそっと腰をおろした。

「あなたにとって今回の件は、さぞかしおつらいでしょう」ペレスがいった。「お悔やみ申しあげます」

「あなたになにがわかるというんだ！」イアン・ロングスタッフが身をのりだした。「ぼくは出会った瞬間からエレノアを愛していた。いまは自分も死んでしまったような気分だ」

沈黙がながれた。ウィローは外から聞こえてくる音を意識した。丘でさえずるダイシャクシギ。どこへいっても必ず耳にはいってくる羊の鳴き声。部屋のなかの緊張が耐えがたいまでになり、ウィローはここで口をはさむべきかどうかを考えていた。ペレスはあまり自分のことを語らないので、彼自身の最愛の女性もやはり殺されたことを説明しようとはしないだろう。ウィローもそこまではいえなかったが、無害な質問をして、ペレスが気を取りなおす時間を稼ぐことくらいはできた。だが、結局は待つことにした。彼女はここで口を出す立場にはなかった。

「もちろんです」ようやくペレスがいった。「いちばんつらいのは、罪の意識です。自分はなにかできたのではないかと考え、頭のなかでさまざまなシナリオを練りあげてしまう」

ふたたび沈黙がつづいたあとで、イアン・ロングスタッフがうなずいた。「ぼくはあの晩、彼女をテラスに迎えにいくべきだった。彼女を守ってやるべきだった」

「彼女は守られる必要があったんですか？　彼女に危険が迫っているかもしれないことを、あなたは知っていた？　エレノアさんはマスコミ業界で働いていました。そして、目立つ人は好ましくない注意をひきつける場合がある」ペレスはすごく小さな声でしゃべっており、ウィローは耳をそばだてなくてはならなかった。「あなたは音響技師として、おなじ業界で働いています。そういったことは、ご存じですよね」

「彼女にストーカーがいたと思っているんですか？」イアン・ロングスタッフがさっと顔をあげた。「いや、そういうことはなかった。エレノア自身は一度もテレビに出たことがなかったし、なにかで嫌な思いをしていたら、ぼくに話していたはずです」

「エレノアさんが取り組んでいた企画ですけど……」ペレスは言い淀んだ。適切な言葉をさがしているように見えた。「パーティのあとでみんなでスレッツに戻って飲んでいたときに、その企画のことで意見が対立したようですね。それについて、すこしお聞かせ願えませんか？あなたもその企画に音響技師としてかかわっていたんですか？」

「ぼくの出番は、当分なかったはずです」イアン・ロングスタッフがいった。「あの番組は、まだ制作準備段階でしたから。エレノアはすでに台本作者を決めていましたが、どのような番組にするかについては、まだ迷ってました。さまざまな目撃談を調べていた。知性と理性をそなえた人たちが、自分は幽霊を見たと確信しているんです。変人や頭のおかしな人だらけの番組にはしたくない、と彼女はいってました」

「そして彼女は、〝小さなリジー〟の話を耳にした」ペレスは自分のわきにある小さな窓から水面を見おろしていた。まるで、海から子供の幽霊があらわれるのを期待するかのように。

「一九二〇年代にこの屋敷で暮らしていた少女の話を。少女は満潮のときに溺れ、子供のいないもののまえに出没するようになった」

ウィローは心のなかでつけくわえた。それと、酔っぱらった若い男のまえに。

一瞬の間のあとで、イアン・ロングスタッフがこたえた。「そういう話なんですか？ 子供のいないものだけが見る幽霊？ エレノアは、そのことはいってなかった」ふたたび間があく。

「それか、いってたのかもしれないが、ぼくは聞いてなかった。もうつきあいきれなくなっていたんです。いまにして思うと、ひどい話だ。それに、もったいないことをした。彼女を取り戻せるなら、ぼくはなんだってしますよ。彼女のお気にいりの企画にかんする他愛のないおしゃべりに、いくらでもつきあう」

「〝小さなリジー〟の話には、さまざまなバージョンがあります」ペレスは小さく笑みを浮かべると、ウィローのほうへすこし顔をむけ、彼女を仲間はずれにしないようにした。「幽霊譚というのは、そういうものです」

「ぼくはこれまで、超自然的な存在を信じたことがなかった」イアン・ロングスタッフがいった。

「それで、いまは？」

「いまは、なぜ人びとがそれを信じたがるのかが理解できます。死者とのつながりを維持できるものがあれば、なんだってありがたいですから」

「エレノアさんは〝小さなリジー〟の件で、アンスト島にいる誰かと連絡をとっていたのでしょうか？　少女の幽霊を見たと主張する人と会う手はずを整えていたとか？」

イアン・ロングスタッフは肩をすくめた。「おそらく、ロウリーとは話をしていたでしょう。ふたりは大学時代からの古い友人ですから。彼は地元のいい情報源になる」

「彼女はロウリーさんと会っていた？　もしかすると、ロンドンで？　まだ企画の初期の段階で？」

ペレスが話をどこへもっていこうとしているのか、ウィローにはよくわからなかった。エレノアがレストランでいっしょにいた男性はロウリーだった、というつもりなのだろうか？　だが、それならキャロラインには男の正体がわかったのではないか？　たとえ、それが混みあったレストランで、うしろから見ただけであっても？

「さあ、それはわかりません」イアン・ロングスタッフは、事情聴取のはじめのころのようにまた苛立ってきていた。「それに、こうした質問がエレノア殺しの犯人を突きとめるのにどう役にたつのか、わからない」彼は脚を組んでおり、片方の足が小刻みに揺れて、磨きあげられた木の床で奇妙なモールス信号をはっしていた。

ウィローはその音が神経にさわりはじめていたが、ペレスは気にならないようだった。「こういったことをお訊きするのは、エレノアさんとロウリーさんが大学時代にひじょうに親密だったとうかがったからです。ふたりは関係をもっていた、でしょう？　ですから、なにか知りたいことがあれば、エレノアさんは当然のこととしてロウリーさんに頼ったかもしれない」

イアン・ロングスタッフは小さく耳ざわりな笑い声をあげた。「ネルは大学時代に大勢の男性と関係をもっていました。彼女の口ぶりからすると、演劇部の全員と寝ていたらしい。ロウリーは自分たちの関係を特別なものだと考えていたのかもしれないが、彼女にいわせれば、彼は数多い気晴らしの相手のひとりにすぎなかった」いったん言葉をきってから、つづける。「やっぱり、どうしてこんな話が殺人犯を見つける助けになるのかわからないな」

ふたたび、足が小刻みに床を叩きはじめる。

「しつこくうかがって、すみません」ペレスがいった。「けれども、エレノアさんがこのあたりの人間と連絡をとっていたかどうかは、ひじょうに重要です。もしかすると、彼女は殺された晩に、その人物と会う約束をしていたのかもしれない」

「彼女はそこまで頭がいかれてはいなかったから、朝はやくに赤の他人と会うためにそこいらへんをほっつきまわったりはしなかっただろう！」

「そうでしょうか？」ペレスはふたたび例の笑みを浮かべてみせた。「われわれの多くは、シェトランドを安全なところだと考えています。ドアには鍵をかけずにおきますし、夜ひとりで出かけるのも平気です」

「だが、あんたたちのひとりが彼女を殺した！」

「そうでしょうか？」歌のコーラス部分のように、おなじ返事がくり返された。「イギリスでは、ほとんどの殺人が知りあいによる犯行です。したがって、エレノアさんは友人のひとりに殺されたと考えるほうが自然なのでは」

イアン・ロングスタッフはさっと顔をあげてペレスを見たが、なにもいわなかった。かれらはしばらく黙ったまま、おたがいをみつめていた。

事情聴取がすむと、三人は部屋を出て、〈スプリングフィールド・ハウス〉のまえに立った。ウィローは強風でなびく髪の毛を目と口からどけると、頭のうしろで結んだ。

「エレノアが友人のひとりに殺されたとは思いません」イアン・ロングスタッフはずっとそのことを考えていたらしく、いきなりそういった。「みんな、彼女のことが大好きだった」

ペレスとウィローはどちらもそれにはこたえず、イアン・ロングスタッフが大きな車に乗りこんで走り去るのをながめていた。

その晩、ホテルの客が食堂で食事をしているのを横目に、刑事たちはキッチンで夕食をとった。チャールズ・ヒリアーのパートナーであるデイヴィッドが、ラーウィックのブレアドイトの店で魚を仕入れてきていた。彼はウィローたちの目のまえですばやく帆立貝をあぶると、そのあとに濃厚な子羊のシチューを出してくれた。デイヴィッドはとても生真面目な男性で、物静かで威厳があった。以前は地方の大学で古典を教えていたということで、どのようにして彼とチャールズがいっしょになったのか、ウィローは不思議でならなかった。学者と舞台に立つ奇術師のあいだには、ほとんど共通点がなさそうに見えた。デイヴィッドはテーブルの真ん中にキャセロールを置いて、かれらが自由にとれるようにした。食事には、手作りのパンとシェトランドのバターもついていた。

「パンはグルーシェ・マルコムソンが焼いたものです」デイヴィッドがキッチンを出しなにいった。他人の仕事の手柄を横取りしたくない、と考えているようだった。「ここのパンは、すべて彼女が焼いてくれています」いったん言葉をきる。「誰かに訊かれたら、あなたたちはこの家族のものだとこたえてください。客をキッチンにいれてはならないことになっているんです。労働衛生安全基準法で」彼はふたたびこわばった笑みを浮かべてみせた。

ウィローは、ぼんやりとうなずいた。実際、頭のなかではべつのことを考えていた。グルーシェは里帰り結婚式の花婿の母親だった。参考人のひとり。容疑者の可能性のある人物のひとりだ。シェトランドでは、あまりにも多くの人たちがつながっていた。彼女の故郷のヘブリディーズ諸島でも、人間関係をたどっていけば、ちょうどこんな感じになるのだろう。

「それで、サンディ」ウィローはテーブルの反対側に目をむけた。「あなたはエレノアの死体をフェリーにのせて、ジェームズ・グリーヴを空港に送ってくれたのよね。ほかに、なにかあたらしい情報はある？」

自信なさげに顔を赤らめたサンディは、教室のまえに立たされて自分が学んだことを発表する生徒のように見えた。「エレノアの友人たちの証言が確認できただけです。フェリーのターミナルに問い合わせたところ、かれらは金曜日の晩の便を予約していました。高級船室をふたつと車が二台。犯罪歴のあるものはいません。被害者の近親者と仕事場での同僚についても、調べておきました。被害者の母親のシーラ・モントゴメリーには、すでにきのう、娘さんが亡くなったことを伝えてあります。ペレス警部が訪ねていくことも、伝達済みです。仕事場ではなく、自宅で会うそうです」サンディは息をつぐために言葉をきり、シチューから顔をあげた。

よくやったと褒めるのは恩着せがましいのではないかと考え、ウィローはそうしたくなる気持ちを抑えた。「それで、ジミー？　ロウリーの両親から、なにかあたらしいことを聞きだせた？」

すこし間があってから、ジミー・ペレスがこたえた。「ロウリーは大学生のときに、被害者に恋をしていた。どうやら、そうとう熱くなっていたらしい。あるとき休暇で戻ってくると、大学をやめるといいだした。両親は、息子が自殺するのではないかとまで心配したそうだ」

「若者が大げさに嘆き悲しんでみせただけかしら？　それとも、これだけの歳月がたったあとでも、その恋はまだ大きな意味をもっていた？」若いころの自分はきっと冷たくて薄情な娘だったにちがいない、とウィローは考えていた。男性のことで悶々と眠れない夜をすごした記憶が一度もなかったからである。好きになって、いっしょにいて楽しいと感じた男性は何人かいたが、数カ月もたつと、どの相手もわずらわしくなって、こちらからいろいろな口実をもうけて別れを切りだしていた。

ペレスは肩をすくめた。「もしかすると、その件はロウリーよりもエレノアについて、より多くのことを語っているのかもしれない。彼女はそういった反応を男性からひきだすのを楽しんでいたのかも」

「つまり、もしも彼女が浮気していたのなら」ウィローはいった。「それは流産のあとで慰めを必要としていたからではなく、人生に刺激と危険が欲しかったからではないか、ということね」

「そうだ」ペレスはじっくりと考えていた。「それか、愛される必要があったからか。ロンドンでエレノアの家族や友人たちと話をしてくれれば、実際どういうことだったのかが、もっとよくわかるだろう」間があいてから、ペレスがつづけた。「エレノアがここに到着した日の午後に浜辺で見たという少女だが――そう、ポリーがパーティのときに見た少女だ――その子の正体を突きとめようとしてみてもいいかもしれない。どうだろう？」

「いまや、あなたまでが幽霊を信じているの、ジミー？」ウィローは軽い口調を保っていった。

彼にまた、おかしくなってもらいたくなかった。

「その少女はなにか見ているかもしれない」ペレスがいった。「もしもエレノアが少女をさがして歩きまわっていたのなら」

「たしかに」ウィローはサンディのほうにうなずいた。「ジミーが本土に出かけているあいだに、そのことを調べてみてもらえないかしら？　わたしたちのかわりに〝小さなリジー〟を見つけられるかどうか、やってみて」

ウィローは冗談のつもりでいったのだが、ペレスは笑っていなかった。

14

ポリーはストレスに上手く対処できたためしがなく、ときどき自分は母親が大切にしていた磁器の花瓶のように壊れやすいと感じることがあった。大きな音やちょっとした衝撃で、倒れたり割れたりしてしまう花瓶だ。その不安を医者に相談したことはなく、たとえ短期間とはいえ治療を受けたエレノアに、彼女は感心していた。精神病院にいくのは、不名誉なことに思えた。たとえ、それが中毒で苦しむ有名人のたくさんいる私立の精神病院であっても。

最悪だったのは、大学を出た直後だった。大都市の中心部にある貧困地区の公共図書館に就職したのだが、そこは若者たちが図書館のコンピュータをゲームセンターのゲーム機がわりに使うようなところだった。そこの読書会のメンバーは、ポリーが勧める古典作品ではなく、もっと大胆な現代文学を教えてくれと求めてきた。彼女の上司は声の大きな女性で、弱さと気取りを嫌っており、ポリーはそのどちらでも責められた。彼女の歯は灰色で、体臭はきつかった。ふたりはひと目で、おたがいを嫌いになっていた。

『ガーディアン』で〈センティマン・ライブラリー〉の仕事の募集広告を目にしたのは、エレノアだった。あなたはこういう変わった題材が好きじゃない、ポル。応募してみたら？　これもまた、エレノアに感謝しなくてはならないことのひとつだった。

ポリーはいまスレッツにいて、ぴりぴりしていた。額と目が締めつけられているのを感じていた。メアリ・ロマックスはすでにこの家からいなくなっていたが、三人ともまだ誰かが聞き耳をたてているかのように、注意深く言葉をえらんでしゃべっていた。固定電話が鳴った。一瞬、全員の目がそちらへむけられる。死んだエレノアからまたメッセージが届いたとでもいうように。ポリーは手をのばして、受話器をとった。キャロラインだった。彼女の声はいつもと変わりがなく、楽しげといってもいいくらいだった。それを聞いて、またしてもポリーは不思議に思った。親友が亡くなったというのに、どうしてキャロラインはこんなにも冷静で落ちついていられるのだろう？「あなたたちをうちへ夕食に招いたらどうかって、グルーシェがいってるの。すこし、その家から出たほうがいいんじゃないかって」

集会場につうじる小道を歩いていくうちに、三人はいつしかこの日はじめて自由にしゃべれるようになっていた。話題は、ふたりの刑事のことだった。どちらも、とても変わっていた。

ロンドンでお目にかかるような刑事とは、まったくちがっていた。かれらは〈スプリングフィールド・ハウス〉で受けた事情聴取の内容を較べあった。それから、話はエレノアのことになった。さまざまな逸話が語られ、みんなですごしたときの思い出がつなぎあわされていった。イアンでさえ、しばし怒りを忘れているように見えた。会話の途中で、イアンがいきなり道路の真ん中で立ちどまった。「エレノアといえば、彼女にはひどくいらつかされることがあった」マーカスとポリーは驚きながらも、同意の笑い声をあげた。そして、三人はそのまま歩きつづけた。

小道沿いにならぶ二軒の家——廃屋のような感じのする古い農家と、家族が暮らしているあたらしい家——のまえをとおりかかったとき、ポリーは例の少女について、なにかひと言いいたくなった。どうやらネルのいってた幽霊は、この家のどちらかに住んでるみたいよ。その少女が浜辺で遊んでいるのを見かけたの。幽霊なんかじゃなかったわ。だが、結局なにもいわなかった。そんなことをいえばエレノアの思い出にけちをつけるような気がしたし、最後にみんなですごした時間が奇妙ですこしぎごちないものであったことを、ほかのふたりに思いださせたくなかった。とはいえ、ポリーはとおりすがりに、窓の奥をちらりとのぞきこんだ。古い家の窓は汚れていて、あいかわらずなにも見えなかったが、部屋の隅にかすかな温かい光があるような気がした。暖炉の燃えさしだろうか……。ポリーが煙突に目をやると、そこからは煙が漂っており、泥炭の匂いもした。だが、人のいる気配はまったくなかった。

あたらしい家の洗濯紐には、まえよりもたくさんの洗濯物が干してあった。女性の普段着。

赤ん坊のジャンプスーツ。小さいカーディガン。十歳くらいの少女が着るような服はなかった。張り出し玄関に乳母車があった。ほかのふたりが歩きつづけるあいだ、ポリーはしばらくぐずぐずしていた。天気は朝からずっといいままで、窓はあけはなたれていた。家の奥から、ラジオでかかっているカントリー音楽が聞こえてきた。そのとき、赤ん坊が泣きはじめ、女性がそれをあやす声がした。

マルコムソン家のキッチンには肉を調理する匂いが漂っており、ポリーは気まずい場面が展開されることを覚悟した。彼女が菜食主義者であることをみんなが思いだし、それをきっかけに彼女が食べられるものを見つけようと大騒ぎがはじまる。そして、お決まりのオムレツとか古いチーズのかたまりとかが出てきて……。だが、どうやらキャロラインとロウリーがまえもって注意しておいてくれたらしく、グルーシェはニラネギとマッシュルームと自家栽培のエゾネギのタルトをオーヴンからとりだすと、飲み物とテーブルの用意ができるあいだ、それを調理用こんろの上で保温していた。

食事がはじまってからしばらくは、エレノアの話題はまったく出なかった。イアンとロウリーの父親はひっきりなしに飲みつづけており、ふたりともわざと酔っぱらおうとしているかのようだった。ポリーがロウリーの父親について知っているのは、彼がかつて灯台守をしていたということだけだった。子供のころは四週間ごとに父親がずっと家にいたりいなかったりする生活だった、とロウリーから聞いたことがあった。「親父はマックル・フラッガの灯台まで、北方灯台委員会のヘリコプターで送り迎えされてたんだ。ときどき天候が荒れると、帰ってこられないこともあった」

「さぞかしつらかったでしょうね」そのとき、ポリーはそういっていた。彼女はロウリーとおなじくひとりっ子で、父親から溺愛されていた。ポリーの父親は工場の主任をしていて、父親がそこから帰宅してドアの鍵がまわされる音がするのを、彼女は毎日心待ちにしていた。父親のいない子供時代など、想像できなかった。

「ちっともつらくなんてなかったさ」ロウリーは笑っていった。「お袋に思いっきり甘やかされてたからね。それに、当時はそれほどめずらしいことじゃなかった。親が海に出てたり油井《ゆせい》の掘削装置で働いてたりする子供が、大勢いたんだ。親父が留守のときのほうが、楽なくらいだった。親父は三人以上の人間と暮らす生活になかなかなじめなくて、いまでもすこし変わっているように見えたら、それはそのせいだ」

ロウリーの父親が酒をよく飲むようになったのは、灯台で働いていたせいなのだろうか、とポリーは考えていた。灯台のある岩島にいるあいだは飲酒できなかったはずで、その埋め合わせを家にいるときにしているうちに、それが習慣になってしまったのかもしれない。ポリーの目には、ロウリーの両親は不思議なカップルに映った。グルーシェは教養があった。本や映画にくわしく、自分へのご褒美として、毎週ラーウィックにいって〈マリール芸術センター〉で昼間に映画を観ていた。「アメリカの娯楽映画ばかりやってるわけじゃないのよ。ここにも芸術映画はそれなりにはいってくる。年金をもらえるようになるのが待ち遠しいわ。そしたら、午後の上映時にただで紅茶を飲めるようになるから」一方、ロウリーの父親は小農場の仕事のことしか頭にないらしく、シェトランドの外の世界にはまったく関心がないように見えた。ダラムの大学で勉強するロウリーのもとを訪ねてくるのは、いつでもグルーシェだった。彼女はロウリーを芝居や美術展覧会にひっぱっていき、そのエネルギーで息子をくたくたにさせていた。ポリーの記憶では、大学時代にロウリーの父親と会ったのは、一度だけだった。ロウリーの卒業式のときにきていたのだ。ロウリーの父親はあまり身体にあっていない古いスーツを着て、居心地が悪そうにしていた。それに対して、グルーシェは自分で作ったドレスを身にまとい、輝いていた。式が終わるとすぐに、ロウリーの父親はみんなをパブに連れていき、店にいた全員に一杯ずつふるまった。ポリーの両親は、娘のそばでぎごちなく立っていた。かれらがバーに足を踏みいれたのは、数年ぶりのことだった。

エレノアが殺されたことを最初に口の端にのぼらせたのは、グルーシェだった。「この事件の捜査を担当するのがジミー・ペレスで、ほんとうによかった。彼は善い人よ。彼の恋人のフランを知っていたの。彼女は腕のいい画家だった」テーブルは静まりかえった。誰もがグルーシェをみつめていた。だが、彼女はなにも気づかない様子で、お皿をかたづけはじめた。それから、その手を止めた。「もちろん、ジミーはこの痛みをよく理解しているわ。フランも殺されたんだから」

グルーシェがプディングを配るあいだ、ふたたび沈黙がつづいた。プディングには、庭でとれたルバーブとシェトランド産のクリームでこしらえたフールが添えられていた。そのとき、マーカスが体験談のひとつをはじめて、場の雰囲気を変えた。年輩のアメリカ人植物学者といっしょにイエメン共和国の砂漠を歩いたときの話だった。

ポリーはマーカスの声を頭から締めだして、ほかのものたちを観察した。その話ならまえに聞いたことがあったし、彼女は昔から観察者だった。目のまえにある光景は、ジョージとグルーシェを両親にした伝統的な家族の食事という感じがした。そのとき、ポリーははじめて、ここにいる友人たちがみんなひとりっ子――もしくは、それもどき――であることに気がついた。キャロラインには妹がいるが、すごく年が離れていたし、エレノアにはほとんど顔をあわせたことのない異母兄弟がいるだけだ。そしてマーカスとイアンは、ポリーとおなじく完全なひとりっ子だった。わたしたちはひとつの家族を形成していたのだ。そのことがエレノアの死となにか関係があるのだろうか、とポリーは考えていた。

時間はどんどんすぎていったが、外はまだ明るかった。グルーシェがコーヒーを淹れると、男たちはそれを口実にウイスキーをとりだしてきた。そして、椅子をテーブルの端のほうへ移動させて、自分たちだけでボトルを囲んだ。ポリーと目があったマーカスが、ウインクを寄越してきた。彼にとって、今回の悲劇はこれまで体験してきた冒険となんら変わりがないのかもしれなかった。どこかの山間で野営したときに、闇が迫りくるなか、焚き火を囲む顧客たちに披露する話のひとつだ。結婚を祝うために北へいき、殺人事件の捜査で容疑者となった話……。そう、ポリーはいまや、自分たち全員が容疑者だということを悟っていた。

女性陣がかたまっているテーブルの端では、キャロラインがシェトランドへ引っ越してくる計画についてしゃべっていた。

「それじゃ、まだそのつもりなんだね」グルーシェがいった。「エレノアの死で熱が冷めたんじゃないかと思っていたんだよ」

「ロンドンに較べたら、ここはずっと平和だわ！」キャロラインの口調は実務的で、ポリーはそれがひっかかった。彼女はエレノアの死を悲しむことができないのだろうか？　エレノアの不幸を気にかけているのは自分だけなのだろうか？　一時期エレノアとねんごろな関係にあったロウリーでさえ、いまは父親との会話に夢中になっているように見えた。もちろん、キャロラインは仕事で統計データや客観的な証拠をあつかっているわけで、感情とはまったく無縁の生活を送っていそうではあった。キャロラインが話をつづけた。「実際、今回の件で、ますますそうするのが正しい決断に思えてきた。恐ろしいことが起きたとき、緊密な共同体のなかにいれば安心できるもの。もちろん、ロンドンにはポリーみたいな素晴らしい友だちが何人もいるけれど、それとはまたちがうわ」

もうすぐ、わたしは仲間をすべて失うんだわ。自分の代理の家族を。ポリーはふいに泣きたくなった。彼女はマーカスを愛しており、いままたべつの旅の話で男たちを魅了している彼の姿を目にすると、愛おしさのあまり気が遠くなりかけた。だが、彼との絆は、決して古い女友だちとの関係とおなじようなものにはならないだろう。

キャロラインは自分が無神経だったことに気づいたのかもしれず、こうつづけた。「もちろん、ポリーには訪ねてきてもらうわ。毎年、日の長くなる夏に。あたらしいわが家に、彼女専用の部屋を用意しておくから」

ポリーはほほ笑んでみせたが、すでに心は決まっていた――もう二度とシェトランドに戻ってくることはあるまい。

「それじゃ、もう実際になにか決めたのかい？」グルーシェがたずねた。「たとえば、おおかな予定とか？」

グルーシェは息子が故郷に戻ってくるという考えに舞いあがっており、もっとくわしいことを聞きたがっていたが、あまり興奮していると思われたくないようだった。押しつけがましい姑と見られたくないのだ。

「きょうラーウィックにいったときに、ふたりで不動産屋に寄ってきたの」やや告白めいた口調でそういうと、キャロラインはロウリーのほうへ目をやった。もしかすると、そのことは秘密にしておこうと、ふたりで決めていたのかもしれなかった。それで、いま夫からそれとなく許可を得ようとしているのかも。だが、ロウリーはイアンと話をしており、キャロラインを見てはいなかった。彼女の声が、急に興奮で甲高くなった。「ひとつ、ヴィドリンに完璧に思える家があったの。風から守られていて、園芸のできるひろい庭のある家よ。おとなりの畑も購入できるかもしれない。それでいて、ロンドンに較べると値段がすごく安いの！　きょうの午後、帰る途中でふたりで見にいってみたんだけど、素晴らしいところだった。すごく気にいったわ」

どうして、そんなにしあわせでいられるの？　ポリーは思った。エレノアは亡くなったのよ。

「それじゃ、入札してきたのかい？」グルーシェは説明しようと、ポリーのほうを見た。「スコットランドでは、たいていの家の売買がそうやっておこなわれるの。密封入札で」

「いいえ。じつをいうと」キャロラインは大きく息を吸いこんだ。「あちら側はわたしたちの付け値に満足して、それで了承してくれたの。しばらくまえから空き家になってたみたいだから、いまのわたしたちの家が問題なく売れたら――ロウリーの同僚で、わたしたちが入居した当初からその家をすごく欲しがってた人がいるの――クリスマスまでにはこちらに移ってこられるはずよ」キャロラインは小さな笑い声をあげてから、いまはしゃぐのは不適切だということにようやく気づいたとでもいうように、口もとを両手で覆った。

彼女はなにからこんなに逃げたがっているのだろう？　仕事から？　ロンドンから？　それとも、わたしから？　ポリーは強い憤りをおぼえていた。

「ああ、キャロライン！」グルーシェが、わざとふくれっ面をしてみせた。「ひどい人ね。あなたたちがこっちにきたら、わたしが文化を吸収しにロンドンを訪ねたくなったときに、どうすればいいの？　どこに泊まる？」

「もちろん、うちにきてください」ポリーはいった。「マーカスが旅行で留守のときは、フラットにはわたしひとりなんです。あなたなら、いつでも大歓迎です」

グルーシェは手を叩いた。「それじゃ、すべてまるくおさまったわね」彼女はテーブルの反対端にいる男性陣に声をかけた。「ジョージ、いまの話を聞いた？　ここ何日かひどいことがつづいたけど、ようやくいい知らせがあったわ」

ポリーはイアンのほうを見た。自分とおなじように憤りをおぼえているかと思いきや、グラスから顔をあげた彼は、新婚夫婦が北へ越してくる話でエレノアのことが忘れ去られていても、まったく気にしていないようだった。

スレッツに歩いて戻るとき、太陽は水平線のちかくにあり、かれらの長くのびる影が道路を覆っていた。三人とも黙りこくっていた。先ほどまでは美味しい夕食へのお返しに楽しい話し相手になる必要があったが、いまは夜の静寂のなかでふたたびエレノアを哀悼できるようになった、とでもいうような感じだった。小道沿いにあるあたらしいほうの家はカーテンがひかれ、洗濯物はすべてとりこまれ、静まりかえっていた。マーカスとイアンはポリーのまえをぶらぶらと歩きながら、なにやら熱心に話しこんでいた。ふたりは性格がまったく異なるにもかかわらず、どうやら友だちになったようだった。ポリーは、それを嬉しく思った。暗すぎて、もう一軒の古い農家の煙突から煙が出ているかどうかはわからなかった。だが、ちかづくにつれて、なかにかすかな光があるのが見てとれた。蠟燭かランプの光のようだった。ポリーは草地を横切り、窓から家のなかをのぞきこんだ。光のなかに、白いドレスを着た小さな人影が浮かびあがっていた。絹のスリッパをはいて、独楽のように一点でくるくるとまわっている少女だ。やがて少女はポリーが見守るなか、部屋から駆けだしていった。ドアから吹きこんだ隙間風で蠟燭の火が消えてしまったらしく、ふたたびすべてが闇に包まれた。いま目にしたのが現実だったのかどうか、ポリーは確信がもてなかった。

15

ジョージ・マルコムソンは、息子の友人たちを見送るために穏やかな夜のなかへと出ていった。楽しい晩で、美味しい食事と酒でほろ酔い気分だった。グルーシェは昔から料理が上手く、彼女と結婚できたのは運が良かった。彼女が魅力を感じたのは、自分という男にではなく、島での暮らしにではなかったのか、とときどき思うことがあったが、これだけ年月がたったあとでは、それはどうでもいいことなのかもしれなかった。彼とグルーシェは、いいコンビだった。彼女は息子を立派に育ててくれた。ジョージは三人のイングランド人といっしょに道路まで歩いていき、かれらが去っていくのを門のところでしばらく見送っていた。そして、静かなひとときを楽しみながらも、いま感じている不安の原因はなんなのだろうかと考えていた。

ひと晩じゅういろいろ話をしたあとで、こうして家の外でしばらくひとりでいるのは、気分が良かった。彼はエレノア・ロングスタッフの死を悲しむふりができなかった。ロウリーはキャロラインと結婚したが、まだエレノアのことを忘れていないのではないか、とジョージは疑っていた。そして、それは良くないことだった。エレノアが亡くなったことで、新婚夫婦は先へ進めるのかもしれなかった。あのロンドンからきた邪悪な女が自分たちの生活にはいりこんでくる心配をせずに、ヴィドリンにある素敵な家を買って、あらたな家庭を築くことを考えられるようになるのかも。もしも〝小さなリジー〟がかれらのまえにあらわれたら、彼がはじめての孫に会う日もそう遠くはないだろう。キャロラインは、率直で強い女性だった。グルーシェと似てすこし押しが強かったが、それは必ずしも女性として悪いことではなかった。ときとして女性のほうが男性よりも活力にあふれていることがあり、そういう女性のあと押しによって、男性はあらたな冒険にのりだしたり、もっとも重要なことに集中できたりするのだ。

　ジョージはメオネスの出身だった。いまいる門のところから身をのりだせば、彼が生まれ育った家を見ることができた。彼の父親の生家でもあるその家は〝ウトラ〟と呼ばれていて、いまではほとんど廃屋と化していた。草屋根はまだ残っていたものの、じきに壁は崩れ落ち、その石は石塀の修復に使われることだろう。そして、それまでの思い出はすべて失われてしまう。彼はシェトランドでの自分の子供時代に思いを馳せた。ほとんどの友だちは、何年もまえにここを去っていた。その多くが商船船員となって、世界じゅうを旅していた。ジョージがシェトランドを離れたことは、片手の指で数えられるくらいしかなかった。グルーシェは学校の仕事を辞めたのを機に、休暇を海外ですごしたがっていた。ロウリーがシェトランドに戻ってきたら、留守のあいだ小農場の面倒をみておいてもらえるので、それもできない相談ではなかった。ジョージはカナダにいってみたいと考えていた。捕鯨船に乗りこんで外の世界へ飛び出し、そのまま現地に居着いた親戚たちに会うためだ。世界の反対側には、ウトラで大勢が暮らしていたころのことを覚えているマルコムソン家の人間が、自分以外にもまだいるかもしれなかった。

　ジョージはむきなおって、家のほうへと戻っていった。わずかな月明かりが小道を照らしていたが、そんなものがなくても、なんの問題もなかっただろう。彼は自分の土地を隅々まで知りつくしていて、目隠ししても自由に歩きまわることができた。キッチンの窓越しに、ロウリーが皿をかたづけているのが見えた。キャロラインは流しで皿洗いをしていた。そのふたりから、今夜はもうじゅうぶんに働いたと説得されたのだろう。グルーシェは調理用こんろのそばの椅子にすわって、編み物をしていた。部屋のなかに三人。それを見て、ジョージはふと気がついた。ロウリーが結婚したことで、いまや家族は適正な人数の三人ではなく、四人になっていた。そして、それで生じた余分なひとりは、彼自身なのかもしれなかった。

16

サンディは寝つけずにいた。明るい夜のせいではなかった。彼はシェトランドの出身で、この〝夏の薄闇〟には慣れていた。彼の眠りを妨げていたのは、部屋のすぐ外でしている笑い声と話し声だった。彼の部屋は建物の裏側にあって――小さくて、唯一、浴室がついていない部屋だ――中庭とバーに面していた（チャールズ・ヒリアーは彼を案内してまわったとき、申しわけなさそうにこういっていた。「この屋敷でシングルの部屋はここだけです。ふだんは、お子さんが泊まっています。となりの部屋につうじるドアがあって、家族用の続き部屋のような感じになっているんです」とにかく、サンディはその部屋をとり、もっといい部屋はウィローとペレスに譲っていた)。そして、今夜はふだんの閉店時間がすぎたあともバーの物音がやむ気配はなく、中庭では喫煙者たちが集まっておしゃべりをつづけていた。

ついにサンディは起きあがって、服を着た。すこしリラックスしたかったので、自分とおなじ訛りでしゃべる連中とビールを何杯か飲むことにしたのだ。ジミー・ペレスもシェトランド人だったが、フランが亡くなってからというもの、彼はいっしょに楽しく盛りあがる感じではなくなっていた。サンディは静まりかえった建物のなかをとおって、バーへとむかった。ホテルのオフィスにはまだ明かりがついていて、ドアの下の隙間からは光が漏れていたが、なかではまったく音がしていなかった。外へ出る。風はなかったものの、空気が冷たかった。中庭まででくると、にぎやかな笑い声が聞こえてきた。誰かの歌が終わるところだった。

サンディがバーにはいっていくと、一瞬、静寂がたちこめた。彼の顔を知らないものでも、彼が何者で、いまここでなにをしているのかを知っているのだろう。騒いでいたのは、たったの三人だった。二十代後半の男たちで、なんとなく見覚えがあった。サンディはビールを注文した。地元の瓶ビールではなく、ベルヘイブンの生にした。カウンターの奥にいたバーテンのビリーはうなずいただけで、なにもいわなかった。サンディは飲み客たちの正体を思いだしていた。フェリーの乗組員たちだ。いちばんしらふにちかい男が両手をあげた。

「起こしちまったかな？　きょうはフランキーの誕生日で、みんなで何杯かやってたんだ。ほら、お祝いで。すまないな」男が手をさしだした。「デイヴィ・スタウトだ」

「そんなに飲んでて、あしたの朝はやくにフェリーをだせるのかい？　おれの上司は朝いちのフェリーで島を出ることになってるんだ」サンディはにっこり笑って、その言葉からとげを抜き去った。ここへきてうるさいことをいっても、仕方がなかった。

「おれたちはみんな遅番だから、それまでには復活してるよ」だが、サンディがいることで男たちはまえよりもおとなしくなったようだった。空のグラスを集めてテーブルを拭くために、ビリーがカウンターの奥から出てきた。腕時計に目をやる。いまの一杯をやったら、みんなが帰ってくれることを期待しているのだ。

「あんたはここで、休暇にきてた人の死を捜査してるんだろ」デイヴィ・スタウトがいった。

「エレノア・ロングスタッフだ。彼女はロウリー・マルコムソンの里帰り結婚式に出席するために、こっちにきてた」

「おれも顔を出したよ。いいパーティだった。彼女、殺されたのか？」

サンディは肩をすくめてみせた。「彼女をパーティで見かけたかい？　花嫁の付き添いのひとりだった。黒髪のイングランド人だ」

「見逃しっこないね」

「特別な関心を示してたやつは？」

それに対して、デイヴィ・スタウトは肩をすくめた。「彼女はみんなの注目を集めたがっていた。わかるだろ、そういうの。観客がいないと気がすまないんだ。会場にいたほとんどの男は、その望みをかなえてやってたよ」

「彼女を困らせてたやつは？」サンディはグラスを飲みほすと、おかわりを求めてそれをビリーのほうへ掲げてみせた。バーテンはがっかりした顔をしていた。

「いや。あれはそういうパーティじゃなかった。里帰り結婚式に出たことがあるだろ。家族向けのパーティだ。年老いた親戚とか子供たちのいる」

「そこにいた全員を知ってたのかな？」サンディはたずねた。

「イングランドからきた連中を除いてはな」

「幼い少女のことを調べててね。年は十歳くらいだ。あの晩、浜辺にいたっていうから、両親はパーティにきてたのかもしれない。そういう親子連れに心当たりは？」

デイヴィ・スタウトは考えこんだ。頭のなかでさまざまな可能性をあたっているように見えた。「悪いな。そういう親子連れは、まったく思い浮かばない。でも、全員を知ってたわけじゃないから。新郎新婦のイングランド人の友だちのほかにも、本土からきた親戚連中がいたんだ」

「それくらいの年ごろの少女は、メオネスにはいない？」

今度は、もっとはやく返事がかえってきた。「いないいな。子持ちのやつも何人かいるけど、みんな男の子だ」

やがて男たちは帰っていき、サンディはひとりで残ってビールをかたづけた。自分の部屋に戻るとき、オフィスの明かりはすでに消えていた。

17

翌朝、ペレスは始発のフェリーでアンスト島を離れ、イェル島へとむかった。まるでそれが捜査からの離脱であるかのように、わざわざサンディが起きだして見送ってくれた。フェリーには、休暇をシェトランドですごしたあとで本土へ帰る家族連れがふた組いた。かれらとは、サンバラ空港でまた顔をあわせることになりそうだった。それ以外の乗客は地元の人間で、車のバンパーには青と白のシェトランドの旗が描かれていた。通勤や買い物で、はるばるラーウィックまでむかうところなのだろう。

キャシーはダンカンの屋敷でペレスが迎えにくるのを待っていた。彼女の一泊用の小さな旅行鞄は、すでに用意されていた。キャシーは興奮すると同時に、学校を欠席するのを気にしているようだった。もともと規則をよく守る子供で、フランが亡くなってからは、それが強迫観念のようになっていた。一種の神経症だ。ペレスには、その気持ちが理解できた。安心感の問題なのだ。用心深く行動する。

「この子にいったんだ」ダンカンがいった。「数日くらい授業を受けなくても、どうってことはないって。おれなんかしょっちゅうさぼってた。だろ、ジミー?」

「プライス先生には、きちんと話をしておいた」ペレスはダンカンにではなく、キャシーにむかって直接いった。「おばあちゃんのところにいってるあいだにやる宿題を、預かってある。それと、ロンドンから戻ったら、クラスのみんなにその旅のことを話してもらいたいそうだ」

サンバラ空港にむかって車を南へ走らせるあいだ、ペレスはロンドンの話をした。「おばあちゃんは、おまえをいろんなところへ連れていきたがってる。テムズ川でボートに乗ったりとか、いろいろ楽しいことを計画しているみたいだ。おまえに会うのが待ちきれないんだよ」

「ジミーもいっしょにくるの？」

「ロンドンでは、仕事をしなくちゃならないんだ」ペレスはいった。すこし間をおいてからつづける。「どちらにしろ、おじいちゃんとおばあちゃんはしばらくおまえを独り占めしたいんじゃないかな。そしたら、おまえを思いきり甘やかすことができるから」

「それって、危険な仕事なの？」

「まさか！　人と会って話を聞くだけだ。相手はほとんどが女性だな。お決まりの仕事だよ。背景情報を集めるための」

「でも、ジミーはボスでしょ」キャシーがいった。「お決まりの仕事はサンディがやるんじゃないの」

「おまえをロンドンに連れていく口実が欲しかったのさ」そう聞いて、ようやくキャシーは満足したようだった。

天気の良い日で、アバディーンへむかう飛行機の窓の下に、ふいにフェア島が見えてきた。島の東にある独特な形をした羊岩《シープ・ロック》のおかげで、すぐにわかった。ペレスはそれをキャシーぺレスはこの島で生まれ育ち、その島をキャシーに教えるべきかどうかで迷った。わたしが生まれた島だよ。そして、おまえのお母さんが亡くなった島だ。だが、キャシーは島を目にすると、自分でそれについて言及した。「すぐに連れてってくれるって、いったわよね」という。「いつになったら、いけるの？」

「この夏にいこう。学校が休みになったら、何日か滞在するんだ」ペレスは、その計画に自分が居心地の悪さをおぼえていることに気がついた。キャシーを自分の家族のようにあつかうのは、すこし図々しいのではなかろうか？　ロンドンにいるフランの両親は、どう思うだろう？

キャシーはペレスの心理的葛藤を察知したようだった。「ジミーのお父さんとお母さんに会ったら、なんて呼べばいいのかな？　正確にはおじいちゃんとおばあちゃんじゃないでしょ？　それとも、そうなの？　よくわからないから、困っちゃう」

「ふたりとも、自分のことをおまえのおじいちゃんとおばあちゃんだと考えてるよ」ペレスはいった。「でも、おまえは好きなように呼べばいい。ジェームズとメアリでは？　直接ふたりに訊いてみるといい」

フェア島が視界から消えるまで、キャシーはじっと窓の外をみつめていた。アバディーンではすぐに乗り継ぎ便があって、そこから人と騒音にあふれたヒースロー空港まではひとっ飛びだった。そこではすべてが特大サイズで、誰もが大声でしゃべっていた。キャシーはすっかり黙りこんで、ペレスの手にしがみついてきた。ロンドンの高い建物や大きなバスに取り囲まれていると、キャシーはよりいっそう小さく見えた。ペレスは彼女を腕に抱えあげて安全なシェトランドに連れ帰りたくなったが、そのとき、シェトランドでは女性がひとり殺されたばかりだということを思いだした。どこへいこうと、人はそう変わらないのだ。

　フランの両親は、ペレスとキャシーの到着をいまや遅しと待ちかまえていた。おそらく、何時間もまえからタクシーに目を光らせていたのだろう。かれらがそこまでキャシーを大切に思う気持ちが、ペレスには痛いほど理解できた。キャシーはかれらにとって唯一の孫であると同時に、娘の忘れ形見でもあるのだ。キャシーのまなざしや走り方、頑固さや強い自立心のなかに、かれらは自分たちの知っていた少女の――そして、いまや失ってしまった女性の――面影を垣間見ていた。フランの両親は、郊外の並木道に面した小さなこざっぱりとした家に住んでいた。その近所はかれらが家を買ったころよりもお洒落になっており、角にはあたらしいコーヒーショップができていた。高そうな花柄のドレスを着た女性が、白い小型犬を抱えて通りを歩いてきた。女性はペレスとキャシーには目もくれずにとおりすぎていった。

　フランの母親は、かつて娘が使っていた部屋にキャシーを案内した。部屋はペンキの匂いがしていて、もしかするとフランの両親はひと晩かけて部屋の用意をしたのかもしれなかった。部屋の窓からは、緑豊かな都会の庭をのぞむことができた。

「いっしょにはやめの夕食をとっていくでしょ、ジミー？　キャシーは疲れているだろうから、すぐに夕食にしようかと思っていたの」そういって、フランの母親は笑みを浮かべた。善い人だ、とペレスはあらためて思った。声に非難の響きが混じらないように、必死に努力してくれている。

「すみません」ペレスはいった。「電話でお話ししたとおり、時間がないんです」

「でも、せめてお茶くらいは飲んでいけるんじゃない」

そこで、ペレスはしばらくとどまることになった。相手の寛大さに、いくらかでも応える必要があった。階下へおりていくと、フランの父親がすでにやかんを火にかけていた。かれらは狭い庭にあるすわり心地の悪い錬鉄製の椅子に腰かけ、ぐらつく錬鉄製のテーブルの上で茶碗のバランスをとりながら紅茶を飲んだ。そして、キャシーがご近所の飼い猫と遊んでいるあいだ、その場に漂う緊張感やぎごちなさに気がつかないふりをしていた。ペレスが暇《いとま》ごいをしたとき、キャシーですらほっとしたように見えた。彼は戸口の上がり段に立ち、木曜日の朝はやくに迎えにきますといった。このときはじめて、温かい歓迎の仮面にひびがはいった。

「そんなにすぐなの、ジミー？」フランの母親が叫んだ。「それしかいられないの？　一日だけ？」

「仕事で、シェトランドに戻らなくてはならないんです」ペレスは穏やかにいった。「それに、キャシーには学校がありますし」フランの両親が心の奥底ではキャシーを自分たちの手で育てたいと考えているのが、ペレスにはわかっていた。娘が殺されるのをおめおめと許した男に、どうして安心して孫の世話をまかせられるというのか？　だが、フランは遺言でキャシーをペレスに託しており、みながその遺志を尊重するしかなかった。

「もちろん、そうよね」フランの母親はすでに落ちつきを取り戻していた。「これはあわただしい訪問になると、あなたはいっていた」

「あなたがたがシェトランドにいらして、ゆっくりしていってはどうですか？」

「ええ、そうさせてもらうわ」だが、フランの両親は娘が亡くなって以降、一度しかシェトランドに訪ねてきていなかった。そして、そのときに大きな心痛をおぼえていたのを、ペレスは知っていた。かれらはシェトランドまでくることで、娘が亡くなるまえからすでに、成長して遠く離れた存在になっていたことを思い知らされていたのだ。

ペレスはホテルにチェックインすると、エレノアの母親であるシーラ・モントゴメリーに電話をかけた。誰も出なかった。それから、エレノアの制作会社〈ブライト・スター・プロダクション〉に電話してみた。時刻は午後五時で、おそらくスタッフは帰宅の準備をしているところだろうから、会う約束はあしたにしなくてはなるまい、と覚悟していた。だが、電話にこたえた若い男性は、あと二時間はみんな職場にいるので、よければ訪ねてきてくれ、といった。そして、てきぱきと道順を教えてくれた。制作会社のオフィスがはいっているのはキングス・クロス駅ちかくの醸造所を改装した建物で、すぐに見つかった。オフィスは地上階の半分を占めており、それ以外のテナントとしては、建築設計事務所、著作権代理人業者、法律事務所がはいっていた。ペレスはブザーを押し、間仕切りのないオフィスへと招きいれられた。そこでは五人のスタッフがパソコンのまえにすわって作業をしていた。みんなすごく若そうな感じで、くだけた服装をしていた。ペレスは、ここにカメラと照明をそなえたスタジオがあって、映像が制作されているのかと思っていた。だが、この部屋は設備の整った第六学年の休憩室を連想させた。重苦しい雰囲気が漂っていた。おそらくエレノアの死は会社の終焉を意味していて、ここにいる人たちは失業の危機にさらされているのかもしれなかった。

背の高い黒髪の若い男性がちかづいてきて、ペレスに手をさしだした。ジーンズにコンバースのブーツ、それにウィロー・リーヴズが着そうなだぶだぶのセーターという恰好だった。

「ペレス警部。お待ちしていました。場所はすぐにわかりましたか?」男は大切な顧客を相手にしているかのような笑みを浮かべてみせた。エレノアの部下の採用基準は、〝魅力のあるなし〟なのかもしれなかった。放送関係者や注文主の心をつかむというのも、仕事の一部なのだ。「でも、われわれがどのような形で力になれるのか、よくわかりません。みんな、ショックを受けています」男はペレスと握手をした。「レオ・ホワイトハウスといいます。ネルの助手をしていました」

机の上に腰をのせたペレスは、自分が学生の仲間にまぜてもらおうとする大学講師になったような気がした。「エレノアは幽霊をあつかったドキュメンタリー番組にとりかかっていた、とうかがっています」ペレスはいった。「それについて、くわしく聞かせてもらえませんか?」

「ある全国紙に、現代人の信念体系にかんする意識調査が掲載されたんです。それによると、どうやら教育のある若い世代では、超自然的な体験をしたことがあると主張する人が急増しているようだった。われわれのドキュメンタリー番組では、その原因をよりくわしく見ていく予定でした。この調査結果をくつがえすのではなく、あくまでもそうなった理由をさぐるんです。なぜ理性的と思える人たちが幽霊を見たと信じるようになったのか? 愛する人が死後に霊媒をつうじて接触してきたと信じるようになったのか? 信仰のない時代における精神的なものの必要性――そういった観点から、この問題に迫っていくつもりでした」言葉がすらすらと口から出てきていた。あきらかに、この企画をまえに何度も説明したことがあるのだ。男はすこし間をおいてからつづけた。「じつをいうと、この仕事が舞いこんできたときには、みんなすごく興奮しました。ここ最近、すこし際どい状況になっていたんです。財政的に。一時解雇は避けられないかもしれない、と思われていました。この幽霊の企画は、まさに天の恵みでした」

ウィローに頼んで、この会社の銀行口座への捜索令状をとってもらうこと、とペレスは頭のなかにメモした。「この件にかんするエレノアの考えは？」

「というと？」痩せてひょろりとした男が顔をしかめた。

「彼女は幽霊を信じていましたか？」

「まさか。それはありませんよ」突然、男はにやりと笑った。「ネルが信じていたのは、上質の赤ワインと高価な靴です。彼女はどんな意味においても、精神的な女性とはいえなかった」

「つい最近もですか？　わたしが聞いたところでは、彼女は子供を失ったことに大きな影響を受けていたとか」ペレスはしわひとつない若い顔を見渡し、このなかでほんとうの悲劇に直面したことのあるものはいるのだろうかと考えた。フランが亡くなってから数週間のあいだ、ペレスは何度も、ベッドの足もとに立つ彼女の姿を見たと確信していた。もしも霊媒から死者との接触を用意できるといわれていたら、彼はその機会に飛びついていただろう。

「それは数カ月前の話です」男がいった。「最近の彼女は、だいぶ以前の状態に戻ってきていました。友だちの結婚に、わくわくしていた。北への旅行にも、この幽霊の企画にも」

「幽霊の企画には全員がかかわっていたんですか？」ペレスは部屋のなかを見渡した。上司であり母親代わりでもあった女性を失った、大人になりかけた子供たちだ。

「いいえ」レオ・ホワイトハウスがいった。「いまの段階では、ぼくとアリスだけでした」黒い服を着た小柄な黒髪の若い女性が、奥の列の机から手をふってみせた。「それ以外のものは、もっと小さな企画の仕上げにかかっています。重要な企画は、エレノアが取り仕切っていました。監督候補との会合を手配したり、予算を組んだり。ぼくらはまずいろいろな人に連絡をとって、頭のいかれた連中を排除しているところでした」

「そういう人は多かったんですか？」

「いいえ」レオ・ホワイトハウスがいった。「驚くほど、すくなかった」

「〝小さなリジー〟の件で、シェトランドにいる目撃者と話をしたことは？」

一瞬、部屋に沈黙がたれこめたあとで、アリスが口をひらいた。「インターネットで〝小さなリジー〟のことを見つけたのは、わたしでした」彼女はいった。「そこで、その幽霊を見たというカップルをさがしだしたんです。ほかの目撃者の話は、あまり信用がおけませんでした。でも、エレノアはすでに〝小さなリジー〟のことを友だちから聞いていて、その件については自分が追跡調査をおこなうといいました。どうせシェトランドへいくところだからと。正直、すこしがっかりでした！　仕事を口実にシェトランドへいけたら、と考えていたんです。ダービーより北へいったことがないので」

「エレノアは、そのカップルと会う約束をとりつけていた？」

「わかりません」アリスがいった。「じつをいうと、〝小さなリジー〟のこととなると、ネルの態度はすこし謎めいていました。ふだん、彼女はとてもあけっぴろげで、仕事のことはなんでも話してくれるんです。でも、この件では、電話をするときに自分のオフィスのドアを閉めるようになっていた」アリスは部屋の隅にあるガラスで囲まれた一角を指さした。「妙でした。以前は、電話の会話をわたしたちに聞かれても、まったく気にしていなかったんです。たとえ、それがお偉いさんどうしの重要な話し合いであっても」

「彼女が秘密にしていた会話は、ほんとうにすべて仕事がらみだったんでしょうか？」ペレスはいまの話を理解しようとしていた。〝小さなリジー〟は子供のいない人のまえにあらわれて妊娠を手助けしてくれるといわれており、それを考えると、エレノアが自分でその追跡調査をやりたがった理由は理解できた。だが、なぜそれをこそこそやる必要があったのか？　自分が〝小さなリジー〟にまつわる言い伝えを真に受けていると認めるのが、恥ずかしかったのかもしれない。だが彼女には、それについて訊いてまわる仕事上のれっきとした口実があった。だとすれば、なぜまわりのものたちに会話を聞かれるのを心配したのだろう？　それにはべつの理由があったのではないか？

アリスは質問の趣旨を理解しているようだった。「エレノアは浮気をしていたのかもしれない、と考えているんですね？」そういうと、彼女は笑った。「いいえ。それはないと思います。いつも、みんなでいってたんです。ネルの結婚相手はイアンと仕事で、どちらもおなじくらいすごく重要だって。ほかの男性を相手にしているひまなんて、彼女にはなかったでしょう」

「〝小さなリジー〟を見たというシェトランドのカップルのくわしい連絡先は、わかりますか？」

「ええ、もちろんです。コンピュータにはいってます。いま印刷しますね」アリスがキーボードを叩くと、プリンターがうなりをあげ、ペレスは名前と住所の印刷された紙を手渡された。

〝アーサー夫妻（ニールとヴァイラ）アンスト島メオネス　スピンドリフト〟

それは、この部屋にいる人たちにとっては、あきらかになんの意味ももっていなかった。だが、ペレスにとってはちがった。

18

ペレスは歩道に立ち、地面から照り返してくる熱気を感じていた。〈ブライト・スター・プロダクション〉の面々と会ったすぐあとでエレノアの母親と顔をあわせるのは、無理だった。きょうは朝がはやかったし、旅行とフランの両親との面会で気分が落ちつかず、集中できなかった。キャシーの監護権を維持することにしたのは、純粋に利己的な決断だった。ペレスには、そのことがわかっていた。キャシーは彼が愛した女性の忘れ形見なのだ。だが、それはフランの遺志でもあり、それゆえ彼女の両親がどう思おうと、彼がその決断を見なおすことはなかった。ペレスは通りを歩きまわり、気がつくと、落ちついたコーヒーショップのまえにきていた。

驚いたことに、夜の八時だというのに店はまだあいていた。ノートパソコンをまえにした学生がふたり、テーブル席にすわっていた。ペレスは紅茶とホット・サンドイッチを注文すると、窓際のカウンターの高いスツールに腰かけ、通行人をながめた。それから、エレノアの母親に電話をかけた。

「はい？」尊大な声。だが、疲れた感じで、年老いて聞こえた。

ペレスは、翌朝訪ねていってもかまわないかとたずねた。

「ええ、どうぞ。でも、それがなんの役にたつのか、よくわかりませんね。結局のところ、娘はロンドンで殺されたわけではありませんから」シーラ・モントゴメリーはいった。

「でも、娘さんの死について、いくつかお訊きになりたいことがあるのではありませんか」ペレスはいった。「それに、ふたりでエレノアさんの話をすることもできますし」

しばらく沈黙がつづき、ペレスは相手が手もとのグラスからワインをすするところを想像した。ワインを注ぎ足すかすかな音が聞こえたような気さえした。「そうね」シーラ・モントゴメリーがいった。「それも悪くないわ」

「何時にうかがいましょうか？」

「お好きな時間に、どうぞ。わたしは家にいますから。無理やり温情休暇をとらされたんです。わたしとしては仕事に出ているほうがよかったんですけど」間があく。「でも、あまりはやい時間はやめてください。朝はゆっくりするほうなので」

「十一時では？」

「いいんじゃない」シーラ・モントゴメリーの口から若者言葉がはっせられるのを聞くのは、奇妙な感じがした。すでにこの会話に興味を失っているのだろう、とペレスは思った。

「では、そのときに」だが、ペレスがそういい終わるまえに、相手は電話を切っていたような気がした。

ウィロー・リーヴズの携帯電話にかけると、相手がすぐに出たので、ペレスはまだしゃべる準備ができていなかった。なにをいうのかさえ、決めていなかった。

「ジミーなの？　もしもし？」自分からかけてきたペレスがなにもいえずにいることに、ウィローは苛立つというよりも面白がっていた。「なにか使えそうな情報は手にはいった？」

「どうやらエレノアの会社は、彼女の友人たちがほのめかしていたほど順調にはいってなかったようだ。例の幽霊をとりあげた番組で、かろうじて倒産をまぬがれていたのかもしれない。

捜査会計士に財政状況を調べてもらってもいいんじゃないかな」

「さっそく手配するわ」ふいにウィローの声がはっきりと聞こえてきたので、まるで彼女がとなりの部屋にいるように感じられた。

「エレノアは、〝小さなリジー〟を目撃したと主張するカップルと連絡をとっていた」ペレスはいった。「アーサー夫妻で、アンスト島在住だ」いったん言葉をきる。「住所はメオネス」

「それはまた奇遇ね」

ペレスはそれにどう反応していいかわからなかった。「家の名称は、〝スピンドリフト〟だ」

「その名前なら、どこかで見たわ」電話線越しにウィローの興奮が伝わってきた。「スレッツへいく途中にある小さな平屋建ての家よ。その名前の刻まれた流木が、庭の前面の壁にとりつけてあった。あした、そのカップルに会いにいって、エレノアが訪ねてきたかどうか訊いてみるわ。もしかすると、彼女は殺された晩にかれらの家にいて、幽霊があらわれるのを寝ずに待っていたのかもしれない」

ウィローがふざけているのがわかったので、ペレスはわざわざ返事をしなかった。

「ジミー？」

「ああ」

「あなたがいなくて、みんな寂しい思いをしてるわ。はやく帰ってきて」

ふたたび、ペレスはなんといっていいのかわからなかった。彼は電話を切ると、スツールからおり、歩いてホテルまで戻った。

ペレスは朝はやく起きると、エレノアの母親に会いにいくまえに、まずハムステッドにある英国民話協会の〈センティマン・ライブラリー〉へとむかった。ポリー・ギルモアの職場だ。それは緑の多い通りにあるふつうの一軒家で、唯一の目立つ点といえば、まわりの家よりもみすぼらしいところくらいだった。ペレスがドアを押しあけると、呼び鈴が鳴って、長い灰色の髪をした中年女性があたふたと階段をおりてきた。長いスカートに絹のチュニックという服装で、絹のスカーフを何枚も首に巻いていた。「どういったご用件でしょうか？　すごく専門的なことでしたら、申しわけありませんけど、出なおしていただかなくてはなりません。うちの優秀な司書は、いま休暇で留守にしていますので」

ペレスは自分が何者かを説明した。

「かわいそうなポリー！　お友だちと北へ旅行するのを、すごく楽しみにしていたのに」そういうと、中年女性は両手をもみしぼった。あまりにも多くの生地を身にまとっているので、それだけで全身ができているようにも見えた。

「この数週間、ポリーはどんな様子でしたか？」いざライブラリーにきてみると、ペレスは自分がこの訪問でなにを得られると期待しているのか、よくわからなかった。もしかすると、ポリー・ギルモアをもうすこしよく理解したいだけなのかもしれなかった。

「もちろん、興奮してましたよ。結婚式で花嫁の付き添いをつとめたあとで、今度はパーティのためにシェトランドへいくんですから。それに、ちょうどあたらしい男性があらわれたところでした。彼女はこのまま誰も見つけられないいじゃないかって、みんなあきらめてたこともあったんですよ。そしたら、マーカスがあらわれた。とても良さそうな彼氏です」

「エレノア・ロングスタッフとお会いになったことは？」ドアへむかいかけたところで、ペレスの頭にその質問が浮かんできた。

「ええ。何度かありましたよ。彼女とポリーは、そりゃもう姉妹のようでした」

「彼女を最後に見かけたのは？」

「ふたりがシェトランドへいくまえの日でしたね。エレノアがここにきたんです。いっしょに最後の打ち合わせをするためでしょう。ポリーは会議中で、わたしは会員室で待つエレノアに紅茶を出しました。そのとき、彼女の携帯電話が鳴ったので、わたしは急いでエレノアを職員の部屋へ案内しました。ここでは依然として、携帯電話の使用は禁止されているんです。会員の要望で」女性はためらった。「もちろん、わたしは聞き耳を立てたりはしませんでしたけど、エレノアはすごく怒っていて、その声はオフィスにいても自然と耳にはいってきました」

「エレノアは、正確にはなんといってましたか？」ペレスは、あくまでも礼儀上関心を示しているにすぎない、といった感じでたずねた。

「正確な文言は、もちろん覚えてませんよ。でも、記憶力には自信があるんです」

「できる範囲内でかまいませんから、思いだしてもらえませんか」ペレスはほほ笑んでみせた。

女性はそれにすっかり魅了されて、ほほ笑み返した。「骨子は、こんな感じでした――〝この件が未解決のままで、どうしていっしょにいけるというの。とにかく、かたをつけてちょうだい！〟」

ペレスは相手の記憶力に感心するようにうなずいてみせた。「とても助かりました。電話の相手が誰だったのか、見当はつきませんか？」

女性は首に横にふった。「ご主人だったんじゃないかしら。もちろん、オフィスからでは相手の声はまったく聞こえませんでしたけど」

「そうですよね」時間はかかるだろうが、携帯電話の記録からエレノアの通話相手を突きとめることは可能だった。「エレノアのご主人と会ったことは？」無愛想なイアン・ロングスタッフがこの風変わりな場所にいるところを想像するのはむずかしかったが、エレノアにつきそってここでの社交行事に顔を出したことがあるかもしれなかった。

女性は首を横にふった。「ありません。会ったことがあるのは、エレノアだけです。あんなに美しかったのに。こんなことになって、ほんとうに残念だわ」

建物を出て静かな通りを歩いていくあいだも、ペレスは自分がこの訪問でなにを得たのか、まだよくわからずにいた。


シーラ・モントゴメリーは、ピムリコにある大きな白いテラスハウスのなかのフラットに住んでいた。古式ゆかしき引き綱の呼び鈴を鳴らすとき、ペレスはすこし気おくれしていた。使用人用にべつのドアがあって、自分はそちらを使うことになっているのではないか、という考えがふと頭をよぎった。呼び鈴に応えるのは、家政婦かもしれない。だが、ドアがあいたとき、そこにいたのは紛れもなくエレノアの母親だった。髪の毛の色こそちがっていたものの——さまざまな色合いの濃い金髪に染められた髪は完璧にカットされており、まるで自然にそうなっているかのように見えた——その鼻と頬骨は、ペレスがポリー・ギルモアのコンピュータで見たエレノアの写真にそっくりだったのだ。

ペレスはシーラ・モントゴメリーのあとについて、幅のひろい廊下を歩いていった。深緑の壁にはびっしりと絵や写真が飾られており、それらはいずれも見慣れないものばかりだった。洞窟壁画の複製とおぼしきものが何点かあった。ひっかき傷で動物や鳥をあらわした壁画で、原始的だが、驚くほど生命力にあふれていた。丘の斜面に連なる奇妙な住居の写真。織布の切れ端で構成されたコラージュ。巨大な油彩の抽象画。ペレスはもっと時間をかけて見たかったが、エレノアの母親はどんどん先へ進んで、すでに居間と書斎を兼ねたような部屋の窓台に腰かけていた。部屋には机があり、壁は本棚で覆いつくされていた。片隅にある肘掛け椅子には蠟染め布のカバーが掛かっていて、そのとなりには本革製のコーヒーテーブルがあった。コーヒーテーブルの上にグラスがのっているところを見ると、きのうの晩にペレスが電話したとき、シーラ・モントゴメリーはおそらくそこにすわっていたのだろう。いまは窓枠の中央にすわっているので、彼女自身がひとつの芸術作品のように見えた。そのうしろには、煉瓦の壁で風から守られた日当たりのいい小さな中庭が見えていた。中庭の隅に、ピンクの花をびっしりとつけた鉢植えの木があった。

シーラ・モントゴメリーは机のむかいにある椅子をペレスに勧めたものの、紅茶やコーヒーを出そうとはしなかった。それはシェトランドでは考えられないことだったので、ペレスは一瞬、話をどうはじめたらいいのかわからなくなった。

「それで」エレノアの母親がわずかに苛立ちをのぞかせながらいった。「質問がおありなんですよね」そのしゃべり方にも、ペレスは不意をつかれた。それは昔ながらの上流階級のしゃべり方で、クリスマスのときの女王のスピーチや一九五〇年代のラジオ放送の録音で耳にするようなものだった。電話越しに聞いたときには、そのカットグラスのようなアクセントはこれほど際立ってはいなかった。

「娘さんについて、いろいろとお話をうかがいたいんです」ペレスはいった。

あきらかに、それは相手の予想していた返事ではなかった。「どんなことを聞きたいのか、もっと具体的におっしゃってもらえませんか？」

「無理です」ペレスはいったん言葉をきった。「あなたは娘さんについて、重要なことをご存じのはずです。娘さんの殺害につながったかもしれないことを」

しばらく沈黙がつづいた。シーラ・モントゴメリーの背後にある窓のむこうから、かすかな音が聞きとれるようになっていた。遠くを走る車の音。クロウタドリの鳴く声。

「小さいころから強情な子でした」ようやくエレノアの母親が口をひらいた。「わたしに似たのだ、とみんないっていました。もちろん、頭が良かった」それは自明の理だとでもいうような口ぶりだった。

「お子さんはエレノアさんだけですか？」

「夫は、わたしがあの子を産んだすぐあとに出ていきました」シーラ・モントゴメリーがいった。「彼自身、子供だったんです。自分がわたしの注意を独占できないことに耐えられなかった。それ以来、ほかの男性ともいろいろおつきあいしましたけれど、わたしはその誰とも子供を作ろうという気にはなりませんでした」

「それで、いま現在は？」だが、ペレスにはその答えがすでにわかっているような気がした。このフラットは、シーラ・モントゴメリーの王国だった。ほかの人間の痕跡はなかった。

みじかい間があった。「ときおり、おつきあいすることはあります。けれども、いまはひとりで暮らしていて、それに満足しています。自分は利己的すぎて、誰かと生活をともにすることはできない、とわかったんです」

「エレノアさんは父親と連絡をとりつづけていたんですか？　最近も会っていた？」キャロラインがレストランでエレノアといるのを見かけた男性は父親だったのかもしれない、とペレスは考えていた。

「それはどうでしょう。彼の専門は東洋美術で、しょっちゅう旅行をしています。ロンドンにはほとんどいませんし、ちょうど子供が生まれたばかりなんです。三人目の奥さんとのあいだに」最後の部分は、毒液のように口から吐き出された。

「でも、あなたはふたりが会うのをやめさせようとはしなかった？」

シーラ・モントゴメリーは肩をすくめてみせた。「やめさせようとしたところで、エレノアはどうせ聞く耳をもたなかったでしょう。先ほどもいったとおり、強情な子でしたから。おそらく、あの子はリチャードのメール・アドレスを知っていて、彼がロンドンにいるときに、ときどき会っていたのかもしれません。けれども、父親の話をわたしとすることは一度もありませんでした」

「娘さんの結婚を、あなたはどうご覧になっていましたか？」

「イアン・ロングスタッフは、わたしが娘の結婚相手として想像するような男性ではありませんでした。けれども、彼はあの子をしあわせにしていたようだった。すくなくとも、娘はそういっていました」シーラ・モントゴメリーはスカートのしわをのばした。「もちろん、彼はあの子に子供を授けることができませんでしたから、その点では落胆させられましたけど」

妊娠後期での流産でどうして男が責められなくてはならないのか、ペレスにはよくわからなかった。だが、なにもいわなかった。エレノアの母親はつづけた。「わたしの考えでは、あの子はそのことで大騒ぎしすぎていました。ああしたことは起きるものですし、男は女性にくよくよせずに先へ進むことを期待します。子供は人生のすべてではありません」

「娘さんの結婚生活には、すこし緊張があった？」

「本人は、なにもいってませんでした」

「でも、あなたはそれを感じた？」

ふたたび沈黙がつづいた。どこか遠くのほうで車の警報機が鳴りはじめた。その音はペレスの脳にぐいぐい食いこんできたが、はじまったとき同様、ふいにやんだ。

「緊張というのとは、ちょっとちがいます。それに、緊張にならエレノアは対処できたでしょう。刺激や難題を楽しむ子でしたから。わたしとおなじく、退屈をもっとも恐れていたんです。流産にさえ、あの子にとっては満足すべき要素がふくまれていた。とりあえず、すこしのあいだは間違いなく自分が注目の的になりますから」シーラ・モントゴメリーは窓の外に目をやり、しばらく中庭のむこうを見ていた。「はじめのうち、イアンはエレノアにとって難題でした。育ちも物腰も、娘とはまったくちがっていた。エレノアは彼のことを頼りがいがあると考え、その労働階級の出自に興味をおぼえました。魅力さえ感じた。そして、彼のほうは議論でエレノアに負けなかった。でも、時間がたつうちに、彼はあまりにも娘を愛するようになり、簡単に折れるようになってしまった。彼のせいではありません。赤ん坊を失ったばかりの女性と喧嘩できる人なんて、いないでしょう？　おそらく、まさにそういったところゆえに――ほかの人なら褒め称えるであろう、やさしさとか思いやりとか忠誠心とかゆえに――エレノアは彼のことを嫌いはじめたのでしょう」シーラ・モントゴメリーはふたたび口をとざしてから、小さく奇妙な笑い声をあげた。ペレスにとって、それは先ほどの車の警報音とおなじくらい神経にさわった。「わが子なのに、あんまりないいようですよね、警部さん。でも、自分とそっくりなので、よくわかるんです」

「エレノアさんは浮気をしていたと思いますか？」娘を亡くしたばかりの母親が、どうやったらその子についてこれほど冷静に洞察力を働かせることができるのか、ペレスは不思議でならなかった。キャシーの身になにかあったら、彼は身も世もなく泣き喚き、とてもまともな話などできないだろう。

「本人からそういった話を聞いたことは、一度もありませんでした。けれども、そういうことがあったとしても、驚きませんね」

「エレノアさんと最後に会ったのは？」

またしても、みじかい沈黙があった。「あの子がシェトランドへ旅立つまえの日です」シーラ・モントゴメリーはいった。「職場に電話がかかってきて、ランチに誘われました」

「職場というと？」

「大英博物館です。わたしは美術史家で、アフリカを専門にしています」ふいに情熱がほとばしり、ペレスは一瞬、彼女の人生では仕事がもっとも重要なのではないかと思った。「わたしは博物館のちかくにあるトルコ料理のレストランでエレノアと会うことにしました。じつをいうと、あまり乗り気ではありませんでした。というのも、ちょうど展覧会の企画書をまとめているところで、忙しかったんです。けれども、娘のほうから会おうと誘われることはめったにないので、わたしはスケジュールを調整しました」

「それで、エレノアさんにはとくになにか話したいことがあったんですか?」ペレスは急に緊張していた。もしかすると、目のまえの女性の気分が伝染したのかもしれなかった。シーラ・モントゴメリーは依然として窓台によりかかっており、うしろから射しこむ光のせいで顔はよく見えなかったが、それでも彼女のストレスが伝わってきた。どこまでペレスに打ち明けるべきかで、心を悩ませているのかもしれなかった。

「あったのかもしれません」シーラ・モントゴメリーは身をのりだすと、突然あらわれた意外な涙を目から拭った。そのときはじめて、ペレスは彼女がひどく疲れていて悲しげであることに気がついた。くっきりと刻まれたほうれい線。たるんだ顎。彼女が窓を背にしてすわったのは、実際よりも自分を若く見せたいというつもの虚栄心が働いたからにちがいなかった。シーラ・モントゴメリーは背筋をのばすと、ふたたび乾いた目になっていった。「あれは奇妙な昼食会でした。ふだん、エレノアはとても単刀直入です。でも、あの日は……」正しい言葉を見つけようとして、シーラ・モントゴメリーは言い淀んだ。「謎めいていた。まるで、いまなにが起きているのかを、わたしにあてさせたがっているかのようだった。あの子がなにかで悩んでいるのは、あきらかでした。それに、仕事のことで興奮していた。あの子は幼いころから野心家で、いつでも仕事は重要なものでした。けれども、この日はぴりぴりもしていました。なにが問題なのか、たずねてみるべきだったんでしょう。でも、わたしはあえて訊かなかった。いまになってみると、すごくけちな了見に思えますけど、わたしは自分があの子の人生に関心があることを認めて、相手に満足感をあたえたくなかったんです」

「エレノアさんがどんな話をしたのか、くわしく覚えていますか?」ペレスは、この母娘が会話をかわすところをなんとか想像してみようとした。テーブルをはさんで、スパイスのきいた料理をつついているふたりの女性。どちらもワインを飲んでいたのかもしれない。そして、奇妙な言葉のピンポンがつづけられる。エレノアがこの昼食会になんらかの目的をもってのぞんでいたのは、まず間違いなかった。シェトランドへ出発する前日ともなれば、きっと忙しかったはずだからだ。そんなときに母親を無理やり昼食に誘ったのは、どんな重要な理由があったからなのか?

シーラ・モントゴメリーは顔をしかめた。「エレノアはこういいました——自分はこれから大冒険にのりだそうとしているところだけれど、お母さんもそうなのか、と。あきらかに、それがどういう意味なのかを訊いてもらいたがっていました。でも、わたしはそれに気がつかないふりをした。そして、たしかにシェトランドははるか北にあるけれど、一生に一度の旅とはとてもいえない、といいました。なんのかんのいって、あの子は異国の地を何度も訪れていますす。子供のころから、わたしの現地調査旅行によくついてきていたんです」

「では、エレノアさんはなにをいおうとしていたのでしょう?」

「長距離ドライブと夜行フェリーの旅のことでないのは、たしかです」シーラ・モントゴメリーがいった。「あの子のいっていた冒険は、たんに地理上のことではなかった。もっと比喩的なものだった」

この母娘のあいだのやりとりは、なにもかもがぼんやりとしている、とペレスは思った。その関係は、〝みずからをとりつくろい相手を出し抜く〟という奇妙なゲームで成り立っているように見えた。「もうすこしはっきりいってもらえませんか？」

「あの子にはあたらしい男ができたのかもしれない、と思いました」シーラ・モントゴメリーがいった。「それが、もっともありそうな解釈でした。さもなければ、精神的な旅を指していたとか。あの子はとても陽気でした。幽霊の存在を信じはじめていたのかもしれません。あるいは、ただ仕事のことをいっていたのかも。結局のところ、あの子にとっては仕事が昔からもっとも大きな意味をもつものでしたから」エレノアの母親が立ちあがった。「わたしたちは歩道で別れの言葉をかわし、あの子はわたしを抱きしめました。わたしは驚きました。あの子は友人とはよくふれあっていましたが、わたしとはそうすることがなかったんです。わたしはもうすこしで、歩み去っていくあの子に声をかけるところでした。言葉が喉まで出かかっていました。〝この昼食会はなんだったの、ネル？　わたしにどうして欲しかったの？〟でも、そのとき博物館の企画のことを思いだしました。すでにスケジュールに遅れが出ていることを。わたしはしばらくその場に立ちつくし、あの子がタクシーに乗りこむのを見ていました。それから、歩いて博物館まで戻ったんです」

ペレスとエレノアの母親は、しばらく黙っておたがいをみつめていた。それから、ペレスも立ちあがった。それが自分に求められていることだと、わかったからだ。「エレノアさんと別れたのは、何時ごろでしたか？」

「はっきりとは覚えていません。二時半くらいかしら」

では、エレノアは母親と昼食をとってからハムステッドの〈センティマン・ライブラリー〉でポリーと会うまで、なにをしていたのだろう？　オフィスに戻ったのか？

シーラ・モントゴメリーは苛立たしげにペレスを見ていたが、ペレスはそれを無視した。

「シェトランドに着いたエレノアさんから連絡は？」

「土曜日の午後にメールがきただけです。無事に到着した、ここはとても美しいところだ、という内容のメールが」エレノアの母親はすでに、さまざまな絵や写真のならぶ廊下にいた。「わたしは〝楽しんでらっしゃい〟と返信しました。最後に〝愛している〟という意味のx印と、あの馬鹿げた笑顔のマークをつけて」シーラ・モントゴメリーは、ペレスがあとをついてきていることを確認するためにふり返った。「とりあえず、そうしておいてよかったと思っています。それで、わたしがあの子のことをすごく気にかけていたことが伝わっていたのならいいんですけど」

「そちらからお訊きになりたいことはありませんか？」ペレスはまえの晩に電話でした約束のことを思いだして、そうたずねた。

シーラ・モントゴメリーはドアの取っ手に手をかけたまま、一瞬、動きを止めた。「いいえ」

という。「なにもありません」

ペレスは、ふたたびショックを受けていた。たいていの肉親は、被害にあった身内のものが苦しんだかどうかを知りたがるものだった。ペレスは家を出て通りを歩いていくあいだも、シーラ・モントゴメリーに呼び戻され、その質問をされるのではないかと――彼女の頭のなかにその質問があるのは、あきらかだった――考えていた。だが、ふり返ると、ドアはすでに閉まっていた。エレノアの母親は、娘と最後に会ったとき同様、自負心が強すぎて前言をひるがえすことができなかったのだ。

19

水曜日の朝にウィローが目をさましたとき、窓の外には濃い霧がたちこめていて、そこにあるはずの草地はほとんど見えなかった。彼女がまず考えたのは、ジミー・ペレスがロンドンから戻ってくるのが明日でよかった、ということだった。そのころには霧が晴れて、飛行機が問題なく着陸できるといいのだが……。それからウィローは、どうしてそのことがこれほど気になるのかを考えた。まえの日に彼女はサンディといっしょにパーティの出席者を訪ね、エレノアについて質問していた。ほとんどのものが彼女のことを覚えていた。「とりつかれたように踊ってたな」ある老人は、目を輝かせながらそういった。浜辺に白いドレスを着た少女がいるのを見かけたというものは、ひとりもいなかった。ポリーがいっていた煙草を吸うカップルの片割れが自分だと認めたものも。ウィローは捜査が手詰まりの状態にあるのを感じており、ジミー・ペレスが戻ってくることで、そこにあたらしいエネルギーが注入されることを願っていた。もちろん、だから彼に戻ってきてもらいたいのよ。だが、ウィローは正直なので、自分を欺くことができなかった。ええ、そうでしょうとも。いいから認めなさい。あなたは彼のことが気になっている。でも、いまはそんなこと忘れて、仕事に集中するの。ただでさえ、もう手一杯なんだから。

　サンディはすでにキッチンにいて、朝食を食べていた。チャールズとデイヴィッドもテーブルについており、こちらは紅茶を飲んでいた。ウィローの姿を目にすると、デイヴィッドがさっと立ちあがり、マルコムソンの小農場でとれた卵を勧めてきた。ウィローはホテルに着いたときに、自分が菜食主義者であることを伝えておいたのだ。ヒッピー共同体《コミューン》ですごした子供時代の名残といえば、それだけね。毎朝のヨガと、肉を食べないこと。

「ええ、卵をお願い」ウィローは事件の捜査をしているあいだじゅう、つねに腹をすかせていた。「スクランブル・エッグで。それと、グルーシェの焼いたパンが残っていたら、トーストもいっしょに」

　デイヴィッドは頭から大きなエプロンをかぶると、ガスレンジのところへいって調理をはじめた。

「明日までに天気が変わってるといいですね」サンディが、肉食動物の夢の朝食から顔をあげながらいった。「こんなに霧が濃かったら、飛行機はまず着陸できない。ジミーとキャシーはアバディーンで足止めを食らうことになるでしょう」心配そうな口ぶりだった。サンディも、やはりペレスがいなくて落ちつかないのだ。

みんなにこれほど頼りにされてるなんて、彼にはいったいなにがあるのだろう？

チャールズ・ヒリアーがテーブルの反対側からウィローのほうを見た。「サンバラ空港のあたりは、霧がまったくかかっていないかもしれませんよ。ご承知のとおり、ここの天気はめまぐるしく変わりますから。一日で四季を体験できるんです」その慣れた口調から、彼がしょっちゅう天気のことで客を安心させているのがわかった。階段で足音がするのを耳にして、彼は食堂で給仕するために立ちあがった。

ウィローはコーヒーを飲みながら、自分がペレスの帰りを待ちわびているのには完全に筋のとおった理由がある、と考えていた。彼女にとってペレスはシェトランドにおける道しるべのような存在であり、その判断を頼りにしているのだ。

ウィローはサンディといっしょに、アーサー夫妻の住むスピンドリフト――集会場のちかくにあるあたらしい家――へとむかった。この夫妻は容疑者になるかもしれず、事件が裁判となった場合、ひとりの聞き手による事情聴取で得た証言は証拠として認められないからだ。それに、サンディはシェトランド人で、これ以上ないくらい脅威を感じさせない人物だった。決して相手に警戒心を抱かせることがなかった。ホテルを出ると、霧はウィローが朝起きたときとおなじくらい濃いままで、車にたどり着くころには、彼女のコートは水滴だらけになっていた。

遠くのほうに奇妙で弱々しい光があるところを見ると、やがては日の光が霧を蹴散らしてくれそうだったが、こういった天候のなかでは、人が幽霊の存在を信じたとしても不思議はなかった。

スピンドリフトは小さな平屋建ての家で、張り出し玄関には乳母車が置かれていた。乳母車では小さな赤ん坊がすやすやと眠っており、ウィローの先を歩いていたサンディはそれを見ると、まるで爆弾をまえにしたかのようにあとずさった。かれらは家の横手をまわって、べつの入口をさがした。サンディは裏口をすばやくノックしてからドアをあけ、なかにむかって叫んだ。「誰かいますか?」

若い女性があらわれた。コーヒーのマグカップを手にしていて、パジャマに部屋着という恰好だった。ウィローは自己紹介をした。「起こしたのでなければ、いいんですけど」

「そんなことないわ。もう起きていて、ちょうど着替えようとしていたの。きのうの晩は、ヴァイラがぐずって大変だった。主人はどうせきょうはイェル島で仕事があるから、早起きして、赤ん坊が眠るまで乳母車で散歩に連れだしてくれたの。そのあいだに、こっちは朝寝坊させてもらったってわけ。さあ、はいってちょうだい。やかんを火にかけて、きちんとした服に着替えてくるから。ロウリーの里帰り結婚式でこっちにきていた、あのかわいそうな女性のことできたんでしょ」女性はしゃべりながらカップを用意してから、いったん自分の寝室にさがった。すごく話し好きで愛想のいい女性なので、ウィローはなかなか彼女を殺人の容疑者として見ることができなかった。おまけに彼女は小柄で、エレノアの死体を水溜まりまでひっぱっていき、そこで姿勢を整えるだけの力はなさそうに見えた。

三人は居間で腰をおろした。模様入りの壁紙。イケアの家具。イングランド郊外の部屋といってもおかしくなかった。全員がすわれるように、女性が革製のソファから赤ん坊の服の山とガラガラをかたづけた。霧のせいで室内は薄暗く、明かりがつけられた。

「赤ちゃんはヴァイラっていうんですか？　可愛い名前ですね」そういって、ウィローはさしだされたコーヒーを受けとった。

「わたしもヴァイラなの。沖合の島のひとつからとった名前よ。すこしまぎらわしいかと思ったんだけど、ニールが気にいってたし、家族のなかに名前を残すのはシェトランドの古くからの習慣だから。本人が大きくなって気にいらなければ、ミドルネームを使えばいいんだし」

ウィローはサンディに目をやった。事情聴取の口火を切るのは彼にまかせる、といってあったのだ。サンディは一瞬、恐慌をきたしているように見えた。咳ばらいをしてから、質問をはじめる。

「あなたは土曜の晩の里帰り結婚式に出ていたんですね？」

女性はサンディをみつめていた。「あなた、見たことあるような気がするんだけど。アンダーソン高校にいなかった？　わたしの一学年下に？　ウォルセイ島からきた子で、やっぱり寄宿寮にはいってたでしょ」いったん言葉をきる。「あのころは、あなたが刑事になるなんて考えもしなかった」

「里帰り結婚式のことを話してもらえませんか？」おしゃべりなヴァイラが学校の思い出話に

花を咲かせかけているのを察知して、ウィローは口をはさんだ。礼儀正しいサンディには、話を途中でさえぎることなどできないだろう。「そこで、エレノア・ロングスタッフと会いましたか？」

「ええ。でも、彼女とはそのまえに会っていたわ。ほんとうは秘密にしておくはずだったけど、彼女は亡くなったんだから、もうかまわないわよね？」

「はじめて会ったのは、いつですか？」サンディが会話の主導権を取り戻そうとしていった。

「あの日の午後よ。パーティのあった日の午後。電話で打ち合わせて、わたしがスレッツにいくことになったの。そのほうが都合がいいって、エレノアはいってた。友だちが散歩から帰ってきても、わたしがスレッツにいる理由はいくらでもつけられるけど、彼女がこっちにきていたら、あとでどこにいたのか説明するのはもっと大変だって」

「どうして彼女は、それほどあなたと話をしたがったんです？」ふたたびサンディが質問した。

「もちろん、〝小さなリジー〟のことがあるからよ。エレノアはリジーにかんする番組を作ろうとしていて、わたしたちはそれに出演することになっていた。お金をもらえることに。〝出演料〟と彼女はいってたわ」ヴァイラは言葉をきった。「その番組は、まだ作られるのかしら？　ニールはすこし恥ずかしがってたけど、わたしはテレビに出られるっていうんで、すごくわくわくしてたの。お金をもらえるからだけじゃないわ」

「あなたと会うのを秘密にしておくことが、なぜそれほど重要だったのかしら？」ウィローはそういって、窓の外を見た。霧がすこし晴れてきたらしく、遠くの影がよりはっきりと見えるようになっていた。その影は、メオネスの集会場とマルコムソン家の小農場の農家なのかもしれなかった。

「友だちには理解してもらえないからだ、とエレノアはいってた。彼女はほんとうに〝小さなリジー〟の存在を信じていたのに、旦那さんはその可能性を認められないタイプだったのよ。だから、あの日の午後、わたしはスレッツにいって、自分の身に起きたことを話した。リジーを見たときのこと。そのあとで妊娠したこと。それまでニールと何年も努力していて、もう一度体外受精に挑戦しようかと思っていたんだけど、結局、その必要はなかったわ」

ヴァイラは三十代のはじめにちがいない、とウィローはあたりをつけていた。だが、そのしゃべり方はいまでもまだ興奮しやすい女学生のようで、言葉が考えなしに、つぎからつぎへと口からこぼれだしてきていた。ヴァイラは息を継ぐためにいったん言葉をきってから、すぐさま話をつづけた。「エレノアは自分でもリジーを見たかったんじゃないかしら。彼女が赤ん坊を欲しがっているのが、わかったもの。あとで集会場のパーティで会ったとき、赤ん坊に夢中になってたわ」

「それじゃ、あの日の午後、あなたはスレッツにいったんですね」サンディがいった。もしかすると、赤ん坊の話に居心地の悪さを感じているのかもしれなかった。「そして、エレノアはあなたがくるのを知っていた」

「ええ。でも、ただ話をしただけよ」ヴァイラがいった。「カメラとかはなくて、エレノアがちっちゃなレコーダーをもっているだけだった。それにむかって〝小さなリジー〟を見たときのことをしゃべるように、といわれたの。そのほうがメモをとるより簡単だからって」

ウィローはサンディに一瞥をくれたが、彼はヴァイラの話が横道にそれるのを防ぐのに懸命で、いまの情報の重要さを理解していないように見えた。スレッツを捜索したとき、レコーダーは発見されていなかったのだ。

「そこで、どんな話をしたんですか？」

「そうねえ」そういうと、ヴァイラはベッドにはいった子供にこれからおとぎ話を聞かせるような感じで、ゆったりと椅子の背にもたれた。「あれは、きょうみたいな霧の濃い日だった。ただし、時期はいまよりまえで、二月だった。午後遅かったから、すでにすこし暗くなっていたわ。わたしはいま産休中だけど、ふだんはメオネスの学校で補助教員をしていて、そのときはちょうど家に帰るところだった。そしたら、彼女が目のまえの小道にいたの。十歳くらいの女の子で、全身白ずくめだった。古めかしい感じの服を着て、髪の毛に白いリボンをつけていた。そして、踊っていた。わたしだけのために踊っているような感じで、まるでなにかのお告げのようだった。それから、その子は霧のなかに消えてしまったの。わたしは大きな声で呼びかけて彼女のあとをおいかけたけど、もうどこにもその姿はなかった」

ウィローは納得していなかった。「島の女の子がただ着飾っていただけなんじゃありませんか？　霧のなかでは、いろいろなことが奇妙に見えるから」

「アンスト島のこのあたりにいる子供なら全員知ってるけれど、その子には見覚えがなかった。でも、それだけじゃないの。わたしにはわかった——その女の子が現実のものではなくて、なにか重要なことがわたしの身に起きようとしているのが。宗教的な体験といってもよかった。それに、その子はわたしの目のまえから急にいなくなった」

女の子が消えた理由については説明がいくつも考えられたが、ウィローはなにもいわなかった。あまり強く反論すると、ヴァイラが気分を害して、口をとざしてしまうかもしれないからだ。ヴァイラは、自分が見たのは幽霊だと信じきっていた。ウィローがいたヒッピー共同体《コミューン》にも、木に霊が宿っているとか、ウルヴァーハンプトン出身の師が宇宙を救うと信じている人がいたが、そういった考えは不合理だと彼女が説得しようとしても、やはり無駄だった。

ヴァイラは話をつづけた。「それに、つぎにその子を見たときは、霧はまったくかかっていなかった」

「もう一度見たんですか？」

「七月の終わりにね。風がなくてよく晴れた晩が、夏にときどきあるでしょ。わたしはグルーシェとジョージの家から帰ってくるところだった。ジョージは叔父さんみたいな親戚で、ニールが仕事で留守のときに訪ねていくことがあるの。わたしはひとりが苦手だから。すごく明るい晩で、うちにむかって小道を歩いていると、またあの女の子が見えた。このときは女の子は遠く離れたところにいて、岬の立石のそばの人影としかわからなかった。わたしは大急ぎでジョージの家にひき返したわ。ほかにも目撃者が欲しかったから。だって、霧のなかにいるリジーを見たといったとき、みんなからさんざん馬鹿にされたんだもの。でも、ジョージを連れて海岸に戻って立石のほうを見あげると、そこにはもう誰もいなかった」

「そして、いまの話をエレノア・ロングスタッフにした？」サンディの声からは、彼がそれを信じているのか、それともまったくのでたらめと考えているのかは、うかがい知ることができなかった。

「ええ。彼女のもっていた小さなレコーダーにむかって、すべてしゃべったわ。それがすむと、彼女は最初の部分を再生して、きちんと録音されていることを確認していた」

「エレノアはなんといってましたか？」

「その話を主人が信じているかどうかを訊かれたわ」ヴァイラがいった。「だから、こうこたえたの。ニールは幽霊を信じるような人じゃないけれど、わたしが作り話をしていないのがわかっていたから、それとなく調子をあわせてくれたって」一拍をおいてから、つづける。「主人は配管工なの」まるで、それですべて説明がつくとでもいうような口調だった。

「録音状態を確認したあとで、エレノアはレコーダーをどうしましたか？」サンディが落ちついた声でさりげなくたずねた。本人がふだんまわりにあたえている印象よりもサンディは頭がいいことを、ウィローは再確認した。「あなたと会ったことを秘密にしたいのなら、エレノアはレコーダーを友人たちの見えるところに置いておきたくなかったでしょうから」

ヴァイラは集中しようと、顔をしかめた。「たしか、ただポケットに突っこんでいた。彼女はジーンズにニットのジャケットという恰好で、そのジャケットには外ポケットがついていたの。そこにしまっていた気がするわ」

ちらりと視線を寄越したサンディにむかって、ウィローは〝よくやった〟というようにうなずいてみせた。彼はつねに承認を必要としているのだ。

「でも、話はまだ終わってないわ」ヴァイラは満面の笑みを浮かべてそういい、それを見たウィローは、ふたたび相手がすごく若く見えると思った。「それも、肝心なところが残ってる。そのひと月ほどあとに、わたしの妊娠が判明したの！　ということは、わたしが見たのはやっぱりリジーだったのよ。でしょ？」それ以外には考えられないとでもいうように、ヴァイラがふたりを見た。

サンディとウィローは顔を見あわせたが、なにもいわなかった。そのとき、まるでタイミングを計ったかのように赤ん坊が泣きはじめ、ヴァイラは張り出し玄関へ出ていくと、わが子を胸に抱きあげた。


ウィローとサンディは小道の突き当たりまで車を走らせ、エレノアの死体が発見された場所へとつうじる歩行者用の小道のそばに駐車した。窓の外では霧がうごめいており、遠くの崖がじょじょに見えはじめていた。

「ヴァイラから女の子の話を聞いた日にエレノアがその少女を目撃したというのは、すこし出来すぎよね」ウィローは汚れたハンカチでフロントガラスの内側の水滴を拭きとりながらいった。

「願望的な思考が働いたとか？　どうしても妊娠したかったエレノアが、たまたま見かけた少女を幽霊だと思いこんだ？」

「かもしれない。でも、彼女の証言はそれよりもっと計算されたもののような気がする」そもそも、エレノアのような育ち方をした女性が――たとえ、どれほど赤ん坊を望んでいたにせよ――そんなに簡単に人の話に影響を受けるだろうか？　「彼女がなにを企んでいたのか、わかればいいんだけど」

「ヴァイラが二度目に見た少女のいた場所でエレノアの死体が発見されたのには、なにか意味があるんですかね？」

「わからない。たしかに、奇妙な偶然よね」ウィローは言葉をきった。「それに、エレノアがもっていたデジタル・レコーダーは、どうなったのかしら？　ヴィッキー・ヒューイットはシエトランドを発つまえにスレッツを徹底的に捜索したけど、そういったものは見つからなかった」

「幽霊ってのは、人を怖がらせるものかと思ってました」サンディがいった。「でも、ヴァイラは怖がっているようには見えなかった。もしかすると、ここの人間はみんな醜いこびと《トロール》の話とかを聞いて育つから、奇妙なものに免疫ができてるのかもしれない」

「醜いこびと《トロール》？」

サンディが座席のなかでもぞもぞと身体を動かした。「地下に住む小さな連中のことです。そいつらは、美しい音楽で人間を自分たちの宴会場に誘いこむことができるんです。そして、目がさめた人間は、いつのまにか百年がすぎていたことに気づく」間があく。「もちろん、誰もそんな話は信じちゃいません。ただの子供向けのお話ってだけで」

「そうよね」ウィローは真面目な声を保っていった。「それじゃ、つぎはどうする？」

「あのイングランド人たちと話をして、エレノアがヴァイラと会ったことを秘密にしていた理由を訊いてみるとか？」あまり気乗りがしないといった口調だった。

「ええ。それがよさそうね」どうしてわたしもサンディとおなじように、スレッツにいる人たちから話を聞くのに抵抗をおぼえるのだろう？　ウィローは座席のなかでむきなおった。「あなたはヴァイラの話を信じる？　彼女はほんとうに幽霊を見たのだと？」

サンディは、しばらくなにもいわなかった。「彼女の旦那と同意見ですね。幽霊を信じはしないけれど、彼女が作り話をしているとも思わない。すくなくとも、意図的には。彼女はどうしても赤ん坊が欲しかった。だから、自分が見たいものを目にしたんです」

20

メオネスの浜辺にある休暇用の貸し家で、ポリーは身体がばらばらになっていくような感覚をおぼえていた。エレノアも、赤ん坊を亡くして怒りと絶望で気分がひどく落ちこんでいたとき、ちょうどこんな気分を味わっていたのだろう。ポリーの場合、その原因は、たちこめる霧と閉じこめられているという感覚だった。神経がささくれだち、睡眠薬をのんでも眠れなかった。夜の明るさと起きた出来事の恐ろしさが頭から離れなかった。男たちがどうしてもっと大騒ぎしてここを発とうとしないのか、不思議だった。ポリーはロンドンに戻りたくてたまらなかった。混雑した通り。色彩にあふれた街並み。時間どおりに配達される日刊紙。ジム通い。〈センティマン・ライブラリー〉の心落ちつくいつもの仕事。

いま、かれらはスレッツで腰をすえて、ときおり窓の外の灰色の世界に目をむけていた。ノートパソコンと携帯電話が警察から返却されており、男たちはその画面に没頭しているようだった。マーカスは、死ぬまでになんとしてもキリマンジャロに登りたいという金持ちの顧客のために計画を立てていた。おそらく、イアンも仕事をしているのだろう。メールを確認していた彼が、ふいに部屋のほうをむいた。顔がしかめられていた。「死肉をあさる連中から、エレノアの死を悼むメールがきてるよ。もちろん、すべておためごかしさ。連中は自分もこのドラマに参加したいだけだ。エレノアはこいつらの半分を怒らせてたし、残りの半分は彼女が流産したときに決まりが悪くてちかよろうともしなかった」

たぶん、彼のいうとおりなのだろう、とポリーは思った。彼女は本を読もうとしたが、集中できずに、マーカスのパソコンの画面をちらりと盗み見た。マーカスは顧客のために情報をまとめているところで、画面には彼が以前タンザニアへいったときに撮った豊かな緑や息をのむ風景の写真が映しだされていた。この旅慣れた魅力あふれる男性が自分のどこに惹かれたのか、ポリーは不思議でならなかった。いま彼はうしろにもたれかかり、食堂の椅子の横桟に足をかけていた。ふたりがはじめて会ったときとおなじサンダルをつっかけた、茶色くてほっそりとした足。ポリーは手をのばして、それを撫でたくてたまらなくなった。だが、そんなことをするのは無神経きわまりないと気がついた。イアンはいま、もう二度とエレノアにふれることができないという事実と折り合いをつけようとしているところなのだ。

マーカスは異星からの来訪者のように、いきなりポリーの人生に飛びこんできていた。彼女がモロッコへの旅を予約したのは、ある冬の寒い晩のことだった。キャロラインとエレノアといっしょにいたときに、このふたりに較べて自分の人生がすごく退屈に思えて、衝動的に行動したのだ。エレノアはまだ流産するまえで、明るく茶目っ気たっぷりにこういった。「いってらっしゃいよ、ポル！　それでなにを失うっていうの?」マウスをクリックした瞬間、ポリーのクレジットカードの情報は宙へと送りだされ、二週間後には彼女はモロッコのアガディール空港に到着していた。そこには、彼女の名前の書かれたカードを手にしたマーカスが柱にもたれて立っていた。顔には、歓迎すると同時に皮肉っぽさをうかがわせる笑みが浮かんでいた。このツアーのガイドはお遊びでやっているにすぎないけれど、楽しい時間をお約束しますよ。そして、その約束は守られた。ツアーのほかの参加者は英語をほとんどしゃべらない年輩のドイツ人たちで、毎晩八時半にはベッドにはいっていた。そのため、彼女とマーカスはふたりきりで暖かい夜のなかへ出かけ、塁壁に囲まれた都市タルダンを探索し、アマツバメが空高く舞うのをながめた。ホテルへ戻る途中で彼の腕が肩にまわされたのは、ごく自然なことに思われた。ポリーは、この異国の地とマーカスに眩惑されていた。それと、その彼に応える自分の大胆さに。彼女の大学時代のボーイフレンドはみんな内気で真面目で、自分はそういう男性と——学問畑の人か、毎日白衣を着て仕事をする研究員と——いっしょになるのだろう、と彼女は考えていた。茶色くてほっそりとした足で世界じゅうを旅してまわる冒険家とではなく。田舎の大邸宅で育ったパブリック・スクールの出身者とではなく。

休暇が終わってイングランドに戻ったとき、ポリーはもう二度と彼と会うことはあるまいと考えていた。これは休暇先のちょっとした火遊びであって、その素敵な思い出に感謝していた。彼女は、マーカスのことを女友だちに話して写真を見せるところを想像した。「これは、わたしたちがベルベル人の村に滞在したときの写真よ。ほら、みんなで山のなかを歩いてる」彼女が両手にヘンナ染料で模様をいれてもらっているあいだに、マーカスが野外市場でイヤリングを買ってきてくれたことがあった。「きみがぼくのことを忘れないようにね」まるで、そんなことが起こりうるとでもいうように。彼に訊かれてポリーは携帯電話の番号を教えていたが、それは礼儀としていわれたにすぎない、と彼女は考えていた。それか、戦利品集めのためだろう。もしかすると、彼にはツアーをガイドしたときに寝た女のリストがあるのかもしれなかった。

二日後、彼から電話がかかってきた。「すごい偶然ね」ポリーはできるだけ興奮が声にあらわれないようにしながらいった。「ちょうど、あなたのことを考えていたの」たしかに、そのとおりではあったが、それはいつ電話がかかってきたとしても、おなじことだっただろう。ポリーはずっと彼のことを考えていたのだから。

「今度、また会わないか?」その声が尻すぼまりになっていくのを耳にして、ポリーははじめて、相手も緊張しているのかもしれないと思った。いきなり顧客に電話してデートに誘うのは、彼がいつもやっていることではないのかもしれない。

「いいわよ」ほかに、なんといえただろう？　それに、ある晩、暖かい夜の暗がりのなかにすわっていたときに、彼から「きみの言葉は簡潔でいいね」といわれたことがあったのだ。

こうして数週間後には、マーカスはイングランドにいるとき、事実上ポリーのフラットで暮らすようになっていた。ポリーは、朝はやく彼のキスで送りだされることに慣れていった。仕事から戻ってみると、ドアのすぐ内側にリュックサックが置かれていて、彼はフラットの小さなバルコニーにすわって茶色い足を手すりにのせ、紅茶やビールを飲んでいる、といった状況に遭遇することにも。こういうとき、彼はさっと立ちあがってポリーを出迎え、彼女の仕事についてたずねてきた。そして、彼女の退屈な話に耳をかたむけたあとで――イングランドの地方の神話に興味をもつ風変わりな研究者たちにかんする話だ――はじめて自分の旅の土産話をはじめるのだった。

はじめのうち、ポリーは彼が金目当てで自分といるのではないかと考えていた。それと、イギリスにいるときのロンドンでの居候先を確保するためだ。ポリーは男を惹きつける自分の能力に、まったく自信がなかった。彼女の両親は半年のうちにつぎつぎと亡くなっており、彼女にマンチェスターの家を遺してくれていた。そのため、ロンドンのフラットのほかにも、彼女にはいくらか貯金があった。マーカスのツアーは、けっこうな料金をとるとはいえ、いつでもおこなわれているわけではなかった。しかも、顧客がふたりしかいないツアーもあった。彼はその仕事で世界じゅうを見てまわっていたものの、それで大儲けする見込みはなさそうだった。

やがて、母親に紹介したいというので彼の実家に連れていかれたとき、ポリーは金が問題となることはまずないのを悟った。その家の壁に飾られていた絵画は、どれも彼女の両親が住んでいた郊外の家以上の価値があったからだ。

「なにを馬鹿なことといってるんだい」ある日、ポリーから自分のどこがいいのかを訊かれたとき、マーカスは面白がりながらそういった。「きみが素晴らしい女性であることを、どうやったらきみ自身に納得させられるのかな？　きみみたいに思いやりがあって賢い女性には、これまで出会ったことがない。いまの質問は、ひっかけだな。きみにかんしては、褒め言葉しか出てこないよ。男にとっては、いっしょに楽しむ女性と、いっしょに腰を落ちつける女性の二種類がいる。ぼくはきみといっしょに末長くすごしたいんだ」

シェトランドへの旅に誘ったとき、ポリーはマーカスからどういう反応が返ってくるのかわからなかった。いっしょにくるとなったら、彼は二週間ほど休みをとらなくてはならないだろう。それに、夏季には、アメリカ人観光客のためにイギリス国内の日帰り旅行を手配するという実入りのいい仕事がはいることがあった。だが、彼はためらうことなくポリーの提案にのってきた。休暇用の貸し家に閉じこめられているいま、ポリーは彼を独り占めしたくてたまらなかった。今回の旅行はふたりにとってロマンチックなものになると想像していたので、なんだか騙されたような気分だった。そのために、マーカスは自分の車をもってきたのだ。ふたりきりでいろいろ探索し、誰もいない浜辺でピクニックをしたり遺跡や史跡をめぐったりできるようにと。彼からプロポーズされるかもしれない、とまでポリーは考えていた。だが、そのかわりに、かれらはこうして浜辺の家でエレノアの思い出にからめとられていた。霧で外出もままならずに、エレノアの死体が発見されたすぐそばの丘の影につきまとわれていた。

ドアを叩く音に、ポリーはぎくりとした。あまりにも霧が濃かったので、この家の外にも世界が存在するなんて信じがたかった。イアンが立ちあがり、勢いよくドアをあけた。刑事がふたり。今回は黒髪の刑事はおらず、だらしのない恰好をした背の高い女性――ウィロー・リーヴズ警部だ――とウィルソンという若い刑事だけだった。イアンはひと言もはっさずにわきへどくと、ふたりをなかへとおした。マーカスが足を床におろして、立ちあがった。服も髪の毛も細かい水滴で覆われている刑事たちは、外の世界とおなじ灰色に見えた。まるで、いっしょに霧雨を家のなかへもちこんできたような感じがした。

「コーヒーを淹れるわ」ポリーはいった。「みんなも飲むでしょ?」そして、返事がかえってくるまえにキッチンへ逃げだした。

居間に戻ってみると、刑事たちはすでにジャケットを脱いでおり、先ほどよりも人間らしく見えた（ただし、女性刑事のぼさぼさの髪は童話に出てくる人魚を連想させたが）。ぎごちない沈黙がおり、ポリーは自分が待たれていたことを悟った。彼女がくるまで、意味のある会話は保留になっていたのだ。

「エレノアさんは、ご自分の制作するドキュメンタリー番組の調査でこの島の住人と連絡をとっていました」女性刑事がいった。かれらは食卓を囲んですわっていた。この会話は安楽椅子よりも形式ばったところでおこなわれる必要がある、とでもいうように。「なぜ彼女は、あなたたちにそのことをいわなかったんでしょう？　その番組の企画に、あれほど興奮していたのに？」誰からも返事がかえってこないと見ると、刑事はふたたび質問をした。「なぜ秘密にする必要があったのだと思いますか？」

「ぼくは聞かされていたかもしれない」イアンがいった。「彼女はいつでも仕事の話をしていたから。でも、ぼくはきちんと聞いていないことがあった。こっちにも仕事があるのに、彼女はときどきそれに気づいていないような……」

「でも、彼女はあなたたちに嘘をついていたんです」女性刑事の声はやさしかった。彼女はいい精神科医になれるかもしれない、とポリーは思った。「事件のあった日の午後、みなさんは疲れているというエレノアさんを残して散歩にいった。でも、そのあいだに彼女は、海で溺れた少女の幽霊――〝小さなリジー〟といいます――を目撃したという女性とここで会っていました」

驚きの沈黙がつづいた。女性刑事がひとりずつ顔をのぞきこみながらいった。「エレノアさんは、どなたにもその話をしていなかったんですね？」

三人は顔を見あわせた。全員が自分たちの知らないエレノアの姿にとまどっているのが、ポリーにはわかった。あの単刀直入であけっぴろげなエレノアが嘘をついていたなんて……。

「ネルは気まずかったのかもしれないわ」ポリーはコーヒーを注ぎ足そうと手をのばしながらいった。「だって、ほら、ほかのみんなはそういうことを信じないって、彼女は知っていたから」だが、いまのポリーなら、エレノアの幽霊の話にもっと共感していたかもしれなかった。

頭のなかに筋のとおらない考えがつぎつぎと流れこんできて、潮にのった漂流物のようにぐるぐるとまわっているいまなら。

「つまり、エレノアさんはほんとうに幽霊を信じていたのかもしれないと？」女性刑事の口調はあたりさわりのないものだったが、ポリーはそこに疑念を感じとった。

「半年前なら、そんなことはありえないといっていただろう」イアンが苛立たしげに指でテーブルを叩きながらいった。「でも、最近はどうか？　わからないな。彼女はずっとおかしな行動をとっていたから。赤ん坊の件で、もっと思いやりを示しておけばよかった。彼女だけに目をむけていればよかった。すくなくとも病院の許可がおりるまで入院しているよう説得すればよかった」

「あの日の午後にあなたたちが散歩から戻ったとき、彼女はどんな様子でしたか？」ふたたび女性刑事が全員にむかって問いかけた。

　イアンは依然として指でテーブルを叩いていた。ポリーは自分の手をかぶせて、それをやめさせたかった。彼を落ちつかせたかった。

「ふつうだったわ。でしょ？」ポリーは思いだそうとした。ここに戻ってきたとき、かれらは散歩のあいだに目にしたさまざまな出来事を口ぐちにエレノアに報告した。崖の岩棚に飛んでいくツノメドリ。空から襲いかかってきたトウゾクカモメ。アザラシ。エレノアはじゅうぶん休息をとったらしく、ここ数カ月でいちばん調子が良さそうに見えた。「みんなパーティを楽しみにしていました。夜のお出かけにそなえる子供に戻ったような感じでした。わたしはエレノアの寝室にいって、いっしょにマニキュアをしました」

「彼女から打ち明け話をされるとしたら、そのときですね」女性刑事がいった。「あなたたちがふたりきりでいたとき」

「ええ」ポリーは言葉をきった。「でも、彼女はなにもいってませんでした」

女性刑事がマーカスのほうをむいた。「あなたはあまりしゃべっていませんけど、なにかつけくわえることはありませんか?」

「ぼくは彼女のことをよく知らなかったんです。はじめてまともに話をしたのは、アバディーンからこちらへくる船の上でだった。ぼくの受けた印象では、彼女は……」間があく。「上機嫌でした。なにもかもが自分にとっていい方向へ進んでいて、それを楽しもうと決めているような感じがしました」

ポリーが窓の外に目をやると、霧はほとんど消えかけていた。遠くの水平線まで見渡すことができ、乳白色の日の光が海面に反射しているのがわかった。マーカスの言葉で、ポリーの脳裏にはかつてのエレノアの姿が鮮やかに甦ってきていた。そして、それゆえに彼への感謝の念がふつふつとこみあげてくるのを感じた。

若いほうの刑事の携帯電話が鳴った。ふざけた調子の呼び出し音だった。テレビのアニメ番組《パグウォッシュ船長》のテーマ曲だ。若い刑事は顔を赤らめると、謝罪の言葉をつぶやきながら急いで外へ出ていった。残りのものたちは笑みを浮かべて、緊張から解放されたことにほっとしていた。女性刑事がポリーの用意したビスケットを皿から一枚とった。

「わたしたちはいつ家に帰れるんでしょう?」ポリーはいきなりたずねた。ふたたび、いつもの生活が恋しくてたまらなくなっていた。近所のスーパーマーケットにいって、夕食のごちそうを買ってくる。夜に劇場や映画館に出かける。マーカスとふたりで歩いて彼女のフラットに戻る。そして、ゆったりと愛をかわしたあとで、ベッドに横たわったまま、都会の喧騒に耳をかたむける。ロンドンのいいところは、そこだった。すべてがなじみ深く、それでいておたがいのことはなにも知らない。

「いつお帰りになっても、けっこうです」女性刑事があっさりといった。「こちらには、あなたがたを足止めしておく権限はありません。もちろん、しばらくここにとどまっていただけるとありがたいです。もっとお訊きしたいことが出てきた場合のために」

「ぼくはとどまる」イアンが突っかかるような感じできっぱりといった。「すくなくとも、ここを予約してある今週いっぱいは。なんだったら、もっと長く。なにが起きたのかがわかるまで」ためらってから、つづける。「わからないままでいるなんて、ぼくには耐えられない。それ以外のことにならなら、なんだって対処できる」

「それは助かります」そういうと、女性刑事はポリーのほうにほほ笑んでみせた。まるで、彼女の不安と居心地の悪さを察知したかのようだった。「もちろん、ずっとアンスト島にいていただく必要はありません。シェトランド本島へ出かけたらどうですか。こういった僻地で二、三日すごしたあとだと、ラーウィックはすごい都会に思えますよ。美味しいカプチーノを飲んでレストランで食事をすれば、ホームシックもやわらぐかもしれません」

若い刑事がまたしても謝罪の言葉を口にしながら——携帯のスイッチは切ったと思っていたんです——家のなかに戻ってきた。彼は立ったままで、無言のうちに、もう切りあげようと訴えていた。そして、女性刑事が動こうとしないのを見ると、彼女のほうへ身をかがめた。「電話はジミーからでした」

女性刑事が立ちあがり、若い刑事といっしょに弱々しい日の光のなかへと出ていった。それを見送りながら、ポリーはこう思った——この事件の捜査の責任者はいまの女性刑事かもしれないが、エレノア殺しの犯人を突きとめるとしたら、それはきょういなかった黒髪の刑事だろう。

21

エレノアの母親から話を聞いてしまうと、もはやペレスにはロンドンにとどまる理由がなにもなかった。ウィローから頼まれた仕事は、すべて終わっていた。いまから飛行機に乗れば、午後にはシェトランドに到着できるだろう。キャシーをダンカンの家に送り届けてから、フェリーの最終便でアンスト島へ渡り、ウィローがホテルの部屋にさがるまえにいっしょにウイスキーを一杯やる。それは心惹かれるシナリオだったが、ペレスはフランの母親に孫娘とまる一日すごせると約束しており、まだロンドンを離れるわけにはいかなかった。

シーラ・モントゴメリーが住む豪勢なフラットをあとにしながら、ペレスはこのままテムズ川沿いをぶらついて、この街をすこし探索しようかと考えていた。そのとき、携帯電話が鳴った。

「警部さんですか?」若い女性の声だった。その声をまえにどこで聞いたのかを、ペレスは思いだそうとした。「〈ブライト・スター・プロダクション〉のアリスです。きのうの晩にお会いしました。エレノアの会社で」

「そうでした」ペレスの左手に、黒く煤けた尖塔をもつヴィクトリア朝様式の教会があった。彼は都会の喧騒から逃れるため、門を抜けて、教会の草ぼうぼうの墓地にはいった。そして、日陰にある木製のベンチにすわった。小道のそばの傾いた墓石のわきに、枯れた花束が置かれていた。花はしなびて茶色くなっており、何週間もそこにあるにちがいなかった。若い女性はしゃべりつづけていた。

「ネルの残した記録を調べていたんです。きのうは思いつかなくて。彼女はメモを作成していました。実際のノートに書き記されたメモです。それによると、ネルはアンスト島の幽霊の歴史を調べていて、きのう名前をあげた以外の島の人たちとも連絡をとっていました。お知りになりたいかと思って」

「これからそちらにうかがって、そのノートを預からせてもらえませんか?」行動すると考えただけで、ペレスの気分は明るくなった。そのときはじめて、彼はエレノアの母親との会話で自分がひどく落ちこんでいたことに気がついた。ピムリコのフラットにいたあいだに、鬱の無気力に侵食されたかのようだった。フランの思い出と古い罪の意識を甦らせる黒魔術だ。

「かまいませんよ。会社の場所は、もうおわかりですよね」

ペレスはしおれた茶色い花束を拾いあげると、教会の門を出しなにごみ箱に投げこんだ。


〈ブライト・スター・プロダクション〉のオフィスでは、レオ・ホワイトハウスとアリスがペレスを待ちかまえていた。エレノアの死の最初のショックがすぎたいま、かれらは警察の捜査にかかわることに興奮しており、自分たちが役にたてるかもしれないと考えて、張り切っていた。殺人はときとして、若い人からそういった反応をひきだす。かれらは、おのれの死には思いが至らないのだ。アリスはノートをエレノアの机の上にならべており、そのうちの一冊が関係のあるページでひらかれていた。「ほら、ここです」アリスがいった。「ネルはあきらかにこの人たちに電話をかけて、一九三〇年に亡くなったリジーという少女についてたずねていました。その少女が住んでいたという屋敷の現在の所有者も突きとめていて、電話番号と、よく読めない殴り書きのメモが残されています。ネルの字は、昔から判読不能だったんです。でも、彼女が連絡をとっていたことは間違いないと思います」

ペレスはひとりでノートに目をとおしたかったが、この若い女性が手伝う気満々だったので、席をはずしてくれと頼みそびれた。外のメインのオフィスでは、ほかのスタッフが仕事をしているふりをしていたが、やはり興味津々でいるのがわかった。ペレスはエレノアの机のまえにすわって、ノートを自分のほうへひき寄せた。

アリスがいっていたとおり、そこには電話番号が書かれていた。それと、住所も。〈スプリングフィールド・ハウス〉。アンスト島。そして、名前がふたつ。チャールズ・ヒリアー／デイヴィッド・ゴードン。つづいて、電話でかわした会話の記録かもしれない、ひんまがって読めない文字。エレノアは独自の速記法を考案していたらしく、その記号を解読するには多くの時間と忍耐が必要になりそうだった。

「ありがとうございます」ペレスはいった。「とても助かります」彼はブリーフケースをもったことがなく、かわりに粗布製のバッグ――ある年に大型帆船レースが終わったあとでラーウィックの屋台で手にいれたもの――を使っていた。そのなかにノートをしまう。エレノアの若い部下たちに見送られて通りへ出ようとしたとき、彼はふたたび足を止めた。「エレノアさんには、お気にいりのレストランがありましたか？　よく顧客や同僚を夕食に連れていくようなな？」

「ブルームズベリーにフレンチのお店があって、彼女は毎日のようにかよってました」レオ・ホワイトハウスがいった。「お店の人たちに顔を覚えられていて、〝うちの娘みたいだ〟といわれてましたよ。でも、顧客を感心させたいときに連れていけるほどお洒落な店ではないので、そういう場合は、はでで高級なところをえらんでました。〈サボイ・ホテル〉とか。会社にとっては負担が大きすぎるとわかっているようなときでさえ」

ペレスは、そのフレンチ・レストランの名前と住所を書き留めた。制作会社のオフィスのまえの歩道に出ると、外はうだるような暑さだった。きょうもまた日の光がコンクリートから反射しており、ペレスは目がしょぼしょぼしてきた。彼は本土へくるたびに、その暖かさと風のなさに面食らっていた。そして、いつでも服装を間違えていた。〈ブライト・スター・プロダクション〉のオフィスからレストランまでは、歩いてすこしの距離だった。途中で、彼はウィローの携帯電話にかけてみた。応答はなかった。すこしためらってから、今度はサンディにかけてみる。ペレスがあきらめかけたとき、サンディが電話に出た。あわてたような声だった。

「ちょうどいまスレッツにいて、イングランド人たちの事情聴取をしているところなんです。そのまえに話を聞いたヴァイラ・アーサーによると、どうやらエレノアは、殺された日の午後にヴァイラと会っていたようです。そして、例のテレビ番組のために、彼女とのインタビューを録音していた。でも、そのレコーダーは見つかっていません」

「スレッツにいる人たちから、なにか有益な情報は手にはいったのか？」

それがひっかけの質問であるかのように、サンディはすこしためらってからいった。「かれらは、エレノアがヴァイラ・アーサーと会っていたのを知らなかったといっています。いまは、どんな話をしているのかわかりません。リーヴズ警部はまだ、かれらといっしょに家のなかにいます」

チャールズ・ヒリアーとデイヴィッド・ゴードンにかんする情報は、ウィローの手があくのを待ってから直接伝えるべきだろうか、とペレスは考えていた。だが、ちかごろのサンディはまえよりも頼りにできるようになっていた。「エレノアは、われわれが知っている以上にアンスト島の人間と連絡をとっていたらしい。たとえば、〝小さなリジー〟ことリジー・ゲルダードが住んでいたスプリングフィールドの屋敷の歴史について、チャールズとデイヴィッドに問い合わせていた」

「どうしてあのふたりは、そのことをわれわれにいわなかったんでしょうね？　ふたりとも、被害者の名前を聞いてぴんときたはずなのに」

今度は、ペレスがすこし黙りこむ番だった。「当然、そう思うよな？　わたしもずっと、そのことが気になっていたんだ」

そこは、小さくて気取りのないレストランだった。ペレスはしばらく店のまえに立ち、メニューをながめるふりをしながら、キャロラインがこのまえを歩いていくところを想像した。アンスト島に戻ったら本人に確認するつもりでいたが、キャロラインが薄暗い日にエレノアを見かけたのがこのレストランであるのは、ほぼ間違いないと思われた。どのテーブルも窓からそれほど離れておらず、エレノアとその連れの男の姿がよく見えただろうし、キャロラインの勤める大学からもそう遠くないので、仕事帰りの彼女がたまたまとおりかかっても不思議はない。いまは午後二時で、お昼の混みあう時間をすぎており、ペレスは年輩のウエイターに通りをのぞむテーブルへと案内された。「ここなら外の様子がよく見えるでしょう？」

ペレスは自分が空腹であることに気づいて、オニオン・スープとステーキを注文した。そして、エレノアのノートをテーブルの上に立てると、食べながら目をとおしていった。リジー・ゲルダードの人生とその死にかんする部分は、それほど読みづらくない筆跡で書かれていた。

それと、はじめてリジーの幽霊が目撃されたときの状況にかんする部分も。それは第二次世界大戦中のことで、〝小さなリジー〟はアンスト島を訪れていたイェル島の女性のまえにあらわれた。当時、アンスト島には英国空軍の基地があり、彼女はそこに配属されていた恋人に会いにきていたのだ。翌日、恋人はドイツへ出撃して命を落とし、その一週間後に女性は自分が妊娠していることに気づいた。ということは、どうやらリジーを目撃するのは、あたらしい命の誕生だけでなく、死のまえぶれでもあるようだった。

いまでは、レストランにいる客はペレスだけになっていた。ウエイターが皿をかたづけ、デザートかコーヒーはどうかと勧めてきた。

「コーヒーをお願いします。もう店を閉めるのでなければ」

「午後はずっとあけています。この天候では、稼げるときに稼いでおかないと」ウエイターは間違いなくフランス人だったが、そのアクセントは客がひとりになったいま、それほど目立たなくなっていた。ペレスだけを相手にしているので、演じることなく会話をかわせるとでもいうようだった。

「ここは友人に勧められたんです」ペレスはいった。

「そうなんですか」

「エレノア・ロングスタッフに」

間があいた。「エレノアさんも、お気の毒に」ウエイターは心から悲しんでいるように見えた。「ご存じかもしれませんが、彼女は亡くなりました。殺されたんです。新聞にも載りました」ウエイターは足早にカウンターの奥へいくと、二日前のタブロイド紙を手に戻ってきた。見出しは、こうだった――〈テレビ業界の大物　真夜中の太陽の下で殺される〉。あまり正確とはいえないな、とペレスは思った。シェトランドでは、〝夏の薄闇〟と呼ばれているように、白夜といっても日がさんさんと射すわけではないのだ。記事は扇情的で、事実が軽視されていた。これを書いた記者がシェトランドまで足をはこんだとは、とても思えなかった。いきなりあんな北のはてまでの飛行機代を出せる編集長は、そうはいないのだろう。

「エレノアは、こちらでよく食事を？」

ペレスにコーヒーをはこんできたウエイターはふたたび姿を消すと、自分にも一杯用意して、となりのテーブルにすわった。ペレスと同席するほど図々しくはないが、すこし距離をおいてのうわさ話には喜んで応じる、というわけだ。「彼女はここの常連でした。ときどきオフィスへいく途中に立ち寄って、コーヒーとペーストリーを注文していました。そして、ノートパソコンをひらいて仕事をしていた。もしくは、書き物を」ウエイターはテーブルの上のノートのほうにうなずいてみせた。「ちょうど、そんなノートに」

「わたしはシェトランドの警察官です」ペレスはいった。「彼女の死を捜査しています」

「では、彼女の友人ではなかった？」

ペレスはすこし考えてからいった。「生前の彼女とは会ったことがありません。けれども、彼女のことを友人のように感じています。自分には彼女を殺した犯人を見つける責任があるように」どこからそんな考えが生まれてきたのか、ペレスは自分でも不思議だった。ウエイターからは、きっと頭がおかしいと思われてしまうだろう。昼食のときに赤ワインを小さなグラスで一杯飲んだだけなのに、いったいどうしてしまったのだろう……。

「わかりません」

ウエイターは、ふたたびノートのほうへうなずいてみせた。「それが手がかりになると?」

「わかりません。もしかすると」ペレスはコーヒーを飲みながら考えていた。フランはこの店を気にいっていただろう。そして、このウエイターを魅了していたにちがいない。そう、ちょうどエレノアがそうだったように。「彼女がご主人とこちらにきたことは?」

「何度かあります。たいていはお昼でした。夜ではなく。そして、いつも急いでいた。コーヒーを飲んでおしゃべりしているひまはなかった」ウエイターがほほ笑んだ。

「それが彼女のご主人だったのは、間違いありませんか?」

ウエイターはうなずいた。「角張った顔をした、がっしりとした男性です。すごく髪がみじかかった。それに、エレノアさんからそう紹介されましたし」

「彼女がそれ以外の男性ときたことは?」

この質問に対しては、なかなか返事がかえってこなかった。

「これは重要なことなんです」ペレスはいった。「わたしは彼女を殺した犯人を見つけようとしています。事件に関係がなければ、その情報がほかへ漏れることはありません」

「ある晩、彼女は男性とあらわれました」ウエイターがいった。「どういう人物なのかは、わかりません。職場の同僚だったのかもしれない」

「けれども、彼女はよく同僚といっしょにここにきていた」ペレスはコーヒーを飲みほした。

「きっと、そのときはなにかがちがっていたんでしょう。でなければ、あなたは覚えていなかったはずだ」

「彼女がいつもとはちがっていたんです。幼い少女のように緊張していた」そういって、ふたたびウエイターはほほ笑んだ。

「それで、男性のほうは？　どんな人物でしたか？」

ウエイターはフランス人の演技に戻って、大きく肩をすくめてみせた。「とても忙しい晩でした。天気が悪くて、雨を逃れようとする人が大勢いた。よく見ていなかったんです」

「でも、あなたは彼女に好意をもっていた。なにか気づいたでしょう」

ふたりはおたがいではなく窓の外に目をむけていたが、じょじょに緊張が高まっていった。

「男性のほうが彼女よりも年下だったと思います。ハンサムでした。そして、彼女はその男性といることに緊張していた。それか、不安をおぼえていた。そちらのほうが、正しい表現かもしれません。わたしにいえるのは、それだけです」

ほんとうにそれだけかどうかはともかくとして、とりあえずきょう聞きだせるのはこれが精一杯だとわかった。ペレスは立ちあがって、勘定をすませた。「その晩は、どちらが支払いを？」もしも男性が支払ったのなら、彼のクレジットカードの記録が残っているかもしれなかった。

「エレノアさんです」間をおいてから、ウエイターはつづけた。「店を出るとき、ふたりはなにかで言い争っていました。エレノアさんは、こういっていた。〝とにかく、そのことを考えておいてちょうだい。いいわね?〟相手の男性になにを頼んでいたにせよ、それは彼女にとってすごく重要なことのようでした。それから、ふたりは夜のなかへと出ていきました。男性が彼女の頭上に傘をさしだしましたが、彼女はかまわず先に立って雨のなかを歩いていきました」

「その男性をふたたび目にしたことは?」

ウエイターは首を横にふった。「エレノアさんは、あのあともこちらにお見えになりました。最後は一週間前で、彼女はいつものように朝食をとっていった。けれども、男性のほうは二度と見ていません」

ペレスは、その晩の残りをホテルの部屋でノートに目をとおしてすごした。一度外出して、エレノアのとおなじような堅表紙のノートを買ってきた。そして、そこに彼女の言葉を書き写していった。よく読めない文字は棒線にしておいた。午後八時にフランの両親の家に電話をかけ、翌朝キャシーを迎えにいく手はずを整えた。タクシーで乗りつけて、そのままヒースロー空港へむかうつもりでいた。「残念ですが、ゆっくり寄っていくわけにはいきません。アバディーン行きの飛行機はすごく朝はやいので」フランの両親とあまり顔をあわさずにすむようにと苦心して練りあげた計画だった。フランの両親が善い人たちであるがゆえに、おのれの不誠実さに辟易した。

「もちろんよ、ジミー。わかってるわ。キャシーには用意させておくから」フランの母親は孫娘と楽しい一日をすごしたことで興奮しており、ペレスに無理をいってこなかった。ペレスはキャシーと話をさせてくれと頼んだ。

「きっと最高の一日だったんだろうな」

キャシーは早口でまくしたてた。テムズ川を下ったこと。ロンドン塔を見たこと。外食したこと。「本物のイタリアン・レストランで本物のピザを食べたの」それから、黙りこんだあとで、祖父母に聞かれないように小声でつけくわえた。「でも、うちに帰れて嬉しい」

「同感だよ、キャス」ペレスも小声でそういってから、電話を切り、ふたたびノートへと注意を戻した。

22

木曜日の朝、サンディはウィローに声をかけずに〈スプリングフィールド・ハウス〉をあとにした。捜査本部となっている黄色いソファのある居間で電話にかじりついている彼女を、邪魔したくなかったのだ。パーティの客の事情聴取はひととおりすんでおり、最初に話を聞きにいったときに留守だった人の家は、再度訪問することになっていた。招待客のリストは、キャロラインが提供してくれていた。彼女の家族はパーティの翌日、エレノアの死体が発見されるまえにケントへ帰ってしまったため、ウィローはいま電話でその人たちから話を聞いているところだった。サンディは喜んで、その仕事を彼女に譲っていた。本土人のアクセントは、彼にはよく聞きとれなかったのだ。

サンディの頭のなかは、いつしかエレノアとポリーが浜辺で見かけたという少女のことで占められるようになっていた。彼は幽霊の存在を信じておらず、したがって、その子は本物の人間か、エレノアとポリーの想像の産物にちがいなかった。だが、ふたりの女性がべつべつの機会におなじものを想像するとは考えにくく、そうなると女の子は実在するということになった。とはいえ、招待客のリストのなかに幼い女の子はおらず、ほかに少女を目撃したものもいなかった。島の行事では関係のない人がよくまぎれこんでいるものだ、とウィローはいっていた。正式に招かれてはいない友だちの友だちとかが闖入してきても、温かく迎えられる。おそらくそういうことだったのだろうが、サンディは頑固なところがあって、この件をはっきりとさせたかった。それに、自分では決して認めなかっただろうが、彼はロンドンから戻ってきたペレスにはっきりとした成果を示したかった。彼によくやったと褒められたかった。

ホテルを出ると、サンディは不安な気持ちで空を見あげた。灰色の空からは霧雨が落ちてきていたが、飛行機の着陸に支障はなさそうだった。彼は注意深く車を中庭から出し、メオネスのほうへとむかった。目指すは、小さな学校だった。閉校となる予定だったが、地元の人たちが騒ぎたてたおかげで、かろうじて生き残った学校だ。存続が危ぶまれていたせいか、いまだにもとの石造りの建物のままで、学校というよりは教会のように見えた。そこからは、入り江と外海を見晴らすことができた。サンディが学校に着いたときはちょうど休み時間で、子供たちが校庭で叫んだり、おいかけっこをしたりしていた。子供の数は一ダースにも満たず、ほとんどが男の子だった。サンディは学校のまえでためらった。学校にくると——たとえ、それがこんなちっぽけな学校であっても——居心地の悪さを感じてしまうのだ。だが、理由はそれだけではなかった。彼はここで教えている先生を知っていた。かつての友だちで、彼の十代のころの初恋の相手だ。サンディが人づてに聞いたところでは、彼女は本土の大学に進み、しばらくエディンバラで働いたのちに、またこちらへ戻ってきていた。『シェトランド・タイムズ』に載った記事によると、都会の大きな学校の教頭の職をあきらめ、メオネスの小学校に赴任したのだという。いまの肩書きは校長だが、教師は彼女ひとりだった。

女性が校庭に出てきて、昔ながらの振鈴を鳴らした。サンディにはすぐにわかった。ルイーザ・ローレンスだ。その姿を目にするのは十年ぶりだったが、あまり変わっていなかった。とはいえ、まえよりすこし痩せたかもしれず、髪の毛はみじかく、洒落た感じになっていた。子供たちはくすくす笑いながら、一列になって押しあいへしあい学校にはいっていった。タイミングが悪い、とサンディは思った。いま彼女は忙しかった。お昼の時間に戻ってくるべきだろうか？　そのときなら、彼女にも話をする時間があるかもしれない。だが、このまま車で走り去れば、彼は馬鹿みたいに見えるだろう。学校のなかからすでに姿を見られているかもしれないからだ。それに、ジミー・ペレスなら、そんな行動はとらないはずだった。

サンディは教室のドアをノックして、なかにはいっていった。ポスター塗料と粘土と床磨きの匂いがした。子供たちはだいたいの年代別にわかれて、テーブルを囲んですわっていた。年長の子供たちは算数の練習帳をやっており、ルイーザは小さい子供たちのそばにしゃがみこんで、かれらが紙筒で模型をこしらえるのを手伝っていた。

「なんでしょうか」ルイーザが立ちあがった。そして、サンディの顔を見た。「サンディ・ウィルソン。ここでいったいなにをしているの？」落ちついた声だった。悪さをした七歳児を相手にしているような口調だ。

「いま重大犯罪の捜査にあたっているんだ」サンディはいった。「事件のことは、もう耳にしているかもしれないな」年長の子供たちが聞き耳を立てているのに気がついて、サンディは言葉をにごした。

「わたしがなんのお役にたてるのか、わからないわ」ルイーザの光沢のある黒髪を見るかぎり、いまや彼女はサンディよりも、スレッツに滞在しているイングランド人たちとのほうに共通点が多そうだった。だが、すぐに自分のことをわかってもらえたので、サンディはほっとしていた。忘れられているのではないかと、心配していたのだ。

「出なおしてきたほうがいいかな」サンディはいった。「きみがそれほど忙しくないときに」

「その必要はないわ」ルイーザは外で駐車しようとしている車のほうを見ていた。「あれはリカード先生の車よ。音楽の授業を担当してもらっているの。たとえ相手が小さな子供でも、わたしには教えられない教科だから。わたしが昔から音痴だったのを覚えているでしょ、サンディ。いつだって、列の後方に立って口だけ動かすようにといわれていた」ルイーザはサンディのほうへ注意を戻すと、ほほ笑んだ。「なんだったら紅茶を淹れるから、どういうことなのかくわしく聞かせてちょうだい」

ルイーザは子供たちに、いまやっていることをやめるようにと指示した。サンディは教室のなかを見まわした。フェリーの乗組員のデイヴィ・スタウトがいっていたとおり、男の子のほうが数が多く、長い黒髪をもつ少女は見当たらなかった。ここにきたのは時間の無駄で、サンディがペレスからお褒めの言葉をちょうだいする見込みは小さそうだった。

サンディはルイーザのオフィスに連れていかれ、その小さな部屋でいっしょに紅茶を飲んだ。

「どうして戻ってきたんだい？」サンディはたずねた。

ルイーザは肩をすくめてみせた。「去年、父が亡くなって、母がひとりになったの。戻ってきたのは、罪の意識からかもしれない」

「本土にとどまる理由はなかった？」

「それが夫や子供はいないのかという意味なら、答えは〝いない〟よ」

ルイーザは昔から舌鋒鋭く、彼女とつきあうのはよほど勇気のある男だけだろう、とサンディは考えていた。

「それで、アンスト島でなにをしているの、サンディ・ウィルソン？　わたしの学校でなにを？」

「殺された女性は、〝小さなリジー〟に関心をもっていた」

「どんな関心かしら？」ルイーザはふたりのあいだにあるブリキの容器からビスケットを一枚とると、それを紅茶に浸した。その歯も、すごく鋭かった。

「彼女はテレビの制作者で、幽霊にかんする番組を作っていた。でも、ほんとうに幽霊を信じていたのかもしれない。自分も黒髪の女の子を見た、と主張していたんだ。十歳くらいの女の子を、スレッツのそばの浜辺で。ほら、あの海岸沿いにある休暇用の家だ。実際にどういうことだったのかを突きとめようとしてるんだけど、きみのクラスにはそういう女の子はいなかった」

「なにもかも、その女性のでっちあげかもしれないわよ」ルイーザがいった。「自分のテレビ番組をより面白くするための」

「そいつはどうかな。もうひとりべつの女性も、その子を見てるんだ。だから、少女の正体をぜひとも突きとめたい」サンディはふたたび考えこんだ。「ヴァイラ・アーサーを知ってるかい?」

「彼女はここで非常勤の補助教員として働いてるわ。でも、いまは産休中よ」

「彼女のこと、どう思う?」

ルイーザはほほ笑んだ。「とても助かってるわ。おしゃべりな人で、子供が大好きなの」

「彼女は〝小さなリジー〟を見たと主張している」

「ああ、その話ね」ふたたびほほ笑む。「それなら、もう何度も聞かされたわ。そのたびに、話がすこしずつ大げさになっていくの」ルイーザは言葉をきった。「わたしなら、彼女の目撃証言にあまり重きをおかないわね」ふたたびためらったあとで、つづける。その声は、内緒話でもするような感じになっていた。「グルーシェ・マルコムソンがいるでしょ。彼女、引退するまえはここで調理師をしていたの。うちの母の古くからの友人で、わたしも彼女のことを何年もまえから知っている。ヴァイラは彼女の姪みたいな人で、しょっちゅうくだらないことをいって、彼女をいらつかせてるわ」

いかにもシェトランドらしい、とサンディは思った。誰もがなんらかの形で誰かとつながっているのだ。「グルーシェとジョージを知ってるのなら、きみもロウリー・マルコムソンの里帰り結婚式にきてたのかい?」

ルイーザは首を横にふった。「グルーシェに誘われたし、里帰り結婚式については、いろいろくわしく聞かされていた。グルーシェが引退したのは、ひとえにその準備にすごく時間をとられたからじゃないかと、わたしはにらんでいるの。彼女が調理師として戻ってきてくれたら嬉しいんだけど。まだ常勤の調理師が見つかっていないし、彼女は優秀だったから。それはともかく、わたしはイェル島で母と暮らしていて、母はひと晩じゅうひとりにされるのを嫌がるの。アンスト島の里帰り結婚式に顔を出していたら、フェリーの最終便に間にあわないわ」

それを聞いて、サンディはルイーザの生活がどれほど窮屈なものかを理解した。彼女はエディンバラでついていた責任ある仕事を捨て、友だちや自由をあとに残して、シェトランドへ戻ってきた。さまざまなことを要求してくる母親の面倒をみるために。

「それじゃ、幽霊さがしに役立ちそうな情報は、なにももっていないんだ?」

「そうとも言いきれないわよ」ルイーザはサンディにほほ笑みかけた。「たしかに、あなたがいうような女の子は、わたしの生徒のなかにはいない。でも、わたしはその子を見かけていたかもしれない」

「いつだい？」

「先週の土曜日よ。里帰り結婚式のあった日」ルイーザは言葉をきった。「採点しなくてはならない答案用紙を学校に置き忘れてきたから、アンスト島までとりに戻らなくちゃならなかったの。イェル島からのフェリーで、すこし待たされたわ。天気が良かったから、わたしは車のなかにいたくなかった。おなじように陽射しのなかでフェリーを待つ女性と幼い女の子がいたわ。女の子は長くて黒い縮れた髪の毛をしていた。見たことのない顔だったけれど、シェトランドの北のほうの島々のどれかに住んでいる子かもしれなかった。あるいは、外からきていた子かも」

「その子に話しかけた？」

「いいえ。一週間ずっと子供を相手にしてきたあとだったし、答案用紙を忘れてきた自分に腹をたてていたから、十歳の子と会話をかわす気にはなれなかった。わたしの頭のなかは、グラスにピノを注いで浴槽にゆったりと浸かることでいっぱいだったの」

「フェリーを待つあいだ、そのふたりはなにをしていたのかな？」

「埠頭のまわりを泳ぐアザラシの写真を撮っていたような気がする」ルイーザは集中しようと顔をしかめた。「それとも、ラッコを見つけようとしていたのだったかしら」

「それで、ふたりはきみとおなじフェリーでアンスト島に渡ってきた？」

「たぶんね。でも、あまり注意して見ていなかったから。とにかく、できるだけはやく学校へいって自分の家に戻ることしか頭になかったの」

　教室では、子供たちの歌声がしていた。スコットランドの民謡で、サンディも子供のころに習った曲だった。その歌声は耳に心地よかった。「今度、きみを訪ねていこうかな」サンディはいった。「この件がすべてかたづいたら。家で会えばいい。きみのお母さんはおれのことを覚えているかもしれない。よくおれの話で笑ってくれてたから」サンディはルイーザの母親のことを覚えていた。ラーウィックで店をやっていたのだ。人当たりはきついが、よく笑う女性だった。

「そうだったわね、サンディ。でも、いまの母はもうあまり笑わないの。調子の悪い日には。認知症よ。ほら、母は年をいってからわたしを産んだでしょ。そして、この病気は父が亡くなった直後にいきなりあらわれた。はじめは、母が父の不在を悲しんでいるだけかと思っていたんだけれど」ルイーザは顔をそむけた。

「それじゃ、きみに会いにいってもいいかな?」

　歌声がやみ、一瞬、静寂が訪れた。

「いいんじゃない?　あなたの話で、わたしも笑えるかもしれない。いまのわたしには、それが必要だから」

23

飛行機から降り立ったとき、ペレスがまず感じたのは、灰色で薄暗いということだった。それと、寒さだ。まるで、シェトランドではすでに夏が終わっているかのようだった。ペレスは車でキャシーを学校に送り届け、教室で自分の席についた彼女から手をふっておいはらわれるまで、廊下にとどまってその姿を見守っていた。

車でシェトランド本島を突っ切り、北の島々へむかうフェリーの乗り場を目指すあいだ、ペレスはエレノアの会社の若者たちがこの地にどういう感想を抱くだろうかと考えていた。ひろびろとして閑散とした土地。ひんやりとした気候。〈スプリングフィールド・ハウス〉のチャールズ・ヒリアーとデイヴィッド・ゴードンの事情聴取――かれらはなぜ、以前にエレノアから問い合わせがあったことを警察に黙っていたのか――は、ペレスの帰りを待っておこなわれることになっていた。そのため、ウィローは彼の到着をホテルの窓から見張っており、彼の姿を目にすると、そのまま取調室にしている黄色いソファのある居間へくるようにとしぐさで指示した。

「どうやら、本土への旅は有益だったみたいね」ノートパソコンから顔をあげてペレスの顔を見た瞬間、ウィローがいった。

「戻ってこられて、嬉しいよ」

「エレノアの母親は、どんな人だった?」

ペレスは返事に詰まった。あまりにも長いこと考えこんでいたので、ウィローが痺れを切らしかけているのがわかった。「とても上品な女性だ」ようやくペレスはいった。「洗練されている。だが、娘を亡くすまえから、彼女はあまりしあわせではなかったような気がする。エレノアとの関係は、張りつめたものだった。捜査の助けとなるような情報は、ほとんど得られなかった。エレノアはこちらへ旅する直前に、彼女と昼食をとっていた。そのときのエレノアは、いつもと様子がちがっていたらしい。落ちつきがなかった。だが、はっきりとしたことは、なにも聞けなかった。手がかりになるようなことは、なにも」ペレスはふたたび口ごもった。「こちらでは、なにか発見があったのかな?」

「ヴィッキーが犯行現場で見つけたふたつの紙切れがあったでしょ。そこに印刷されていた画像を、技術畑の人たちが引き伸ばしてくれたの」ウィローがノートパソコンをクリックして、画面をペレスのほうへむけた。「写真の断片であるのは間違いないけれど、こう小さくては、なにが写っていたのかよくわからないわ」

ペレスは目を凝らした。ひとつの断片には、建物の隅が写っていた。木とガラスでできていて、現代風だ。小さな断片にこれほど多くの情報がはいっているということは、きっと写真の背景の部分にちがいなかった。見覚えのある建物のような気がしたが、大きさがつかめないので、よくわからなかった。もうひとつの断片には、顔の一部が写っていた。眉毛と黒い髪だ。

「エレノアかな?」

ウィローがコンピュータから顔をあげた。「わたしもそうじゃないかと思った。つまり、犯人は殺人を犯すまえかあとに、その被害者の写真をびりびりにひき裂いたのかしら? そのことから、なにがわかる?」

ペレスはかぶりをふった。「大したことは、なにも。ただ、犯人はエレノアの写真をもっているくらい彼女をよく知っていた、ということくらいかな。だが、それはすでに見当がついていたことだ」

ウィローはうなずいた。すでに関心はよそへ移っているらしく、べつのことを考えているように見えた。「デイヴィッドとチャールズの事情聴取は、どういうふうに進める?」

ペレスはふたたび考えこんだ。フランが亡くなるまえから、自分はこんなにも優柔不断だったのだろうか? 「エレノアから以前に問い合わせがあったのなら、どうしてふたりはそのことを警察に黙っていたのかな?」

「ただやりすごそうとしたとか? 人が警察の捜査にかかわりたがらない理由は、いくつも考えられるわ。いまの時代でも、ゲイのカップルは警察の注意を自分たちにひきつけたくないのかもしれない」ウィローは立ちあがった。「サンディが調べてくれたけど、あのふたりに犯罪歴はなかったわ。交通違反さえ。とりあえず、ふたりから話を聞きましょう」ウィローにとっては、なにごともまず〝あたってくだけろ〟のようだった。

デイヴィッド・ゴードンは、屋敷の裏手にある空積みの高い石塀に囲まれた野菜畑にいた。

アーチ形の木製の門からなかにはいると、耕されているのは畑の一部だけで——野菜が何列かまっすぐに植えられていた——残りの部分は牧草地のように草が伸び放題だった。いちばん奥に差し掛け屋根の温室があったが、ガラスがなくなり、金属の枠は錆びて腐食していた。デイヴィッドは長靴に格子縞のシャツという恰好で、ジャガイモを掘っているところだった。ペレスとウィローが見守るなか、熊手でジャガイモを篩《ふるい》にかけ、砂っぽい土をふり落としてから、バケツにいれていく。背後にふたりがいるのを感じたにちがいなく、彼は熊手を地面に突き刺すと、くるりとむきなおった。

「今夜の夕食に使うジャガイモです」デイヴィッドはいった。「じきにソラマメも収穫できるでしょう」

「ここは風からよく守られている」ペレスはそれしかいうことを思いつかなかった。

「できるだけ、自分たちで野菜を作らなくてはならないんです。輸送費が馬鹿にならないので。外からはいってくるものの値段がこんなに高い理由を、みんなわかっていない。この屋敷を買ったとき、ぼくらはすごく手ごろな値段だと考えました。でも、修繕費が本土よりもはるかにかかることを、計算にいれてなかった。こちらでは、石油や天然ガスに関連した仕事があるおかげで、ほぼ完全雇用が達成されています。おかげで、腕のいい人にはなかなか仕事を頼めない」デイヴィッドがふたりのまえでこれだけ長くしゃべるのは、はじめてだった。彼の心にはつねに商売の心配があるのではないか、とペレスは思った。

「外からこちらに移り住むのは、簡単なことではありません」ペレスはいった。「一から人とのつながりを作っていかなくてはならないので」

「責任を感じています」デイヴィッドは告白するような口調でいった。「これはチャールズではなく、ぼくの夢だったんです。もしも金銭的に上手くいかなくなったら、この先ふたりでどうやってのりきっていけばいいのか……」彼はホテルのことだけでなく、チャールズとの関係についても語っているようだった。

「あなたにうかがいたいことがあるんです」ウィローがきびきびとそっけなくいった。まるで、デイヴィッドがなにもしゃべっていなかったかのように。「チャールズさんにも。いつが都合がいいですか?」

「あと十分ほどで、ぼくはお茶にします」デイヴィッドはウィローの要請にとまどっていたが、警戒している様子はまったくなかった。「チャールズとはお昼から顔をあわせていませんが、やはり彼もお茶にしようとするでしょう」そういうと、デイヴィッドはふたたび腰をかがめて作業に戻った。

しばらくしてペレスとウィローがキッチンにいってみると、デイヴィッドは蛇口の下に手をやって、爪から泥を洗い落としているところだった。収穫したジャガイモはベンチの上の水切りのなかで、チャールズ・ヒリアーが沸騰したお湯をティーポットに注いでいた。チャールズの手がすごく大きいことに、このときはじめてペレスは気がついた。とても長くて、しなやかな手だ。チャールズはやかんを置くと、キッチンにはいってきたふたりにむかって手をふってみせたが、指どうしをくっつけたままだったので、それはまるで水を切るアザラシのひれ足のように見えた。

「これはこれは。わざわざお越しいただいて、いったいどんなことをお聞きになりたいんです?」チャールズ・ヒリアーは、不安を隠すのに陽気さと下手な冗談をもちいるタイプの男だった。「紅茶をお飲みになりますよね?」ふたたび手をふってみせる。まずはテーブルの椅子にむかって。それから、マグカップにむかって。

ペレスはそのまま立っていたが、ウィローはうなずくと、テーブルのまえに腰をおろした。

「エレノア・ロングスタッフは、こちらに電話をかけていました」ペレスははじめた。「里帰り結婚式でアンスト島へくるまえに、〝小さなリジー〟のことで。ここは、リジーの両親が所有する屋敷だった」

デイヴィッドの顔には、なんの表情も浮かんでいなかった。「ぼくは誰とも話していません」ペーパータオルで手を拭き、それをごみ箱に投げいれる。

ペレスはチャールズ・ヒリアーを見ていた。

「あなたはどうです、チャールズさん? 彼女と話をしましたか?」

しばらく沈黙がつづいた。チャールズ・ヒリアーは紅茶を注ぐと、冷蔵庫にいって牛乳の紙箱をとりだし、中身をミルクポットに移し替えた。やけに時間をかけているように思えた。それから、ようやく戻ってくると、ふたたび刑事たちとむきあった。「誰かと話はしました」という。「相手の名前は覚えていません。いまにして思うと、それは先日亡くなったかわいそうな女性だったのかもしれない」チャールズは腰をおろすと、その大きな手をひらいたまま、目のまえのテーブルにのせた。

ペレスはウィローと目をあわせた。「それは、いつのことでしたか？」ごく穏やかな声でたずねる。

「ひと月ほどまえです」チャールズは顔をあげた。「いいかな、ジミー。問い合わせはたくさんあるんだ」

「けれども、これはテレビの制作会社からかかってきた電話だった。あなたにとって――そして、ここの商売にとって――宣伝のチャンスだ。すこしばかり興奮したんじゃありませんか。そういう電話なら、覚えているはずだ。その会社がどんな仕事をしてきたか、インターネットで調べたかもしれない」そして、パートナーに話したかも。

「まえにもいったとおり、ジミー、わたしはとっくの昔にショービジネスの世界から引退している」チャールズが悲しげな笑みを浮かべていった。

「でも、ホテルにとっては、メディアでとりあげられるのはありがたいでしょう。こちらでそれなりの生活を送るのがいかに大変か、デイヴィッドから聞きました。それに、われわれの知るかぎりでは、エレノアは取材相手に出演料を支払おうとしていた」

チャールズ・ヒリアーはなんの話かわからないというように両手をあげてみせ、デイヴィッドのほうを見た。「ほんとうに、そういったことはなにも記憶にないんだ」刑事たちというより、パートナーにむかって説明しているような感じだった。

「それで、その電話であなたはなにを求められたんですか？」ペレスはたずねた。

「情報だよ、ジミー。それだけだ。電話してきた女性は、かわいそうな〝小さなリジー〟の話を聞きたがった。デイヴィッドはそれについて調べ、興味をもつかもしれない宿泊客のために、ちょっとしたパンフレットをこしらえていたんだ。その昔、ここにはエリザベスという女の子が住んでいた。ギルバートとロバータのゲルダード夫妻のひとり娘だ。彼女は一九二〇年に生まれ、そのわずか十年後に亡くなった。子守りをしていた地元の娘の目を盗んで――マルコムソン家の娘だ――遊んでいた庭を抜けだし、入り江のほうへいって、そのまま砂浜にさまよい出たんだ。やがて霧が発生し、潮が満ちてきて、彼女は溺れてしまった。翌日になって、死体が浜辺に打ち上げられているのが発見された。彼女は両腕をわきにつけて、あおむけに横たわっていたそうだ。そして言い伝えによると、ひと晩じゅう水に浸かっていたにもかかわらず、傷ひとつなく見えたとか」

「それが事故でなかった可能性は？」ペレスはその質問をデイヴィッドにぶつけた。彼のほうが情報源として確実そうな気がした。

「当時、それを示唆するような証拠はなにもありませんでした」デイヴィッドがいった。「その件を伝える『シェトランド・タイムズ』の記事を見つけたんです。それによると、どうやら子守りをしていた若い娘は注意がおろそかになっていたようですが、結局、誰も罪に問われることはなかった。ぼくは彼女の消息を突きとめようとしました。子守りをしていた娘のです。でも、彼女は一九九三年に亡くなっていました。まだ生きていると、本気で期待してたわけではありませんけど」

「ずいぶんくわしく調べたんですね」ウィローがいった。「ホテルの仕事が忙しいのに、かなり時間をとられたでしょう」

「昔から歴史は大好きなので、楽しかったですよ。それに、先ほどもちょっと話に出ましたが、この幽霊話は客寄せになるのではと思いました。ここは島のほかのB&Bよりも宿泊料金が高く、客に特別なものを提供する必要があるんです」

ウィローはチャールズのほうへむきなおった。「電話の女性とは、どういう話をしたんですか？　デイヴィッドさんがおこなった調査の内容を伝えて、それ以外には？」

「彼女は、〝数週間後にアンスト島へいくので、そのときにまた連絡するかもしれない〟といってました」

「そして、連絡はあった？」

「もちろん、ありませんでした」チャールズの声は甲高くなっていた。ペレスのほうが理解してくれそうだとでもいうように、そちらをむく。

「連絡があったのなら、そのことを話してたよ、ジミー。それが重要な意味をもつことくらい、見当がついただろうから」

ウィローはそれ以上追及しなかったが、ペレスはチャールズの言葉を完全には信じていなかった。デイヴィッドといっしょにキッチンを出ていくチャールズは、解放されてほっとしているように見えた。

「それで？」ウィローは紅茶を飲み終えて、テーブルに肘をついていた。「おつぎはどうする?」

「ちょっと歩きまわって、長旅のあとの頭をすっきりさせてこようかと思う」

ウィローは問いかけるような目で彼を見た。彼女もまた、ペレスの言葉を完全には信じていないようだった。

キッチンにすわっているウィローを残して、ペレスは正面の門から外へ出た。そして、入り江のほうへと歩いていった。はるか昔に十歳の少女が監視の目を逃れておなじ小道を下っていくところを想像する。その子は、両親が中年になってから授かった大切な子供だった。溺愛され、甘やかされていたのではないか。わがままをとおすことに慣れていたのでは。子守りをしていた娘は、この子にいうことを聞かせるのに苦労していたのだろう。リジーが以前にもこのあたりで遊んだ経験があったのは、まず間違いなかった。浜辺や潮のことを知っていた。彼女は、この大きな屋敷に住む親戚を訪ねてきた本土からのよそ者ではなかった。だが、シェトランドではよくあるように、突然霧が発生したら……。彼女が方向感覚をまったく失ってしまうというのは、考えられないことではなかった。たとえ子守りが浜辺までおいかけてきて大声で呼びかけたとしても、その声は霧でゆがめられていただろう。そして、ちょうど霧とおなじように、あちこちで渦を巻いているように聞こえただろう。だが、ペレスが気になっていたのは、少女の死そのものではなく、彼女が発見されたときの状態だった。彼女は両腕をわきにつけてあおむけに横たわり、傷ひとつつないように見えた。まるで整えられたかのような姿勢だ、とペレスは思った。ちょうどエレノアの死体とおなじように。それに、海に浸かっていた死体というのは、たとえそれがひと晩であったとしても、傷ひとつなくは見えないものだ。海の生物にあちこちかじられ、膨張し、海草と砂に覆われているだろう。もちろん、それが幽霊譚とおなじように、ただの作り話である可能性もあった。傷ひとつない死体というのは、嘆き悲しむ両親に慰めをあたえるために作りあげられたフィクションなのかもしれなかった。とはいえ、ペレスがいまここにいるのは、百年ちかくまえに起きた事件を解決するためではなかった。

〈スプリングフィールド・ハウス〉まで歩いて戻ったペレスは、気がつくと自分の車に乗りこんでいた。そこで、いったんためらう。ウィローをつかまえて、自分がこれからなにをするつもりでいるのかを伝えるべきだった。このまま黙って車で走り去ったら、彼女は腹をたてるだろう。それは礼を失したやり方だ。だが、それでもペレスは車を出して、一車線の道路をとおってメオネスを目指した。マルコムソン家のまえで、ふたたびためらう。自分が注意力散漫になっているのを感じた。いま現在の捜査に集中しなくては……。それから、彼は車のドアをあけ、家にむかって歩きはじめた。グルーシェがキッチンでアイロンがけをしていた。洗濯物入れの籠にはいっている服は、あきらかに彼女の息子と義理の娘のものだった。

「ロウリーとキャロラインをさがしてるの、ジミー？　あの子たちは本島へ出かけてるわ。ヴィドリンの家を買うことにしたから、部屋の寸法をいろいろ測りたいんですって」

「それじゃ、ふたりはシェトランドに戻ってくるんだ？」

「素晴らしいでしょ？　ほんと、なかなか信じられなかったわ」

「じつは、ジョージに会いにきたんです」

グルーシェはさっと顔をあげたが、夫になんの用があるのかとたずねはしなかった。「あの人はいま小農場のどこかにいるわ。この時季には、家のなかにいるのが耐えられなくなるの。病気みたいなものよ。一種の閉所恐怖症ね。長いこと灯台で暮らしていたせいかもしれない。岩場の灯台では、勤務のあいだじゅう、ほとんどなかに閉じこもっているでしょ。そして、ほかの男たちと仲良くやっていかなくてはならない。そのせいで、あの人はおかしな考えをもつようになったんじゃないか、強迫観念にとらわれるようになったんじゃないか、とときどき思うの」

「どんな強迫観念ですか?」

「あら、べつに害になるようなものじゃないわ、ジミー。人を殺すようなことはない。あの人はいつもおなじ椅子に腰かけるの。おなじナイフとフォークを使って、いつものマグカップがほかの人に出されると、いらつく。いっしょに町に出かけるときは、雌鶏がきちんと小屋にはいってるかを三度確認しないと気がすまない。灯台では、すべてがきちんと決められていたでしょ。もしかすると、決まった手順と儀式のちがいは、紙一重なのかもしれないわね。迷信になるの。うちの人の場合、年をとるにつれてひどくなってきている。お医者さまに診てもらったほうがいいのかもしれない、と思うことさえあるわ」

ペレスはなんといっていいのかわからなかったし、グルーシェも返事を期待してはいないようだった。ペレスは黙ってうなずくと、外へ出た。

ジョージ・マルコムソンは、デイヴィッドとおなじく野菜畑で作業をしていた。この時季、シェトランドでなにがしかの土地をもつ人は、みんなそうだった。ジョージ・マルコムソンは苗の列と列のあいだを鍬で除草しており、そのゆったりとした規則正しい動きはまったく力をこめていないように見えた。

「おやおや」ジョージは手を止めると、鍬を柵に立てかけた。

「お邪魔したくはないんですが」

「邪魔なんかじゃないさ、ジミー。ひと息いれようとしていたところだ」

「例の〝小さなリジー〟のことなんですが。彼女を目撃した人のひとりは、あなたの姪御さんなんですね」

「ああ、ヴァイラだ」ジョージがいった。「あの娘は良識が配られたときに列の最後尾にいたんだろう。悪気はまったくないんだが、昔からちょっと馬鹿なことを口にしていた。子供のころから」

「それじゃ、あなたはリジーの幽霊を信じていない」

ジョージはすぐには返事をしなかった。「おれは毎週日曜日に教会へいくように育てられた」という。「だが、だからといって奇跡を信じているわけじゃない。それとおなじことだ。おれが信じているのは、この目で見ることができるものだけだ」だが、そういったとき、彼は顔をそむけていた。ペレスはジョージの迷信深さにかんするグルーシェの言葉を思いだしており、相手が本気でそういっているのかどうかよくわからなかった。

「あなたも子供のころから〝小さなリジー〟の話をいろいろと聞かされてきてますよね」ペレ

スはいった。「リジーが浜辺へさまよい出たときに子守りをしていたのは、あなたの親戚だったんですか？　子守りはマルコムソン家のものだった、と聞きました」

「伯母のサラだ。親父の姉の」間があく。「エリザベス・ゲルダードが溺死したとき、伯母はすでにあの大きな屋敷で十年以上働いていた」

「この件について、伯母さんはなにかいってましたか？」

「あの事故のすぐあとで、伯母はシェトランドを離れた。二十五歳のときだ」ジョージがいった。「そして、戻ってきたのは、すごくか弱い老女になってからだった。そのころには昔の彼女のことを覚えているものはいなくて、〝小さなリジー〟の目撃者があらわれても、それが彼女と結びつけて考えられることはなかった」

「どうして彼女はシェトランドを出たんですか？」突発的な事故による死は、当時のシェトランドではそうめずらしくはなかっただろう。若い娘が逃げださずにはいられないくらいめずらしくは。

「ゲルダード家の連中が彼女を責めたんだ」ジョージがいった。「そして、かれらは金と影響力をもっていた。伯母がここにとどまるのはむずかしかっただろう。彼女はインヴァネスで奉公人となり、そこで地元の若者と結婚した。結婚はあまり長つづきしなかったが、どうやら伯母はそのときに子供をもうけていたらしい。誰もそのことを知らなかったから、伯母の葬式にひとりの女性があらわれて自分は故人の娘だと主張したときには、それこそ蜂の巣をつついたような騒ぎになったよ」ジョージがふいに、にやりと笑った。「一族の女連中はこぞってその女性を家に招いて、くわしいことを聞きたがった。だが、彼女はそれにはかまわず車でまっすぐラーウィックに戻ると、本土へむかう飛行機の最終便で帰っていった。以来、二度と彼女から連絡はなかった」

ジョージは鍬を手にとると、苗木のあいだを掘り返しはじめた。

だが、ペレスは苗床のあいだに残された雑草の残骸をたどってジョージについていった。

「そのことで、エレノア・ロングスタッフから連絡はありましたか？　彼女は〝小さなリジー〟について調査をしていました」

「彼女からその話をされたことは、一度もないな」

「それじゃ、ロウリーはどうです？　エレノアは彼に質問していたかもしれない。ふたりは古い友人ですから」

「なにか訊かれたのだとしても、息子はなにもいってなかった。そいつは本人に聞いてもらわないと」それだけいうと、ジョージはペレスに背をむけて歩み去っていった。

24

霧は午後じゅう、出たり消えたりをくり返していた。風がまったく吹かなくなってからも、まるで魔法のように薄れたかと思うと、また理由もなく濃くなった。ポリーとマーカスはあの女性刑事の勧めにしたがって、ラーウィックに出かけることにした。はじめのうち、マーカスは気乗り薄だった。

「あまり時間がない。ラーウィックに着いたら、すぐにまた戻ってこなくちゃならないだろう。一日たっぷり探検できる日まで待ったほうがよくないかな？」

だが、ポリーはいますぐこの島を離れなければ完全に頭がおかしくなってしまうと感じていた。「博物館にいって、記録保管所をのぞいてみたいの」彼女はいった。「それくらいの時間はあるでしょ」

それを聞いて、マーカスはにやりと笑った。「それって、バスの運転手が休暇にドライブするようなもんじゃないのかな」だが、それでも彼はすぐにインターネットでフェリーの時間を調べ、切符を予約してくれた。ふたりはぐずぐずせずに出発した。彼は行動しているときのほうがしあわせそうだ、とポリーは思った。腰を落ちつけて国内にまとめてひと月以上いられる仕事につくという話をしていたが、そうなったら、彼はすぐにそわそわしはじめるだろう。ふたりはイアンにも声をかけたが、彼はその誘いをことわった。ひとりになれて喜んでいるような感じがした。あの浜辺の家にいるかれらは、ひとつの檻に閉じこめられた三匹のネズミだった。

アンスト島ですごしたあとでは、ラーウィックは大都会のように感じられた。フェリーのターミナルには、アバディーン行きの船が停泊していた。その巨大さに、ポリーは本土を思いだした。本物の町や本物の輸送機関が存在する本土を。もしかして、マーカスも自分とおなじことを考えているのだろうか？　このまま車であの船に乗りこみ、シェトランドから逃げだす……。だが、マーカスはフェリーの存在にさえ気づいていないようだった。彼の目は通りや道路標識に釘付けになっており、一度も迷わずにポリーを博物館まで送り届けたとき、その顔は得意満面だった。博物館は海に面したあたらしい建物群のなかにあり、そこには芸術センターが併設されていた。

「あなたはどうするの？」博物館にいてもマーカスは退屈するだけだと、ポリーにはわかっていた。彼は魅惑的な〝現在〟にしか興味がないのだ。

「町を探索してるよ。あとで、ここのカフェで落ちあおう。お茶をしたら、もう戻らなくちゃならないだろうな」

「今夜はここのホテルに泊まることもできるわ」アンスト島とあの浜辺の家に戻ると考えるだけで、すでに彼女の心は恐怖で満たされていた。がっしりとしたラーウィックのテラスハウス。美味しいレストランでの食事。そのあとで自分たちの部屋でながめるくだらないテレビ番組。エレノアのことを考えずにいさせてくれるものだ。

ポリーを見るマーカスの目つきから、彼もまたそのアイデアに惹かれているのがわかった。一瞬、ポリーは彼が賛成するのではないかと思った。「やめておいたほうがいいかもしれないな」ようやく彼はいった。「手のかかる連中だと、警察に思われたくないし」

博物館の本館には、エリザベス・ゲルダードにかんするこぢんまりとした展示と本人の肖像画があった。油絵のなかの少女は窓辺にすわって両手を膝の上にのせており、すごく取り澄ましていた。毛編みのカーディガンに帽子という冬の出で立ちをしていて、ポリーが浜辺で目にした少女と似ているのは、その長い髪の毛だけだった。こちらの少女はどちらかというと物静かで、溌剌とした印象はなかった。彼女がつま先立ちでくるくるまわったり砂の上でスキップしたりするところを、ポリーは想像できなかった。この肖像画が寄贈されたものなのか購入されたものなのかは、どこにも記載がなかった。小さな表示板には〝小さなリジー〟にまつわる言い伝えが書かれていたが、ポリーにとって唯一の目新しい情報といえば、この少女を題材にした歌がマーティ・トムソンという地元のミュージシャンによって作られたということくらいだった。

車でこちらへくるあいだに、ポリーは博物館の記録保管人サイモン・バーに電話をかけていた。彼はポリーとおなじく民話に魅了されており、〈センティマン・ライブラリー〉の評判を耳にしていた。そのため、すぐに彼女との面会に応じてくれた。サイモン・バーは上階の間仕切りのないひろいオフィスにいた。窓からはヘイズ波止場が見えていて、それに気づいたポリーは、自分の感じている不安の要因がわかったと思った。こんなふうにつねに水の存在を意識させられていることが、彼女の不安を増幅させているのだ。ポリーは泳ぎを習ったことがなく、子供のころはよく溺れる夢を見ていた。もう何年もそんな悪夢のことは忘れていたが、エレノアが亡くなって以来、それは起きているときでも頭から離れず、一日じゅう彼女を悩ませるようになっていた。いまポリーは、島がじょじょに海に侵食されていくところを想像していた。

すこしずつ土地が削りとられ、ついには地面がなくなって、彼女は水にのみこまれてしまう……。ポリーは窓を背にして、サイモン・バーの机とむきあうようにしてすわった。

「〝小さなリジー〟について、お知りになりたいということでしたね」サイモン・バーがいった。「ご承知のとおり、この手の話のなかでは、これはきわめてあたらしい言い伝えになります。わたしの祖母は若いころにスプリングフィールドのお屋敷で働いていました。もう亡くなって何年もたちますけど」

「お祖母さまは、エリザベス・ゲルダードが溺れた日のことについてなにかいってましたか?」

「祖母から〝小さなリジー〟の話をよく聞かされましたが、どこまでが真実で、どこからが長年のあいだに作りあげられてきたフィクションなのか、よくわかりませんでした。祖母はそういうお話が大好きで、たいていのお年寄りの例にもれず、事実と作り話をごっちゃにしてましたから」

「彼女はリジーの幽霊を信じていたんですか?」気がつくと、ポリーは息を詰めていた。

「それどころか、自分でも見たことがある、といってましたよ。彼女は一生をアンスト島ですごした人でした。スプリングフィールドのお屋敷は、現在の所有者がひき継ぐまえは何年も空き家で、地元の人たちはその敷地を自分たちのもののようにあつかっていました。子供たちを連れて、庭でピクニックをしていたんです。祖母の話によると、彼女がある夏の日の夕方遅くにそこでラズベリーを摘んでいると、目のまえにリジーがあらわれたのだとか。その少女は白いドレス姿で、庭にひとりでいた祖母のほうへ歩いてくるように見えた。それから、ふっと姿が消えてしまった。庭は壁に囲まれ、そこに出入りする門は閉まっていたにもかかわらず」サイモン・バーは言葉をきって、にやりと笑った。「でも、いまの話を信じちゃだめですよ。先ほどもいったとおり、祖母は話を作るのが大好きだったんです」

「リジーの死について、彼女はなんと?」

「誰もが子守りの娘を責めた、といってました。でも、実際には彼女が悪かったわけではありません。彼女はその日、生まれたばかりの赤ん坊を世話する母親の手伝いをするために、休みをあたえられていました。リジーが浜辺へ駆けていったとき、彼女は庭にいましたが、それはたまたま家に帰る途中で、庭で働く若者とおしゃべりをしていたからでした。あの事故に責任者がいるとしたら、それはリジーの母親のロバータですよ」

「事故の記録は残っていますか?」

「ええ。どれも公平さには欠けていますが。ギルバート・ゲルダードは地主で社会的地位の高い人物でしたから、当局は彼の話をすべて鵜呑みにしていたのでしょう。スプリングフィールドのお屋敷の現在の所有者のひとりが、ホテルの宿泊客のためにこの件をまとめたパンフレットを作成しました。よろしければ、一部さしあげますよ。パンフレットの作成者は歴史の専門家でもあるので、すごく上手くまとめられています。こちらには、この悲劇を報じた『シェトランド・タイムズ』の記事もあります。ぜひご覧になっていってください」

知りたいことをすべてサイモン・バーから聞きだしたあとも、ポリーはぐずぐずとその場にとどまっていた。このオフィスはあたらしくて明るかったが、その雰囲気は彼女が働く〈センティマン・ライブラリー〉の相部屋オフィスを思いださせてくれた。ここにいると安全な気がして、アンスト島にいるときに感じていた恐怖を忘れることができた。もちろん、幽霊などいるはずがなかった。こういった言い伝えは、彼女が仕事であつかっているほかの伝承民話とおなじくきちんと出所をたどれるもので、そこに長年のあいだに尾ひれがくっついてきただけなのだ。もうじき彼女はロンドンに戻り、職場に復帰し、すべては元どおりになる。ポリーは立ちあがって、暇《いとま》ごいをした。

マーカスは博物館のなかにあるカフェで紅茶を飲み、自家製のケーキを食べていた。そして、部屋の反対側にいるポリーに気づくと、旅行から戻って彼女の帰りをバルコニーで待っているときのように、手をふってほほ笑みかけてきた。

「ラーウィックはどうだった？」ポリーはたずねた。

「面白かったよ」マーカスはいった。「ここでは、誰もがおたがいに顔見知りなんだ。安心できると同時に、すこし怖くなったね。なにひとつ見逃してはもらえなさそうでさ」マーカスはポケットに手をいれて、フェア島《アイル》の模様の手編みの手袋をとりだした。「プレゼントだ」

ポリーはテーブルの上に身をのりだして、彼にキスをした。

アンスト島に着くと、かれらはスレッツに戻る途中で二度車をとめた。一度は、屋外アートのように飾り立てられた有名な屋根つきのバス待合所を見るために。もう一度は、岩場でひと休みしているアザラシの写真を撮るために。霧が出ているせいか、アザラシたちは警戒していないように見え、ポリーたちがすぐちかくまできてから、ようやく穏やかな水面へと滑りこんだ。苦痛にあえぐ人のような鳴き声が、入り江に響き渡った。その灰色で斑点のある姿は、ポリーにぬるぬると光る太ったナメクジを連想させた。どうしてこんな生き物に人気があるのか、不思議でならなかった。

「アザラシの姿をした妖精にまつわる民間伝承があるわ」ポリーはいった。「セルキーっていうの。女性の魂を盗んで、自分たちの仲間にしてしまうといわれている」

「あのなかの一頭がエレノアだったりするのかな？　あの長いまつげをした狡賢そうなやつがそうかも」

ポリーはぎょっとして、マーカスを見た。彼がこれほど冷酷になれるとは、思っていなかったのだ。

「ごめん」マーカスがポリーの肩に腕をまわした。「いまのはあんまりだったな。でも、この件全体が突拍子もないから、なかなか真面目に受けとめられなくて。これ以上ここにいたら、頭がおかしくなってしまいそうだ。二時間ほど出かけていたおかげで、いまの状況がどれほどストレスになっているのかがわかったよ。海と丘にはさまれたあの家。すっかりいかれてしまったイアン」

自分の頭もすでにおかしくなっているのかもしれない、とポリーは考えていた。「もう帰りたいの？」

「土曜日まではここにとどまるべきだと思う」マーカスはいった。「そういう予定だっただろ？　そのあとは、きみもぼくも仕事に戻らなくてはならない。イアンがどうするかは、本人しだいだ。とどまりたいのなら、それはそれでけっこう。ただし、そこからはひとりで行動してもらう」

ポリーはうなずいた。ロンドンに帰る日という目標ができて、ほっとしていた。いま気づいたが、自分にとって問題は、この監禁状態がいつまでつづくかわからない点にあったのだ。

「イアンはどうするかしら？」捜査の行方を最後まで見届けるという彼の決意には、強迫観念にちかいものが感じられた。もしかすると彼は、シェトランドを離れたらエレノアの記憶が薄れてしまうと考えているのかもしれなかった。

「彼もいっしょにくるんじゃないかな？」マーカスはいった。「ここにとどまっても、いいことはなにもない。彼にも、それがわかるだろう。おそらく、彼みたいな人間に必要なのは仕事だ。ロンドンで同僚たちといるほうがいい。ぼくらといても、ネルのことを思いだすだけだから」

イアンの選択について、ポリーはそれほど確信がなかった。彼は昔から頑固だった。スレッツへむかう小道で車が例の古い農家のまえをとおったとき、ポリーは家のなかをのぞきこんだ。いまや、白いドレス姿の少女をさがすのが習慣になっていた。だが、視界が悪く、影しか見えなかった。

どうやらイアンも出かけることにしたらしく、ポリーたちが戻ってみると、スレッツには誰もいなかった。イアンの車も消えていた。ポリーは部屋を明るくしようとランプをつけたが、レモン色の光が霧に跳ね返されてきて、孤立感が深まっただけだった。ポリーは窓の外の薄闇をみつめた。「この世界にいるのは、わたしたちだけみたいな気がする」

マーカスはふたたびノートパソコンにむかっており、顧客から届いたメールに返事を出すのに夢中で、ポリーの話を聞いていないように見えた。ポリーは本を読もうとしたが、なかなか集中できなかった。マーカスのうしろに立って、彼の首筋を撫ではじめる。イアンが家にいるときは愛をかわす気になれなかったが、いまはようやくふたりきりになれていた。マーカスはふり返って、心ここにあらずといった感じでほほ笑みかけてから、キーボードを叩きつづけた。椅子の背にもたれて、むかいの椅子の横桟に足をひっかけ、完全にリラックスしている。突然、ポリーは彼をあわてさせたくなった。

「ちょっと散歩してこようかしら」ついに彼女はいった。「なにをしてても落ちつかないから」前回ひとりで出かけたときのような反応が返ってくることを、彼女は期待していた。馬鹿いうんじゃないよ。外には殺人者がうろついてるんだ。こいつを終わらせたら、ぼくもきみといっしょにいくよ。

だが、マーカスはちらりと画面から顔をあげただけだった。「わかった。気をつけて」まるで、仕事に没頭するあまり、エレノアが死んだことなど完全に忘れてしまったかのようだった。まったく危険を感じていないように見えた。

知りあってからはじめて、ポリーはマーカスに怒りをおぼえた。これまでの彼は、いつでも気づかいにあふれていた。画面のなにが、それほど重要だというのだろう？　彼の注意をひきつけているのはべつの女性からのメールではないかとまで考えて、一瞬、嫉妬の炎が燃えあがった。それで、こんなに夢中になっているのかもしれない。悦に入った笑みを浮かべているのかもしれない。ポリーはジャケットを手にとると、外へ出た。予想以上の寒さに、すぐに暖かい家のなかに戻りたくなったが、彼女も頑固になることがあり、そのまま小道を歩いて、例の古い農家へとむかった。農家の庭は草が伸び放題だったが、正面玄関につうじる部分は草が踏み倒されていた。それ以外に、人のいる気配はなかった。きょうは煙突から煙は出ておらず、窓から外をのぞく顔もなかった。ポリーがドアを叩くと、剝がれかけたペンキの青い小片がこぶしにくっついてきた。返事はなかった。ドアに鍵穴は見当たらず、内側に差し錠があるのだとしても、とりあえず鍵はかかっていなそうだった。ためしに押してみると、驚いたことにドアは簡単にあいた。

「ごめんください！」いちおう声はかけたものの、ここには誰も住んでいないのがわかった。あけたドアから射しこむかすかな光で、家のなかはとても人の住める状態ではないことが見てとれた。目のまえにあるのは、かつての狭い流し場だった。作業台の上にエナメルのお碗がひとつのっている。ポリーが蠟燭の光のなかで踊る少女を見たと思った部屋は、その右側にあった。硬い土間で、片隅に小さなストーブがあり、ストーブの扉をあけると、なかには泥炭のかたまりがいくつかはいっていた。だが、ストーブは冷たく、その泥炭が使用したあとのものなのかどうかはわからなかった。窓にちかづくと、窓の下枠の埃にかき乱された痕があるような気がした。それに、蠟燭の蠟が一滴落ちていた。そして、窓には――

外からなかをのぞきこむ顔があった。その青白い顔は、埃だらけのガラスと霧の薄暗さでぼやけていた。ポリーは悲鳴をあげた。顔が消え、流し場を横切る足音につづいて、男が部屋の入口にあらわれた。

「ここでなにをしている?」男は中年で、白髪まじりの髪をやけに長く伸ばしていた。正面の髪を立てているので、すこし道化師っぽく見えた。その全身の輪郭は、どこか見覚えがあった。骨ばった身体つき、滑稽な髪型……。

「ただ見てまわっていただけです」ポリーはいった。「すみません。ここには誰も住んでいないと思ったので」どんなときでも、彼女はまず謝罪し、礼儀正しい態度をとるのが習慣になっていた。

「ああ、ここはたしかに廃屋だ」そのしゃべり方で、ポリーには相手がイングランド人であることがわかった。男が部屋のなかにはいってくるのにあわせて、うしろへさがる。「それで、きみは何者なのかな?」その口調は淡々としており、男が怒っているのか面白がっているのか、よくわからなかった。

「わたしはポリー・ギルモアといって、スレッツに滞在しています。はやく戻らないと、ボーイフレンドがさがしにくるわ」ポリーはそうであることを願ったが、最後に見たときのマーカスの様子からすると――ふだんどおりにふるまおうとして、外の世界と連絡をとっていた――それは望み薄に思えた。気がつくと、身体が震えていた。

「では、エレノア・ロングスタッフの友だちのひとりなんだ?」

「ええ」

男は生物標本でも見るような目で、ポリーを上から下までじろじろとながめた。それから、狡賢そうににやりと笑った。「そういわれてみると、まえにも見たような気がする」

「それで、あなたは?」

「チャールズ・ヒリアー。〈スプリングフィールド・ハウス〉を経営している。刑事さんたちが滞在しているホテルだ」男はさらになにかいいかけたが、そのとき突然、ヘッドライトの光が部屋に射しこんできた。

「きっとイアンだわ」ポリーはいった。「エレノアの旦那さんの。もういかないと。今夜はわたしが夕食を作る番なんです」なんとも馬鹿げた発言だった。幽霊を見かけた家で見知らぬ男とふたりきりで閉じこめられているというのに、食事の用意の話をしているなんて……。ポリーは男との距離を測って、彼のわきを通り抜けようとした。だが、男は先まわりして流し場へ出ると、足で正面玄関のドアを閉め、そのまえに立ちふさがった。ポリーはがたがた震えていた。まともに考えられなかった。最悪の悪夢のなかにいるような気がした。ドアが閉まっているので、狭い流し場はほぼ闇に包まれていた。

突然、土間の窓を平手で強く叩く音がした。「ポリー、きみか?」イアンだった。ヘッドライトの光のなかに浮かびあがる彼女の姿に気づいて、車を止めたのだろう。

「ええ、ここにいるわ」自分の口からしっかりとした声が出てきたので、ポリーは驚いた。怯えているというよりも、挑むような感じだった。チャールズ・ヒリアーがドアのまえからどき、イアンが家にはいってきた。三人は狭い流し場で、肩がふれあわんばかりの状態で立っていた。湿気の匂いのほかに、なにかがポリーの鼻をついた。アルコールだ。きっとイアンは酒場にいって、ビールを飲みながらくよくよ考えこんでいたにちがいない。そこにはロウリーもいたのだろうか？　だとしたら、そんなイアンに車を運転して帰らせるなんて、無責任もいいところだった。

「あんたは誰なんだ？」イアンが年上の男をねめつけた。まさしく、群れのなかの優位をめぐってべつのオスに喧嘩をふっかけるゴリラだった。エレノアはよく彼のことを、冗談まじりに愛情をこめて〝わたしの最高位オス《アルファ・メール》〟と呼んでいた。

チャールズ・ヒリアーは大声で自分の名前を口にした。「〈スプリングフィールド・ハウス〉の所有者だ。きみの友人はここに不法侵入していた」

「それじゃ、あんたはここの所有者でもあるっていうのか？」イアンが喧嘩をしたがっているのが、ポリーにはわかった。エレノアの死を告げられて以来、ずっと誰かを殴りたくてたまらなかったのだ。

「所有者の知りあいだ」

「だったら、大きな顔して威張り散らす権利があるとでも？　女性を脅す権利があると？」イアンはいきりたっており、いまやポリーはチャールズ・ヒリアーよりも彼のほうが怖いくらいだった。

「わたしは脅されてなんかいないわ」ポリーはいった。「誤解があったの。さあ、もういきましょう」ポリーはチャールズ・ヒリアーのわきをすり抜けると、イアンのジャケットの袖をひっぱって、いっしょに正面玄関から外へ出た。イアンはすこし抵抗したものの、闘争心はすでに失せたらしく、おとなしくあとについてきた。

チャールズ・ヒリアーは戸口に立って、ふたりを見送っていた。そして、あいかわらず笑みを浮かべたまま、うしろから声をかけてきた。「ここに誰が住んでいたのか、知ってるかな？」

イアンはそのまま車にむかって歩きつづけたが、ポリーは好奇心に負けて立ちどまった。

「誰なの？」

「サラ・マルコムソンだよ」チャールズ・ヒリアーがいった。「〝小さなリジー〟と呼ばれるようになった少女が亡くなったときに、その責任を問われた子守りの娘だ。彼女はこの家で、家族といっしょに暮らしていた」

25

いつまでも沈もうとしない太陽に、時間は意味を失っていた。大時計が十一時を告げたところだというのに外はまだ明るく、捜査にあたっている面々は、〈スプリングフィールド・ハウス〉の黄色いソファのある居間で仕事をつづけていた。ときおり、バーにいた客が中庭に出てきて家へ帰っていく音が聞こえてきた。ウィローは落ちつかなかった。このホテルに滞在しているというだけで、かれらの中立性にはケチがついているのだ。なんのかんのいって、かれらは容疑者の可能性のある人物の世話になっているのだから（食器棚の上にのっている夕食の食べ残しは、チャールズ・ヒリアーとデイヴィッド・ゴードンによって提供されたものだった）。それに、ペレスの件もあった。彼はひとりで勝手に、ふらふらとジョージ・マルコムソンの話を聞きにいっていた。許しがたい行為だ。彼がジョージ・マルコムソンから得た証言を裏づける人物は、ひとりもいなかった。だが、ウィローが腹をたてているのは、捜査の手順が守られていないからだけではなかった。ペレスの姿勢が問題だった。黙って車で走り去るなんて、面とむかって侮辱されたような気がした。どうして、まえもってひと言相談してくれなかったのだろう?

ウィローの気分はサンディにも伝染しているらしく、彼は両親のあいだの緊張が自分のせいなのかと思い悩む子供のように、落ちつかなげにペレスとウィローの顔を交互に見ていた。

「けさ、学校にいってきました」サンディがいった。「エレノアが浜辺で見かけた少女を見つけられたらと思って。少女には母親がつきそっていたかもしれないし、だとすれば母親はスレッツで起きていた出来事を目にしていた可能性がある。あの日の午後、パーティのまえにヴァイラ・アーサーがスレッツにきていたことは、すでにわかっています。でも、それ以外にもエレノアを訪ねてきていた人物がいたかもしれない」

「それで、なにかわかった?」ウィローは、気をまぎらわすものができたことにほっとしながらいった。

「エレノアが見たような少女は、学校にいませんでした。でも、教師の話では、土曜日の午後に女の子を連れた女性をフェリーで見かけたような気がするそうです」

「たぶん休暇で遊びにきている親子連れね」ウィローはいった。「おそらく事件とは関係ないわ」

ペレスが顔をあげた。ウィローの意見に反論するかに見えたが、結局なにもいわなかった。彼はエレノアのノートをテーブルの上にひろげており、ときおり自分のノートになにやら書きこんでいた。

「ところで、マルコムソン家ではなにか収穫があったのかしら、ジミー?」沈黙に耐えきれずに、ついにウィローはたずねた。「ロウリーとまた話をしたの? エレノアが〝小さなリジー〟のことで彼に連絡をとっていたかどうか、まだ確認がとれていないけれど」

ペレスが書く手を休めた。「いや。ロウリーとキャロラインはヴィドリンに出かけていた。購入予定の家を見にいってたんだ。だが、ジョージと話をした」

「なにかつかめた?」ここでまた考えこんで、もったいぶったりしたりしないほうがいいわよ、ジミー・ペレス。これ以上は、もう我慢できないから。

「ゲルダード家で子供の面倒をみていたマルコムソン家の娘というのは、思ったとおりジョージ・マルコムソンの親戚だった」ペレスはいった。「サラ・マルコムソンといって、家族といっしょにウトラに住んでいたんだとか。ほら、スレッツにいく途中にあるあの古ぼけた農家だ。

例の事故のあとで、彼女は本土へやられた。そして、そこでインヴァネス出身の男と結婚し、どうやら子供をもうけたらしい。サラ・マルコムソンはのちにひとりでシェトランドに戻ってきたときに、子供についてはひと言も口にしなかった。だから、彼女の葬式に娘と名乗る女性が突然あらわれたときには、大騒ぎになったそうだ」

「サラ・マルコムソンの娘がいまどうしているのかは、サラの結婚後の姓をたどれば突きとめられるはずよね。サンディ、あしたからそれにとりかかってもらえるかしら？」

サンディはうなずいた。「それが重要かもしれないと？」

「そんなこと、彼女と話をしてみるまでわかるわけないでしょ！」すぐにウィローは後悔した。彼女が怒りを感じている相手は、サンディではなかったからだ。「それと、ジミー、あなたはロウリーと話をしてちょうだい。彼とエレノアがこちらへくるまえにどんな会話をかわしていたのかが、ますます重要になってきたわ。エレノアが電話でチャールズ・ヒリアーと話をしていたとすると、彼女はすでに〝小さなリジー〟の子守りがロウリーの親戚だと知っていたことになる。きっと、その件でロウリーと話をしたがったはずよ。ここか、ロンドンで」

ペレスはうなずき、ふたたび注意をノートに戻した。

静寂。いまや日の光は弱まりつつあり、この薄暗がりのなかでペレスがどうやって読んでいるのか、ウィローは不思議だった。手をのばして、ランプをつける。ペレスの顔が平面と影の集合体に変わり、彼女は突然、その額にふれたくなった。人工光のなかで、それが金属のように硬くてすべすべに見えたからだ。ペレスが顔をあげ、ウィローと目があった。彼女は顔をそむけた。うぶな十代の少女のようにみつめているところを、見つかってしまったのだ。

「エレノアはすでにサラ・マルコムソンの娘を見つけていたのかもしれない」ペレスがいった。「〈スプリングフィールド・ホテル〉の連絡先や電話の会話のメモらしきもののあとに、〝モニカ〟という名前があった。苗字はないが、アンスト島の幽霊話に関係がなければ、ここに名前が出てくることはないだろう」

「くわしい連絡先は?」ウィローはまえに身をのりだしたが、エレノアの筆跡は判読不能だった。ペレスは何時間もノートに目をとおして、この癖字に慣れたにちがいなかった。

「なかった。もしかすると、名前を突きとめたところまでだったのかもしれない」

「あした調べることが、もうひとつ増えたわね」ウィローはふいに疲労を感じて、伸びをした。「もうベッドにはいるわ。ここでは毎日すごく早起きしてるから、すこし眠らないと」

ペレスは動こうとしなかった。エレノアのノートは、彼にとって一種の強迫観念になっているようだった。「ジミー」ウィローはいった。「あなたも休まないと。あとはあしたにしましょう」

ペレスは彼女のほうを見ると、聞き分けのよい子供のように立ちあがった。


ウィローは朝はやくに目がさめた。ぶ厚いカーテンの隙間から日の光が射しこんでいるところをみると、すくなくとも霧は晴れているようだった。紅茶を淹れ、シャワーを浴びる。ヒッピー共同体《コミューン》での子供時代からつづけているヨガをすると、ふいにエネルギーと楽観的な気分が満ちてきて、一日に立ちむかう準備ができたような気がした。きょうこそは捜査の突破口がひらけるだろう。

キッチンは、めずらしく静まりかえっていた。デイヴィッドの姿はなく、コーヒーの香りもしなかった。突然、ウィローはパニックに陥った。あのふたりは逃げてしまったのだ。車にわずかばかりの荷物を積みこんで、朝いちばんのフェリーで島を出た。いや、きのうの晩のフェリーでかもしれない。エレノアについての質問が、ふたりをびびらせてしまったのだろうか。そういえば、夕食以降、ふたりの姿を見ていなかった（もっとあとで夜食を食べたときには、ウィローが自分でキッチンまでトレイをとりにいっていた）。いまごろ、デイヴィッドとチャールズはアバディーン行きの始発の飛行機に乗って、本土へむかっているところかもしれなかった。とはいえ、ふたりのどちらかがエレノア・ロングスタッフを殺す理由となると、まったく見当がつかなかった。

まだホテルの客が朝食を求めておりてくる時間ではなく、屋敷の地上階はがらんとしていた。ウィローは立派な玄関広間を通り抜けながら、ギルバートとロバータのゲルダード夫妻が暮らしていたころの屋敷を想像しようとした。使用人の数は、いまより多かったにちがいない。かれらはすでに起きだして、床を掃除し、キッチンの調理用こんろに火をいれ、風をとおすために巨大な正面玄関の扉をあけていたのだろう。もしかするとエリザベスは、朝まだきから明るい日の光のせいで眠れなかったのかもしれない。それで、あけっぱなしの扉から外へ駆けだし、浜辺に遊びにいった。すると、気がつかないうちに霧が海から押し寄せてきて、満ちてきた潮に取り囲まれてしまった。そして、砂州で身動きがとれなくなったまま、溺れてしまった……。

ウィローは〝小さなリジー〟の足どりをたどるようにして、横幅のある正面玄関から庭に出た。きょうは霧は出ておらず、太陽が明るく輝いていた。突風に吹き流されて、雲の影が海面を移動していくのが見えた。浜辺には人がいた。逆光で輪郭が浮かびあがっていたものの、この距離からでは誰だかわからなかった。たぶんジミー・ペレスだろう、とウィローは思った。やはり眠れず、ぼんやりと海をながめながら、亡くなった恋人に思いを馳せているのだ。邪魔すべきではないと思ったものの、自分はすでに彼の悲しみにじゅうぶん配慮してきた、とウィローは判断した。

草の生えた小道をとおって、大きな石の柱のあいだを抜けていくと、その先には浜辺へとつづく幅広の敷石の階段があった。浜辺にいる男はウィローに背中をむけていたが、肩の動きから、彼が声をたてずに泣いているのがわかった。浜辺に出ていくウィローに平和を乱されたミヤコドリが、砂地の草のあいだから抗議の声をあげた。そのころにはすでに、ウィローは浜辺にいるのがペレスでないことに気づいていた。こちらの男性のほうが年輩だし、髪の毛がみじかかった。それに、髪の色も明るかった。一瞬、ウィローはためらった。この男性がひとりで悲しんでいるところに、ずかずかと踏みこんでいきたくなかった。そのとき、ウィローに見られているのを察知したのか、男がふいにむきなおった。そして、彼女がそばにくるまで、じっとその場に立っていた。デイヴィッド・ゴードンだった。涙と鼻水で、顔がぐしょぐしょになっていた。ふだんはすごく控えめで感情を表にあらわさない人物なだけに、その姿にウィローはショックを受けた。汚れた顔。だらしない服装。きっとチャールズに捨てられたのだ、と彼女は思った。それ以外に、これほどデイヴィッドが取り乱す理由は考えられなかった。

「警部さん」

「ごめんなさい。はじめは、あなただと思わなくて。ひとりになりたいですか?」ウィローは朝食がどうなっているのかたずねたかったが——ヨガをすると、いつでもお腹がすくのだ——さすがにそれは無神経かもしれないと考えて、やめておいた。

「いや! いっしょにきてください!」ひどく動揺した口調だった。ウィローは、相手が精神的にまいってしまったのではないかと思った。こんなときに、できれば勘弁してもらいたかった。

砂浜には、デイヴィッドの足跡が点々とつづいていた。彼はゴムのサンダルをはいており、その足跡は見間違えようがなかった。どうやら浜辺のもっと先から歩いてきたらしく、いま彼はそちらへむかって足早に戻りはじめた。臭跡をたどる犬のようだった。ウィローはそのあとについていったが、砂の水気が多いところでいったん足を止め、靴を脱いだ。

チャールズ・ヒリアーが満潮線のすぐちかくの砂浜であおむけに横たわり、空をみつめていた。潮がひきはじめてからまだそれほど時間がたっておらず、彼の髪の毛と服はぐしょ濡れだった。まえの晩とおなじズボンとシャツを着ている。見てすぐにわかる傷はなかったが、あきらかに死んでいた。

「これです!」デイヴィッドが叫んだ。「このことを、あなたに知らせにいこうとしていたんです。そのとき、ふいに悟った。自分はこれから死ぬまでひとりぼっちだということを。それで、すっかり打ちのめされてしまった。すごく利己的ですよね。おぞましいくらいに。チャールズのためでなく、自分のために泣いていたんですから」

ウィローは現場を観察した。つぎに潮が満ちてくるまでにヴィッキー・ヒューイットやジェームズ・グリーヴをアンスト島に呼び戻すのは、絶対に不可能だった。ということは、死体を移動させる必要があった。犯行現場の保存に口うるさいヴィッキー・ヒューイットも、文句はいわないだろう。なにせ、動かさなければ、死体はつぎに満ちてきた潮で北海へさらわれてしまうのだから。ウィローは携帯電話をとりだした。奇跡的に電波がつうじていた。彼女はまずペレスに、それからサンディにかけた。サンディには、ホテルにまだ泊まっているふたりの客への対応を指示した。べつの宿をさがしてもらい、できるだけはやく〈スプリングフィールド・ハウス〉をひきはらってもらうのだ。その客はベッドフォードシアからきているお年寄りのカップルで、くわしい連絡先はすでに聞いてあったし、どちらも体力的に浜辺まで歩いていくのさえままならないといった感じに見えた。これが殺人だということになっても、かれらがチャールズ・ヒリアーを殺すのはまず無理だろう。ペレスには、浜辺にいる自分のところへくるように頼んだ。サンディはいくつも質問してきたが——そして、ウィローはそれらを無視した——ペレスはなにも訊いてこなかった。

そういうわけで、ウィローはデイヴィッド・ゴードンとならんで砂浜に立ち、ペレスがくるのを待っていた。デイヴィッドをひとりでホテルに帰したくなかったし、かといって、自分もいっしょにここを離れて、チャールズの死体をカモメやネズミや犬の餌食にするわけにもいかなかった。デイヴィッドは海のほうをじっとみつめていたが、やがてぽつりといった。「チャールズを無理にここへこさせるんじゃなかった」

「彼はとても満足しているように見えたわ。しあわせそうといってもいいくらいに」それがデイヴィッドの聞きたい言葉だろうし、実際、ウィローはそう考えていた。

「彼は役者でした」デイヴィッドがいった。「だから、舞台の奇術師としてあれほど成功したんです。他人に自分の嘘を信じこませることができた。彼は、ここへ越してきて自分は喜んでいる、とぼくに信じさせたかった。でも、ぼくには彼が退屈しているのがわかりました。彼はシェトランドがあたえてくれる以上の興奮を必要としていたんです」

「あなたがここでの生活に満足しているというだけで、彼にはじゅうぶんだったのかもしれない」

デイヴィッドはなにもこたえず、しばらく沈黙がつづいた。それから、「彼はどんなふうに亡くなったんでしょう？」

それについてはウィローも見当がついていないことくらい、デイヴィッドも承知しているはずだった。「彼は病気でしたか？」

「いいえ。すごく健康でした。運動をして食事に気をつけているのはぼくですが、彼はそんなことをしなくても、一日も病気をしたことがなかった」

「でしたら、死因については検死の結果を待たなくてはならないでしょう」はるか遠くで、ペレスがホテルの正面玄関からあらわれるのが見えた。石造りの階段を足早におりてくる。ウィローは、自分が古い西部劇に出てくる保安官になったような気がした。地平線に騎兵隊があらわれるのを待つ保安官だ。「あなたが最後にチャールズさんを見かけたのは？」

「昨夜です。ぼくははやめにベッドにはいりました。バーでは音楽の生演奏がおこなわれていましたが、そちらは支配人が取り仕切ってくれているので。彼は地元の人間で、木曜日の催しは彼にまかせておけば安心です。チャールズはそれに顔を出しているのではないか、とぼくは考えていました。とにかく、一日じゅう野菜畑で働いて、もうくたくただったので、すぐに眠りに落ちました。そして、けさはやく目がさめたときに、彼がベッドにきていないことに気がついたんです。それで、彼をさがした。まずホテルのなかを。それから、外の庭を。そのとき、浜辺になにかあるのが目にとまった。それが、この青いシャツです。色はすぐにわかりましたが、それがチャールズのものだとは、ここに着くまで信じられませんでした」

「彼がひと晩じゅうベッドにこないのは、めずらしいことだったんですか？」ほかの警官の立ち会いなしに参考人のデイヴィッドから話を聞くのはまずいとわかっていたが、ウィローはここで黙って立っていることに耐えられそうになかった。それに、とりあえずどんな情報も貴重だった。小さな漁船が、カモメたちにうるさくつきまとわれながら岬をまわってあらわれた。

「ええ。でも、そういうことはまえにもありました。チャールズは古いテレビ番組が大好きなんです。たぶん、過去の栄光を思いださせてくれるからでしょう。BBC4でめったにやらないコメディ番組の再放送があったりすると、夜遅くまで起きて観ていました。ときには、肘掛け椅子でそのまま眠ってしまい、朝までそこにいることも……」デイヴィッドの声は小さくなっていった。

「それで、きのうの晩は？」

「チャールズは夕食のあとで出かけました。ときどき、落ちつかなくなるんです。ここにとらわれているように感じていたのかもしれません。それで、とにかく動きまわる必要があったのかも。彼は車で出かけて、一時間ほどで戻ってきました」

「どこへいっていたのか、訊きましたか？」ウィローは、このふたりの関係を理解しようとした。おたがい相手になにを求めているのか、かれらはきちんと話しあっていたのだろうか？それとも、ふたりとも相手のプライバシーに配慮するあまり、パートナーが求めるしあわせを忖度しようとしていただけなのか？

「チャールズは、ドライブしていただけだといってました。霧のせいで閉じこめられたような気分になったので、しばらく出かける必要があったのだと。はやめにベッドにはいったとき、ぼくは彼もすぐにあとからきてくれることを期待していました。そこで話ができるかもしれないと」ついにデイヴィッドが海からウィローのほうにふり返った。すでに涙は止まっていた。「しばらくまえから、ぼくは彼が隠し事をしているように感じていました。なにかを企んでいるように。だから、目がさめて、ベッドに彼がいなかったとき、驚かなかったんです。彼は逃げだしたのだと思って」

エレノアの場合とおなじだ、とウィローは思った。キャロラインもまた、エレノアがパートナーから逃げだすつもりでいると考えていた。それ以外には、ウィローはふたりの被害者の共通点をなにひとつ思いつかなかった。

26

デイヴィッド・ゴードンとならんで〈スプリングフィールド・ハウス〉に戻りながら、ペレスはなんといったら相手の慰めになるだろうかと考えていた。自身の死別の経験を語るのは、なしだった。フランが亡くなったとき、自分の体験した悲しみを打ち明けてくる人たちがいたが、彼はそういう連中を殴って、こう叫びたかった。あんたのちかしい人が死んだかどうかなんて、どうだっていい。他人の悲劇に乗じて自分の悲しみにひたるのはよしてくれ。こっちがいま味わってる気分は、あんたには想像もつかないんだから。だが、ペレスは当時、フランのことを話したいと思っていた。彼女の名前を口にしたいと。

「チャールズさんとは、どこで知りあったんですか？」

　砂浜に打ち寄せる波を背景音に、デイヴィッドはペレスのほうを見ずにしゃべりはじめた。

「ヨークのカフェです。偶然の出会いでした。ちょうど夏で、カフェは観光客で混みあっていた。ぼくはヨークに住んでいて、チャールズは劇場で公演をおこなっているところでした。彼のテレビ出演はしばらくまえから途絶えていましたが、地方の会場ではまだ大勢の人を呼ぶことができたんです。彼がすわっていたテーブルに空いている椅子があったので、ぼくは相席してもかまわないかとたずねました。そして、〝失礼ですが、まえにどこかでお会いしていませんか?〟といったんです。チャールズは正体に気づかれたと思って喜んでいましたが、じつをいうと、ぼくはたぶん彼をテレビで見たことがありませんでした。あとで考えると、彼はリーズからきた同僚にそっくりだったんです。それで、チャールズに見覚えがあると思った。それはともかく、ぼくらは話をしました。そして、そのときからもう惹かれあっていた。彼はぼくのために劇場に招待券を用意しておくといってくれました。ぼくは礼をいいましたが、いくつもりはまったくありませんでした。ああいう出し物は好みではないんです。チャールズはいつも、ぼくのことを気取り屋だといっていましたよ。ところが、開演の一時間前には、ぼくは劇場の切符売り場にいた。もしも切符が用意されていなかったら、自分はすごくがっかりするだろうと思いながら。

公演のあとで、ぼくらは食事にいきました。そして、それが決め手となったんでしょう。以来、ぼくらはずっとカップルとしていっしょにいます。ぼくはヨークに住んで教師をつづけ、チャールズは仕事がないときはいつでもぼくのところにいた。やがて、彼のツアーの話が減ってきて、ぼくも教える仕事にあまり魅力を感じなくなってきました。そこで、ふたりで早期退職して、北へ引っ越すことにしたんです。チャールズはドラマチックなことが大好きでした。そして、都会の生活に慣れている男にとって、アンスト島へ脱出するというのは、これ以上ないくらいドラマチックなことだった。彼はあの屋敷に夢中になり、嬉々としてその改装工事を取り仕切りました。でも、それが終わると、あとには大きな屋敷を維持し、ホテルを運営するという退屈な毎日が待っていた。彼はうんざりしはじめました。当初の計画では、ぼくらは冬のあいだシェトランドを離れて、どこかを旅するつもりでした。けれども、余分なお金はすべてあの屋敷に吸いとられていきました。きっと彼は、ここにとらわれているように感じていたんでしょう」

ひな段式庭園につうじる階段のところまでくると、デイヴィッドは一瞬、口をつぐんだ。息を整えるためではなく——彼は見るからに鍛えていた——思い出にひたるためだった。「いまの話は、これまで誰にもしたことがなかった」ふたたび口をつぐむ。「そもそも、誰からも訊かれたことがなかった」ふたりは正面玄関のところで足を止めた。「これから、どうなるんですか？」

「リーヴズ警部がすでにラーウィックの葬儀屋に連絡しています」ペレスはいった。「チャールズさんは検死のために本土へはこばれることになるでしょう。病理医のジェームズ・グリーヴとは会いましたよね。彼はとても優秀です」ためらってから、つづける。「敬意をもって仕事にあたる」

「チャールズはどのようにして殺されたんでしょうか？」苦痛に満ちた悲鳴のような声がデイヴィッドの喉から絞りだされてきた。

「グリーヴ先生がその手がかりを見つけてくれます」ペレスは、べつの事件のときにこの病理医とかわした会話のことを思いだしていた。ある晩遅く、かれらはワインを飲みながら、いっしょに夕食をとっていた。わたしの患者は死者ではないんだよ、ジミー。生きている近親者のほうだ。わたしはかれらに対して責任を負っている。すくなくとも、フランの身になにが起きたのかははっきりしていた。ペレスはその場にいたのだから。ふいに、いくつかの場面が脳裏に甦ってくる。月の光のなかで稲妻のように光るナイフ。悲鳴。彼女がどのようにして亡くなったのかが不明のままだったら、それがいちばんつらかっただろう。

ホテルにはいっていくと、サンディが待ちかまえていた。「残っている客のためにイェル島のB&Bを見つけて、フェリーを予約しておきました。かれらは五分前に出発しました」ささやくような声だったが、たとえサンディが怒鳴っていたとしても、デイヴィッドの耳にははいっていなかっただろう。彼は愛する人の思い出にどっぷりと浸かっていた。

「ぼくはなにをすれば？」デイヴィッドが訊いてきた。自分のホテルにいるのに、まるで部外者のようだった。立場が逆転してしまったのだ。いまや警官たちがこの場所を牛耳り、彼のほうが客になっていた。「手伝いたいんです」

「無理なお願いでなければ、コーヒーを淹れてもらえると助かります」ペレスはいった。

デイヴィッドは、やることができて喜んでいるようだった。キッチンのほうへと消えていく。

ペレスはウィローの交替要員として、サンディを浜辺にやった。チャールズ・ヒリアーの死はエレノア・ロングスタッフの死と関係があるにちがいなく、ペレスはこの悲劇が外部に漏れ出すまえに、スレッツにいるイングランド人たちから話を聞きたかった。だが、まずはウィローに相談してからだ。前回の事件でウィローとの関係がほんとうにぎくしゃくしたのは、彼が独自に捜査を進めたときだった。そして、ペレスはまえの晩に調子に乗って、彼女の許可なしにジョージと話をしていた。ペレスは正面玄関のそばに立ち、サンディが浜辺を進んでいくのを見守っていた。やがて、ウィローがこちらへむかって歩いてきた。ペレスは、はじめて見るような目でウィローを見た。長くもつれた髪。ゆったりとした足どり。たいていのシェトランド人より、よっぽどバイキングっぽく見える。彼女が男性のような力強さで長艇《ロングボート》を漕ぐところが目に浮かんで、思わず口もとがほころんだ。ウィローがそばまできたとき、ペレスの頭にはまだそのイメージが残っていた。

「ジミー、どうしてそんなに楽しそうな顔をしているのか、教えてもらいたいわね。こっちは、これからどうすればいいのかわからなくて、途方に暮れてるのに」

ペレスはかぶりをふった。顔が赤くなるのがわかった。「チャールズ・ヒリアーの死がひろく知れ渡るまえに、スレッツに滞在する人たちに話を聞きにいくのはどうかな。その知らせを聞いたときのかれらの反応が見たい」

「その場にロウリーとキャロラインを呼んでもいいわね。あのふたりは、これまでこちらの事情聴取を逃れつづけているようだから。エレノアが殺された晩に自分たちの結婚を祝っていたというだけの理由で、かれらを容疑者からはずすわけにはいかないわ」

「ふたりに電話してみよう」ペレスはいった。「それと、スレッツにいるイングランド人たちにも、これから訪ねていくことを伝えておいたほうがいいかもしれない。ラーウィックに出かけるつもりでいたら、まずいから」

「そっちは頼むわ、ジミー。でも、スレッツにいくのは一時間後になるといっておいて。朝食がまだなの。空きっ腹では、仕事にならないから」

休暇用の家に着いてみると、エレノアの関係者は全員が顔をそろえており、居間の椅子が足りなかったので、ペレスはテラスから庭椅子を二脚ひきずってこなくてはならなかった。キャロラインは、ロウリーのすわっている椅子の腕に腰かけていた。

「こんなふうにみんなを呼び集めたりして、すごく謎めいてますね、警部さん」キャロラインが口火を切った。

彼女の明るくてきぱきとしたうわべが崩れることはあるのだろうか、とペレスは思った。たとえばの話、ペレスは彼女が泣くところを想像できなかった。過去になにかあって、彼女はこのような鎧を身につけるようになったのだろうか？　それとも、これが彼女の年齢と階級にふさわしい物腰なのか？

「また死者がでました」ウィローがそういうと、説明を求めてペレスのほうを見ていた全員が、驚いて彼女をみつめた。ペレスは、その様子を観察していた。みんな、ほんとうにショックを受けているようだった。

「誰が亡くなったんです？」ポリー・ギルモアがたずねた。彼女自身、幽霊のように青ざめていた。

「ホテル経営者のチャールズ・ヒリアーです」

ポリーがイアン・ロングスタッフに一瞥をくれたような気がして、ペレスはいった。「彼をご存じだったんですか？」

沈黙のあとで、ポリーがこたえた。「わたしたち……」ふたたび間があく。「きのう顔をあわせました」

「なにがあったんです？」ウィローがそういって、まえに身をのりだした。ポリーと同年輩なので、ふたりは大学時代からの古い友人といってもとおりそうだった。うわさ話に花を咲かせようとしている友人だ。

「集会場へむかう途中にある廃屋に、ぶらりとはいってみたんです。ただの好奇心から。なかがどうなっているのかと思って。そうしたら、ヒリアーさんがあらわれて、ここでなにをしているのかと訊いてきました」

「そんなことを訊く権利などないのに！」イアン・ロングスタッフは、ペレスがはじめて会ったときと較べてずっと老けこんでしまったように見えた。短気で、いまにも心臓発作を起こしそうな赤ら顔の怒りっぽい中年男といった感じだ。

「あなたもその場に居合わせたんですか、ロングスタッフさん？」落ちついた声を保ったまま、ふたたびウィローがいった。

「車でとおりかかったときに、ふたりが家のなかにいるのが見えたんです。ヘッドライトのなかに浮かびあがる人影しかわかりませんでしたけど。ここでは女性がひとり殺されている。そして、ヒリアーはポリーを無理やりそこにひきとめているように見えた。当然、ぼくは彼女の無事を確かめようとしました。そもそも、彼女はひとりでこのあたりをうろつくべきではなかったんだ」イアン・ロングスタッフは責めるような目でマーカスを見た。自分の女の面倒くらい、きちんと見てろ。

「それで、ヒリアーさんは無理なことをいったりしてたんですか?」これもまたウィローが質問した。

ポリーは首を横にふった。「彼はただおかしな態度をとっていただけです。わたしはそこにいるべきではなかったんでしょうけど、べつに悪いことをしていたわけではありません。それなのに、彼はやけに大げさに反応していました。そこへイアンがあらわれて、事態がすこし緊迫してきたんです。なので、わたしたちはただその場を離れました」ポリーはためらった。

「ヒリアーさんの話では、わたしがのぞいていた家とエレノアが見たという幽霊のあいだにはつながりがあるのだとか」ポリーはロウリーのほうをむいた。「そのことについて、あなたはなにか知っているの?」

ロウリーは肩をすくめてみせた。「あの農家は、うちの一族のものなんだ」という。「リジー・ゲルダードの子守りをしていた娘は、そこで家族と暮らしていた。やがて、ぼくの親父の父親が、あの土地のべつの場所に、いまぼくらがいる家を建てた。そして、もっと最近になってから、ヴァイラと旦那があの農家のとなりにあたらしい家を建てて、農家は朽ちはてるままに放置されていた。もったいないことにね。ヴァイラの旦那が農家を改装して拡張するかと思ってたんだが、たぶん一から建てるほうが安上がりってことになったんだろう」ロウリーはためらった。「あの農家には、昔から迷信のようなものがあった。それで、取り壊すのは縁起が悪いと考えて、あのままになっているのかもしれない」

「いまでは、まったく使われていないんですか？」ウィローがたずねた。

「物置くらいにはなってるのかもしれないけれど、もうそれさえないんじゃないかな。なにせ、古くて湿気てるから」

　ポリーがさらになにかいいかけたが、結局は口を閉じたまま、窓のほうをむいた。

「きのうの晩、あなたはここに戻ってからどうしたんですか？」ウィローがポリーにたずねた。

「夕食を作りました」ポリーはいった。「量がたっぷりあったので、ロウリーとキャロラインに電話して、いっしょに食べようと誘いました。みんなで集まってエレノアの思い出話をすることができて、よかった。この騒動のなかで、彼女のことはなんとなく忘れられたようになっていたので」

「そのあとは？」

「ほかのみんなは外出したがり、わたしはここに残りました」ポリーは言葉をきり、イアンにほほ笑みかけた。「イアンは心配してくれましたけど、わたしはすごく安全だと感じていました。ドアには鍵がついていますし、わたしの携帯電話はここでもつうじるので。なにか不安なことがあったら電話する、とわたしは約束しました。エレノアが亡くなってからというもの、ずっとほかの人たちといっしょに閉じこめられていたので、しばらくひとりになりたかったんです」

「残りの方たちは、どちらへ？」

「〈スプリングフィールド・ハウス〉のバーです」ロウリーが話をひき継いだ。「きのうの午後、イアンはぼくらの家にきて、ビールを何杯か飲んでいきました。そのとき、誰かといっしょにいるのは彼にとっていいことかもしれない、と思ったんです。だから、夕食のあとで彼がまだ飲みたがっているのがわかると、バーへいかないかと提案した。彼がウイスキーのボトルを抱えてひとりで部屋に閉じこもっているのは、よくない気がしました。そりゃ、ポリーとマーカスは最高ですけど、このスレッツにいたら、イアンはどうしてもエレノアのことを思いだしてしまう。〈スプリングフィールド・ハウス〉では、木曜日の晩にときどき音楽の生演奏があります。人が大勢いて騒がしいところにいれば、イアンもしばらく緊張から解放されるんじゃないかと思いました」

「それで、効果はありましたか？」ペレスはたずねた。フランが亡くなったあとの日々のことを思いだしていた。ペレスも意識がなくなるまで酔いつぶれたかったが、実際には一度もそうしたことがなかった。罪の意識が強すぎたからだ。自分にはこの痛みから逃れる資格はない、と彼は感じていた。

「ええ」イアンがいった。「でも、けさはひどい二日酔いだった」

「バーには、どれくらい？」

イアンは肩をすくめ、キャロラインのほうを見た。「きみがみんなを家まで車で送ってくれたんだ。あれは何時だった？」

「よくわからないわ」キャロラインがペレスのほうをむいた。「空がまた明るくなってきていたから、二時ごろだったかもしれません」

「あなたも男性陣といっしょにバーにいたんですか?」

「一杯つきあっただけです」キャロラインがいった。「その時点で、これが本格的な飲み会になりそうだとわかったので、自分の車でメオネスに戻りました。そして、迎えにきてもらいたくなったら電話をくれ、とロウリーにいいました」いったん言葉をきる。「男たちがつるんでいるなかで、自分は邪魔者になるような気がしたんです」

「スレッツにひき返して、ポリーといっしょにいようとは考えなかった?」ペレスはたずねた。ふたりがいい友人だとするならば、それは奇妙なことに思えた。

「ええ。ロンドンの家の売却をまかせている事務弁護士と話がしたかったんです。彼は古い友人で、わたしが夜遅く電話しても気にしないとわかっていました。こちらへ移ってくると決めたからには、できるだけはやくことを進めたくて」キャロラインはためらった。「わたしはすでに大学に退職を通知していますし、ロウリーも雇い主に、ちかぢか辞めることを告げてあります。しばらく収入がなくなるかと思うと、すこし怖くなります。わたしたちはいま、あたらしい人生の計画をたてなくてはならないんです」

意地の悪い考えが、ペレスの頭に浮かんできた。まるでキャロラインは、エレノアの死を自分たちの事業計画の障害ととらえているかのようだ。「家に戻ったとき、ロウリーのご両親は?」

「わたしにそのふたりのアリバイを提供させようとしているんですか、警部さん?」キャロラインの声は鋭く、怒りに満ちていた。

「すべての人の動きを把握しようとしているだけです」

「グルーシェはバルタサウンドでひらかれた読書会に出ていました。きっと彼女のお友だちがそれを裏づけてくれるでしょう。ジョージは外で作業をしていたのだと思います」

ペレスはつぎの質問を男性陣にむかってぶつけた。

「〈スプリングフィールド・ハウス〉で飲んでいたとき、チャールズ・ヒリアーを見かけましたか?」

ロウリーが首を横にふった。「あそこのバーは地元の男が取り仕切っていて——ぼくの友だちです——経営者はめったに顔を出しません。チャールズと揉めたことはイアンから聞いていましたが、ふたりがそこで顔をあわせる心配はないと思ってました」

「あなたがたのなかで、バーをしばらく離れた方はいますか?」その質問はウィローがした。

「もちろん、ほかのお客さんたちにも訊きますが」

「そのころには、ぼくはべろべろに酔っぱらっていて、ほとんどまともに立てなかった」イアンがいった。「地元のバンドがあまりぴんとこなかったので——フォーク調の音楽は好みじゃないんです——演奏から逃れようとバーを出たかもしれないけれど、それにかんしてはなにも覚えていない」

「ぼくは三十分ほど席をはずしました」マーカスがいった。「十一時ごろだったかな。ポリーに電話しました。彼女の無事を確かめたかったんです。なにも問題はないけれど、もう寝るから、戻るときにあまり物音をたてないようにしてくれ、といわれました。それから、自分の母親に電話した。何日かぶりだったので、かなり長いことしゃべりました」マーカスは苦笑してみせた。「母親がどんなだか、ご存じでしょう?」

「電話をするときに〈スプリングフィールド・ハウス〉の庭に出ていたのなら、浜辺を見おろせたはずですよね」ペレスはいった。「なにか見ませんでしたか? あるいは、耳にしたとか?」

マーカスは小さな笑い声をあげた。「霧がまた出てきていました。不気味でしたよ。どこか遠くのほうで霧笛が鳴っていた。その日の昼間に見たアザラシのうめくような鳴き声を思いだしました。でも、そう、なにも見てはいません」

27

スレッツを訪問するまえに、ペレスは打ち合わせでウィローからこういわれていた。「全員を相手に話をしたあとで、ロウリーとふたりきりになれるかやってみてもらえないかしら、ジミー。彼にエレノアのことを訊くの。パーティでこちらへくるまえに、エレノアはきっと〝小さなリジー〟についてロウリーにたずねていたはずよ。どうして彼はそのことを警察に黙っていたのか？　結婚をまえに初恋の女性と最後の浮気をしていたとか？　エレノアなら、それをためらったりしないような気がする。逆に面白がったんじゃないかしら」

事情聴取が終わって、みんなでぞろぞろと休暇用の家から出ていくあいだ、ペレスはどうやったらロウリーをキャロラインからひき離せるだろうかと考えていた。キャロラインの有能さと押しの強さに、彼はすこし恐れをなしていた。だが、キャロラインには彼女なりの計画があるようだった。イェル島の画廊にいって、あたらしい家に飾るものがないか見てこようというのだ。「あなたは家まで徒歩で帰ってもらえない、ロウリー？　いまから車でいけば、わたしは夕食までには戻ってこられるはずだから」そういうわけで、結局ペレスはなんの策も弄さずに、両親の家へむかって浜辺沿いに歩きはじめたロウリーとふたりきりになることができた。

「ほんとうにひどい事件だ、ジミー」

「きみにとっては、とくにきついんじゃないかな。エレノアとは、一時期かなり親しかったんだろ」ペレスはエレノアの死体を発見したあとのロウリーの様子を──顔を赤くして、ひどく取り乱していた──思いだしていた。

「お袋から聞いたんですか？」いまは潮がひいており、かれらが歩いている砂は硬くなっていた。ロウリーが母親の干渉をどう考えているのか、ペレスにはよくわからなかった。あの最初の芝居がかった反応のあとで、いまはエレノアの死をどう感じているのかも。

「マーカスもいっていたとおり、母親がどんなだか、知ってるでしょう」

ペレスは黙ってうなずいた。そう、おまえの母親も、おまえに戻ってきてもらいたがっている。おまえとキャシーにフェア島の小農場で暮らしてもらいたがっている。おまえたちを安全に守ってやれるように。

「大学にいたころ、ぼくは自分がエレノアに恋していると思ってました」ロウリーがいった。「いまになってみると、すこしのぼせあがっていたんでしょう。でも、ぼくは若くて、ホームシックにかかっていた。そして、エレノアはそれまでに会ったことのない女性だった。まるで、べつの惑星からきためずらしい生き物のようだった。ダラム大学にはいって最初の半年間、ぼくは彼女の夢ばかり見ていました」

「それで？」

「彼女は軽い気持ちでぼくと何度か寝たあとで、もっと興味のもてるべつの男たちへと移っていきました。もっと洗練されていて権力をもつ男たちへと」ロウリーはふいに言葉をきり、水平線のほうをながめた。「彼女からは、こういわれました――〝あなたはとてもいい人だけど、わたしは大人とつきあいたいの〟」

「そいつはなかなか手厳しい」ペレスは軽い口調のままいった。あまり大げさに反応して、ロウリーの口を閉ざさせたくなかった。「でも、そのあとも彼女とは友だちでいつづけた？」

「ぼくは彼女に夢中でした。まったく縁が切れるよりも友だちでいるほうがいい、と思ったんです。いつの日か、彼女はぼくを必要とするかもしれない。そのときは、白馬に乗った騎士のように彼女の救出に駆けつけよう。そうしたら、彼女は自分がずっとさがし求めていた男がぼくだということに気づくだろう……。そのうちに、ぼくは冷静さを取り戻しました。彼女と暮らすのは悪夢のようなものだと気がついたんです」

「でも、イアンはそれを上手くやっていた」

ロウリーはためらった。「彼とぼくとでは、まったくタイプがちがいますから」

「というと?」ペレスは純粋に興味を惹かれていった。今回の事件に関係しているイングランド人のなかで、彼はイアンのことがいちばんよくわからなかった。

「彼は強い信念をもっています。まったく迷いがない。いったん自分の立ち位置を決めたら、梃子でも動かない」ロウリーは歩調をゆるめて、ペレスのほうをむいた。「エレノアの入院を決めたときも、そうでした。ほかのみんなは、その必要があるとは思わなかった。彼女がすごく嫌がるのが、わかっていた」いったん言葉をきる。「入院中の彼女に会いにいったんです。誰にもいわずに、仕事帰りにひとりでこっそり立ち寄った。ホテルみたいで快適そうなところでしたけど、彼女はすごくみじめそうだった。赤ん坊を失ったことよりも、そっちのほうでおかしくなっていた。ここを出るべきだ、とぼくは彼女にいいました。彼女は自主入院患者だったので、それを阻むものはなにもありませんでした」

「それで、彼女はきみの忠告にしたがった?」

「ええ。翌日、自主退院しました」

「イアンはそれをどう思ったのかな?」

「ぼくはそのときのことを、彼になにもいいませんでした」ロウリーは一瞬、にやりと笑った。

「臆病者なので。イアンはすごく気性が激しいんです。ネルが彼になんといったのかは、知りません」

「そのあとで、彼女とふたりきりで会ったことは？」

間があった。ロウリーは嘘をつこうとしているのだろうか、とペレスは考えていた。「一度だけ」ようやくロウリーがいった。「イアンが仕事で留守のときに、ぼくは彼女の家を訪ねました。彼女はまえよりも調子が良さそうだった。病院を出る勇気をくれたといって、ぼくに感謝していました。イアンの反応をたずねると、彼にはわかってもらえた、といってました。彼女が病気ではなく、ただ悲しんでいるだけだということを、イアンは納得したのだとか。赤ん坊の件はもうあまりくよくよしないことにした、ともいってました――〝あれは、わたしがひどい母親になるという宇宙からの警告だったのかもしれない。わたしにはすでに素晴らしい男性がいるんだから、それで満足すべきなんだわ〟」

「きみはその言葉を信じた？」ペレスはたずねた。

「ええ。彼女はまえよりも落ちついて見えましたし、ここしばらくなかったくらい調子が良さそうでしたから」

「そのとき、彼女が取り組んでいた幽霊の企画についての話は？」

長い沈黙がつづき、ペレスはここでもまた打ち明け話がはじまることを期待した。だが、ロウリーは「いいえ」といった。「仕事の話は、まったく出ませんでした」

「その企画の件で彼女からきみに問い合わせがなかったというのが、どうも腑に落ちなくてね。彼女はパーティでこちらへくるまえに、〝小さなリジー〟の背景を調査していた。おそらく、その話に出てくる子守りがきみの親戚だということも知っていただろう」

ロウリーは、そのまま歩きつづけた。「結婚式のまえで忙しいのに自分の仕事のことでぼくらをわずらわせちゃ悪い、と彼女は思ったのかもしれない。エレノアは気が利くほうではなかったけれど、キャロラインとぼくにテレビ番組の手伝いをしているひまなどないことくらい、わかったでしょうから」

ペレスは、その可能性について考えた。これまでにいろいろ聞いてきたかぎりでは、エレノアは自己中心的で、仕事に情熱を燃やす女性だった。その彼女が、結婚の準備中というだけの理由で、使えそうな情報源をみすみす放っておくだろうか？　なんのかんのいって、ちょっと電話で話せばすむ用事なのだ。

「この数週間で、彼女から会おうといわれたことは一度もなかった？　きみが彼女の家を訪ねていったときよりもあとに？」

「会ったのは仕事の話をするためじゃなかった！」

「では、なんのために？」ふたりはねじれた形の大きな流木のところにきていた。水で形作られた、骨のように白い木の幹だ。ペレスはそこに腰をおろして、ロウリーの足を止めさせた。

「ひと月ほどまえに、ぼくらはあの六人で集まって、いっしょに夕食をとったんです。ケントでひらく結婚式の最後の打ち合わせをして、それからそのあとのシェトランド旅行について話しあうために。みんな、まるで南極探検へいくかのような口ぶりだった」ロウリーはペレスのとなりに腰をおろした。「どうして、こんなにいろいろ訊くんです？」

「きみたちが結婚するすこしまえに、エレノアは男性と会っていた。われわれはその人物の正体を突きとめようとしている。もちろん、それには大した意味はなかったのかもしれないが、その確認をとらないと」

「キャロラインがエレノアといっしょにいるのを見かけた男性ですか?」ロウリーは小さな笑い声をあげた。ほっとしているような感じだった。「それなら、相手はぼくじゃありませんよ。その晩、キャロラインはまっすぐ帰宅するなり、エレノアが知らない男とブルームズベリーのレストランでいっしょにいるのを見た、とぼくに話してくれました。すごく大騒ぎして。ぼくは、エレノアが浮気をしていても驚かないが、それはぼくらとは関係のないことだ、といいました」

ペレスは、いまの説明について考えていた。ロンドンから帰ってきてまだ一日しかたっていないのに、いまこうして北海をながめていると、ブルームズベリーの小さなフレンチ・レストランにいる自分を想像するのは――そして、ウエイターが説明してくれたカップルの姿をふたたび思い浮かべるのは――むずかしかった。エレノアを見かけた件をキャロラインがロウリーに報告したのは、それほど驚くことではないのかもしれなかった。彼女なら、友だちよりも婚約者のほうをえらぶだろう。「それじゃ、エレノアからは一度もテレビの企画のことで連絡はなかった? メールさえも?」この点が、ペレスにはもっとも信じがたかった。

ふたたび、ためらいがあった。「ええ、メールもありませんでした」ロウリーが顔をそむけたので、ペレスにはその表情が見えなかった。ロウリーが嘘をついているのだとしたら、その理由はなんなのだろう?

ふたりは立ちあがって、ふたたび歩きはじめた。

「チャールズ・ヒリアーとデイヴィッド・ゴードンの島での評判は?」ペレスはたずねた。

「きみのお母さんは、かれらのホテルのためにパンを焼いている。それに、かれらはきみのところから卵を買っている。だから、きみたちはあのふたりをよく知っているだろう」

「つまり、ぼくらは容疑者だと?」ロウリーの声が急に険しくなり、ペレスはキャロラインを連想した。

「もちろん、そんなことはない。けれども、きみたちの耳には、かれらにかんするうわさがはいってきていたはずだ」

「あの大きな屋敷を買いとったのがゲイのカップルだってことで? 時代は変わったんです。われわれは昔ほど偏狭じゃない。このアンスト島でさえ」ロウリーは言葉をきった。「チャールズ・ヒリアーの顔をテレビで知っていた連中がいて、いくらか話題になりました。いっときはかなりの有名人でしたから。よくいる安っぽい奇術師で、口上はひどかったけど、いろいろと気の利いた手品を見せていた。子供のころ、ぼくはそれに夢中になって、クリスマスに手品セットをもらったことがあります。それはともかく、あの屋敷が荒れるがままにならずにすんで、大半の人はほっとしてました。地元の人間であそこをひきうけるだけの余裕があるものは、ひとりもいませんでしたから」ロウリーはふたたび言葉をきった。「かれらとは何度か会っただけですけど、ふたりとも良さそうな人たちだった。チャールズが亡くなって、残念ですよ」

「〝モニカ〟という名前に心当たりは?」ペレスはたずねた。

「どういう人なんですか?」

「それはわからない。きみのお父さんによると、きみの大伯母さんにあたるサラという女性が亡くなったとき、その葬式に謎の女性があらわれたのだとか。その女性は、それまで誰も聞いたことがなかったサラの娘だと名乗った。彼女の名前が〝モニカ〟だという可能性は?」

ロウリーは肩をすくめてみせた。「それについては、なにも知りません。悪いんですけど」まるで、この会話に飽きてしまったとでもいうような口調だった。もしかすると、彼もキャロラインとおなじく、シェトランドでのあたらしい生活の計画をたてることに戻りたいのかもしれなかった。シェトランドの若い世代は、過去を手放す術を身につけるようになったのかも。いまのロウリーは、冷たく無関心に見えた。その様子からは、エレノアに夢中になって死に物狂いの恋をしていた若者の姿はおろか、精神病院までエレノアを訪ねていき、その悩みに耳をかたむけた古い友人の姿さえ、なかなか想像することができなかった。

28

刑事たちの事情聴取がつづくあいだ、ポリーはずっとこう訊きたくてたまらなかった。わたしたちはまだ、あす出発できるんでしょうか? だが、そのことをあらためて確認したら、利己的と思われそうな気がした。ただでさえ、刑事たちからは非難を感じとっていた。スレッツにいる甘やかされた本土人たち、お気楽で贅沢な生活を送っている連中、というわけだ。結局、帰ろうとした刑事たちにその質問をぶつけたのは、マーカスだった。

「ポリーとぼくは、あすここを発たなくてはなりません。月曜日から仕事で、本土へむかう夜行フェリーを予約してありますから。かまいませんよね」ポリーならもっとおずおずとした口調になっていただろうが、マーカスは自信たっぷりにさらりといった。「亡くなった男性はぼくらの知りあいというわけではありませんし、そもそも、これが事故か事件かもまだはっきりしていない」

刑事たちは顔を見あわせた。このふたりは言葉を使わずに意思をつうじあうことができるようだ、とポリーは思った。

「もちろんです」ようやく、女性の刑事がいった。「みなさんをここにひきとめておく理由は、なにもありません。いつごろアンスト島を発つ予定ですか？」

「女家主には、午後一時までにここをひきはらうと伝えてあります」マーカスがいった。

ふたたび、刑事たちのあいだですばやく目配せがかわされた。捜査を進展させなくては——もしくは、犯人を捕まえなくては——ならない期限を、確認しあったのだろう。

「それで、あなたはどうされますか、ロングスタッフさん」女性刑事がたずねた。「あす発つおつもりですか？」

イアンは、すぐにはこたえなかった。「わかりません」という。「エレノアの身になにが起きたのか、まだなにも解明されていない。その状態のままここを去るのは、無責任な気がする。かといって、スレッツにとどまるわけにもいかない。つぎの客がいるだろうから」

イアンは助けを求めるような目で、ロウリーとキャロラインのほうを見た。返事はなかなかかえってこなかった。ふたりはすでにこの件を話しあったのだ、とポリーは思った。おそらく、ロウリーはイアンを数日間実家のヴォクスターに泊めてもいいと考え、キャロラインはそれに反対したのだろう。いまも彼女は無表情なままで、部屋のなかには気まずい沈黙がながれた。

「それじゃ、ぼくもマーカスやポリーといっしょに帰るとしよう」ようやくイアンがいった。「ほかに選択肢はないようだから」

かれらは刑事たちといっしょに外へ出た。女性の刑事は車で走り去り、男性のほうはロウリーと連れ立って浜辺をヴォクスターのほうへと歩きはじめた。ふたりはなにを話しているのだろう、とポリーは思った。そして、ふたたびこんな考えが頭に浮かんできた。エレノアを殺した犯人を見つけるとしたら、それはあの男性刑事だろう。マーカスとイアンは、ノートパソコンや携帯電話の待つ家のなかへ戻っていった。

「ここから逃げだしたくて、たまらないんじゃない?」ふたりきりになるやいなや、キャロラインがポリーにいった。「ずっと大変な日がつづいてたでしょ。わたしなんて、あそこに一時間すわっていただけで閉所恐怖症みたいになって、叫びだしたくなったわ。この家の裏手にある丘のせいで、そんなふうに閉じこめられているような気がするのかもしれない。わたしにとってシェトランドは、土地が平らで、どこまでも見渡せるところなの。そこが気にいっているのよ。ひろびろとしたところが。でも、ここではその感覚をまったく味わえない。ヴィドリンで見つけた家に惹かれた点は、そこね。光をさえぎるものがなくて、とても明るいの」

「実際、すこし頭がおかしくなりそうだわ」ポリーは、どこまでキャロラインに打ち明けたものか迷っていた。キャロラインなら、廃屋で踊る白いドレス姿の少女を想像したりしないだろう。彼女はまったくの正気なのだから。

「ふたりで、ちょっと逃げだすのはどう？」キャロラインがいった。「どのみちイェル島の画廊にいくつもりだったんだけど、そこには素敵なコーヒーショップがあるの。そこでいっしょにお昼をとって、作品を鑑賞すればいい。ロンドンに戻ったふりをするの。結婚のお祝いにその商品券をもらったから、ロウリーとわたしの新居にふさわしいものをえらぶのを手伝ってちょうだい」

「いいわね」ポリーはいった。ふいに気分が明るくなった。とりあえず二、三時間は、エレノアが亡くなるまえの状態に戻れるだろう。キャロラインとふたりで美しいものを愛で、コーヒーを飲む。話題は、家の売買や休暇や職場のゴシップだ。そのあとでアンスト島に戻ったら、あとはひと晩耐えればいいだけだ。その時間は、荷造りや帰る準備でつぶせるだろう。人生はふたたび平常に戻るのだ。

「グルーシェにも声をかけるべきかしら？」キャロラインはそういって、顔をしかめた。「もちろん、ふたりきりのほうがいいなら、それでかまわないわ。でも、彼女はきっと喜ぶと思うの」

一瞬、ポリーは傷ついた。キャロラインはすでに、友だちよりもこちらにいるあたらしい家族のほうに重きをおいているように思えた。それから、グルーシェが同行するのも悪くない、と考えなおした。もしもキャロラインとふたりでいたら、話題は結局エレノアのことになってしまうかもしれない。それにポリーは、頭が切れてよく笑うグルーシェが好きだった。彼女は人の性格やその場の状況を、簡潔に面白い表現でまとめることができた。

「もちろんよ」ポリーはいった。「いいんじゃない」


アンスト島とイェル島を結ぶフェリーは小さく、乗客室がないので、利用者は甲板でそれぞれの車のそばに立っていた。グルーシェとキャロラインは乗組員を名前で呼び、かれらと雑談していた。ポリーはアンスト島のほうをふり返った。まだ風が吹いており、海面には小さな白波が立っていた。車のなかに戻って、フェリーの扉がひらくのを待つあいだも、グルーシェとキャロラインはずっとしゃべっていた。まるで、このふたりが古い友だちで――すくなくとも、仲間どうしで――ポリーが部外者のようだった。グルーシェがふり返って、後部座席にすわっているポリーに話しかけてきた。「フェリーの子たちによると、サンバラ空港は霧で閉鎖されてるそうよ。なかなか想像できないでしょ？　あっちとこっちとで、そんなに天気がちがうだなんて」

「霧はまたここまで押し寄せてくるのかしら？」ポリーは、なにもかも包みこんで自分の想像力を暴走させてしまう霧が大嫌いだった。

「さあ、それはどうかしら。すべては風向きしだいだから」グルーシェはむきなおると、ふたたび引っ越しの計画についてキャロラインと話しはじめた。自分はマーカスの母親とこんなふうに親しくなることがあるだろうか、とポリーは考えていた。

その画廊はまだあたらしく、小さな湾に面した風のあたらない場所にあった。ごつごつした石の塀で囲まれており、ポリーはアンスト島の丘で目にした羊の囲い《シープクル》や作物の囲い《プランティクラブ》——エレノアの携帯電話が発見された円形の石壁——を思いだした。画廊のオーナーはイングランド人らしく、グラフィックデザインの会社で財をなした人物だった。これは彼の趣味兼道楽で、地元の陶芸職人を雇って、自分のかわりに経営をまかせていた。その陶芸職人の仕事場も画廊の建物のなかにあり、来場者はガラスの壁越しに彼女が作業をするところを見学することができた。オーナーの姿は、どこにも見当たらなかった。

「どうやら、お金をけちってはいないみたいだね」グルーシェがいった。「外からきた人のなかには、そういう人がいるの。デイヴィッドとチャールズも、きっとスプリングフィールドの屋敷にひと財産つぎこんだにちがいないわ。そりゃ、大がかりな改修工事だったもの。でも、それがかれらの望みだった」

三人はお昼にすることにして、画廊のなかのカフェにすわっていた。グルーシェはとなりのテーブルにいるふたりの年輩の女性にあいさつすると、共通の友人についておしゃべりをはじめた。湾曲した大きな窓からは、小石の浜辺と湾のむこうの丘が見えていた。一方、室内に目を転じると、壁に画廊の作品が何点か飾られていた。ポリーはふいに、そのなかの一枚の絵に目をひきつけられた。白いドレス姿の幼い少女を描いた絵だ。グルーシェとキャロラインがメニューを検討しているあいだ、ポリーはその絵をじっとみつめながら、自分の想像力がまた暴走しているのだろうかと考えていた。輪郭のはっきりしない絵で、背景は闇に沈んでおり、顔はよくわからなかったものの、そのドレスと髪の毛のリボンにはぞっとするくらい見覚えがあった。

「あれは誰かしら？」

「さあ」グルーシェはポリーが絵をみつめていることに気づいていた。「でも、画家の名前には聞き覚えがある。もちろん、だからといって地元の人とはかぎらないけど。この画廊には、全国各地の画家の作品があるから。そうね、この絵はすこし古臭い感じがしない？　もしかすると、観光客を意識して描かれたものかもしれない」

それはちがう、とポリーは思った。この絵は、ありきたりで退屈な作品ではない。こちらをみつめる少女のまなざしは挑むような感じで、見るものを不安にさせた。

「この絵の少女を見かけたことがあるような気がして」ここまできても悪夢から逃れられないことを、ポリーは悟っていた。「結婚パーティのときに、浜辺で」安心させてもらいたくて、連れのふたりを見る。キャロラインとグルーシェはどちらも健全で常識のある強い女性なので、合理的な説明で彼女の不安を――このつきまとわれて蝕まれていくという感覚を――鎮めてくれるかもしれなかった。

「あの少女が〝小さなリジー〟の幽霊に似てるっていうの?」声にひやかしの色がにじむのを隠しきれないまま、キャロラインがいった。「だめよ、ポル。想像力に支配されちゃ。きっと、あの家にずっと閉じこめられてたせいね」

若いウェイトレスがスープとバノックをはこんできたので、三人は食べはじめた。

グルーシェは顔をしかめていた。もしかすると、先ほどのキャロラインの発言がすこし不親切だと考えていたのかもしれなかった。「リジー・ゲルダードを描いた絵が一枚だけあるの。ラーウィックの博物館に展示されてるわ。その絵の彼女は、ここにある絵の少女とはちっとも似ていない。たぶん、あなたの思い違いよ。ひどい出来事がつぎからつぎへと起きてるから……想像力が働くのも無理はない」

「その肖像画なら、ラーウィックにいったときに見ました」ポリーは自分がグルーシェから機嫌をとられているように感じた。まるで子供を相手にしているかのように。

「まえから思っているんだけど、博物館にある絵の少女はとても地味な顔をしているわ」グルーシェがいった。「でも、こちらの絵の少女はまったくちがう。でしょ? すごく可愛いもの」

「あなたは幽霊を信じているのかしら?」ポリーはスープから顔をあげ、一心に返事を待った。スプーンは深皿の上で停止したままだった。

「まさか!」グルーシェが小さく笑った。「わたしはメオネスに三十五年住んでるけど、一度も〝小さなリジー〟を見たことがないわ。でも、ひょっとするとジョージは信じているのかもしれない。本人は信じてないといってるけど、海のそばで働いてきた男性はひどく迷信深いものよ。それに、うちの人はいくつかおかしな考えをもっているの。とはいえ、ジョージは〝小さなリジー〟の話をしないわ。家族の恥になると考えているから」

「どうしてかしら？」キャロラインはすでにスープを飲み終えており、残ったパンにてきぱきとバターを塗っていた。彼女がぼんやりしたりぶらぶらしたりしているところを、ポリーは見たことがなかった。学生時代にロウリーにアタックしたときも、それは情け容赦ないまでの正確さをもっておこなわれた。彼女はひと目見たときからロウリーを好きになっており、自分をデートに誘わせようと心に決めていた。一年生のときに彼がエレノアにのぼせたのは、たんに乗り越えるべき障壁でしかなかった。

グルーシェがこたえていた。「それは、リジーの子守りをしていた娘がサラ・マルコムソンといって、ジョージの伯母さんだったからだよ。彼女はリジーにもっとよく目を光らせているべきだったんだ。リジーが亡くなったときの状況については諸説あるけれど、そのなかには、サラの不注意であの不幸な事故が起きたというのもあった。スプリングフィールドの屋敷の庭で働いてた恋人とのおしゃべりに夢中なあまり、霧に包まれた浜辺にリジーが駆けていったことに気づかなかったというの。たぶん根も葉もない作り話だろうけど、みんな恋物語が好きだから」

「そして、彼女が家族と暮らしていたのが、いまやほとんど廃屋と化しているあの農家だった」ポリーは、その家で出会ったチャールズ・ヒリアーのことを思いだしていた。いまの情報をポリーに伝えたときに彼が浮かべていた、あの奇妙な笑みのことを。ふたたび絵に目をやると、白いドレスの少女の顔にも、おなじようなわけ知りな笑みが浮かんでいるような気がした。

「あの農家は、〝ウトラ〟と呼ばれていたの」グルーシェがいった。「興味があるのなら、あんなふうにぼろぼろになるまえの家の写真がうちにあるわよ。まだ結婚したばかりのころのジョージのお母さんが、家のまえにすわって編み物をしているの」

「どうして、一家はそのままそこに住みつづけなかったのかしら？」

グルーシェは肩をすくめてみせた。「狭すぎたからだよ。ジョージのお父さん――つまり、ロウリーのお祖父さん――は、結婚したときに自分の家を欲しがった。あの家にみんながすし詰めになっているところを想像してみたら、わかるでしょ。それで、ジョージのお父さんは子供ができるまえに、いまの家を建てたのよ」

ポリーは深皿を押しのけて立ちあがり、絵をもっとよく見ようとちかづいていった。だが、ちかづけばちかづくほど、少女は質感のある背景のなかに埋もれていくように思われた。もう一度うしろへさがると、ようやくまたはっきりと見えるようになった。そして、あらためてポリーは、その見覚えのある面影にショックを受けた。

「ほんとうに、あのパーティの晩に集会場の外で見かけた少女にそっくりだわ」止める間もなく、言葉が勝手に口から飛び出してきていた。それから、ポリーは自分がほんとうに幽霊を見たと信じているわけではないことを示すために、小さく笑ってみせた。「口もとと目がおなじなの。すごい偶然よね？」

「もしかすると、あなたが見たのは地元の子なのかもしれない」キャロラインがいった。「その子が絵のモデルをつとめたのよ。ほんとうにこの少女を知らない、お義母さん？」

グルーシェも絵をよく見ようと立ちあがったが、首を横にふった。

ふたたび、ポリーの目は壁の絵に吸い寄せられていった。背景に描かれているのは森林地帯で、シェトランドの風景とは似ても似つかなかった。ひどく馬鹿げていると思われるのは承知の上で、ポリーはいった。「もう一度、浜辺とはべつのところでもこの子を見たような気がするの」言葉をきる。「そのウトラという荒れはてた古い農家で。あなたたちの家に招かれて、みんなで夕食をごちそうになった晩よ。白いドレス姿の少女が家のなかにいて、つま先立ちでくるくるまわっていた」それ以上なにかいうまえに、ポリーはぴしゃりと口を閉じた。だが、その件を打ち明けたことで、安堵の念をおぼえていた。言葉にしておおっぴらにしてしまうのは、すごく気分が良かった。不安を自分の頭のなかだけに溜めこんでいたのは、間違いだった。そんなことをしていたら、頭がおかしくなるだけだ。

「あなたはウトラでも、エレノアのいっていた少女の幽霊を目にしたっていうの？」キャロラインがポリーを見た。まるで、頭のおかしな人でも見るような目つきだった。

「まあ、それが幽霊じゃなかったのはたしかよ」ポリーは自嘲気味に小さな笑みを浮かべてみせたが、実際はあまり確信がなかった。やはり、自分が見たのは幽霊だったのかもしれない……。その考えは、ここ数日のあいだにじょじょに彼女を蝕み、健全な判断力を失わせていた。理性的な思考が紡ぎ糸のようにほどけていくのが感じられた。幽霊という以外に、あの踊っていた少女にどう説明がつけられるというのか？　地元のメオネスでは、誰も見たことがないのだ。ポリーは顔をあげ、連れのふたりを見た。「でも、誰かが家のなかにいたのは間違いないわ」

「それが少女だったとはかぎらないでしょ」キャロラインが切り捨てるようにいった。「あなたたちがウトラのまえをとおりかかったころには、だいぶ薄暗くなっていたはずだし、みんなエレノアが殺されたことで、すごくびくついていた」

あなたはちがう！　あなたは生まれてからこの方、怯えたことなんて一度もない。でも、わたしは人生のほとんどを怯えてすごしてきた。幽霊にではなく、間違ったことを口にして気まずい状況をもたらすのではないか、自分のお里が知れてしまうのではないか、ということに。だから、いまだって、わたしはふりをしている。ふいにポリーは、エレノアが恋しくてたまらなくなった。彼女なら、説教したり非難の表情を浮かべたりせずに、こちらの話に耳をかたむけてくれただろう。世の中の不幸に対する彼女の解決法は、笑いとワインだった。「たぶん、あなたのいうとおりね。この奇妙な明るさのなかで、想像力が暴走してしまったんだわ」

グルーシェが奇妙な目つきでポリーを見ていたが、キャロラインはほとんど聞いていないような感じで、すでにぶらぶらと展示スペースのほうへむかっていた。グルーシェがそのあとをおいかけ、ふたりはカーテンやその色について話しはじめた。マックル・フラッガの灯台を題材にした抽象画が艶出しした木の床の部屋にあうかどうかを議論する声が聞こえてきた。「ロウリーはこっちのほうが気にいるんじゃないかしら」グルーシェがいった。「この絵になさいよ」

ふたりの言葉はポリーの耳にもはいっていたが、すごく遠くから聞こえているような気がした。ポリーは例の少女の絵のまえに立った。絵の片隅に作者の署名があった。モニカ・リーズ。その名前はポリーにとってなんの意味もなかったが、それをメモする必要はなかった。自分がそれを忘れることは決してない、と彼女にはわかっていた。

フェリーでアンスト島に戻るあいだ、三人はふたたび車から降りて甲板に立っていた。島影がちかづいてくるにつれて、ポリーは胸騒ぎをおぼえた。あとひと晩のりきればいいだけだ、と自分に言い聞かせる。フェリーが埠頭へむかって徐行していくとき、ポリーはイェル島のほうをふり返った。水平線に見えている灰色の霧のかたまりは、まるで彼女の逃げ道をふさいでいるかのようだった。車がメオネスに着くころには、あたりはふたたび薄暗くなっていた。

29

ウィローは〈スプリングフィールド・ハウス〉のキッチンで、サンディといっしょにありあわせの昼食を用意した。落ちつかない気分だった。本土にいれば、いまごろ検死に立ち会い、チャールズ・ヒリアーの死因を知らされていただろう。だが、ここでは待つ以外に、やることがほとんどないような気がした。そして、彼女は昔から待つのが苦手だった。

デイヴィッドは塀に囲まれた野菜畑にひきこもっていた。キッチンにおりていくまえにウィローが自分の部屋の窓から外をのぞいたとき、彼は壊れた温室のそばの未開墾の土地をひたすら掘り返していた。まるで、そうやっていれば肉体だけでなく心も疲弊して、なにも考えずにすむとでもいうように。ウィローは、昼食ができたことを知らせるために野菜畑にむかった。だが、デイヴィッドは彼女がすぐうしろまできても、まだ鋤《すき》を砂地に突き立て、それを足で押しこんでいた。一心不乱に全身をつかって、泥炭まじりの土壌に鋤の刃を食いこませていた。

「なかにはいって、お昼にしましょう。あなたもなにか食べないと」

デイヴィッドは作業をやめた。顔が赤く、額の汗が目に流れこんでいた。

「彼はいまどこに?」

デイヴィッドが誰のことをいっているのかは、訊くまでもなかった。「葬儀屋のアニー・グーディーが、さっきふたりの助手を連れて到着しました。チャールズさんは、じきにラーウィックにはこばれます。今夜のアバディーン行きの船にのせられる予定です」ウィローは言葉をきった。「チャールズさんと会いますか? お別れをいうために?」

「いえ!」デイヴィッドは怒ったように顔をそむけた。そして、そのまま掘りつづけようとしてから手を止め、ふたたびウィローのほうをむいた。鋤が足もとの地面に倒れた。「すみません。でも、耐えられないんです。あんなにも彼らしくない姿を見るのは。生きていたときの彼は、決してじっとしていることがなかった」

ウィローはうなずいた。野菜畑とひらけた丘の斜面を隔てている塀の上を、一羽のサバクヒタキが小刻みに跳ねていった。「なにかもってきましょうか？　紅茶とか、水とか？」

デイヴィッドは野菜畑を囲む通路に置いてある水のボトルのほうへうなずいてみせた。「飲み物ならあります。ご親切はほんとうに嬉しいんですが、ここにいるほうがいいんです」

　ウィローがホテルのなかに戻ると、ペレスとサンディはすでに食べはじめていた。ペレスはエレノアの乱筆を書き写していたときとおなじように、几帳面になにやらメモをとっていた。左手をパンのほうへのばしながら、右手でそのまま書きつづけている。ウィローは蛇口からコップに水を注ぎながら、あとどれくらい〈スプリングフィールド・ハウス〉で捜査をつづけられるだろうかと考えていた。まるで、ひと昔まえの捜査をしているような感じだった。外部からの干渉なしに、三人だけで取り調べていく。戦争中の特殊作戦チームとおなじだ。異国の地で活動する抵抗運動の集団といったところか。じきにウィローには、ラーウィックの警察署に戻れという圧力がかかってくるだろう。そこでなら、通常の技術的サポートが得られるし、インヴァネスにいる彼女の上司は定期的な電話会議で最新情報を求められるようになる。上司はすでに予算の心配を口にしていた。「現地に滞在しているからって、残業代を請求できると思うなよ。そっちがそうすると決めたんだから」三人のイングランド人が本土に帰ったら、捜査チームがアンスト島にとどまる口実はなくなる。したがって、あすの朝には、デイヴィッドに〈スプリングフィールド・ハウス〉を明け渡すことになるだろう。

　そのあとでデイヴィッドはどうするのだろう、とウィローは考えた。彼はシェトランドにほんとうの友人がひとりもいなかった。人づきあいがいいのはチャールズのほうで、ときおり夜にバーに顔を出しては、地元の人たちとおしゃべりしていた。デイヴィッドは裏で物事が円滑に進むようにすることで満足していた。彼はここを売りはらって、どこかの小さな大学町にあるごくふつうのフラットに戻るのではなかろうか。毎日丘を歩きまわって、自分がただ一度リスクを冒したときのことを、後悔とともに思いだしながらすごすのだ。

ペレスがペンをもつ手を止めて、ノートから顔をあげた。「彼の様子は？」

「怒ってるわ」ウィローはいった。「地面を掘ることで、自分をくたくたにさせようとしている。区画をすべて掘り返したら、愛する人を連れ戻せるとでもいうように」静寂のなか、壁に掛かる時計が時を刻むのが聞こえた。かれらが退去しなくてはならない時へむかって、時間はどんどんすぎていた。ウィローはプレッシャーで頭が締めつけられるのを感じて、ゆっくりと呼吸するように意識した。「なにかわかったことはあるかしら？　サンディ、エレノアのノートにあった謎の〝モニカ〟について、あたらしい情報は？　彼女はサラ・マルコムソンの娘かもしれない、とわたしたちは考えたんだけど」

サンディの口のなかは燻製にしたサバとパンでいっぱいで、ウィローはしばらく待たなくてはならなかった。しゃべれるようになるとサンディがくどくどと謝罪の言葉をならべたので、ペレスがふたたび書き物から顔をあげた。「いいから、さっさと報告しろ！」

「メアリ・ロマックスにチャールズの死体の見張りを交替してもらったあとで、ヴォクスターにいってきました」サンディは心配そうな顔になった。「ふたりともいなかったので相談はしませんでしたけど、そうするのがいちばんだと思ったんです。あなたがすでにジョージと話をしたのは知ってます、ジミー。でも、彼はサラの娘について、そのとき話した以上のことを知ってるかもしれないと思って。葬式で彼女と顔をあわせただろうから、すくなくとも名前くらい聞いてるかもしれない」

「それで？　サラ・マルコムソンの娘は、わたしたちがおっている謎の〝モニカ〟だったの？」

サンディは首を横にふった。「エリザベスです。サラの娘の名前はエリザベスでした」

「サラ・マルコムソンは、溺死した少女の名前を自分の娘につけたというの？　その件で責任を問われたというのに？」ウィローには理解できなかった。一種のゆがんだマゾヒズムに思えた。それに娘にとっても、あまりありがたい話ではないだろう。なにせ、母親がシェトランドを離れなくてはならなかった理由を、毎日当人に思いださせることになるのだから。

「どうやら、そうみたいです」

「もしかすると、サラはリジー・ゲルダードにほんとうの愛情を抱いていたのかもしれない」ペレスがノートをわきにどけた。「当時は、裕福な両親はそれほど子供の世話にかかわらなかったんじゃないかな？　だとすると、サラはどちらかというと少女の母親のような存在だったんだろう。もしかすると、その名前を娘につけたのは、少女の思い出を守るためだったのかもしれない」

ウィローは、あまり納得していなかった。やはり、それは不気味な行為に思えた。「それじや、〝モニカ〟の正体は、まだわかっていないわけね。ジミー、そっちはどうかしら？　エレノアのノートに電話番号とかはなかった？」

「なかった」

「だとすると、エレノアはまだ彼女の所在を突きとめていなかったのかもしれない」ウィローはテーブルのボウルから熟れたトマトをとり、かぶりついた。そして、果汁が顎を伝って滴り落ちると、長椅子の上のロールからキッチンタオルをひきちぎって、それを拭いた。

「それか、もともとエレノアは彼女の連絡先を知っていたのかもしれない」ペレスがいった。

「苗字がなかったのは、彼女が謎の〝モニカ〟と友だちだったからなのかも。すくなくとも、まえに会ったことがあった」

自分たちにはこんなふうに推論をめぐらせているひまはない、とウィローはふたたび思った。インヴァネスにいる上司に報告できるような、なにか具体的なものが必要だった。「きのうの晩のチャールズの行動を知りたいわね。メオネスの古い農家でポリーとイアンに遭遇したあとの行動を。たとえば、彼はイングランド人たちが〈スプリングフィールド・ハウス〉のバーにいたときに、そこに顔を出したのか？」

「ロウリーはそれを否定していた」ペレスがいった。

「でも、ロウリーは公平な証人とはいえないんじゃないかしら？」ウィローは自分の声に苛立ちがにじんでいるのに気がついた。「彼はエレノア・ロングスタッフの元恋人で、容疑者の可能性のある人物よ」

「チャールズ・ヒリアーのオフィスを調べてみてはどうかな?」ペレスがいった。「デイヴィッドはまだ外にいるし、ちょうどいいかもしれない。エレノアとチャールズのあいだでどのようなやりとりがあったのか、興味がある。たとえ彼女が一度電話をかけてきただけなのだとしても、それが屋敷とゲルダード一族にかんする質問だったのなら、なぜチャールズはデイヴィッドにそのことを黙っていたのか? デイヴィッドは歴史家で、その方面の専門家だ」

「それに、チャールズがイアンとポリーに出くわした古い農家にもいってみたいわね」ウィローはすでに立ちあがっていた。どんな行動でも、この悲しみに暮れた屋敷にすわってただひらめきを待っているよりもましだった。「チャールズがそこを訪れる理由としては、なにが考えられるかしら? 霧のなかを車で走りまわっていて偶然そこにいき着いた、というのはなしよ」

「誰かと会うためだったとか?」サンディは話についてきており、役にたとうとしていった。「ポリー・ギルモアと、ってことかしら? 考えられなくもないわね。ふたりはそこで会う約束をしていて、たまたまとおりかかったイアンに驚かされた」だが、ロンドンからきた司書とシェトランドで高級なB&Bを経営する元奇術師のあいだのつながりが、ウィローにはまるで見えてこなかった。事件の関係者全員を結びつけているのは、やはりエレノアしかいないように思えた。彼女が亡くなったことで、かれらは共通点のない個人の集まりになっていた。それに、ポリーは古ぼけた農家でチャールズと出くわしたことに、あきらかに動揺していたようだった。会う約束をしていたのなら、そんなに怯えるだろうか?

ホテルのオフィスは、地上階の狭い一室にあった。資金はすべて客室の改装にまわされており、この仕事場はわびしかった。壁の窪みにしつらえられた組み立て式の棚。ラーウィックのチャリティ・ショップで仕入れてきたような机。ウィローはそのまえに腰をおろすと、コンピュータを立ちあげた。チャールズ・ヒリアーはログオフしていなかったので、パスワードがなくてもコンピュータのシステムや彼のメールをのぞくことができた。

「エレノアからのメールは一通もないわ」ウィローはいった。「ふたりは電話で連絡をとりあっていたか、もしくは彼がメールを読むなり消去していたかね」

「謎の〝モニカ〟からのメールは？」ペレスは棚を調べているところで、旅行案内書やファイルをつぎつぎとひっぱりだしていた。〈スプリングフィールド・ハウス〉の改修工事関係の領収書でいっぱいになった文書保存箱があった。ペレスはその箱をウィローのとなりの机に置いた。

「コンピュータには、なにも残されていないわ。でも、チャールズはすごくまめにメールを削除していたみたいだから。わたしなんて、もう何年分もたまっているのに」

「ここでも秘密を抱えていたわけだ」ペレスがいった。

「でも、ほかに誰がこのコンピュータをのぞけるというの？　デイヴィッドだけだわ」ウィローは、ペレスが自分のすぐそばに立っているのを意識していた。肩越しに画面をのぞきこんでいる彼の息が首筋に感じられそうな気がした。

「そこだよ」ペレスがいった。「チャールズはエレノアの企画にどこかで関係していて、デイヴィッドがそれに賛同しないことを知っていた」

「あす、コンピュータを本土に送りましょう」ウィローはまたしても、時間の経過が潮の流れや風のようにはっきりと感じられるような気がした。「インヴァネスにいる専門家たちなら、きっと過去のメールを復元できるはずだわ。あなたが見つけた〝モニカ〟についても、なにかふれられてるかもしれない」ウィローは文書保存箱のなかの領収書を手にとりはじめた。「これを見て！　寝室のカーテンに何百ポンドもかけてる。あのふたりがお金に困っているのも、無理ないわ」デイヴィッドはその出費を認めていたのだろうか、とウィローは思った。それとも、チャールズをここにひきとめているのは屋敷の修復や装飾にともなう興奮だけだとわかっていたので、それには目をつむっていたのか。

棚を空っぽにしたペレスは、その注意を今度は窓下の腰掛けになっている小戸棚にむけていた。この部屋に唯一もとからあった家具だ。そこには、チャールズが舞台で活躍していたころの記念品がはいっていた。ちらし。ポスター。ロイヤル・バラエティショーのサイン入りのプログラム。チャールズが襟幅のひろいジャケット姿の男性やボリュームのある髪型をした女性のとなりに立っている写真。そのとき、彼の手が止まった。ひざまずいたまま、しばらくじっとしていたので、まるで祈っているように見えた。それから、彼は上着のポケットからラテックスの手袋をとりだした。ウィローは彼のとなりにしゃがみこみ、ふたたびおたがいの身体がすぐちかくにあることを意識した。ペレスが小戸棚の奥に手をのばして、小さなデジタル・レコーダーをひっぱりだす。ウィローにも見えるように、注意深く指先でもっていた。

「たまたまかもしれないわ」ウィローは立ちあがった。「それがエレノアのものだと考える理由は、どこにもない」だが、ウィローは偶然を信じていなかった。自分の声に興奮が混じっているのがわかった。ふたりの被害者のあいだの決定的なつながりが、ついに発見されたかもしれないのだ。

「確認してみよう」ペレスはそれを机の上に置くと、スイッチを入れた。若い女性が熱をこめてしゃべる声が聞こえてきた。ヴォクスターに住む親戚のところで夜をすごしてから歩いて帰るときに、目のまえに〝小さなリジー〟が出現したことを説明していた。

「ヴァイラ・アーサーの声だわ。エレノアに〝小さなリジー〟を目撃したときのことを話している」ウィローはいった。「まえに戻って、最初から聞けるかしら?」

ペレスがいくつかボタンを押した。沈黙のあとでふたたびヴァイラの声が聞こえてくるかと思いきや、ながれてきたのは子供の声だった。シンプルなメロディの曲を歌っている。その声は甲高くて、高いほうの音程がすこし外れていたものの、どういうわけか聞く人の心を打った。

「なんなの、これは?」ウィローは机越しにペレスのほうを見た。

ペレスは、すぐにはこたえなかった。その顔は蒼白で、完全に凍りついていた。ようやく、口をひらいていう。「いまのは、〝小さなリジー〟の歌だ」

30

はじめの数小節を耳にしただけで、ペレスにはその曲がわかった。キャシーが学校で習ってきて、学期末の発表会のために家で何度もくり返し歌っていたことがあるのだ。しまいには、フランも彼も叫びだしそうになっていた。そのころ、フランはまだ生きていた。温もりと力強さをそなえ、しょっちゅう議論をふっかけてきていた。だが、それでも彼は、〝小さなリジー〟の歌を子供に教えるのは間違いだと思った。実在した子供の死をあつかった曲だからだ。キャシーは怖がるかもしれないではないか。ところが、ペレスがその懸念を口にすると、フランはそれを笑い飛ばした。「馬鹿いわないで。あなたは警官を長くやりすぎてるのよ。子供は怖いお話が大好きなの。それに、ほとんどの子は歌詞なんて聞いてやしないわ」

フランの存在があまりにも生々しく感じられたので、ペレスは一瞬、いまアンスト島の大きな屋敷で机の反対側にすわっているのがウィロー・リーヴズではなく、フランのような気がした。

ウィローの声が聞こえてきて、ペレスははっとわれに返った。愛する女性を失った喪失感が、いっきに甦ってくる。ペレスは、歌に対する自分の反応を説明する必要があると感じた。そして、それを言葉にしているうちに、彼の心配を笑い飛ばすフランの声はじょじょに消えていった。彼はその思い出に集中していたかった。頭をのけぞらせて笑うフランの声とその姿に、いつまでもしがみついていたかった。

「地元の有名なミュージシャンが二十年ほどまえに書いた曲だ。ノースマヴァインに住むマーティ・トムソンというミュージシャンが。一種の物語詩で、エリザベス・ゲルダードの死を題材にしている。子供たちはこの歌を学校で習う。地元の文化的な遺産のひとつとみなされているし、教師たちはそれを警告としても使っている。浜辺には危険が潜んでいるし、上げ潮には気をつけなくてはならない、という警告に」ペレスはしゃべりながら、いま耳にした曲に感じた違和感について考えていた。キャシーが歌っていたのとは、どこかちがっていた。ウィローにもう一度聞かせてくれと頼みかけたが、自分がどういう反応を示すか心許なかった。また感情的になって、下手をすると泣き崩れてしまうかもしれない。自分はもう元気で、仕事にはまったく支障がない、と請けあったというのに。

「どうして、その曲がエレノアのレコーダーに残っているのかしら？ ヴァイラ・アーサーが歌ってみせたとか？ 〝小さなリジー〟を目撃したという話にもっとふくらみをもたせるために？」

「いまのは大人の女性の声ではなかった」ペレスはいった。「子供の声だ」その点にかんしては、自信があった。

「それじゃ、歌っていた人物を突きとめれば、エレノアがパーティの日にほかに誰と会っていたのかがわかるかもしれないわね。ヴァイラのところには赤ん坊しかいないし、その子が歌ったはずはないから」

ペレスは返事をしなかった。

「ヴァイラに訊いてみましょう」ウィローがいった。「さあ、ジミー。善は急げよ」

ウィローから怪訝そうな目で見られているのを意識して、ペレスは彼女の言葉に集中しようとした。だが、まだあの曲のことが気になっていた。録音されていた曲は、自分の知っている曲とどこがちがっていたのだろう？　ペレスはようやく立ちあがると、ウィローのあとにつづいて屋敷の外へ出た。車をとめてある中庭にはいっていくと、デイヴィッドが野菜畑の外にある長椅子にすわって煙草を吸っていた。

「何年もまえにやめたんです」デイヴィッドは自分の横に置いてある煙草の箱のほうにうなずいてみせた。「これはチャールズのです。彼は、自分がまた吸いはじめたことをぼくに気づかれていないと思っていた。ぼくは知らないふりをしていたんです。小言をいいたくなくて。小さな嘘やごまかしがたくさんあった。いまになってみると、馬鹿げていると思えます。どうしてぼくらは、ただおたがいに正直になれなかったんでしょう？」デイヴィッドは、それですぐに自分の命が絶たれることを望んでいるかのように、ニコチンを深ぶかと吸いこんだ。

刑事たちが訪ねていくと、ヴァイラはまだあたらしくてきれいな家にふたりを招きいれた。赤ん坊を肩にのせて、その背中をやさしく叩いていた。「朝からずっと泣きどおしなの」という。「ガスか疝痛ね。そのふたつのちがいが、よくわからなくて」そういうと彼女は、目のまえにいるのが幼い子供の専門家であるかのように、期待をこめた目でふたりを見た。

ウィローはそれを無視していった。「お邪魔して、すみません。でも、さらにいくつかお訊きしたいことがあって」

ヴァイラは赤ん坊を抱いたまま、やかんを火にかけた。「お客さまは大歓迎よ」という。「ニールはまた仕事で家を留守にしているの。でも、大人の話し相手って、どうしても必要なものでしょ?」だが、そういう彼女の声は明るく、産後の鬱の徴候はまったく見られなかった。

「わたしがやりましょう」ペレスは茶碗とティーポットのほうにうなずいていった。「あなたは、あちらですわっていてください」すごく小さな赤ん坊をじかに抱くというのは、どういう感じがするものなのだろう、とペレスは考えていた。どんな匂いがするものなのだろう? ここでペレスは、ふたたび自分の気持ちにブレーキをかけた。フラン亡きいま、彼がそれを体験することは決してないのだ。

ペレスは居間で紅茶を注ぐと、そこが自分の家であるかのように牛乳と砂糖を出した。ウィローとヴァイラは、すでに話をはじめていた。

「エレノアのデジタル・レコーダーが見つかりました」ウィローがいった。

「それじゃ、わたしの話を聞いたのね。どうだった?」お墨付きを求めて、ヴァイラがふたりを見た。

「すごくよかったです」ウィローはほほ笑んだ。「実際、素晴らしかった」

「それじゃ、まだテレビで使ってもらえるかしら?」

「その点にかんしては、こちらが決めることではないので」

ヴァイラに対するウィローの忍耐が切れかけているのが、ペレスにはわかった。そのうちに彼女はきついことをいって、この参考人に反感を抱かせてしまうだろう。「レコーダーには、あなたの話のほかにも、あるものが録音されていました」ペレスは穏やかにいった。「音楽です。それについて、なにかご存じありませんか？」

ヴァイラは心底から困惑しているように見えた。「エレノアから音楽を聴かされたりはしなかったわ」

「〝小さなリジー〟の歌について、彼女からなにか質問されましたか？」

「マーティ・トムソンの曲かしら？　いいえ、なにも。彼女とのあいだで話題になったのは、わたしの体験のことだけだった」

「われわれはメオネスに住んでいる子供について調べています」ペレスはいった。なぜ子供たちに関心があるのか訊かれるかと思ったが、ヴァイラは自分のテレビ出演の可能性のことしか頭にないらしく、ペレスはそのまま先をつづけることができた。「このあたりに、七歳から十二歳くらいの子供はいますか？」

「学校には島の北のほうからかよってくるそれくらいの子供が何人かいるけど、この近所にはひとりもいないわ」ヴァイラは集中して、顔をしかめていた。まるで、ペレスを喜ばせるためだけに、そういった子供を無から出現させられたら、と願っているかのように。

「こちらの庭にはジャングルジムがありますね」ペレスはいった。「赤ん坊にはまだはやすぎますけど、先を見越してのことですか？」

ヴァイラが小さな笑い声をあげた。「それもありかもしれないわね。この子は毎日どんどん成長していて、あっという間に大きくなるだろうから。でも実際のところは、あれはニールの息子たちのためよ。ニールはまえの奥さんとのあいだに男の子がふたりいて、その子たちが隔週でうちに泊まりにくるの」

ペレスはそれについて考えた。レコーダーに録音されていた歌声は女の子のものだと決めつけていたが、幼い男の子の声とも考えられた。ペレスはウィローの視線を感じた。彼が先をつづけるのを、いらいらしながら待っている。

「その子たちが最後にここにきたのは、いつでしたか？」ペレスはたずねた。「ロウリーの里帰り結婚式にも出席を？」

ヴァイラは首を横にふった。「ニールはイェル島の出身で、ロウリーや彼の家族とはなんのつながりもないの。グルーシェは気をつかって男の子たちも招待してくれたけど、パーティがひらかれたのはその子たちが泊まりにくる週末じゃなかったし、ふたりともけっこう腕白なの。わたしは赤ん坊だけで手一杯だった。ニールは今夜、息子たちを連れてくることになっている。その子たちのお友だちもいっしょに。ここ数日の静けさも、これでおしまいってわけ」

つまり、エレノアのために歌っていたのはヴァイラの義理の息子たちではない、ということだった。

ウィローが立ちあがった。つぎの行動に移りたくて、うずうずしているように見えた。彼女は朝からずっと落ちつきがない、とペレスは思った。おそらく、自分たちがアンスト島に滞在していることを上司に正当化するために、なんとしても有力な手がかりをつかみたいのだろう。かれらはそろって張り出し玄関に出た。赤ん坊はもう寝ついており、ペレスは思わず手をのばして、その髪の毛にふれた。綿毛のようにふわふわしていて、ほとんど感じられないくらいだった。ヴァイラがペレスにほほ笑みかけてきた。彼女にとっては、ペレスが赤ん坊にふれたがるのは、ごく自然なことなのだ。

「抱っこしてみます?」

「とんでもない!」ペレスは顔が赤くなるのがわかった。「赤ん坊を起こしたくないので」

「あら、大丈夫よ。この子はいったん眠ると、まるで死んだようにぐっすり寝ちゃうから」

ヴァイラは贈り物でも渡すような感じで、赤ん坊をさしだした。ペレスはそれを両腕で受けとめ、その滑らかさと脆さを感じてから、すぐに母親に返した。自分がウィローのまえで泣きだしてしまいそうで怖かった。フランと話しあったことはなかったものの、ペレスはずっと彼女とのあいだに子供が欲しいと考えていたのだ。

家を出たところで、ウィローがペレスをみつめていった。「さっきのは、なんだったの?」

「昔から、小さな子供には弱くてね」

「ジミー・ペレス、あなたには驚かされっぱなしだわ」

ふたりはとめておいた車をそのままにして、歩いてとなりの古い農家へむかった。午後もなかばをすぎたところで、突然、風がやみ、空気がじめっとしてきていた。もはや放牧も耕作もされていないちかくの土地から、花の香りが漂ってきた。ペレスはフェア島を思いだし、いつになったらキャシーをそこへ――母親が亡くなったところへ――連れていく心の準備ができるだろうかと考えていた。学校の夏休みが終わるまでには連れていくと約束していたし、彼はこれまでキャシーとの約束を破ったことがなかった。いくときは、きょうみたいな風のない日をえらぶつもりだった。グラットネスから船に乗り――彼の父親が船長をつとめる〈グッド・シェパード〉号に乗り――フェア島にいく。そうすれば、キャシーは甲板にすわって、島がちかづいてくるのをながめられるだろう。

まえを歩いていたウィローが、ドアのそばでペレスがくるのを待っていた。「それで」という。「どうしてチャールズ・ヒリアーは、亡くなった日にこの農家にきたのかしら？」

「金だ」その言葉を口にしたとたん、ペレスはそうにちがいないと思った。「彼とデイヴィッドは自分たちの財政状況について話しあうことはなかったかもしれないが、どちらも商売が上手くいっていないことに気づいていたはずだ。そして、ふたりとも必死になっていた」ペレスは、ふたりの男がその話題を避けているところを想像した。下さなくてはならない困難な決断にむきあいたくなくて、やさしくしようとしているふたり。相手を責めないようにしようとしているふたり。

「つまり、チャールズは脅迫に手を染めようとしていた？」

「その可能性はある」だが、ペレスの頭のなかでは、ほかにもさまざまな考えが駆けめぐっていた。

「事件に関係しているイングランド人は、全員がそれに応じられるだけのお金をもっている」ウィローがいった。「でも、チャールズにはいったいどんな脅迫材料があったというの？　エレノアのデジタル・レコーダーとか？　でも、それでわかるのは、ヴァイラ・アーサーが本人のいうとおりエレノアのインタビューを受けていたということくらいよ。それと、エレノアが亡くなるまえに〝小さなリジー〟の歌を子供に歌ってもらっていたということだけ」

「もしかすると、レコーダーはまったく関係がないのかもしれない」遠くの海上で、カモメの群れが小さな漁船のあとをおいかけていた。「彼がつかんでいたのは情報だったのかも。エレノア・ロングスタッフを殺した人物を知っていたとか」

「彼女が殺されるところを目撃したっていうの？」

「あるいは、犯人を推察できるだけのものを見た」それが全体とどう結びついてくるのかは、ペレスにはまだよくわからなかった。

「つまり、チャールズはここで誰かと会う約束をしていたわけね？」ウィローは古い農家のドアをあけたが、そこで足を止めた。湿った石と泥炭の匂いが、ペレスの鼻をついた。「そして、ポリーとイアンがそれを邪魔した？」

「それもひとつの考えだ」ペレスは、ひじょうに複雑でありながらも単純な仮説を頭のなかで検討しながらいった。

「ヴィッキー・ヒューイットを呼び戻したほうがいいかしら？　ここに四人目の人物がいたかどうかを確かめるために？」

ペレスが返事をしかけたとき、なかで物音がした。こすったりひっかいたりする音につづいて、子供のような甲高い声がする。ウィローが家のなかへはいろうとしたが、ペレスはその腕に手をのせて、彼女をひきとめた。なにかがふたりのそばをものすごい勢いで駆けていった。

「野良猫だ」ペレスはいった。「シェトランドの崖のいたるところに、集団で棲みついている。たぶん、煙突づたいになかにはいりこんで、家から出られなくなったんだろう。閉じこめられていたんだ」

ウィローの腕にかけたままのペレスの手に、ショックによる震えが伝わってきた。赤ん坊の頭にふれたときとおなじような、ふわふわとした感触。ペレスはすこし気まずさをおぼえて、手を離した。

31

ジョージ・マルコムソンは、丘の上にある骨組みだけとなった農家の廃墟のところで足を止めた。すぐそばには、エレノア・ロングスタッフの死体が発見された小さな水溜まりがあった。丘の上から、メオネスの集落で展開されている日々の営みをしばらくながめる。これは彼の日課の一部だった。毎日、午後になると丘を歩きまわり、羊の様子を確認する。いつもおなじコースをたどって、丘を隅々まで捜索し、羊の頭数をかぞえていく。どうやら、また人が殺されたようだった。今回も、よそ者だ。ジョージは悲しむふりができなかった。今回亡くなった男とは〈スプリングフィールド・ハウス〉のバーで何度か顔をあわせていたが、よくは知らなかったからだ。家族の一員を亡くすのとは、わけがちがう。その男が死んだからといって、いつもの丘の見まわりをやめようとは思わなかった。

いま、彼はウトラを見おろしていた。その古ぼけた農家に人が住んでいたのは彼の物心がつくまえのことだったが、それでも彼が子供のころは、家のなかに捨て置かれた家具や羊の敷物がまだ残っていて、最後の住人が亡くなったときとほとんど変わっていなかった。彼の父親は、ウトラの屋根が水漏れすると判明したときに荷物をすべてヴォクスターに移していた。そして、そのときの椅子は、いま彼とグルーシェの寝室におさまっていた。ウトラのそばには車がとまっており、ふたつの人影が見えていた。ジミー・ペレスと、あのすこし案山子っぽい恰好をした女性の刑事だ。プロはきちんとした身なりをすべきだ、とジョージは思った。灯台守をしていたころ、彼には立派な制服があり、それはいまでも自宅の戸棚に掛かっていた。ふたりの刑事はウトラの戸口にいて、なかにはいる素振りを見せていたが、なかなかそうはしなかった。なぜぐずぐずしているのかは、謎だった。

しばらくすると、刑事たちは家のなかへ姿を消し、メオネスの集落にはひと気がなくなった。ジョージがふたたび歩きだそうとしたとき、一台の車があらわれて、ヴァイラの家族が暮らすあたらしい家のまえにとまった。車を運転していたのは、ヴァイラの亭主のニールだった。後部座席から子供たちが降りてきて、家のまわりをひとしきり駆けまわったあとで、ジャングルジムで遊びはじめた。ニールはキッチンにはいっていき、すこししてから子供たちも家のなかにはいった。お茶の用意ができたと、ヴァイラが声をかけたのかもしれなかった。

ジョージは、幼いころのロウリーを思いだしていた。大声を出したりおいかけっこをしたりする子供ではなかった。ジョージの記憶にある息子は、いつでもキッチンのテーブルにすわって学校の宿題をしていた。昔から数字が好きで、暗算するから足し算の問題を出して、とよく母親に催促していた。まるで、それがいちばん楽しいゲームででもあるかのように。ときおり、ジョージは灯台から帰ってくると、自分の家にいるのに部外者のように感じることがあった。なぜなら、ロウリーと母親はおたがいをとてもよく理解していたからだ。ふたりは、ジョージにはぴんとこないつまらない冗談をいいあっていた。ある日、グルーシェはこういった。「あの子の数字好きは、きっと父親譲りね。わたしは昔から数学が苦手だったから、わたしから遺伝したはずないもの」それを聞いて、ジョージは気分が良くなった。誇らしさをおぼえた。

彼は視線をわが家へ移した。庭にキャロラインがいた。小さな枝編み細工の籠を手にしており、鶏小屋の戸をあけて、なかにはいっていくところだった。遠すぎてよくわからなかったが、鶏小屋から出てきたとき、その籠には卵がいくつかはいっているようだった。このあたらしい義理の娘のことを、彼はどう考えたらいいのかよくわからなかった。頭のいい娘で、ロウリーにはぴったりだ、とグルーシェはいっていた。彼としては、息子がエレノアと——あの長い黒髪と魔女のような謎めいた笑みをもつ女と——結婚しなかっただけで、万々歳だった。いまでは、あの女が死んでくれてよかったとさえ思っていた。これで、彼女はもう二度と息子を悩ませることができないだろう。

32

サンディは、ちょうど学校のまえでルイーザ・ローレンスと出くわした。彼女は洒落たブリーフケースを手にもち、腕いっぱいに練習帳を抱えて、校庭を横切ってくるところだった。サンディに気づいて、ルイーザが外の道路にとめてある赤い小型車のそばで足を止めた。

「悪いけど、あといくつか質問があるんだ」相手が急いでいるのを察知して、サンディは申しわけなさそうにいった。

「いまは勘弁して、サンディ。介護の人が五時に帰ってしまうんだけど、母はあまり長いことひとりにされていると、パニックを起こすの」ルイーザはすでに練習帳を車の助手席に放りこんでいた。

「車でついてってもかまわないかな?」サンディはたずねた。いまここで彼女から話を聞こうとしても無駄だということがわかった。たとえひきとめても、集中して質問にこたえることはできないだろう。「きみの家で話をすればいい。お母さんを落ちつかせたあとで」

ルイーザはすこし考えてから、ほほ笑んだ。「いいんじゃない、サンディ。たまには大人の相手をするのも悪くないわ」

ルイーザの両親は、ラーウィックのコマーシャル・ストリートで営んでいた食品雑貨店を売りはらうと、イェル島へひっこんだ。サンディの記憶では、たしか母親のメイヴィス・ローレンスがそこの出身だった。家はおそらくそのときに建てたもので、夫妻の自慢の種だったのだろう。こぎれいな四角い平屋建ての家で、壁には白い下塗りが施され、屋根には灰色のタイルが張られていた。正面玄関のドアは施錠されていた。

「ときどき母が徘徊するの」ルイーザがいった。「それが心配で」

サンディは練習帳の山を抱えて、彼女のあとから家のなかへはいった。

メイヴィス・ローレンスは肘掛け椅子にすわって、窓の外を——きちんと手入れされた小さな庭と、そのはるか先のアンスト島のほうを——ながめていた。サンディが知っていたころの彼女は、力強くて気性の激しい女性だった。彼女の旦那さんは商売を切り盛りし、バイキングの火祭り《アップ・ヘリー・アー》のときには集会場で責任者を務めていた。彼女はたしか歌が上手く、信心深かったが、それほどがちがちの信者ではなかった。メイヴィス・ローレンスは、まえよりも痩せていた。ルイーザを授かったのは中年になってからにちがいなく、いまではすごく年老いて衰弱しているように見えた。きっと、実年齢はもっと下なのだろう。肘掛け椅子のまえには、歩行器が置かれていた。彼女はルイーザのほうをむくと、輝くような笑みを浮かべてみせた。「どこいってたんだい？　お父さんにおまえをさがしにいってもらおうかと思ってたんだよ」

「お母さん、お父さんはもうここにはいないの。それと、わたしはいま仕事から帰ってきたところよ。この人はサンディ。覚えてる？　サンディ・ウィルソン。ウォルセイ島のウィルソンさんのところの」

メイヴィス・ローレンスがサンディのほうをむいた。その目は濁って、ぼんやりとしていた。「おまえの心をずたずたにした、あの若造かい？　お父さんがケツを蹴飛ばしてやるといっていた？」

ルイーザの顔がふいに赤く染まり、サンディはちくりと罪の意識をおぼえた。そんなこととは知らなかった。若いころの彼は、ガールフレンドのあつかいがすごくぞんざいだった。彼がいまもまだ独身なのも、むべなるかなだ。

「混乱してるのね、お母さん」ルイーザはそういうと、気まずさを隠すために小さく笑ってみせた。「それはべつの人よ。いまからサンディに紅茶を淹れるけど、お母さんも飲む？　きのうふたりで作ったジンジャー・ケーキも、いっしょにどうかしら」

メイヴィス・ローレンスは、幼子のように手を叩いて喜んだ。ルイーザがキッチンにいって紅茶の用意をするあいだ、サンディはメイヴィス・ローレンスといっしょにすわっていた。一種の贖罪だ。それに、彼はルイーザがそうしてもらいたがっているように感じていた。

「あなたのお祖母さんはミマ・ウィルソンだね」メイヴィス・ローレンスがいった。「うちの母が彼女を知ってたわ。母も若いころはけっこうやんちゃだったの」それから、メイヴィス・ローレンスはふいに黙りこんだ。庭には鳥用の餌台があって、餌箱がいくつかぶらさがっていた。小鳥たちがやってきて餌をついばむのを見るのが、彼女は楽しくてたまらないようだった。

「よく、あなたの店にいってました」サンディはいった。「ミマが町に連れていってくれたときに。帰りのバスで食べるお菓子を買ってもらってたんです」

メイヴィス・ローレンスがサンディを見た。彼が部屋にいることを忘れていたような目つきだった。「大勢の子供たちがお菓子を買いにきていた」

そのとき、ルイーザが紅茶とケーキをのせたお盆をもって、ふたたび姿をあらわした。母親の膝の上にナプキンをひろげてから、彼女が食べやすいようにケーキを小さく切っていく。メイヴィス・ローレンスは数かけら食べると、そのまままうとうとしはじめたように見えた。

「それで、わたしに訊きたいことってなにかしら、サンディ?」ルイーザはすでに落ちつきを取り戻しており、母親のとなりの床の上にすわっていた。マグカップとお皿は、すぐ手の届くところにある小さなコーヒーテーブルに置いてあった。

「どうやって対処してるんだい?」サンディは老女のほうにうなずいてみせた。「毎日、このストレスに」

「たいていは問題なくやってるわ。母はきょうは調子がいいの。茶目っ気があって。気がついたでしょ」

「でも、きみは仕事も抱えている。しかも、ひとりだ。学校でも、ここでも」サンディには、それがどんなものか想像もつかなかった。毎日職場にいっても、おしゃべりする同僚や友だちがいないのだ。

ルイーザは、しばらくなにもいわなかった。「エディンバラにいて、四六時中こちらの様子を気にかけているよりも、このほうがいいわ」ふたたび沈黙がながれる。「それに、わたしは母に借りがあるの、サンディ。大きな借りが」ルイーザは窓の外に目をやった。ひさしぶりの大人との会話なので、言葉がすらすらと出てこないのかと思われた。そのとき、サンディは気がついた。彼女はいまから、なにかを打ち明けようとしているのだ。「わたしは養子だったの。父さんと母さんが中年のときに、ここにもらわれてきた。ふたりはどうしても子供が欲しいというわけじゃなかった。そもそも、母さんはそれほど母性愛が強いほうではなかったと思う。でも、教会をつうじて、わたしのことを聞きつけた。生みの母親がアバディーンですさんだ生活を送っていて、赤ん坊の面倒をみられないということを。それで、わたしを自分たちの家に迎え入れて、まるでわが子のように愛してくれた」

「ふたりとも、お返しは期待していなかったんじゃないかな」

「もちろんよ。でも、わたしは小さな形で、その愛とやさしさに報いることができる。わかるでしょ?」

サンディはうなずいたが、自分にはとても無理だと思った。彼がここにいることさえほとんど認識していない老女のために、自分の人生をあきらめるなんて……。最後には、彼女が突きつけてくる要求を恨めしく思ってしまいそうだった。

「それで、質問があるんでしょ、サンディ?」ルイーザは、すこし苛立たしげな声でいった。あまりにも多くを打ち明けてしまったことを、はやくも後悔しているような感じだった。学校でいっしょだったころ、彼女は自分が養子だということをおくびにも出さなかった。両親の年齢や商売のことを男の子たちにからかわれたときでさえ。

「〝小さなリジー〟の歌のことなんだ」サンディはいった。「マーティ・トムソンの書いた曲を知ってるだろ。きみの学校の子供たちは、そいつを習っているのかな？」

「わたしは教えたことがないけれど、音楽の授業は担当してないから。それに、わたしがこちらへ赴任するまえに、子供たちはすでに教わっていたかもしれない」ルイーザは床にすわったまま、サンディを見あげた。「それが重要なことなの？」

「たぶん、大した意味はないんだろうけど、今回の捜査では、あちこちで〝小さなリジー〟の言い伝えが顔をのぞかせててね」くわしいことはいえないとわかっていたが、サンディは彼女の意見を聞きたかった。「きみは幽霊なんて信じてないだろ？」

ルイーザが笑った。それを見て、サンディは嬉しくなった。彼女が笑う機会はあまり多くないのではないか、という気がしたのだ。「壁を通り抜けたりする幽霊は、信じてないわ。でも、過去が甦って人にとりつくといったことは、あるのかもしれない」間があく。こういうときは黙っていたほうがいい、とサンディは心得ていた。ジミー・ペレスから学んだことのひとつだ。ルイーザが言葉をつづけた。「去年、ソーシャルワーカーから連絡があったの。生みの母親がわたしと会いたがっているって」

「それで、会ったのかい？」

「一度ね。でも、彼女はすごくお金に困っていた。いまだにクスリを断ち切れずにいた。わたしがいい仕事について堅実な生活を送っているから、自分が立ちなおるのに手を貸してもらえないかと考えていた」

　それか、クスリをやりつづけるための資金源になってもらえないかと、とサンディは思った。

「でも、わたしにも限界がある。だから、どちらかをえらばなくてはならなかった。生みの母親か、三十年前にわたしをひきとってくれた母親か」

「きみは正しい選択をしたんだ」サンディはいった。それしか、いうべき言葉を思いつかなかった。ほんとうは、どれほど彼女のことを素晴らしいと思っているのかを伝えたかった。

「自分でも、そう思う。それでも、ときどきもうひとりの母親のことを考えずにはいられないの」ルイーザが立ちあがった。あきらかに、もうサンディに帰ってもらいたがっていた。「この選択をするのは、簡単だった。故郷に逃げ帰って、自分が安心できるところに落ちつくんだもの。すこし卑怯な気さえするわ」

「きみは正しい選択をしたんだ」サンディはゆっくりと先ほどの言葉をくり返した。今度はそれを信じてもらえることを願いながら。

「それだけのために、わざわざここまできたの、サンディ？　わたしにわらべ歌のことを訊くために？　それなら、電話でもすんだのに」

「きみといっしょにいられる口実ができて、嬉しかったんだ」サンディはいった。「それに、しばらく捜査から逃げだしたかったし」

　ふたたび気まずい沈黙がおりて、聞こえるのはメイヴィス・ローレンスの小さないびきだけになった。サンディは庭にちらりと目をやり、小鳥たちがまだ餌台にいるかを確認しようとした。だが、霧が戻ってきており、そこに見えているのは小鳥というよりも蝙蝠といった感じの灰色のかたまりだけだった。サンディが暇《いとま》ごいすると、ルイーザが車のところまで見送ってくれた。空気はひんやりとしており、サンディは夏らしい夏がこないまま終わってしまう年があることを考えていた。

「モニカという名前に、なにか心当たりはないかな?」サンディはふと思いついてたずねた。「捜査の過程で、その名前が浮かびあがってきたんだ。〝小さなリジー〟の言い伝えに関係している人物かもしれない」

ルイーザは首を横にふった。「地元の人っぽくない名前ね」という。「シェトランドに昔からあるような名前でないのは、たしかだわ。リジーの時代に、そういう名前の人がここで暮らしていたとは思えない。でも、最近どこかで耳にしたような気がする」

「それがどこかを思いだしたら、連絡をくれるかな?」

「もちろんよ、サンディ。きのう学校で携帯の番号を教えてもらったから、なにか思いついたらすぐに電話するわ」

ふたりはまたしても黙りこんだ。急に気まずさが漂う。「もうなかに戻らないと」ルイーザがいった。「母が目をさますかもしれないから」

サンディは身をのりだして、彼女の頰にキスをした。きっと庭で餌をついばむ小鳥みたいに見えたにちがいなかった。「ありがとう。こんなふうに会ってくれて。ずっと昔に、きみにひどいことをしたのに。そのことは謝るよ」

ルイーザが笑った。すごく自然な、女学生のようなくすくす笑いだった。「自惚れないで、サンディ・ウィルソン。わたしの心をずたずたにしたといって父が一発くらわそうとしていたのは、あなたじゃないわ。ビリー・リースクよ。いったでしょ。母は混乱してるって」

今度はサンディが顔を赤らめる番だった。彼が車に乗りこみ、ドアを閉めようとしたところで、ルイーザがいった。「またきてちょうだい、サンディ。仕事で息抜きが必要になったら、いつでも。それと、ラーウィックに戻るときは、お別れをいいにきてね」

アンスト島へ渡るフェリーを待ちながら、サンディは自分のとった行動について考えていた。誰にもことわったり許可を求めたりせずにイェル島へ姿をくらましたことを、ペレスはどう思うだろう？　だが、彼なら理解してくれそうな気がした。

33

〈スプリングフィールド・ハウス〉のキッチンには、ウィローとペレスのふたりしかいなかった。サンディはイェル島に出かけていた。残されていたメッセージによると、地元の子供たちが出し物とかで〝小さなリジー〟の歌を習ったことがないかどうか、教師に確認しにいくということだった。

「昔の同僚から返事があったわ」ウィローはいった。「いまはロンドン警視庁で働いてる人で、エレノアの会社の財務状況について調べてもらったの」

「それで?」

「あなたのいうとおりだった。〈ブライト・スター・プロダクション〉は倒産寸前で、例の幽霊の企画があることで、かろうじて銀行からいくらか猶予をあたえられていた」

「それじゃ、エレノアはそちらのほうでもストレスを抱えていたわけだ」ペレスはいった。「赤ん坊を失ったことだけでなく」

ウィローは、どう返事をしたらいいのかわからなかった。ペレスといると、いつでも自分が冷たくて思いやりのない人間のように感じられた。彼女は事件について話しあいたいのであって、会ったこともない女性に同情を感じたくなかった。どんどんすぎていく時間のことが気になっていた。週があけたら、かれらはアンスト島を離れて、捜査本部をラーウィックに移さなくてはならないだろう。そうなったら、いまみたいに集中して捜査にあたることはできない。それは、一種の敗北といえた。ウィローが自分たちの置かれた状況を説明しようとしたとき、デイヴィッド・ゴードンが野菜畑からキッチンにはいってきた。かろうじて聞きとれる声で、ぼそぼそという。「夕食は自分の部屋でとるので、今夜はこれで失礼します」彼はキッチンの入口ちかくに立っていて、サンドイッチをつかんですぐにでも立ち去りそうに見えた。額には泥がつき、格子縞のシャツにはかぎ裂きがあった。元学者らしい品格とか威厳は、どこにも見当たらなかった。

「どうぞ、こちらへ」ウィローはいった。「ちょうど紅茶を淹れようとしていたところなんです」

「なにかあたらしい情報でも？」デイヴィッドは、先ほどよりもはっきりとした声でいった。喧嘩腰といっていいくらい強い口調だった。「チャールズを殺した犯人がわかったとか？」彼は戸口で長靴を脱いでおり、厚手の白いソックスのままテーブルのほうへやってきて、腰をおろした。

ウィローは、それには直接こたえずにいった。「できれば、いくつか質問させてもらいたいんですけど？」

「どうぞ。それが捜査の助けになるのなら」

「こちらのオフィスで、デジタル・レコーダーが見つかりました。エレノアのもので、彼女がパーティの日にそれを所持していたことがわかっています。それがいまどうしてこのホテルにあるのか、心当たりはありませんか？」

「見当もつきません。チャールズがどこかで拾ったのでないかぎりは。とにかく、ぼくはまったく関知していない」デイヴィッドは顔をあげて、ウィローを見た。「その女性がレコーダーを島で落とした可能性は？」

作物の囲い《プランテイクラブ》で見つかった携帯電話とおなじように。だがウィローには、エレノアがアンスト島をうろつきまわって、いく先々で物を落としていたとは、とても信じられなかった。あまりにも偶然がすぎる。「そうかもしれませんね」ウィローはそうこたえてから、紅茶を注いで、テーブルにいるデイヴィッドに合流した。ペレスは長椅子にもたれていた。自分の存在を完全に消しており、その技術にウィローはあらためて舌を巻いた。「でも、それよりもふたりが会っていた可能性のほうが高いとは思いませんか？」今回の事件のふたりの被害者。チャールズ・ヒリアーとエレノア・ロングスタッフ。ふたりはどこで出会ったのだろう？　おたがいにどんな話があったのだろう？

「きのうあなたがたから訊かれたとき、チャールズはこういいましたよね――彼女とは会ったことがないと」

「そして、あなたはけさこういっていた――チャールズはなにかを計画していて、あなたに隠し事をしているようだったと」ウィローはぴしゃりといった。デイヴィッド・ゴードンにショックをあたえて、反応をひきだしたかった。「もしかすると、彼は警察にも嘘をついて隠し事をしていたのかもしれない。里帰り結婚式のあった日の午後に、エレノアといっしょにいたのかも。彼女がここにきていないのは、たしかですか？　スレッツからここまではそう遠くありませんし、彼女には車があった」

デイヴィッドは首を横にふった。「あの日は、四十歳の誕生日パーティの仕出しの仕事がはいってました。昼食と午後のお茶を用意しなくてはなりませんでしたし、宿泊客が大勢いた。ぼくらはふたりとも、午後じゅう大忙しでした。チャールズには、ここを抜けだしてエレノアと会うひまなんてなかったと思います。ひと息ついたのは夜になってからで、そのころにはもうメオネスの集会場でのパーティははじまっていたでしょう」

「キャロラインの親戚のなかで、こちらに泊まった人はいなかった？」ウィローは確認した。

〈スプリングフィールド・ハウス〉は、本土からきた人間がいかにも滞在したがりそうな宿だった。

またしてもデイヴィッドの首が横にふられた。「キャロラインから、花嫁側の招待客を何人かひきうけてもらえないかという問い合わせがありました。けれども、すでに満室でした。例の誕生日パーティのせいで」

「あなたたちは里帰り結婚式に招かれなかったんですか?」ウィローはそれを奇妙に感じた。グルーシェはかれらのためにパンを焼き、卵を供給していた。ここは緊密な共同体であり、たいていは全員が声をかけられるものだった。

「招待されましたけど、いかなかったんです。チャールズは、あとでちょっと顔を出すかもしれないといってました。お祝いごとには目がないんです。でも、ぼくはホテルで一日じゅう働いたあとでダンスフロアをひっぱりまわされるのは、ごめんだった」デイヴィッドは自嘲気味に肩をすくめてみせた。「ご想像のとおり、ダンスはあまり得意ではないので。どちらかというと、パーティも苦手だ。チャールズは踊るのが大好きで、一度教わるだけでステップを習得できていました」

「あなたがここで仕事をしているあいだに、チャールズさんが里帰り結婚式にいくことは可能だったでしょうか?」ウィローはたずねた。誰も会場でチャールズ・ヒリアーを見かけていなかったし、彼の名前はキャロラインから提供された招待客のリストに載っていなかったが、それでも彼がきていた可能性はゼロとはいえなかった。ふたりの被害者が顔をあわせていた証拠が出てくれば、それが捜査のとっかかりになるだろう。

「それはないと思います。彼はなにもいってませんでした」

「あなたたちは、ひと晩じゅういっしょにいたんですか？」もちろん、里帰り結婚式がはじまってからチャールズとエレノアが会うのは、かなりむずかしかっただろう。エレノアはずっとほかの招待客の注目の的だったし、チャールズはあの奇妙な髪の毛と大きな手のおかげで、どこにいても目立っていただろうから。

「あの晩、ぼくは二時間ほど野菜畑で作業をしました。リラックスするために。一種の逃避ですね。そのときなら、チャールズは出かけることができたと思います。でも、ぼくが十一時半に作業を切りあげて建物のなかにはいったとき、彼は間違いなくそこにいました。それに、すこしでも里帰り結婚式に顔を出していたのなら、彼はその話ばかりしていたでしょう。うわさ話とか、みんなの服装とか。でも、彼はそんなこと、ひと言もいってなかった」デイヴィッドが驚いたように顔をあげた。「もう、そんな会話はできないんだ。信じられない気がします。彼はとても愉快な男でした。日常のこまごましたことに喜びを見いだし、ぼくが自分では決して気づかないようなことに目をむかせてくれた」いったん言葉をきる。「これからは、ぼくの世界はモノクロになるような気がします。色がすべて消えてしまった」

そういうデイヴィッドからも、色がすっかり消え失せてしまったように見えた。燃えつきた薪のような灰色の男だ。

「〝モニカ〟という名前の女性に、心当たりはありませんか？」ウィローは藁にもすがる思いでたずねた。エレノアのノートに殴り書きされていた名前の女性が、シェトランドで起きた二件の殺人とどう関係してくるというのか？

デイヴィッドは、しばらく考えていた。「イェル島に、そういう名前の芸術家がいます。すこしまえにロンドンから移ってきた女性です。モニカ・リーズ。でも、彼女があなたのいう〝モニカ〟だとは思えませんね」

ペレスが関心を示したのを、ウィローは察知した。かすかに身体がこわばったのだ。ウィローはペレスに一瞥をくれたが、彼はじっと黙っていた。

「その女性にかんして、知っていることを話してもらえますか？」ウィローはいった。

「彼女はイェル島の画廊で個展をひらきました。ぼくらはいけませんでしたけど、インターネットで彼女のことを調べたんです。彼女は画家で、おもに室内画を描いています。興味深い作品です。拠点はロンドンですが、一年のうちの数カ月をイェル島ですごしています。このホテルにあう絵が見つかるかもしれないと思ったんですが――地元の芸術家を援助したいですからね――彼女の作品はすこし癖があって大胆すぎた。うちの客は、もっと古風なものを期待しているんです。それに、値段のほうも手が届かなかった。それから、ひと月ほどまえに、ぼくらはその画廊にいきました。彼女の個展はもう終わっていましたが、作品はまだ何点か残っていた」

「本人とは会いましたか？」その質問は、ペレスの口からはっせられた。ささやくような小さな声だった。「彼女がイェル島で暮らしているのなら、画廊にきていたかもしれない。自分の作品について語るために」

「そういうことはありませんでした。そもそも、彼女の作品がまだあるとさえ思っていなかったんです。ぼくらはラーウィックに買い物にいって、帰りに画廊に立ち寄りました。あそこのカフェでは、素晴らしい午後のお茶を楽しめるので。そして、そのあとで展示品をぶらぶらと見てまわった」

「チャールズさんがべつの機会にその画家と会っていたということはありませんか？」ふたたびペレスが質問した。ためらいがちで申しわけなさそうな口調だった。「彼女の作品を気にいって、連絡をとっていたかも……」

ペレスがこの画家にこだわる理由が、ウィローにはよくわからなかった。イェル島で暮らす芸術家とアンスト島のホテル経営者とロンドンからきたテレビ番組の制作者のあいだに、いったいどんなつながりがあるというのか？

デイヴィッドは、すぐにはこたえなかった。質問が耳にはいっていないのではないかとさえ、ウィローは思った。「わかりません」ようやく、デイヴィッドがいった。「芸術にかんするかぎり、チャールズはどちらかというと俗っぽかった。モニカ・リーズの絵は、あまり彼の好みではありませんでした」

「でも、それ以外のことで彼女と会っていた可能性はある？」ペレスはテーブルのところにきて、デイヴィッドとウィローのあいだにすわった。テーブルに肘をつき、両手で自分の顔をはさみこむ。彼はデイヴィッドのほうを見てはいなかったが、あきらかに彼の返事のなかに確信のなさを聞きとっていた。

ふたたび、しばらく沈黙がつづいた。中庭にサンディの車がはいってきた。ウィローはそれに気づいて、彼がずかずかとこの場にはいりこんでこないことを願った。デイヴィッドとペレスのやりとりは、ひじょうに重要だという気がしていた。「チャーリーは演技が上手かった」デイヴィッドがいった。「でも、ぼくは彼のことをよく知っていた」

「つまり、あなたは彼がモニカ・リーズのことを知っていると思った？」ペレスはすこし首をかしげて、その質問をした。

「そこまではいいませんけど、画廊に立ち寄ったのがまったくの偶然だとは、どうしても思えないんです。あの日、ぼくはまっすぐここに戻りたかった。長い一日でしたし、車のトランクには買い物の袋がいくつもはいっていました。でも、チャーリーはしつこかった。〝自分たちにご褒美をあげよう。きちんとした午後のお茶を楽しむんだ〟。彼は、自分がどうしてもと望めば、ぼくが絶対に拒まないのを知っていた。お茶のあとで、彼は絵を見てまわりました。モニカ・リーズの絵が彼の趣味ではないことは、すぐにわかりました。それでも、彼はじっくりと彼女の絵をながめていた。ふだんは、すぐに飽きているのに。彼はひとつのことに集中できないたちで、熱くなったかと思うと、すぐに冷めるんです。でも、このときはまるでそれが自分の所有物であるかのように、しげしげと絵をながめていた。自分がその画家の後援者であるかのように。あるいは、知人であるかのように」

「彼にたずねてみましたか？　モニカ・リーズを知っているのかと？　彼女とロンドンで会っ

たことがあるのかと?」いまや、ペレスの口調は年輩の教師のようになっていた。厳格だが、励ますような感じだ。参考人にどういう態度で接するのがいちばんいいのかを、ペレスはいつでも心得ているように思えた。どうやったらそんなことができるのか、ウィローは不思議でならなかった。一度、捜査の終わりちかくで気がゆるんだときに、ペレスがこんな話をしてくれたことがあった。別れた妻から、〝感情の垂れ流し〟を指摘されたというのだ。あなたは、ほかの人に感情移入しすぎる。もしかすると、それが秘訣なのかもしれなかった。

ふたたび沈黙がつづいた。サンディが窓からキッチンをのぞきこんだが、ウィローがかすかに首を横にふると、そのまままわれ右をして、屋敷の正面へとまわっていった。ようやく、デイヴィッドがこたえた。「いいえ、なにもたずねませんでした。たぶん、ぼくらはおたがいを欺くことに慣れっこになっていたんでしょう。商売やここでの暮らしについて嘘をつくことに。そして、大切なことをまったく話さなくなっていた。それに、ぼくは穿鑿《せんさく》するのが怖かった。人は誰でも秘密をもつ権利がある。そうは思いませんか? たとえ、親密な間柄であっても。彼がなにを計画しているにせよ、ぼくにそれを知ってもらいたければ、むこうから話してくれるだろう――ぼくはそう考えていたんです」

サンディはいったん自分の部屋に戻っていたにちがいなく、デイヴィッド・ゴードンがキッチンを出ていってから、姿をあらわした。

「ポットにまだ紅茶はありますか?」

いつものサンディらしく、陽気な口調だった。ウィローは自分やペレスと較べずにはいられなかった。ふたりとも、事件に影響されて内省的になっていた。さまざまな思いつきが霧のなかの影のように逃げていくのを感じて、苛立っていた。「それで、先生とはどうだったの？」

　サンディの顔がすこし赤くなったように見えた。

「サンディ・ウィルソン、あなた彼女に恋しちゃったわけ？　くわしく聞かせてちょうだい」

　ウィローは、子供を相手にするときの調子で彼をからかった。いまかれらに必要なのは、それだった。害のないちょっとしたお楽しみだ。

「そんなんじゃありません」サンディは言葉をきった。「学校にいたころ、彼女とは何度かデートをしたことがあるんです。たぶん、あまりいいボーイフレンドじゃなかった」

「彼女はそれを根にもっているとか？」

　サンディはほほ笑んだ。「それはないと思います。ルイーザはいま大変なんです。母親が認知症で、自宅でその世話をしている」間があいた。彼はイェル島を出てからずっとそのことを考えていたようだった。「彼女は養子です。自分だったら、肉親でもない人間の下の世話とかをできるかどうか……」顔をあげてふたりのほうを見たサンディは、かれらが事件に関係のある情報を待っていることに気づいて、注意をそちらへ戻した。「残念ながら、彼女からはなにも役にたつ情報は聞けませんでした。子供たちは学校で〝小さなリジー〟の歌を習ってはいないようです。ただし、音楽の授業には専門の先生がいるので、その連絡先を教えてもらいました。ジョーイ・リカードという人物です。さっき電話してみたら、メオネスの子供たちにあの曲を教えたことはないといわれました。でも、あれは学校で習うというより、両親とか祖父母から教わるものだから」サンディは紅茶を注ぐと、ペレスとウィローのあいだに腰をおろした。

「デイヴィッド・ゴードンからは、なにか聞きだせたんですか？」

「例の〝モニカ〟が何者なのか、わかったかもしれない」ペレスがいった。

それを聞いて、ウィローは驚いた。「ほんとうにそう思うの、ジミー？　世の中には〝モニカ〟という名前の女性は大勢いるのよ。シェトランドにだって、たぶん何人かいる。さっきのはただの偶然だとは思わない？　ロンドンからきてイェル島の画廊で個展をひらいた画家なんて、エレノアとのつながりがなにも見当たらないわ。それに、チャールズ・ヒリアーとだって、ほんのわずかしかつながっていない」

ウィローはペレスを見た。自分はなにを見逃したのだろう？　ジミー・ペレスは先ほどの会話から、なにをつかんだのだろう？

「その個展のオープニングに、フランといっしょに顔を出したんだ」ペレスがいった。「去年の夏だった。彼女が亡くなる数カ月前だ。画家はロンドンの出身で、しばらくまえにこちらに越してきていた。その理由は、いろいろあったようだ。ちょうど離婚したところだったとか、作品のあらたな方向性を模索して、シェトランドからいい刺激をもらえそうだと感じたとか。もしかすると、シェトランド芸術振興協会《アーツ》の誰かと友だちだったのかもしれない。とにかく、彼女とはすこし話をした。そのときに名前を聞いていたのだとしても、すっかり忘れていた。よくフランにはそういう場にひっぱりだされていたから……」

ペレスが言葉をきった。彼がフラン・ハンターのことを思いだしているのが、ウィローにはわかった。彼の最愛の人だ。ペレスの人生において、フランに対抗できる女性があらわれることは決してないだろう、とウィローは意地悪く思った。彼の頭のなかで、フランはいつまでも美しく聖人のような女性でありつづける。なぜなら、彼女はふたりの関係がまだ新鮮で胸躍るものであるうちに——毎日の生活が雑用と苛立ちの単調なくり返しとなるまえに——亡くなってしまったからだ。フランは、しわくちゃになることも中年太りになることもない。

「それじゃ、聞かせてちょうだい、ジミー」ウィローはそういって、ジミー・ペレスの注意を現在にひき戻した。「どうして、その画家がエレノアのノートにあった〝モニカ〟だと思うわけ？」

34

ペレスはモニカ・リーズの個展にいった晩のことを思いだそうとした。あまりいきたくはなかった。このとき、イェル島の画廊に出かけるかどうかでフランとかわした議論が、ふたりの関係におけるいちばん喧嘩らしい喧嘩といえた。ペレスはレイヴンズウィックにある小さな家で、フランに真っ向から立ちむかった。「ああいうところにくる芸術家ぶった連中には、なにをいえばいいのかわからないんだ。それに、あしたは早番だ。ぼくはいかなくてもいいだろ」

フランの友だちといると、彼はしばしばぎごちなさをおぼえた。居場所のない影のような存在になった気がした。恩着せがましい態度をとられることもあった。だが、結局はいっしょにいくことに同意した。なんのかんのいって、ペレスはフランをしあわせにできるとわかっていることなら、なんでもした。

「わたしが運転するわ」フランがいった。「そしたら、あなたはワインを何杯か飲めるでしょ。それに、きっと会場にはあなたの知りあいもいるはずよ」そういうと、彼女はペレスの首筋を指先でそっと撫でた。あとで埋め合わせをするという合図だった。

画廊はまだあたらしく、砂利浜から生えているように見えた。片側が丘に食いこんでおり、反対側にある巨大な窓からは北の地の透明な光が展示スペースに射しこんできていた。環境にやさしいデザインということで建築関係の賞をとった建物だった。ふたりは画廊にはいるとき、外で今夜の主役を見かけていた。緊張した様子で、招待客がくるまえに外でこっそり煙草を吸っていたのだ。こわい黒髪に小さな丸い目をした五十すぎの女性で、その緊張ぶりがペレスには好ましく思えた。

そして、ペレスは彼女の作品のほうも気にいった。ほとんどがふつうの部屋の内部を描いた室内画で、そこにときおり人体の一部が描かれていた。古めかしいガスストーブと、そのまえに投げだされた足（しわの寄った厚手の靴下とスリッパをはいている）。雑然としたキッチンと、そこでプラスチックの容器から牛乳を注いでいる手。絵のなかには、しばしばショックをあたえるような物もいっしょに登場していた。古風な応接間に用意された午後のお茶。そこには、パンの耳を切り落としたサンドイッチや砂糖ごろもをかけたデコレーションケーキのならぶケーキスタンドのほかに、コカインの粉末を線状に整えた八角形の鏡が置かれている。老女の寝室にある埃の積もった鏡台。その上には拳銃が……。

ペレスはすっかり魅了されて、フランが友人たちとおしゃべりするあいだ、これらの絵に見入っていた。犯行現場の写真のようだった。それぞれの絵に物語があり、部屋の主の過去があらわれていた。やがて、彼は子供の肖像画のまえにきた。とらえどころのない絵だった。一見すると、べつの時代の子供を描いた作品のように見えた。白いドレスを着て、ゆったりと巻いた黒髪を白いリボンで束ねている少女。だが、その子は現代風の顔立ちをしており、わけ知りな表情を浮かべていた。いたずらっぽいとも共犯者めいたともとれそうな笑み。ペレスは長いこと、その絵のまえに立ってながめていた。フランの友人と絵について話すのは苦手だったが——彼はいつでも自分が馬脚をあらわすのを恐れていた——それでもこの絵の作者に質問がしたくて、彼はモニカ・リーズをさがしだした。だが、あいにく彼女はグラスを手に、頬を紅潮させながら、大勢の人としゃべり、すこし大きすぎる声で笑っているところだった。そんなときに、話をさえぎって質問をぶつけるわけにはいかなかった。そこで、ウィローには作者とすこし話をしたといったものの、実際には彼はモニカ・リーズときちんと会話をかわすことなく終わっていた。彼女を取り囲む人ごみの外れに立ち、彼女が着想の源について語る声に耳をかたむけていただけだった。「ごくありふれた世界を不気味なものに変えるのが得意なんです」

かわりに、ペレスは画廊のオーナーと話をすることができた。むこうからちかづいてきたのだ。ペレスはまえに一度、やはり同業者を支援するフランに連れてこられたおなじような場で、この人物と顔をあわせていた。

「彼女の作品をどう思いますか？」オーナーは渋い顔でいった。

「わたしは好きです」

「ここではあまり受けないでしょう。うちはおもに観光客を相手に商売をしていて、彼女の絵はあまりにも都会的だ。郊外っぽいというか。でも、何点か残しておくつもりです。なんのかんのいって、モニカ・リーズは大物ですから。あと、あの少女の肖像画。ぱっと見は伝統的な作品で、年長者に受けそうな気もするが、どこかおかしな感じがする。そうは思いませんか？不穏なものがある」

ペレスはその意見に同意した。やがて、夜も更けてパーティはおひらきとなり、ペレスとフランはフェリーの最終便でシェトランド本島に戻った。そして、その三カ月後にフランは亡くなった。馬鹿げているにもほどがあるが、いまペレスはふと思った。あの絵の少女は——スレッツに滞在する女性たちが描写してみせたのとそっくりな少女は——その悲劇を予示していたわけだ。

ペレスは小刻みにまばたきをして、〈スプリングフィールド・ハウス〉のキッチンへと注意を戻した。そして、個展のことをウィローとサンディに説明しようとした。「その少女の肖像画を描いたのが、モニカ・リーズだった。白いドレス姿で髪に白いリボンをつけた少女だ。一般に認識されている〝小さなリジー〟とそっくりな恰好をした」

「つまり、あなたはモニカ・リーズも幽霊を見たと考えているの？　そして、その姿を絵に描いたと？」ウィローがテーブルの上に身をのりだした拍子に、彼女の長い髪がペレスの腕をかすめた。ペレスは手をひっこめないように努力した。

ペレスはそんなふうに考えていたわけではなかったが、その可能性を検討した。「かもしれない。それもひとつの説明だろう」

「そして、エレノアはモニカ・リーズの居場所を突きとめ、こちらへきたときに彼女と会う手はずを整えた？」

「おそらく、ふたりはいつの時点でか会っていたはずだ」ペレスはいった。彼の頭はめまぐるしく回転しており、なかなかはっきりと見えてこない突拍子もない考えをいくつもおいかけていた。

「だとすると、パーティの当日、エレノアはそうとう忙しい午後をすごしていたことになるわね」ウィローが確信のなさそうな口調でいった。「まず、ヴァイラ・アーサーがスレッツにあらわれて、自分の体験談をレコーダーに吹きこんでいった。そして、チャールズ・ヒリアーもこの日にエレノアと話をしようとしていたのかもしれない。昼間か夜に。そしていま、あなたはエレノアがモニカ・リーズとも会っていたという。それも、エレノアの友人たちが崖沿いの小道を散歩していたわずか二時間のあいだに。かれらは、いつスレッツに戻ってきてもおかしくなかった。雨まじりの強風が吹きはじめるだけで、そうなっていたはずよ」

三人は、しばらく黙ってすわっていた。

「もしかすると、エレノア・ロングスタッフがシェトランドにきたのは、今回のパーティがはじめてじゃなかったのかもしれない」サンディがいった。自分が馬鹿なことをいっているのではないかと心配しながら、マグカップから顔をあげる。「だって、彼女は仕事でしょっちゅう旅をしていたわけでしょ？　だったら、ここへもくることができたんじゃないですか？　自分が〝小さなリジー〟の幽霊を信じてシェトランドにきていることを旦那に笑われそうだと思ったら、ブリュッセルにいるふりをすればいい」サンディはそれらしい目的地をほかにもあげようとして、言葉をきった。「それか、ニューヨークに。ふたりのやりとりは携帯電話でおこなわれるから、どこからかけていようが相手にはわからない」

ふたたび沈黙がつづいた。いわれてみると、これほど自明なことはなかった。

「サンディ・ウィルソン、あなたは天才よ。この件がかたづいたら、あなたを飲みに連れていってて、べろんべろんになるまでおごるわ」ウィローが笑いながらいった。「空港とフェリーのターミナルに連絡して、エレノアがこちらにきていたか、きていたとすればいつだったのかを確認しましょう。ロンドンからだと、時間を節約するためにアバディーン経由の飛行機でくる可能性がいちばん高いわね。その場合、国内便でも写真つきのＩＤが必要だから、彼女は本名を使っていたはずよ。そこから彼女の動きをおうの。こちらで、いつ誰と会っていたのか？　そして、その人物は、なぜ彼女が死んだと聞いても名乗り出てこなかったのか？」ウィローは立ちあがった。

こんなに興奮している彼女を、ペレスは見たことがなかった。「どこへいくんだ？」

「イェル島よ。この謎の〝モニカ〟を見つけだすの。あなたもきてちょうだい」

いまからイェル島にいって今夜じゅうにアンスト島に戻ってくるとなったら、大急ぎで行動しなくてはならなかった。きょうは金曜日なので、フェリーの最終便で戻ってくるのは避けたかった。ラーウィックのパーティや友だちのところで遊んできた若者、アンスト島やイェル島にはない店で食事をするため本島にまで足をのばしていたカップルで、いつも混みあっているからだ。さらに、夜遅いとフェリーの便数がすくなくなるので、イェル島で足止めを食ったり、車を残して徒歩の客として戻ってくる羽目にならないように、気をつける必要もあった。そもそも、モニカ・リーズがロンドンとシェトランドを行き来する生活を送っているのだとすれば、いま彼女がこちらにいる保証はどこにもなかった。

「あすまで待ったほうがよくはないかな」ペレスはいった。モニカ・リーズとの接点は画廊しかなく、この時間だと、もうそこには誰もいないかもしれなかった。もちろん、かれらがイェル島に到着するまでに、サンディなら彼女の家の住所を突きとめられるだろう。メアリ・ロマックスが知っているだろうから。だが、ペレスは準備不足のまま、息を切らせてモニカ・リーズの家の戸口に立ちたくなかった。彼女は今回の事件の重要な鍵を握る人物であり、しかも有名人だった。金曜日の晩にいきなり押しかけていくのは、ひどく失礼なことに思えた。

「わたしたちには待っている時間なんてないわ」ウィローがいった。「今夜じゅうに確かめないと」ペレスには、ウィローのあせる気持ちがよくわかった。スレッツに滞在している本土人たちがシェトランドを離れるまえに、なんとしても捜査を進展させたいのだ。そこで、彼はウィローを説得するのをあきらめた。

とはいえ、ベルモントの乗り場でフェリーの到着を待つ車のなかで、ペレスはもう一度この訪問を翌日にのばさせようとした。「まずポリーとキャロラインの話を聞いてからのほうがいいんじゃないかな。エレノアはこのふたりに〝モニカ〟のことをしゃべっていたかもしれない。それか、シェトランドにくるのがこれがはじめてではないことを匂わせていたかも」

だが、いまやウィローはこの追跡にすっかり夢中になっており、埠頭までの猛スピードのドライブを楽しんでいるのがわかった。〈スプリングフィールド・ハウス〉にすわって事件についてあれこれ考えていたことへの反動だ。彼女は時間が気になって仕方がないのだ、とあらためてペレスは思った。これは時計を止めようとする彼女なりのやり方だった。

「ぐずぐずしているひまはないわ、ジミー。これは突破口になるかもしれない」ウィローの目はきらきらと輝いていた。まるで傷ついた子羊に襲いかかろうとするトウゾクカモメのようだった。

フェリーがイェル島に着くころには、サンディが画家の自宅の住所を調べあげてくれていた。モニカ・リーズはフェリーの発着場からそう遠くないカリヴォーに住んでいた。車が幹線道路から外れると、ふたりの目のまえには空と海があらわれた。夕方の空は、まるで海が燃えているかのように赤く染まっていた。すべてが静止していた。道路の両側の土手には草花が咲き乱れており、奇妙な夕方の光のなかで色が強調されていた。ハンドルを握っているのは、ウィローだった。彼女はひどくぴりぴりとして落ちつきがなく、とても助手席でおとなしくすわっていられるような状態ではなかった。

たどり着いた家は、これといって特徴がなかった。灰色で小さく、すこし醜かった。正面に小さな四角い庭があるだけで土地はついておらず、となりの家の庭とは木の羽根板でできた柵で仕切られていた。おなじ通り沿いには、もっとあたらしい家が何軒かあった。そのうちの二軒はずんぐりとした平屋建ての家で、残りは鮮やかな色に塗られた木造のノルウェー風キットハウスだった。ウィローが車を待避所にとめ、ふたりは車から降りた。モニカ・リーズの家の正面玄関にはテラコッタの鉢がふたつあり、それぞれにハッカとローズマリーが植わっていた。だが、庭の芝生は伸び放題だった。ウィローは門をあけ、ドアを叩いた。

返事はなかった。ペレスは窓から室内をのぞきこみ、居間がかたづきすぎていると思った。小さなテーブルの上にはきちんと折り畳まれた日曜紙があり、その見出しから、それがすくなくとも二週間はまえのものであることがわかった。ソファのクッションは左右対称に置かれていた。やけに個性のない部屋で、ここで画家が暮らしていることをうかがわせるものは皆無だった。壁には絵が一枚も掛かっておらず、絵の具も見当たらなかった。ペレスは数歩さがって、屋根を見あげた。タイル張りの屋根に天窓がついているところを見ると、モニカ・リーズは屋根裏部屋で創作活動をおこなっているのかもしれなかった。

となりの家では、老女が洗濯物をとりこんでいるところだった。足もとにプラスチック製のバケツを置いて、服を畳んでいる。だが、その目は訪問客から片時も離れることがなかった。ついに好奇心に負けて、老女が柵のところにちかづいてきた。「なにか用かい?」骨ばった身体つきで、その顔は荒天で削られたかのようにごつごつとしていた。

「わたしたちはモニカ・リーズさんをさがしているんです」

「家には誰もいないよ。ここ二週間、彼女の姿は見かけてないね。でも、あの人はいったりきたりの生活だから。ここは別荘みたいなもんなんだ。ロンドンにもまだ家があるって、いってた」

ペレスは老女にちかづいていった。おそらく、彼の発音のほうがウィローの発音よりもなじみがあって、より答えをひきだしやすいだろう。「彼女が留守のとき、あなたが家の面倒をみているんですか？」

「それを頼まれたことは一度もないね」この老女とモニカ・リーズのあいだに好意が存在しないことを、ペレスは感じとった。神経質で、都会暮らしの匿名性に慣れているモニカ・リーズは、退屈しのぎにいろいろとさぐりを入れてくる老女に辟易していたのだろうか？「それで、あんたたちは何者なんだい？」

「警察のものです」ペレスはいった。「メオネスで起きた殺人事件を捜査しています」

老女の態度が一変し、すごく興奮した口調になった。「さあ、なかにはいって、紅茶を飲んでってちょうだい」気がつくと、ペレスとウィローは老女の家のキッチンにいた。やかんがすでに沸騰しており、皿には自家製のクッキーがならんでいた。その見返りとして得た話を、彼女はふたりが帰るやいなや、家族や友人たちに電話で伝えてまわるのだろう。今夜、うちに誰がきてたと思う？

「モニカ・リーズさんがおとなりに越してきて、どれくらいになるんですか?」質問はペレスが担当し、ウィローは苛立ちを抑えながら、窓を背にして立っていた。

「一年くらいかね。でも、彼女の持ち家じゃないよ。ラーウィックのジョニー・ジェイミソンから借りてるんだ。彼はあそこを休暇用の貸し家として購入した。まえはよく彼に頼まれて、あの家の掃除をしたもんだよ。週に一度、お客さんが出ていったあとで。手間賃は大したことなかったけど、年金の足しにはなった」

もしかすると、彼女のおとなりさんへの反感の一部は、そこに原因があるのかもしれなかった。となりの家が長期の貸し家になったことで、ちょっとした小遣い稼ぎができなくなってしまったのだ。老女が話をつづけた。「彼女がここに越してきた日に、訪ねていったんだよ。なにか助けがいるかと思って。引っ越してきた初日がどんなだか、知ってるだろ。必要なものがあっても、見つかりゃしないんだ。でも、敷居もまたがせてもらえなかった」

「彼女はあの家を家具つきで借りているんですか?」個性の感じられないソファやなにも飾られていない壁は、それで説明がつくのかもしれなかった。

「そうだよ。奇妙なことにね。だって、もしもここに居着くつもりなら、自分の持ち物を置きたくなるもんだろ。でも、荷物はほとんどなかった。スーツケースがふたつと、自分の絵をいれた箱がひとつだけ」老女が鼻を鳴らした。「本人いわく、画家だそうだから」

「それじゃ、彼女と会ったんですね」ペレスはいった。「どんな女性か、教えてもらえませんか?」

「神経質な感じで、痩せてて、煙草を吸うんだ。実際の年齢よりも若い恰好をしてる。花柄とか、明るい柄物とか」

「彼女はひとりで暮らしているのかしら?」ウィローが口をはさんできた。その目が壁の時計にちらりとむけられたことに、ペレスは気がついた。「男性や家族の姿はなかった?」

「何度かここに子供を連れてきてたようだね。まだ小さい子で、孫かもしれない。でも、その子はずっとここに住んでるわけじゃない」

「男の子ですか? それとも、女の子?」ペレスはたずねた。

老女が目をむいた。「そんなの、知るわけないだろ。こっちはのぞき屋じゃないんだから。一度、彼女が子供と外で遊んでいるのを見かけた。それだけだよ」

「でも、なんとなく見当がつきませんか」そういって、ペレスは老女にほほ笑みかけた。

「女の子だった気がするね。でも、その子のほかに、男の子がふたりいっしょにいたこともある。男の子たちは泊まっていかなかったから、地元の子かもしれないね」

「モニカさんを最後に見かけたのがいつか、覚えていますか? 正確な日付がわかると助かるんですが」ペレスはまたしても、お気にいりの甥っ子のような感じで老女から答えをひきだそうとした。

「ちょうど一週間くらいまえだよ」しばらく考えてから、老女はようやくいった。「だとすると、彼女はこっちが思っていたほど長いこと家を留守にしていたわけじゃないね」

里帰り結婚式の当日だ、とペレスは思った。それには、なにか意味があるのだろうか?

「でも、そのあいだにも彼女はここに戻ってきてたかもしれない」老女がつづけた。「ブレイにいる娘のところに出かけてて、こっちもここを留守にしてたから」またしても鼻を鳴らす。

「まあ、戻ってきてたとしても、彼女は庭の草を刈ろうともしなかったわけだけど」

「モニカさんは出かけるとき、家に鍵をかけていくんでしょうね」ペレスはいった。

「そいつは間違いないね。彼女はご近所さんを誰も家にいれたことがないんだ。彼女が留守のときにたまに家の空気の入れ替えでもしておこうか、と申しでたことがある。そしたら、ことわられたよ。〝わたしはプライバシーを大切にしているんです、アニー〟ときた。いったい、家のなかになにを隠してるんだか」老女がこれ見よがしに身体を震わせてみせた。

「とはいえ、われわれは彼女のことをすこし心配しています」ペレスはいった。「ここしばらく、誰も彼女の姿を見かけていないので。家のなかを見てまわれたら安心できるのですが、窓を壊して押し入りたくはない」

「その必要はないよ」老女はにっこり笑うと、劇的な効果を狙って間をあけた。おもむろに腰をあげる。「あの家の鍵が、まだ手もとにある。ジョニー・ジェイミソンのために掃除をしていたときに使ってた鍵が。モニカは家の守りをしっかり固めているかもしれないけど、錠前までは換えてないいんじゃないかね。いくら彼女でも、そこまではしないだろう」

老女は手をのばして食器戸棚の鉤から鍵をとると、それを勝ち誇ったようにペレスとウィローのほうにさしだした。

35

モニカ・リーズの家のまえに立つウィローの頭のなかには、すでにこの画家のイメージができあがっていた。落ちつきのなさが衝動的な行動や創造性へとつながっているように思える人物のひとりだ。ウィローが子供だったころの母親が、ちょうどそんな感じだった。エネルギーに満ちあふれ、さまざまな計画で家族をふりまわし、みんなを興奮させると同時にくたくたにさせていた。銀やエナメルで指輪とか腕輪を作り、それを地元の芸術センターで売っていた。だが母親の場合は、彼女の人生そのものがひとつの実験演劇だった。思いつきでバス旅行の団体をヒッピー共同体《コミューン》に招待し、ありあわせのものをかき集めて、あっという間にかれらに夕食を提供していた。バルラナルドで暮らす共同体の仲間だけでは、観客が足りなかったのだ。いまでは彼女も年をとって、燃えつきて弱々しくなり、夫の陰に隠れてしまっていた。

おとなりさんの老女はペレスに説得されて自分の家にとどまり、かれらのために見張りをしてくれていた。「モニカさんにショックをあたえたくないんです。彼女が戻ってきて、見知らぬ他人が自分の家のなかにいるのを発見したら、驚くでしょうから」ペレスはそういうと、あの特別な笑みを浮かべてみせ、老女に自分の携帯電話の番号の印刷された名刺を渡した。そしていま、老女は片方の手にその名刺を、反対の手に電話を握りしめて、自分は捜査で重要な役割をはたしていると感じながら、窓にへばりついていた。ウィローはあらためて、ペレスがいったいどんな魔法を使って人びとを自分の味方にひきいれているのか、不思議に思った。もしかすると、それはやさしさといった単純なものなのかもしれなかった。ウィローだったらもっときつく、老女に邪魔をしないよう命じていただろう。

鍵は錠前のなかで簡単にまわり、つぎの瞬間には、ふたりはキッチンに立っていた。できるだけお金をかけずにあたらしくしたキッチンだった。御影石風のプラスチック製の薄板で覆われた樹脂合板の調理台。畳んで壁に立てかけられた合成樹脂製のテーブル。木のように見える薄板を張った床。ウィローは手袋をはめ、まず冷蔵庫の扉をひらいた。スーパーマーケットで売っているシャブリの未開封のボトル。バターの包み。半ダースの卵。ウィロー自身の冷蔵庫の中身も――家で毎日暮らしているときでさえ――これとほとんど変わらなかった。とはいえ、ウィローの場合はすぐちかくにスーパーマーケットがあるので、毎日買い物をすることができた。

「どうやら、腐りやすいものはほとんどかたづけていったみたいね。きっと、しばらく留守にするつもりだったのよ」

ごみ箱は空っぽにされていた。食料貯蔵室の棚には、缶詰とオリーブ・オイル、それにパスタと米の袋がならんでいた。だが、その下の台に野菜はなかった。モニカ・リーズは几帳面な女性で、ここを急いで出ていったわけではなかった。ペレスはキッチンの真ん中に立ち、雰囲気をつかもうとしているように見えた。

居間は、小さな四角い部屋だった。ここでも戦後の万能テーブルが——ぴかぴかだが、傷だらけだった——畳んで壁に立てかけられていた。ソファ。テレビ。暖炉に設置された電気ヒーター。炉棚には若草色の磁器のカエルがあり、そのとなりにロンドン塔の写真の絵葉書が飾られていた。ペレスが絵葉書をひっくり返して、裏のメッセージに目をとおした。それから、それをウィローのほうにさしだした。

〝すぐにまた会いましょう〟という文面の下に、一列のxがならんでいた。差出人の名前はなく、消印はぼやけていた。宛名は、〝イェル島ノトス・ライト画廊気付M・リーズ〟となっていた。モニカ・リーズは自宅の住所を隠そうとしていたのだろうか？ ウィローの頭に、考えられる理由がいくつか浮かんできた。泥沼の離婚の末に、ストーカーと化したDV夫につけ狙われている。借金を抱えている。自分だけの空間とプライバシーが欲しかった……。

ソファには赤いフラシ天のクッションがきっちりと一列にならんでおり、絨毯はナイロン製で汚れていた。たとえ仮住まいにせよ、芸術家がこんなところで生活できるとは、ウィローにはとても思えなかった。その疑問を、そっくりそのままペレスにぶつけてみる。

彼はすぐにはこたえなかった。そして、ようやく返事がかえってきたとき、ウィローは自分がそれを正しく理解したかどうか、自信がなかった。「たぶん彼女の作品は、まさにこういう部屋から生まれてくるんだろう。ごくありふれた世界を不気味なものに変えるのを得意にしている、と本人はいっていた。実際、ここはすこし不気味な感じがしないか？」

狭い玄関——おなじく薄板張りの床、凝った装飾の金箔縁の鏡——をはさんで反対側には、寝室があった。家主はできるだけ大人数をこの家に詰めこもうと考えていたらしく、大きなほうの部屋にはツインベッドが、裏手側の小部屋にはシングルベッドが置かれていた。ウィローの目には、すべての家具がチャリティショップで調達してきたもののように見えた。ペレスが大きなほうの寝室にある洋服だんすをあけた。なかは空っぽだった。

「あした家主に連絡をとって、彼女から退去通知を受けとったか確認してみましょう。この様子からすると、彼女はここをひきはらったのかもしれない」だが、自分なら逃げだすまえに冷蔵庫のシャブリを空けていくだろう、とウィローは考えていた。

小部屋のベッドは準備がされておらず、曲げ木でできた椅子の上に灰色の毛布が畳んで置かれていた。それ以上の家具がはいる余地はなかった。屋根裏につうじる木製の階段はすごく急で、梯子といってもいいくらいだった。ウィローが先にのぼり、ペレスがそのあとにつづいた。ウィローは、うしろからのぼってくるペレスを意識した。彼の小さな息づかいが聞こえてくる。てっぺんまでくると、ウィローは足を止めた。ふいに予感がして、恐怖さえおぼえた。べつの死体のイメージが、さっと頭に浮かんでくる。あきらかに今回の事件に関係していて、多くの情報をもたらすことのできる女性が、屋根裏部屋の床に死体となって横たわっているのではないか……。

だがウィロー自身、それが馬鹿げた考えだとわかっていた。死体の腐敗臭もしなければ、誰かが家に押し入った形跡もないではないか。階段をのぼりきると、ウィローは屋根裏部屋を見まわした。そして、ここではじめて、モニカ・リーズらしさを感じることができた。むきだしの床板はサンドペーパーやワニスで表面を滑らかにする努力が一切なされておらず、ところどころにはねた絵の具の跡があった。天窓のひとつの下に洗い出し仕上げの大きな松材のテーブルがあり、そのとなりに画架が置かれていた。窓からは、低いところにある牧草地とそのむこうの海が見えていた。絵の具や絵筆は見当たらず、それらをしまっておくような戸棚もなかった。モニカ・リーズはすべてを荷物に詰めて、いっしょにもっていったにちがいなかった。

だが、画架は残されたままだった。ウィローのあとから屋根裏部屋にあがってきたペレスは、まずそこへむかっていた。そのまえに立ち、画架に留められたクリーム色の厚地の紙をみつめている。モニカ・リーズは、その紙に鉛筆画を描いていた。影になった背景のなかで、ながれるような長いドレスに身を包んだ女性があおむけに横たわっている。それはまさしく、メオネスの水溜まりで死体となって横たわるエレノア・ロングスタッフの素描《スケッチ》だった。

36

ポリーはスレッツの寝室で荷造りをしていた。イアンから離れていられるので、嬉しかった。彼ははやくもまた飲みはじめていた。妻を亡くしたばかりの男性は独自のやり方で悲しむことが許されるべきであり、ポリーは我慢するのが当然なのだろうが、それでも彼の鬱積した怒りは耐えがたくなりつつあった。それに、量も問題だった。できれば、彼にはあんなに飲まずにいてもらいたかった。酔うと彼は不機嫌でむっつりとなり、なにをしでかすかわからなくなるのだ。

ポリーの母親はお堅いメソジスト教徒で、アルコールを一切認めていなかった。ポリーはときどき、自分が若くして母親のような心配性の中年女性になるのではないかと不安になった。その堅苦しさを、エレノアにもからかわれていた。「いいから肩の力を抜いて、ポル。あなたはまだ若いのよ！」自分を笑わせて、あたらしい体験に挑戦するよう仕向けてくれたエレノアがいなくなって、これからどうすればいいのだろう？　自分はこのまま、誰もがもつイメージどおりの退屈でさしでがましい司書になってしまうのだろうか？　だが、ポリーにはマーカスがいた。彼女の人生に冒険をもたらしてくれるマーカスが。そう考えると、彼女にもまだ希望があるのかもしれなかった。

ポリーはエレノアがいなくなって寂しさをおぼえていたが、実際にはここ最近、エレノアやキャロラインとは疎遠になってきていた。これはすなわち、ポリーがすでに人生におけるつぎの段階に進んでいるということなのだろうか？　もっと若いころ、三人はとても親密だった。ポリーは深夜に彼女たちとかわした会話を覚えていた。大学の寮のシングルベッドにみんなでいっしょにもぐりこみ、なかば寝そべった恰好で、ダラムの冷たい夜気に対抗して羽毛掛け布団にくるまっていた。飲み物は、時と場合に応じて、紅茶になったりチョコレートになったりウォッカになったりした。当時は三人とも、面子にかけて一切隠し事をしなかった。赤裸々に夢を語り、恐怖を打ち明けた。本心やつまらない不安をすべてさらけだした。

いまポリーは、自分たちがこんなにもばらばらになっていたことに驚いていた。ちかごろでは、私生活の話をすることもほとんどなくなっていた。もしかすると、それは三人がロンドンに移ったころからはじまっていたのかもしれない。ロンドンでは、うわべばかりの洗練と虚飾が必要とされた。より洒落た服装とあたらしい友人たちを得て、三人はそれぞれちがった仮面を作りあげていった。突然、有能で機知に富む自立した女性になっていた。だが、いまにして思うと、エレノアとキャロラインはもともと役者だったのだろう。生き延び秀でるために、あたらしい状況に適応していく役者だ。隙間風の吹きこむ大学寮の寝室でも、あのふたりは都会のお洒落なワインバーにいるときとおなじように演じていただけなのかもしれなかった。たぶん、ポリーはうぶだったのだろう。彼女にとって、大学生活は魔法のようなものだった。はじめて、同年輩の仲間になれた気がしていた。

ポリーはベッドの上に花嫁の付き添いのドレスをひろげた。そして、それを注意深く畳むと、スーツケースにしまった。エレノアのドレスは、おそらく証拠として保管されていて、最後には破棄されるのだろう。窓の外に目をやると、まだ夕方だというのに、海のほうからふたたび押し寄せてきた霧のせいで、海と空の境目がぼやけてわからなくなっていた。となりの部屋では、男たちの声がしていた。マーカスは聖人のように忍耐強くイアンにつきあっていた。ほとんど知らない相手なのに、彼の話を聞き、なだめ、支えになっていた。ポリーは洋服だんすからシャツをとりだすと、それも畳んだ。

荷造りが終わりかけたとき、キャロラインとロウリーがやってきた。ドアの開閉音につづいて、かれらの声がする。そのふだんとまったく変わりのない声を聞いて、ポリーの気分は明るくなった。あすのいまごろは、彼女は本土へむかう船の上だろう。そのあとは、マーカスとふたりきりでロンドンまでのドライブだ。イアンのことも、死んだ人たちのことも忘れていられる。おなじ状況にいたら、エレノアはためらうことなくシェトランドをあとにしていただろう。ポリーは考えすぎる傾向があり、こうして部屋に閉じこもっているのはよくなかった。彼女はドアをあけ、友人たちにあいさつするために出ていった。

キャロラインとロウリーは、アノラックにブーツという冬の出で立ちをしていた。ロウリーはリュックサックをもっており、それを床に置いたとき、なかでボトルのぶつかりあう音がした。

「シェトランドでの最後の晩に、ここにひきこもってくよくよ考えてちゃだめよ」キャロラインがいった。いかにもキャロラインらしかった。級長とソーシャルワーカーをひとつにあわせたような感じだ。「わたしたちに計画があるの」

どうやら、シェフをしているロウリーの友だちがラーウィックからこちらに出張してきて、ボートクラブでひと晩かぎりの仮設レストランをひらいているらしかった。そのボートクラブは、海岸沿いにすこしいった集落にあった。「二マイルほど歩くから、お腹がすいてちょうどいいわ」キャロラインがいった。「その先には、最高のシェトランド料理と美味しいワインが待っている。それから、あまり遅くなりすぎるまえに戻ってくるの。どうかしら?」

その計画への賛否はともかく、結局みんないくことになるだろう、とポリーは思った。こういう気分でいるときのキャロラインは、誰にも止められないのだ。とはいえ、みんなキャロラインのことを威張り散らすといってからかうものの、実際にはたいていの場合、誰かがかわりに決定を下してくれることに感謝していた。彼女がいなければ、みんな右往左往するばかりで、結局はなにもせずに終わってしまうだろう。

どうやらイアンも今夜出かけることに乗り気らしく、いちばん熱心といってもいいくらいだった。かれらは外へ出る恰好をして、ボートクラブにむけて歩きはじめた。途中、エレノアの死体が発見された場所のそばをとおりすぎたが、誰もそのことにはふれなかった。人間はなんて利己的なんだろう、とポリーは思った。亡くなった友人のことより、自分たちの心理状態のほうを気にかけている。無傷で生き延びるために必要なことをしている。

一行がボートクラブに着いたときには、すでに宴もたけなわになっていた。現代風の木造のボートクラブからは、小さなマリーナを一望できた。一列にならぶ桟橋につながれた小型のモーターボート。ところどころに舫《もや》われている大きなヨット。クラブルームは二階にあり、かれらは一階のクロークでコート類を預けた。二階の部屋から、笑いさざめく声が聞こえてきた。ポリーは一瞬パニックに陥り、正式なカレッジディナーをまえにした学部学生に戻っていた。大広間の外でためらい、不安で気分が悪くなっていた学部学生に。自分はきっと間違ったフォークを使ってしまうだろう。誰かに話しかけられるたびに顔を赤らめ、不文律のひとつを破って、自分がまわりのみんなとちがうことを——教育を受けた中流階級の娘であることを——露呈してしまうだろう……。そのときのポリーは、いまとおなじ肉体的反応を示していた。動悸がして、手のひらが汗ばみ、逃げだしたいという衝動に見舞われていた。そこへあらわれたのが、エレノアだった。彼女は腕をからめてくると、ポリーが抵抗する間もなく、大広間に連れこんでくれた。今夜、その役割をはたしたのはマーカスだった。彼は芝居がかったしぐさで小さくお辞儀をすると、ポリーに腕をさしだし、いっしょに階段をのぼっていった。

クラブルームには、白い布をかぶせて花と蠟燭で飾った組み立て式のテーブルがふたつ用意されていた。ウエイターを務めているのは、黒い服を着たボートクラブのメンバーだった。ポリーたちは待ちかまえられていたらしく、部屋にはいっていくと、思いやりに満ちた歓声で迎えられた。いつものように状況を的確に読みとったマーカスが、先ほどよりも深ぶかとお辞儀をしてみせた。キャロラインは知りあいに手をふっていた。一同はウイスキーのはいった小さなグラスを手渡され、テーブルの端に用意された席についた。ロウリーがリュックサックからワインをとりだした。部屋の隅で、若い女性がヴァイオリンで物悲しい曲を演奏しはじめた。ウイスキーを飲むと、ポリーの動悸はおさまった。料理がテーブルにはこばれてきた。魚と子羊だったが、ポリーのまえに置かれた皿にはヒラマメとマッシュルームのソースのかかったローストした野菜がのっていた。どうやら、それは彼女だけのメニューのようだった。ウェイトレスは彼女の名前まで知っていた。

ポリーは、なかなかこの場になじめなかった。自分たちが注目の的になっているという感じを拭いきれずに、ほかの食事客からちらりと好奇のまなざしをむけられるたびに、ぎくりとして居心地が悪くなった。サプライズ・パーティにまぎれこんだら、それが自分の誕生日を祝うものだった、と気づいたような感じだった。こうして興味をもたれているのは、おそらく二件の殺人のせいだろう。ワインを一杯飲んだあとで、ようやくポリーはリラックスしはじめ、まわりの状況が目にはいるようになってきた。マーカスはすごく楽しんでいた。彼がこうしたシェトランドの社交の場を文化人類学的な明晰な目で観察しているのが、ポリーにはわかった。モロッコのベルベル人の村で、そこの住民と夕食をとるときとおなじだ。もしかすると、彼はお金持ちのアメリカ人やドイツ人のために、ここへの旅を企画しようとしているのかもしれなかった。ボートクラブとロウリーの友人を説得して、彼の客だけの夕食会を催してもらうのだ。もてなしてくれる人たちに対する彼のこうした態度には、すこし上から見ているところがあるような気がした。彼は参加者というよりも観察者で、地元の風習を面白がっていた。だが、それをいうならポリーも観察者だった。

ロウリーとキャロラインは部屋にいるほとんどの人と知りあいらしく、なかにはポリーが結婚パーティで見かけた人もいた。ロウリーの従姉妹がきていた。赤ん坊を連れた話し好きな若い女性で、ご主人もいっしょだった。食卓の話題は、新婚夫婦がシェトランドに戻ってくること、ふたりがヴィドリンで見つけたあたらしい家のことでもちきりだった。誰も殺人のことを口にしなかった。もしかすると、この熱狂的な陽気さや張りつめた笑い声は、自分たちが殺人犯をもてなしているかもしれないことからくる気まずさを隠すためのものかもしれなかった。会話の切れ間に、キャロラインとロウリーのしゃべる声がポリーの耳にはいってきた。ふたりは共通の友人や学内政治、同僚の道ならぬ恋のことを話していた。エレノアは死んでおらず、ふだんの生活がつづいているかのようだった。

ポリーの右どなりには鮮やかな紫のチュニックを着た大柄な女性がすわっており、左どなりのキャロラインはテーブルのむかいの友だちとしゃべっていた。

「あなたは〈センティマン・ライブラリー〉で働いてるんですって?」紫のチュニックの女性が物柔らかな声でポリーに話しかけてきた。部屋のなかのざわめきにかかわらず、その声ははっきりと聞こえた。

ポリーは、ふたたびぎくりとした。この見知らぬ女性は、どうして自分の仕事を知っているのだろう? シェトランド人はみんな人の心を読めるのだろうか? ふいに、この状況はすべて自分の想像にちがいない、という考えが頭に浮かんできた。アンスト島での滞在は、ここに到着した瞬間から、なにもかも夢なのだ。ここでのことは現実ではない。もうすぐ目がさめたら、エレノアはまだ生きていて……。

「一度、いったことがあるのよ」大柄な女性がつづけた。「素晴らしいところだった。さぞかしいい職場なんでしょうね」それから、ポリーの困惑に気づいたにちがいなく、彼女は自己紹介をした。「わたしは歴史学者で、ラーウィックの博物館で働いているの。あなたが博物館に訪ねてきたことは、記録保管人のサイモンから聞いたわ。あなたが〝小さなリジー〟に興味をもつのは、当然よね。ある家庭内の悲劇から、それにまつわる伝承が生まれてくる。人は悲しみをもたらす出来事に、なにかしらの説明をつけずにはいられないのよ。たんなる偶然では、決して満足できない。でしょ?」

ポリーはなんとこたえていいのかわからず、黙ってほほ笑んだ。だが、その考えには興味をひかれていた。エレノアもまた、〝小さなリジー〟の伝承の一部となっていくのだろうか？その過程で話が変化して、そこには本土からきた黒髪の謎めいた女性が登場するようになるのだろうか？　十代のハンサムな男の子が料理の皿をさげにきた。部屋の反対端では、三人の子供たちがヴァイオリン《フィドル》の演奏にあわせて踊っていた。歴史学者の女性はテーブルのむかいにいる年輩の男性のほうへ顔をむけ、彼との会話をつづけた。どうやら、ポリーの返事は必要とされていなかったようだった。ポリーは椅子の背にもたれて、ちらりと外に目をむけた。霧が濃く、灰色の幕が光を締めだしていた。部屋のなかでは、蠟燭が薄暗がりのなかで明るく燃えていた。ポリーはふたたび、踊っている子供たちに目をやった。数名の大人たちがリズムにあわせて手拍子をとり、子供たちを応援していた。音楽がはやくなり、それにつれて踊りも激しさを増した。観客はテーブルを叩いて拍子をとっていた。踊っているのは、男の子がふたりと女の子だった。男の子たちは、灰色のシャツにお揃いのフェア島《アイル》模様の手編みのベストを着ていた。女の子は白いドレス姿で、黒いパンプスをはいていた。そのとき、ポリーは女の子に見覚えがあることに気づいて、ぎょっとした。それは、彼女が浜辺で見かけた女の子だった。エレノアが見たといっていた幽霊だった。

37

サンディは〈スプリングフィールド・ハウス〉のオフィスで退屈な作業をつづけていた。ホテルのコンピュータのまえにすわって、事件に関係する人びとの過去を調べていたのだ。休憩をとってコーヒーを淹れたいま、彼はふたたびエリザベス・ゲルダードのことを考えていた。ずっと昔に起きた子供の死が、どうやったら現在の連続殺人事件の引き金になりうるというのか？　そのつながりはよくわからなかったが、過去を調べるのはジミー・ペレスが熱心によくやることなので、サンディはそんな彼を感心させたかった。彼は心の奥のほうで、ルイーザのことも考えていた。もちろん、彼女のことはとても好きだったが、昔からサンディはえり好みするほうではなく、好きになった女の子は大勢いた。とはいえ、今回はちがった。ルイーザにかんしては、感心もしていた。学校の仕事をしながら母親の世話をこなし、なおかつ自分の複雑な過去にも毅然と明るく対処している。今回の事件が解決したら、彼はなんとかしてルイーザを誘いだそうと考えていた。きっとひと晩くらい、母親の面倒をみてくれる人が見つかるはずだ。ルイーザはどこへいきたがるだろう？　彼女を楽しませることができたら、サンディはそれで満足だった。

デイヴィッド・ゴードンはサンドイッチをもって自分の部屋へあがったきり、一度も階下におりてきていなかった。サンディはオフィスのドアをあけたまま作業をして、彼が行動を起こしたら音が聞こえるようにしていたが、ホテルのなかは死んだように静まりかえっていた。サンディはコンピュータの画面のまえに戻った。そして、五分後にはメアリ・ロマックスに電話をかけていた。「一時間ほど、こっちにこられるかな？　出かける必要があるんだけど、ペレス警部とリーヴズ警部はいまイェル島にいってて、デイヴィッド・ゴードンをひとりにしておきたくないんだ」

「逃亡の恐れがあると思っているの？」メアリ・ロマックスは食事中のようだった。

「そういうんじゃない。ただ、彼をひとりにしておくのはまずい気がして」

メアリ・ロマックスは二十分後にやってきた。持参した手編みの袋の口からは、細糸と編み棒がのぞいていた。サンディが出ていくとき、彼女は膝の上に編みかけの肩掛けをひろげ、キッチンの小さなテレビで時代物のドラマを観ていた。

サンディがヴォクスターに着いたとき、グルーシェとジョージはテレビのまえでおなじドラマを観ていた。キャロラインとロウリーの姿はどこにもなく、サンディはほっとした。あのふたりがいたら、物事はもっと複雑になっていただろう。番組は終わりにちかづいており、サンディはいっしょに最後まで観た。ドラマのなかの大きなお屋敷と領主夫妻と召使いたちは、サンディに往年の〈スプリングフィールド・ハウス〉を連想させた。

「調子はどうだ、サンディ？」ジョージがゆっくりと立ちあがって、背中を揉んだ。一年のこの時期は、小農場でおこなうカブの間引き作業で身体がこわばって痛むのだ。「一杯やるか？」

サンディは首を横にふった。

「それじゃ、紅茶は？」

「そいつはもらうよ」

グルーシェも立ちあがって、やかんを調理用こんろにかけた。「ほら、霧が海からはいってきてる。霧のせいで、今年の夏はさんざんだ！　ロウリーとキャロラインはあした本土へ帰ることになっているんだけど、この調子じゃ飛行機が飛ばないかもしれないね」

「ふたりはいまどこに？」サンディはグルーシェが席をはずしてくれることを願っていた。これからする話は、ジョージだけを相手にするほうがやりやすかった。

「スレッツにきている友だちと出かけてるよ。かれらの最後の夜だから。みんなでボートクラブまで歩いていくといってた。そこでなにかパーティみたいなことをやってるらしい」グルーシェの声には非難の色があった。もしかすると、人がふたり死んでいるのに出かけるのは不謹慎だと考えているのかもしれなかった。「紅茶はあなたが淹れてちょうだい、ジョージ。ブリキ缶にショートブレッドがいくらか残ってるわ。べつの部屋に紡ぎ車を出してあるから、あたしは羊毛を紡いでおきたいの」そういうと、彼女は部屋を出ていった。

残されたふたりはテーブルをはさんですわり、紅茶を飲んだ。

「エリザベス・ゲルダードのことをずっと考えていたんだ」サンディはいった。

ジョージが顔をあげて、サンディを見た。だが、なにもいわなかった。

「当時は、四十代のカップルが赤ん坊を授かるなんて、めったになかったんじゃないかな」

「だが、例がないわけじゃない」ジョージがいった。

「もしかして、エリザベス・ゲルダードは養子だったんじゃないかと思って」その考えは、ルイーザと話をしてからずっとサンディの頭のなかに居すわっていた。

ジョージはなにもいわなかった。

「もうずっと昔の話だ」サンディはそういうと、紅茶を飲み、ショートブレッドをとろうと青いビスケットの缶に手をいれた。「いまじゃ、世間の見方も変わってきている。婚外子をもつのは恥じゃない」

「それは父親が誰かによるな」

しばらく沈黙がつづいた。「でも、母親はサラだった？　あなたの大伯母で、あの大きなお屋敷で子守りをしていた？」

ふたたび沈黙が訪れた。「一族に伝わる話では、そうだ」

それで完全に説明がつく、とサンディは思った。計算すると、サラは妊娠したとき、十五歳になるかならないかだった。子供同然の年齢だ。おそらく性にかんして無知で、そこにつけこまれたのだろう。そして、大きなお屋敷で暮らす夫妻は、なんとしても子供が欲しかった。サラの産んだ赤ん坊をかれらの子供と偽るのは、完璧な解決策に思われたにちがいない。ゲルダード夫妻はそもそも多くの時間を本土ですごしていただろうから、かれらが生まれたばかりの赤ん坊を連れてアンスト島にあらわれても、誰も驚かなかったはずだ。サラはきっと、お腹が目立ちはじめると同時に、シェトランドのべつの地域に住む親戚のもとへやられたのだろう。

そして、ここに戻ってくると、ゲルダード夫妻に雇われて、自分の子供の面倒をみることになった。彼女以上の適任者がいるだろうか？　リジーが亡くなったとき、サラがひどく動揺してシェトランドから逃げださずにいられなかったのも、無理なかった。彼女が本土に移ってから産んだふたり目の娘に〝エリザベス〟と名づけたのも、それで納得がいく。

「父親は誰だったのかな？」こういった情報が現在の捜査に役にたつのかはさだかでなかったが、ここまできたからには、サンディはすべてを知りたかった。

ジョージは窓の外をながめていた。「証拠はなにもない」そういって、ぎごちなく笑う。「当時は、実父鑑定テストなんてなかったから」

「でも、いろいろとうわさがながれたはずだ。それに、サラ本人にはわかっていた」

ふたたび沈黙がつづく。ジョージは、どこまでいおうか考えているようだった。「伝えられているところでは、父親はギルバート・ゲルダードその人だった。彼の興味は、中年になった自分の奥さんよりも年若い娘のほうにあったんだ。もしかすると、ゲルダード夫人に子供ができなかったのは、そのせいかもしれない」

「彼は、妻に赤ん坊をあたえるために若い娘をレイプしたのか？」これだけ年月がたったあとでも、サンディはショックを受けていた。マルコムソンの一族がこのことを話したがらないのも、理解できた。「それとも、金を払って赤ん坊を生ませた？」

ジョージは肩をすくめてみせた。「レイプした。誘惑した。金で買った。いずれにしても、結局はおなじことだ。ひどく間違っていて、ひどく乱暴な話だ」

「ゲルダード夫人は、養子にした娘が自分の夫の子供だと知ってたのかな?」

ふたたびジョージが肩をすくめた。「ラーウィックの博物館にあるエリザベス・ゲルダードの絵と〈スプリングフィールド・ハウス〉にあるギルバート・ゲルダードの絵を較べてみるといい。両者は、どことなく似ている。ゲルダード夫人は疑念をもってたんじゃないかな」

養子にした赤ん坊の父親が自分の夫だと気づいたときのロバータ・ゲルダードの心中を、サンディは想像しようとした。地元の娘が産んだ子供を一種の慈善としてひきとるというのは、まあありとしよう。もちろん、それは利己的な行為だ。自分の腕にどうしても赤ん坊を抱きたいがゆえに、そうするのだから。だが同時に、自分はいいことをしているのだと、おのれに言い聞かせることができる。赤ん坊を貧困から、シングルマザーとの生活から救っているのだと。サラ・マルコムソンを不名誉から救っているのだと。ところが、あとになってそれが自分の夫の不始末の産物だとわかったなら、どうだろう? 娘が成長するにつれて、その姿形が自分が夜ベッドをともにしている男と似てきたら? そしたら、どう感じるだろう? それでも、その子をまだ愛しつづけるだろうか? それとも、始末してしまいたくなる?

ジョージが部屋のほうへむきなおった。「なんで、いまさらそんなことをほじくり返そうとするんだ? 本土からきたふたりの人間の殺害とは、なんの関係もないじゃないか。そのふたりは、うちの家族と一切つながりがないんだから」

サンディは返事に詰まった。そして、こういいたくなった。たとえ被害者が地元の人間でなくても、殺人は重大事だ。それに、たとえ何年もまえに起きたことであっても、十歳の子供殺しは重大事だ。そう、いまや彼は、エリザベス・ゲルダードの死は殺人だと考えるようになっていた。しかも犯人は、彼女を養子に迎えた母親の可能性があった。ゲルダード夫妻はその責任をさっさとサラ・マルコムソンに押しつけ、彼女がシェトランドを去るのを喜んで見送った。それでもう、リジーのこともギルバート・ゲルダードの性的暴力のことも思いださずにすむからだ。このまま自分たちは善人だとみずからを納得させ、大がかりなパーティをひらきつづけられるからだ。だが、リジーは戻ってきて、夫妻にとりついた。たとえ夢のなかにあらわれるだけだったとしても、夫妻をほうってはおかなかった。そこで、結局はゲルダード夫妻もシェトランドを出ていかざるを得なかった。

返事を待って、ジョージがサンディを見ていた。部屋のなかは静まりかえっており、となりの部屋でグルーシェの紡ぎ車のまわる音がしていた。そのリズムは子守唄のように人を落ちつかせる効果があった。

「ただ理解したいだけだよ」ようやくサンディはいった。「巷に伝わる話では、どうしても筋がとおらないから」いったん間をおいてから、つづける。「エレノアは、リジーの出自にかんする真実を知ってたのかな？　ロウリーからくわしいことを聞いてたとか？」なぜなら、それはありそうなことだからだ。ロウリーはロンドンで暮らしていて、垢抜けていた。亡くなった少女の出自が公になることで自分の父親が感じる気まずさが、彼には理解できないだろう。たぶん彼は、シェトランド人らしい慎みとか思慮深さを失ってしまったのだ。そして、この情報はエレノアの番組にとって最高の贈り物になるはずだった。過去をさかのぼった調査により暴かれた衝撃の真実。エレノアが小躍りするところが、目に浮かぶようだった。

「せがれがそのことをエレノアに話したとは思わないな」ジョージがいった。「いまのは家族のなかだけにとどめておく秘密だ。あの子もずっとそう教えられて育ってきた」

でも、結婚したばかりの妻には、きっと話していただろう。彼女も家族の一員なのだから。めずらしい土地とそこで暮らす人びとに、学者として強い興味をもつ女性だ。もしかすると、キャロラインは夫から聞いたその話を、友だちに伝えていたのかもしれない。落ちこんでいるエレノアを元気づけるための贈り物として。それが家族のなかの秘密であることには思いがいたらないまま……。

紡ぎ車の音がやんでいた。それがいままで聞こえていたということは、こちらの会話もグルーシェに筒抜けだったにちがいない、とサンディはいまになって気がついた。ドア口に、グルーシェの大きくて角張った身体があらわれた。

「ロウリーに電話してみるわ」彼女はサンディを無視していった。「ボートクラブまで車で迎えにいこうかと思って。この霧のなかを崖沿いに歩いて戻ってくるのは、安全じゃないだろ」

ジョージがうなずくと、グルーシェはふたたび姿を消した。彼女のしゃべる声がべつの部屋から聞こえてきたが、今回はドアが閉められていたので、話の内容まではわからなかった。もう帰ったほうがいい、とサンディは思った。自分がいま発見したことをジミー・ペレスに伝えたかったし、メアリ・ロマックスには一時間ほどで戻ると約束したのだ。

サンディが立ちあがったとき、グルーシェがキッチンに戻ってきた。「あの子たちは歩きたいんですって。そもそも、食事がいつ終わるのかもわからないみたいだし。まだ食べているところで」グルーシェが顔をしかめた。「気をつけて帰ってきてもらいたいわ。これ以上の悲劇は、もうごめんだから」そういうと、グルーシェはふいにサンディに笑みをむけた。「母親ってのは、いつだってすごく心配するものなのよ。あなたも、自分の子供をもつようになったらわかるわ」

外へ出て車に乗りこんだところで、サンディはペレスからの電話を受け損ねていたことに気がついた。留守番電話が残されていた。「モニカ・リーズは家にいなかった。いろいろあって、しばらくこちらにいるが、今夜じゅうにはアンスト島に戻りたい。イェル島を出るフェリーの最終便を予約しておいてもらえないか？」

サンディはペレスに電話をかけたが、誰も出なかった。〈スプリングフィールド・ハウス〉にむかって車を走らせるあいだ、まばらな霧の合間からときおり日の光が射してきて、丘を照らした。サンディはホテルのまえで足を止め、ここで暮らしていた少女のことを考えた。波乱に満ちたみじかい人生を送った少女のことを。

38

ペレスは、屋根裏部屋で見つけた画架の上にある素描《スケッチ》から目を離すことができなかった。そこに鉛筆で描かれているエレノア・ロングスタッフの姿は、小さな水溜まりに横たわっていた死体とたしかによく似ていた。だが、完全に一致しているわけではなかった。エレノアのレコーダーに録音されていた〝小さなリジー〟の歌を聞いたときとおなじような違和感を、ペレスはおぼえていた。どこか、ずれがあるのだ。ペレスは絵をみつめつづけた。これがモニカ・リーズの描いたものだとは、なかなか信じられなかった。彼女が得意としているのは、心をかき乱す緻密な室内画だ。そのとき、ペレスは白いドレス姿の少女の絵もモニカ・リーズの作品であることを思いだした。その絵とこの素描《スケッチ》は、どことなく似ている気がした。どちらも躍動感と茶目っ気が感じられる。それらの特徴は、いまとなっては不敬なものにさえ感じられた。まるで、絵の作者がエレノアの死を喜んでいるかのようだった。殺人を面白がっているかのようだった。

ペレスは自分のうしろにウィローが立っていることに気がついた。「モニカ・リーズから話を聞く必要があるわね」彼女はいった。「きっとエレノアの死体を見ているはずだもの。すくなくとも、目撃者だわ」

ペレスは反論しかけたが、途中でやめた。いまの時点では、はっきりしたことはなにもわかっていなかった。かわりに、あたりさわりのない意見を口にするにとどめた。「絵のなかの女性は、水に浸かっているようには見えない」

「そりゃ、そうよ。背景は描かれていないんだもの。鉛筆の線が何本かあるだけで」ウィローの口からは、言葉が勢いよく飛びだしてきた。鬱積していた苛立ちが爆発したのだ。

ペレスは、ウィローを落ちつかせるようなことをなにかいいたかった。いまのような彼女を見ていると、キャシーを思いだした。パニック状態で、かんしゃくを起こす一歩手前のキャシーだ。キャシーを落ちつかせるには、ぎゅっと強く抱きしめればよかった。一瞬、自分がウィローを強く抱きしめ、その身体からストレスを絞りだすところを想像する。そのとき、きょうはまだキャシーに電話をしていないことに気がついた。彼は毎日かかさずキャシーと話をするようにしていた。「すまないが、電話をかけなくてはならない。すぐにすむ」木製の急な階段をおりて下の玄関へむかうとき、ペレスは背中にウィローの苛立ちを感じた。

ペレスの声を聞いて、キャシーは嬉しそうだった。「いつ帰ってこられるの？」淡々とした口調でいう。キャシーは昔から、おねだりをしない子だった。

「もうすぐだ。この週末には、間違いなく戻るよ」

「よかった」

「そうだな」ペレスはいった。

「帰ってきたら、フェア島に連れてってくれる？」

「学校があるだろ」ペレスはそういって、ごまかそうとした。「日帰りでいくには、遠すぎる」

「週末に何日か休みをつけくわえたら、大丈夫よ。先生に聞いてみたの。二、三日休みをとってもかまわないって、いわれたわ。あたしにとっては重要なことだろうからって」

「それじゃ、そうしよう」ほかに返事のしようがなかった。「天気が荒れていない最初の週末にいこう。海が穏やかで、〈グッド・シェパード〉号でいけるくらいのときに」

キャシーはなにもいわなかったが、電話口のむこうから小さな吐息が聞こえてきた。自分の思いどおりになって、満足しているのだ。

屋根裏部屋に戻ってみると、ウィローはあいかわらずいらついていたものの、まえよりも落ちついていた。ヨガの修練の賜物かもしれなかった。「どう思う、ジミー？　どうやったら、モニカ・リーズを見つけられるかしら？　わかっている住所はここだけだし、最強の近隣自警団ともいうべきおとなりのアニーでさえ、彼女のことをよく知らない。こっちはもうお手上げだわ」

「画廊にあたってみたら、どうかな」もしもまだ画廊に展示してあるのなら、ペレスはもう一度あの白いドレス姿の少女の絵を見たかった。それがなんの役にたつのかはわからなかったが、重要な気がした。

「いいわね」ウィローの声には、ほっとしたような響きがあった。すくなくとも、これでまた行動に移れるからだ。「もう閉まっているでしょうけど、近所の人がなにか情報をもっているかもしれない。とりあえず、画廊の鍵を管理している人をさがしだすことはできるわ」

外へ出ると、ウィローはすぐに車で走り去ろうとした。だが、ペレスはおとなりに寄って老女に礼をいっていこうと言い張った。

「なにか見つかった？」老女はペレスをひきとめようと、ぺちゃくちゃとしゃべった。彼の腕に手までかけていた。それは穿鑿《せんさく》好きだからというよりも、孤独のなせるわざのように思われた。

「大したことは、なにも。あなたのいうとおり、モニカさんはどうやらここをひきはらったようです。家主にあたってみます。なにはともあれ、ご協力いただいて、とても助かりました」

それくらいで切りあげなくてはならなかった。ウィローが運転席から険悪な目でペレスのほうを見ていたからだ。老女は戸口に立ち、車がむきを変えて走り去るのをずっと見送っていた。

ペレスは画廊への行き方をウィローに指示するかたわら、サンディの携帯電話にメッセージを残しておいた。車は、あちこちに泥炭の土手があるひと気のない丘の斜面のあいだを走っていた。薄闇のなかで、すべてがどす黒く、色がないように見えた。画廊はまわりの景色に完全に溶けこんでおり、ウィローはもうすこしでそのままとおりすぎるところだった。ペレスが建物を指さすと、ウィローは急ブレーキを踏んだ。そして、いくらか戻ってから、車を駐車場に乗りいれた。画廊の入口には鍵がかかっていたが、なかには明かりがついていた。ドアを強く叩くと、女性があけてくれた。

「夜は画廊はやってないんです」女性の英語にはヨーロッパのアクセントがあったが、ペレスにはそれがどこのものかよくわからなかった。フランス人だろうか？

「わたしたちは警察のものです」ウィローはすでに身分証を提示していた。女性はわきにどき、ふたりを奥へとおした。画廊のなかはペレスの記憶とだいぶちがっており、彼は一瞬、不安をおぼえた。どうやったら、ここまでずれが生じるのだろう？　彼の脳裏にある画廊は、もっとひろくて、こんなにくすんではいなかった。前回もっと立派に見えたのは、モニカ・リーズのエネルギーと個展の初日の晩の雰囲気のせいかもしれなかった。フランがいっしょにいたせいかもしれなかった。

白いドレス姿の少女の絵は、いちばん奥の壁に掛かっていた。ペレスはそれに目をとめると、女性と話をしているウィローを残して、まっすぐそちらへむかった。うしろでつづいている会話の声は、完全に意識から消えていた。とりあえず、絵のなかの少女は、彼の覚えていたとおりだった。わけ知りな笑み。巻いた黒髪。その姿は、まさにポリー・ギルモアが浜辺で見たという少女の描写にぴたりとあてはまった。ペレスはひき返して、女性たちに合流した。

「こちらはキャサリン・ブルトンさん」ウィローがいった。ペレスの勝手なふるまいに腹をたてているかのように、顔をしかめていた。「陶芸家で、ここに仕事場をかまえるかたわら、画廊の管理をしているそうよ」

「モニカ・リーズさんをご存じですか?」そうたずねた瞬間、ペレスは自分の愚かしさに気づいた。それは、ウィローが真っ先にしていたであろう質問だった。

「もちろんよ。彼女は画家で、ここにも作品が展示されているわ」キャサリン・ブルトンは黒髪で、がっしりとした体格に筋肉質な腕をしていた。指の爪の下には粘土がはさまっていて、はやく作業に戻りたがっているのがわかった。

「モニカさんがいまどこにいるか、心当たりはありませんか?」

キャサリン・ブルトンは肩をすくめた。「モニカの生活は、いろいろと複雑なの。いつでも、あちこち飛びまわっている」

「そのことについて話してください」

ペレスたちが立ち去りそうにないことを悟ったらしく、キャサリン・ブルトンはふたりを仕事場へ案内した。部屋の片端にくたびれたソファと低いテーブルがあり、ペレスとウィローはそこにすわった。ガラスの壁越しに、画廊の内部が見渡せた。

「きっと金魚鉢のなかで作業しているような感じでしょうね」ウィローがいった。

「それが取り決めの一部なの。わたしはシェトランドで暮らし、仕事場をただで提供してもらう」キャサリン・ブルトンが言葉をきった。「それに、冬のあいだは画廊にくる人はほとんどいないから」

「それで、モニカさんのことですけど」

「彼女はロンドンからきた画家よ。腕が良くて、才能を認められている。彼女は……」キャサリン・ブルトンはぴたりとくる言葉をさがして言い淀んだ。「……パートナーとの関係がこじれてるの。二年前に、彼とこのまま暮らしつづけるのは無理だという結論にたっした。その男性に退屈させられていたの」

ペレスの頭のなかでは、さまざまな考えが駆けめぐっていた。エレノアの母親との会話が甦ってくる。シーラ・モントゴメリーは、エレノアがいつの日かイアンに退屈していただろうと語っていた。もしかして、エレノアとモニカはロンドンで知りあいだったのかもしれない。友だちだったのかも。エレノアがすでにモニカのくわしい連絡先を知っていたのなら、ノートに彼女の苗字や電話番号が記載されていなかった理由も説明がつく。ペレスは顔をあげて陶芸家をみつめ、声を平静に保っていった。「それで、モニカさんはシェトランドに越してきた」

「そう、こちらで家を借りた。でも、ずっとこっちで暮らしているわけじゃないわ。ロンドンに娘さんとお孫さんがいるし、ご主人ともまだ関係が切れていないから、シェトランドには半移住みたいな感じかしらね」

ここにもまた複雑な家族がいる、とペレスは思った。おまえとキャシーとダンカンの場合とおなじだ。とはいえ、家族のかたちが長年のあいだに変化してきたのは、悪いことではないのかもしれない。おまえの母親は、結婚生活でおそらく息の詰まる思いをしていた。そして、その結果、おまえも息苦しさをおぼえていた。いまの時代は、家族の締めつけがゆるくなったぶん、各人がのびのびと自由に成長できるようになったのだろう。

「最後にモニカさんを見かけたのはいつですか?」

キャサリン・ブルトンは考えこんだ。とても几帳面な女性であることがうかがわれた。「一週間、いえ、六日前ね。土曜日の朝」

里帰り結婚式の当日。エレノアが殺された日だ。

「そのときのことを話してもらえますか?」

「モニカがここに立ち寄ったの。家族に問題が起きた、といっていたわ。お孫さんのひとりが病気だとかで、ロンドンに戻ることにしたの。画廊のオーナーにそのことを伝えておいてくれ、と頼まれたわ。彼女は今月の終わりにここで講習会をひらくことになっているけど、それまでに帰ってこられるかわからなかったから」キャサリン・ブルトンは腕時計に目をやった。「彼女がこれ以上ふたりに時間をとられたくないと思っているのは、あきらかだった。「彼女はロンドンに戻れて喜んでいるように見えた。出発が待ちきれないといった感じに。口ではシェトランドを愛しているとかいいながら、ほんとうは都会が恋しいんじゃないかしら。それと、そこにいる友人たちが」

「モニカさんはイェル島に友人がいないんですか?」ペレスはたずねた。画廊でフランといるのを見かけたモニカ・リーズは、社交的な感じがした。大勢の人としゃべるのを楽しんでいるように見えた。おとなりさんの質問に対しては穿鑿がましいと感じたかもしれないが、彼女がこちらで人づきあいのない孤独な生活を送っていたとは考えにくかった。

「ジェン・アーサーとは、とても親しくしているわ。ジェンの両親とも」

「それで、その人たちは……」

「ジェンは音楽家よ。曲を書いているの。離婚していて、まだ幼い子供がいるわ」キャサリン・ブルトンはちらりと笑みを浮かべた。「彼女もご主人のことをすごく退屈だと考えていたの。相手は学校で出会った男性で、結婚を急ぎすぎてしまった、というのが本人の反省の弁よ。彼女はご主人とのあいだにふたりの息子をもうけたあとで、これからはひとりで生きていくほうがいいと決心したの」

「彼女の別れたご主人はニール・アーサーですか? アンスト島のメオネスで暮らしている? 職業は配管工です」ウィローが興奮して、いきなり口をはさんできた。すこし遅れて、ペレスもそのつながりに気がついた。ニール・アーサーの再婚相手は、ロウリーの従姉妹のヴァイラだ。そして、この夫妻の家には隔週の週末に、ニールのふたりの息子が泊まりにきている……。

ここにもまた、なんとか上手くやろうとしている複雑な家族がいるわけだった。おまけに、ヴァイラは〝小さなリジー〟の幽霊を見たと主張し、エレノアが殺された日の午後に彼女と会っていた。

「そのとおりよ」そういうと、キャサリン・ブルトンは立ちあがった。ここまでもあまり歓迎しているふうではなかったが、いまやふたりに帰ってもらいたいことをはっきりと伝えていた。

ウィローとペレスも立ちあがった。

「あなたはモニカさんが好きですか？」ペレスはあまり深く考えずに、その質問を口にした。沈黙がながれる。あたりさわりのない紋切り型の返事がかえってくるかと思いきや、キャサリン・ブルトンは思いがけず率直にこたえた。

「あまり好きではないわね。彼女は自己中心的で、なにをしでかすかわからないところがある。すこし傲慢でもある。自分の邪魔をする人がいたら、きっとためらわずに攻撃するわ」そこで、いったん言葉をきる。「でも、友だちとしては頼りになるんじゃないかしら。モニカは敵にはまわしたくない女性だけど、味方にしたら、あなたのためにとことん闘ってくれるはずよ」

三人は仕事場を出て、画廊の展示スペースに戻った。ペレスはふたたび、白いドレス姿の少女を描いた肖像画に目をひかれた。

「あの絵のモデルをご存じですか？　モニカさんのお孫さんとか？」

キャサリン・ブルトンは首を横にふった。「あれはかなり昔の作品よ。モニカがずっともっていて、去年の個展のときにはじめて出品したの。そのあとで、オーナーのローランドがあの絵を画廊に残すように彼女を説得した。彼がつけた値段では売れそうにないとわかっていたけど、モニカ・リーズの作品があれば画廊に箔がつくから。絵のモデルは、モニカの娘のフレイアよ。絵がここにあることを、モニカは喜んでいた。シェトランドで身ごもった子だから、といって。まるで、そのことを面白がっているような口調だった」

フェリーの乗り場へとひき返す車のなかで、ペレスはサンディに電話をかけ、さらなる頼み事をした。「長距離フェリーの会社と航空会社の人間をつかまえて、モニカ・リーズがいつシェトランドを発ったのか確認できないかな。エレノアが殺された日だったのか、それとも翌日の日曜日だったのか。それに、エレノアが以前にもシェトランドにきていたのなら、そのときにモニカ・リーズと会っていたのかも知りたい。モニカ・リーズはシェトランド芸術振興協会《アーツ》の理事と親しいだろうから、ふたりが会うとしたら〈マリール芸術センター〉あたりかもしれないな。あそこのバーで働いている若者のなかで、知りあいはいないのか？　誰かがエレノアとモニカがいっしょにいるところを目撃していないか、調べてみてくれ。ふたりは目立っていただろう。どちらもイングランド人で、どちらもお洒落だから」ペレスは息を継ぐために言葉をきった。サンディが紙切れにのろのろと指示を書き留めているところが頭に思い浮かんだ。

「わかったか、サンディ？」

「ジョージ・マルコムソンに会ってきました」サンディがいった。「あることを思いついて」

「どんなことだ、サンディ？」この会話をしているのが自分でよかった、とペレスは思った。

いまの心理状態だと、ウィローはこの段階ですでにサンディに対してかんしゃくを起こしていただろう。

「ルイーザと話をして、彼女が養子だってわかったときに、ふとエリザベス・ゲルダードのことを考えたんです」サンディはいったん言葉をきった。ペレスはせかそうとはしなかった。サンディは考えをまとめるのに時間を必要とするのだ。「どうやらリジーは、サラ・マルコムソンの産んだ子供だったようです。伝えられるところによると、サラはまだ十五歳になるかならないかのときに、ギルバート・ゲルダードに誘惑されたのだとか。ロバータ・ゲルダードはそういった事情を知らないまま、赤ん坊をひきとった。真相を知ったときの彼女の心境を想像すると……」

「ロバータ・ゲルダードがリジーを溺死させたのかもしれない、というのか？」

「わかりません」サンディは不安そうな声でいった。自分が馬鹿みたいに見えているのではないかと心配しているのだ。「どう思いますか？」

「ありえない話ではないな」夫の裏切りを知った女性が、怒りの矛先を夫ではなく、子供にむける。世間体があるので夫とは別れられないし、夫がその子を実の娘としてほんとうに愛しているのなら、その子を殺すことは夫に対する最高の復讐になる。そして、それはすべてを否定することにもつながる。なぜなら、不貞の子が死ぬことで、夫の不品行の証拠は消えてしまうのだから。

「でも、そのことと今回の事件とのつながりは、まるで見えてません」サンディがいった。

ペレスはこたえなかった。今回の捜査の核心にあるのは、なんとか上手くやっていこうとする複雑な家族だ、と彼は考えていた。

「そっちはどうだったんですか?」サンディがたずねてきた。「フェリーの最終便の予約をとっておきました。もうこちらへむかっているところですか?」不安そうな声だった。

「とても興味深いことがわかった」ペレスはいった。「戻ったら教える。もっとはやい便に乗れそうだから、じきにそちらに着くはずだ」

ウィローは狭い道路を狂ったように飛ばしていた。ふたたび霧が出てきており、視界は悪かった。ときおり、家の明かりが薄闇のなかからぬっと飛びだしてきた。真正面にヘッドライトがあらわれて、こちらの車を道路のへりに寄せなくてはならないこともあった。だが、ペレスはウィローにスピードを落とすようにいわなかった。彼女同様、一刻もはやくアンスト島に戻りたかったのだ。最終便のフェリーまで一時間も待つなんて、とても耐えられそうになかった。事件の捜査は最終局面にさしかかっており、またべつの悲劇が起こるまえに、シェトランド最北端の島に戻る必要があると感じていた。

サンディがホテルの窓から外をうかがっているのが見えた。時刻は九時だった。かれらが〈スプリングフィールド・ハウス〉の正面玄関のドアをあけたとき、ちょうど大時計が正時を告げた。キッチンに明かりがついていて、サンディはそこの窓から薄暗い中庭をのぞいて、聞こえた車の音がペレスたちのものであることを確認していた。彼は、はじめての留守番で両親の帰りを待つ不安げな子供のようだった。

「紅茶を飲ませてちょうだい」ウィローは椅子のひとつにどさりと腰をおろすと、靴を脱いだ。手編みのソックスのつま先に小さな穴があいているのが、ペレスの目にとまった。

サンディがやかんのスイッチを入れた。「それで、モニカ・リーズは見つかったんですか？」

ペレスは、彼女の平屋建ての家には誰もいなかったこと、そのあとで画廊を訪問したことを説明した。

「それじゃ、彼女は殺人事件が起きるまえにここを離れていたかもしれないんですね？」サンディがいった。「彼女がいつシェトランドを発ったのかは、まだ確認がとれてません。あしたの朝七時になるまで、長距離フェリーの会社とも航空会社とも連絡がつかないので」

「モニカ・リーズが事件のまえにシェトランドを出ていたはずがないわ」ウィローは両手で紅茶のマグカップを包みこんでおり、疲れているように見えた。「だって、彼女はエレノアの死体を見てるんだもの」ウィローはサンディに、モニカ・リーズの家で見つけたエレノアの死体の素描《スケッチ》のことを説明した。

「そうとはかぎらないんじゃないかな？」ペレスはずっとそのことを考えていた。「モニカ・リーズは、エレノアの死体を見なくてもあの絵を描くことができた。ああいうふうになると知ってさえいればよかった」

「殺人犯がまえもって彼女に死体をどうするか打ち明けていた、っていうの？」ウィローがさっと顔をあげた。「なにか仮説があるのなら、ジミー・ペレス、いますぐ聞かせてちょうだい」

ペレスはためらった。まだきちんと考えがまとまっていなかった。そのとき、携帯電話が鳴りはじめ、ペレスはそれをポケットからとりだした。エレノアの母親のシーラからだった。ロンドンにいったとき、彼女の番号を登録しておいたのだ。

「ペレス警部」シーラ・モントゴメリーの声はひどく年寄りじみていて、ろれつがまわっていなかった。ずっと飲んでいたのだろう。「あなたとの会話について考えていました」

「それで?」

「わたしは完全に正直ではなかった」ここで言葉をきる。ペレスは、ピムリコのフラットにいる彼女の姿を想像した。手に大きなグラスをもち、小さな庭をながめているところを。彼女にできる唯一のやり方で、娘の死を悼んでいるのだ。はるか南のロンドンでは、すでにあたりは暗くなり、蛾が窓の明かりにひき寄せられているのだろう。ペレスがいま一度先をうながすべきか考えていると、ようやくシーラ・モントゴメリーがつづけた。「娘がシェトランドへ旅立つまえになにをわたしにいいたかったのか、たぶんわかると思います。あの子がなにを考えていたのか」

39

ペレスの電話の相手が誰なのか、ウィローには見当もつかなかった。彼は急に立ちあがると、ウィローから離れていった。そして、キッチンのドアをあけると、戸口のところで外をむいたまま会話をつづけた。ウィローには、すこしまえかがみになった彼の背中しか見えなかった。あけっぱなしのドアから、外の冷たい空気が流れこんできた。おそらくキャシーがらみの電話だろう、とウィローはあたりをつけた。いまのペレスにとっては、彼女が最愛の人なのだ。フランの生まれ変わり。一種の幽霊だ。少女に負わせるには、けっこうな重荷だった。

サンディがしゃべっており、ウィローは注意をそちらへ戻した。「エレノアが里帰り結婚式のまえにもシェトランドにきていたのは、ほぼ間違いないと思います。そのときにモニカ・リーズと会っていたのも」

「どうして、そういえるのかしら?」

「ジミーにいわれたとおり、〈マリール芸術センター〉で働く友だちに話を聞いてみたんです。彼女は助けにならなかったので、つぎに博物館のなかにあるレストランの支配人に問い合わせました。〈ヘイズ・ドック〉っていう店です」

「それで?」

「支配人はモニカ・リーズのことを知っていて、彼女が三人の同伴者といっしょにレストランで昼食をとったのを覚えていました。そのなかのひとりが黒髪の女性だったというので、ポリー・ギルモアからもらったエレノアの写真を支配人にメールで転送したところ、その女性がエレノアだという確認がとれました」

ウィローはいっとき、ジミー・ペレスのことを忘れた。だとすると、エレノアのノートにあった〝モニカ〟は、モニカ・リーズに間違いなかった。「支配人は、残るふたりが誰なのかもわかったのかしら？」

サンディは首を横にふった。「そのふたりが男性だったということしか、いってませんでした」

「かれらの会話を支配人が小耳にはさんだりとかは？」

「ありません」これ以上役にたてなくて、サンディはがっかりしていた。「でも、女性ふたりは古くからの友だちだったみたいです。親しげにあいさつしていて、とても初対面には見えなかった」

その点にかんしては、ウィローは確信がなかった。彼女にも芸術畑の友だちが何人かいるが、かれらはあいさつのとき、相手が見知らぬ他人であっても、ごく自然に抱きしめ、両頰にキスをし、喜びの声をあげていたからだ。

「モニカ・リーズはレストランに画帳を持参していました」サンディがつづけた。「かれらは絵を何枚か見ていた。テーブルの上にひろげて」

「それから？」

「レストランを出た。かれらは食事のときにワインを飲み、笑っていたそうです。まるで、お祝いでもしているような感じで。しばらくして支配人が窓の外に目をやると、かれらは博物館と波止場のあいだのテラスで、おたがいの写真を撮りあっていた」

ウィローの頭のなかでは、さまざまな考えや記憶の断片が駆けめぐっていた。彼女はノートパソコンをもってくると、立ちあげた。「これは、エレノアの死体があった場所のちかくで発見された写真の切れ端よ。この拡大された画像を見てちょうだい。これって、博物館の外壁かしら？」

サンディは顔をしかめて、画像をみつめた。「そうですね」ようやくいう。「わかりにくいですけど、ええ、たぶんそうだと思います。でも、その写真がどう殺人につながるんですかね？」

「それがわかってたら、いまごろわたしたちは事件を解決して、帰路についてるところだわ」

あらたにわかったことを伝えようと、ウィローはペレスのほうへ目をむけた。だが、キッチンの戸口に彼の姿はなかった。通話を終えたあとで、ぶらぶらと中庭に出ていたのだ。チャールズ・ヒリアーの死を悼んでバーは休業しており、照らす明かりのない中庭でじっとたたずむペレスの人影は、自分だけの世界にこもっているように見えた。きっとキャシーがらみの問題が発生したにちがいない、とここでもウィローは考えた。ペレスとつきあう女性は、大変なものを背負う覚悟が必要になるだろう。

建物のなかで音がした。ドアがそっと閉められる音と衣擦れの音だ。ウィローが豪華な玄関広間へ出ていくと、そこには明かりがついておらず、玄関わきの上げ下げ窓から霧に濾過された乳白色の光が射しこんでいるだけだった。湾曲した階段のてっぺんに、デイヴィッド・ゴードンが立っていた。昼間とおなじ服装のままで、寝ようとしていた形跡はなかった。彼はどれくらいそこに立っていたのだろう、とウィローは考えた。キッチンでの会話を聞かれてしまっただろうか？

「デイヴィッドさん、大丈夫ですか？　なにか入り用なものでも？」

デイヴィッド・ゴードンはウィローには聞きとれない声でなにやらつぶやくと、むきを変えた。そのときようやく、ウィローは彼の髪が細かい水滴で覆われていることに気がついた。そして、自分がいま立っている寄せ木張りの床に濡れた足跡が残されていることにも。デイヴィッドは外へ出ていたのだ。おそらく彼はテラスに立ち、愛する人の死体を発見した場所を見おろしていたのだろう。だが、ウィローが彼の行動を確認しようとしたときには、彼はすでに自分の部屋にひっこんでいた。そのあとをおうべきかどうかでウィローが迷っていると、ジミー・ペレスがキッチンに戻ってくる音がした。心ここにあらずといった様子のペレスを見て、ウィローは彼の肩をつかんで揺さぶりたくなった。いいかげん、過去を忘れなさい。すくなくとも、仕事中は。結局、誰からの電話だったのかをペレスにたずねたのは、サンディだった。

「エレノアの母親のシーラだ」そういってペレスが顔をしかめたところを見ると、どうやら彼はずっと電話の内容について考えていたようだった。では、ウィローの見立ては間違っていて、彼は事件に集中していたのだ。ウィローはちくりと罪の意識をおぼえた。

「なにか役にたつ情報でも？」

「ああ、たぶん」だが、ペレスは喜んでいるようにも興奮しているようにも見えなかった。ウィローがイェル島の狭い道路を車で飛ばしていたときに助手席にすわっていたペレスとは、別人だった。

「よかったら、ジミー、彼女がどんな用件で電話をかけてきたのか教えてもらえるかしら。もう夜も更けてきたことだし」ウィローの忍耐はふたたび切れかけていた。いまはゲームをしているときではないのだ。ウィローは一杯やる必要を感じた。モニカ・リーズの家の冷蔵庫で見かけたシャブリのボトルのことが頭に浮かんでくる。ウィローは三つの大きなグラスをテーブルに用意した。「さあ、ジミー。今夜はもう出かけることはないでしょうから、ワインでも飲みながら、なにもかも話してちょうだい。こっちも重要な情報をつかんだの。いろいろと話しあわなくちゃ」

「シーラ・モントゴメリーは情事を楽しんでいた」ペレスがいった。「シーラによると、どうやらエレノアはそのことに気づいていたらしい。それで、シェトランドへ発つ前日に母親を昼食に誘ったんだ」

「エレノアはそのことで動揺していたとか？　でも、それがエレノアの死とどう関係してくるのかしら」

「シーラの相手は年下の男性だった」ペレスが顔をそむけ、その視線はふたたび窓の外にむけられた。ここで彼が急に道徳家ぶって信心深いことをいいださないことを、ウィローは願った。ペレスが相手だと、どういう反応がかえってくるのか読めなかった。ペレスが視線を部屋のなかに戻し、ウィローを見た。そして、ゆっくりと嚙みしめるようにいった。「マーカス・ウェントワースだ。シーラの専門分野は中東や北アフリカの美術で、マーカスはときどき文化的なツアーを組んでいた。そこで、ふたりは出会ったんだ。ポリーとエレノアが友人だったのは、奇妙な偶然の一致だった」

「でも、彼はエレノアの母親の半分くらいの年齢だ！」サンディがショックを受けたようにいった。

突然、ウィローは目が冴えるのを感じた。いまや、まったくあたらしい観点から事件を見られるようになっていた。

ペレスはうなずいた。「それはすごく強力な動機となるわ。でしょ？」

「おそらく、エレノアがブルームズベリーのレストランで会っていたのはマーカスだろう。彼女はマーカスを説得して、自分の母親との関係を終わらせようとした。ポリーが知ったらすごく動揺する、とわかっていたからだ。そして、エレノアが〈センティマン・ライブラリー〉で電話を受けた相手も、マーカスだった。このときも彼女は、いまの状況にかたをつけるようにと彼に迫った」

「マーカスはポリーのことを、妻や母親の役割をこなすのにぴったりの女性だと考えている」ウィローはいった。「自分の母親の跡を継いで、女領主となる女性よ。いかにも貴族らしい考え方よね。すべてを親友にぶちまけるとエレノアから脅されたら、あまり喜ばないはずだわ」

「その情報に対するポリーの反応も、よくわからない。彼女はもともと精神的に不安定な感じがする」

ウィローはその言葉の意味をはかりかねて、さっとペレスを見た。深く息を吸いこむ。「今回の事件ではじめて、動機らしい動機があらわれたわね。あすの朝いちばんで、マーカスを連行しましょう」ウィローは安堵の念がどっと湧いてくるのを感じた。結局は、これもまた人間くさい動機のからんだふつうの事件ということになりそうだった。〝小さなリジー〟は、まったくなんの関係もなかった。「お祝いしたい気分だわ。さあ、ワインを飲むわよ」

だが、ウィローがコルク抜きとボトルに手をのばしたところで、彼女の携帯電話が鳴った。まるで戦争中のようだ、という考えがふたたびウィローの頭をよぎった。ここは作戦司令室で、現場で任務についているエージェントたちからひっきりなしに電話がかかってきて、あらたな情報に対処しなくてはならない……。ウィローの耳に、息を切らしたイングランド人女性の声が飛びこんできた。その歯切れのよいしゃべり方と学者らしい几帳面さから、それが誰だかわかった。ロウリー・マルコムソンの新妻、キャロラインだ。

「警部さん、あなたたちの助けが必要なんです。ポリーが消えてしまったみたいで」

40

ボートクラブでの食事が終わろうとするなか、ポリーは踊っている少女から目を離せずにいた。まるで少女と自分のところだけ時間が止まっていて、まわりの客たちが勢いを増しながらぐるぐるとまわっているような感じがした。やがて、音楽がゆっくりとなって鳴りやむと、すべてはふたたび正常に戻った。少女はポリーの視線に気づいたらしく、まっすぐにみつめ返してきた。その瞳は青く、まばたきひとつしなかった。だが、それは無作法なわけではなく、好奇心ゆえの反応だった。

ポリーは席を立ち、テーブルをまわって少女に話しかけようとした。その子の名前がわかれば——このポリーとエレノアのまえにしかあらわれない幽霊もどきの不思議な少女とじかに言葉をかわせば——いくらか不安もおさまるだろう。だが、いまやみなが立ちあがって帰ろうとしており、組み立て式のテーブルと壁のあいだの狭い通路はひどく混雑していた。なかなか立ちあがれずにいる人。お別れのキスをしている人。最後にいま一度うわさ話に興じている人。まわりで飛びかう話し声は訛りがきつくてほとんど聞きとれず、それでいっそうポリーの頭は混乱した。歩行器を使っている年輩のご婦人がポリーの行く手をさえぎっていて、そのわきをようやくすり抜けたころには、少女とふたりの男の子の姿は消えていた。そのため、ポリーはふたたび自分の理性を疑うこととなった。またしても想像力が暴走してしまったのだろうか？あの踊っていた少女は、霧のなかで見えた気がする人影とおなじようなものなのだろうか？

ポリーは人を押しのけるようにしてドアにひき返すと、階段をおりていった。クロークのまえに行列ができていたら、そこで少女においつけるかもしれない。だが、クロークのあたりに少女の姿はなかった。ポリーは自分のジャケットをつかんで、夜気のなかへ出た。霧が濃く、舌で味わえそうな気がした。海草のような塩気があって、舌にからみついてきた。海水と硫黄でできたスープだ。ボートクラブの外壁に設置されたランプの光は、灰色の幕に跳ね返されていた。港の入口のほうで、浮標《ブイ》のぼんやりとした赤い光が点滅していた。駐車場では、人びとが車のドアを勢いよく閉めたり、別れのあいさつをかわしたり、気をつけて帰るようにと声をかけあったりしていた。人の姿もいくつか見分けられたが、そのなかに白いドレス姿の少女らしき影はなかった。

あなたはとりつかれているのよ。いいかげんあきらめて、みんなのところへ戻りなさい。スレッツまで歩いて帰って、荷造りを終わらせるの。あすにはもう帰途についていて、こんなことは土産話のひとつにしかすぎなくなっている。ここであなたがしたことなんて、すべて忘れられている。

そのとき、ポリーは子供の歌声を耳にした。甲高い声で、歌詞がはっきりと聞こえた。

小さなリジー・ゲルダードがきょう死んだ
潮が満ちてきて彼女は溺れた
遠く波にさらわれていった
見つかったのは夜になってからだった

歌詞にからかわれているような気がして、ポリーは歌声のほうへとひき寄せられていった。それは、いまやほとんどひと気のなくなった駐車場からではなく、歩行者用の小道から聞こえてきていた。今晩ここへくるときに、マーカスやイアンといっしょに歩いてきた道だ。みんなをここに連れてきて、かれらにもこの歌を聞いてもらい、歌っている人物を見つけるのを手伝ってもらわなくては、とポリーは思った。彼女自身の正気を保つためにも、証人が必要だった。だが、歌声はしだいに小さくなってきていた。ポリーを愚弄し、ついてこいとけしかけていた。

見つかったのは夜になってからだった。

ジャケットのポケットには懐中電灯がはいっており、ポリーは歌声のあとをおいはじめた。自分がいないことに気づいた友人たちが、あとにつづいてくれることを願っていた。そのとき、黙って消えたら、みんなが心配するかもしれない、ということに気がついた。歩きながら携帯電話をとりだしたが、電波がひじょうに弱かった。マーカスが電話に出た。彼に話をしているあいだ、こちらの声がきちんと相手に届いているのか、よくわからなかった。やがて、通話が途切れた。ポリーのほうはまだ電波が届いており、切れたのは相手側だった。マーカスはわざと電話を切ったのではないか――そんな考えが、ふとポリーの頭をよぎった。

マーカス。エレノアとかわした最後の会話が、望んでもいないのに脳裏に甦ってきた。あれは里帰り結婚式の晩のことだった。男性陣はすでに寝ていて、テラスには女ふたりしかいなかった。そう、ちょうどダラムの大学生だったころのように。ポリーがテラスにひき返したとき、エレノアはヴィクトリア朝の通俗劇《メロドラマ》の登場人物よろしく、芝居がかったビロードのマントにくるまっていた。ポリーはキルトのジャケットを羽織っていて、彼女に合流した。ふたりのあいだのテーブルには、あたらしく栓を抜いたワインのボトルがあった。霧は出たり消えたりをくり返しながら、浜辺で奇妙な形の渦を巻いていた。今夜とおなじような晩だった。

やがて、エレノアが堰を切ったようにしゃべりはじめた。あの曖昧な言いまわしと数かずの言い訳。「あなたとふたりきりで話す機会ができて、よかった。この件で、ずっと悩んでいたの」その瞬間、ポリーはエレノアがマーカスとの浮気を認めるのだと思った。ふたりがどのようにして出会ったのかはわからないが、かれらが惹かれあうのは理解できた。美男美女の組み合わせだ。どちらも黒髪で、顔立ちが良く、頭が切れる。ポリーがエレノアの二番手になるのは、いつものことだった。もう慣れているといってもいいくらいだった。エレノアは飽きっぽいから、すぐにつぎの男性に目移りするだろう。結局、マーカスはポリーで手を打つかもしれない。だが、エレノアが話したがっていたのは、そういうことではなかった。

「マーカスには、ほかにも関係をもっている相手がいるの。そのことを、あなたに伝えておきたくて」

「その相手とは、あなたかしら?」ポリーは淡々といった。なぜなら、彼女はマーカスをすごく愛していたものの、友人はそれ以上に大切だったからだ。エレノアは——そして、キャロラインは——はじめて実家を離れてひとりで怯えていたポリーを救ってくれた。ロンドンに移ったときは、慣れない大都会で圧倒されているポリーを支えてくれた。

「もちろん、ちがうわ」エレノアの声には、面白がっているような響きがあった。それと、どんなときでも決して完全になくなることのなかったかすかな傲慢さが。「ちかごろのわたしは、イアン以外の男性は眼中にないの。それは知ってるでしょ、ポル。わたしは彼の妻よ。もう昔とはちがうの」

「それじゃ、相手は誰なの?」

沈黙。そのとき、ポリーはふたたび波打ちぎわを動く白い人影がちらりと見えたような気がした。奇妙な形をした人影で、前髪が鶏冠《とさか》のように突っ立っていた。

「シーラよ。わたしの母の」

その瞬間、ポリーのなかでなにかが壊れた。なぜなら、シーラ・モントゴメリーは年老いた高慢ちきな女性だからだ。自分の娘がポリーと友だちでいるのはこの世で最高の親切だとでもいうような態度で、いつもポリーに接していたからだ。あんな女性とマーカスのあいだに、いったいどんな共通点があるというのか?

エレノアはしゃべりつづけていた。もはや秘密を守る必要がなくなって、ほっとしているようにに見えた。おそらく、自分はいまポリーにいいことをしているのだ、と勝手に決めこんでいたのだろう。「ふたりはヨルダンで出会ったの。マーカスはある団体のガイドをしていて、わたしの母は現地調査旅行でそこにいた。そして、ひと目で肉体的に惹かれた。すくなくとも、母のほうは。わたしはある展覧会でふたりに出くわして、彼を紹介されたわ。だから、あなたから旅行の写真を見せられたとき、すぐに彼が誰だかわかった」エレノアはそこで言葉をきり、ボトルから直接ワインを飲んだ。自分の話がポリーにあたえている影響については、まったく気づいていないようだった。あるいは、気にしていなかったのか。それから、エレノアは顔をあげた。「わたしはそれをやめさせようとしたのよ、ポル。マーカスのウェブサイトをつうじて彼に連絡をとり、母との関係を終わらせるようにといった」

ポリーはこの会話の記憶を消し去ろうと、まばたきをした。いまは崖の上にいて、霧のなかで完全に迷ってしまっていた。あのとき彼女は、そんなはずはないと思った。エレノアは劇的な状況を作りあげたくて、あれこれひっかきまわしているだけだと。マーカスが彼自身の倍くらい年上の女性と寝るはずがなかった。自分を裏切るはずがなかった……。携帯電話の甲高い呼び出し音に、ポリーはぎくりとして現在にひき戻された。

その通話を終えたとき、ポリーは自分が正気に戻ったのを感じていた。もはや歌声は聞こえておらず、遠くの崖の下で浜辺に波が打ち寄せる音がしているだけだった。かすかなざわめきは、海鳥の鳴き声かもしれなかった。そのとき、子供の笑い声がした。

41

サンディがウィローやペレスとともにスレッツに着いたとき、休暇用の貸し家にはキャロラインしかいなかった。男たちはまだ外にいて、ポリーをさがしていた。真夜中をすぎて、あたりはかなり暗くなっていた。それに、あいかわらず濃い霧がたちこめていた。キャロラインは貸し家の窓辺にすわって、外の様子をうかがっていた。ポリーの捜索隊を組織したのは彼女だろう、とサンディは思った。そして、男たちはそれに唯々諾々として従った。サンディのかよっていた学校にも、そういう教師が何人かいた。決して大声はあげないものの、それでも生徒たちを死ぬほどびびらせていて、いつでも然るべき敬意をはらわれていた教師だ。

ここにくる車のなかで、サンディには訊きたいことが山ほどあった。エレノアの母親からかかってきた電話のこと。エレノアが〈マリール芸術センター〉で会っていた男たちのこと。それらにかんするペレスの考え。だが、彼は黙っておとなしくしていた。〈スプリングフィールド・ハウス〉を出るとき、ウィローはサンディをホテルに残らせようとした。デイヴィッド・ゴードンがなにか馬鹿なことをしでかしたら、まずいからだ。デイヴィッドはすでにホテルを一度抜けだしており、今度はそのまま海にはいって溺れてしまうかもしれなかった。だが、ペレスがそれに反対した。ポリーの捜索にはできるだけ多くの人手が必要だし、デイヴィッドの子守り役はメアリ・ロマックスに頼めばいい。そういうわけでサンディは同行を許されたが、自分がお情けでここにいるとわかっていたので、ウィローが運転するあいだ、質問を自分だけの胸にしまっておいた。

スレッツでは、ウィローが場を仕切った。ウィローとキャロライン。ふたりの強い女性のそろい踏みだ。ペレスとサンディは、余計な口をはさまなかった。

「ポリーさんには電話してみたんですよね？」

キャロラインがうなずいた。「もちろんです。でも、誰が電話しても返事がなくて。わたしたちがボートクラブでコートを受けとっていたときに、彼女からマーカスに電話がありました。でも、途中で切れてしまった。ここでの電波の状態がどんなだか、ご存じでしょ」

「彼女はなんといっていたんですか」ウィローがたずねた。

「なにやらわけのわからないことを口走っていたようです。〝小さなリジー〟をさがすとかいっ たようなことを。ボートクラブのなかは、すごく騒がしかったんです。マーカスはすぐに電話をかけなおしましたけど、つながりませんでした」

「今夜はなにがあったんですか？」

「みんながシェトランドですごす最後の晩ということで、特別な夜にしたかったんです」キャロラインがいった。「ちょうどボートクラブで生演奏つきの慈善夕食会がひらかれることになっていて、そこへ顔を出すほうが、ここにすわってうじうじ考えているよりもいいと思いました。それに、地元の人たちは哀悼の意を表したがっていたので、みんな歓迎してくれるとわかっていました。然るべき思いやりをもって接してくれると」

「歩いていったんですか？」

「ええ、崖沿いの小道をとおっていきました。そう遠くはありませんから」キャロラインが落ちつかなげに椅子のなかで身じろぎをした。徒歩でいくのは彼女の案だったのだろう、とサンディは思った。いかにも運動と新鮮な空気を熱心に求めそうな女性に見えた。

「この霧のなかでも安全だと思ったんですか？」ウィローの口調は礼儀正しかったが、サンディはふたりの女性のあいだの反感を感じとっていた。それは電気のように空気をぴりぴりさせていた。ふたりの強い女性。だが、それ以外ではあらゆる点で異なっているふたりだ。学校でのウィローは反逆児で、キャロラインは級長をつとめる優等生だったにちがいない。

「わたしたちが出発したときは、霧はそれほど濃くなかったんです。それにロウリーは、よちよち歩きのころから、このあたりの崖で遊んでいます。彼が迷うことはありません」危険があるかもしれないというウィローの考えは馬鹿げている、とでもいいたげな口調だった。

「でも、ポリーさんは迷ったのでは？」

沈黙がながれた。キャロラインはポリーがいなくなった理由を説明できないようだった。

「ポリーは食事のあとで、ひとりで逃げだしたんです」ようやくキャロラインが口をひらいた。

「誰も予想していませんでした。パニック発作のようなものを起こしたんじゃないか、とマーカスは考えています。ポリーは演奏に耳をかたむけていたかと思うと、つぎの瞬間には消えていた。エレノアの死で、彼女はすこしまいっていました」キャロラインのしゃべり方にはすでに地元の訛りがはいりこんできている、とサンディは思った。彼女は一部の本土人のように、シェトランド人よりもシェトランド人っぽくなるのだろう。彼女が教区会の一員として仲間の小農場主たちのために闘うところが、目に浮かぶようだった。地域社会の柱だ。

「彼女が自分の意志でいなくなったのは、たしかなんですね?」ウィローがたずねた。

「ポリーは五十人が見ているまえで誘拐されたわけじゃありませんから!」キャロラインは鋭い声でいった。自分の権威をあらためてはっきりとさせた監督生だ。

「彼女が部屋を出ていくところは見ましたか?」

「いいえ」キャロラインは顔をあげて、ウィローを見た。「誰も見ていません。最後のほうは、すこし混乱状態だったんです。演奏が終わると同時に、みんながいっせいに立ちあがりました。天気が悪くなってきていたので、はやく家に帰りたくて。里帰り結婚式にこられなかった人たちが、帰りぎわにわたしとロウリーのところにお祝いをいいにきました。それで、わたしたちは部屋を出るのが最後のほうになったんです。マーカスとイアンは、階下のクロークのところで待っていました。でも、ポリーのジャケットはすでになくなっていた。彼女は外で待っているのだろう、とわたしたちは考えました。でも、そこにも彼女の姿はなかった」ふたたび沈黙がながれたあとで、キャロラインが認めた。「正直、すこし気味が悪かったです。忽然といなくなってしまったので。ちょうど、エレノアがいなくなったときみたいに」

それまで窓の外をながめていたペレスが、いきなり部屋のほうにむきなおった。サンディは一瞬、ペレスが今回の事件の謎をすべて解いて、殺人の背景になにがあるのかを説明してくれるのではないか、と思った。なぜなら、ペレスにはなにか考えがありそうに見えたからだ。エレノアの母親から電話がかかってきてから、ずっと頭のなかで事件の謎を解いていたように。だが、ペレスはこういっただけだった。「みんなでポリーをさがさないと」彼女がつぎの被害者となる可能性があるだけでなく、事件の解決に必要不可欠な存在だとでもいうような、力のこもった口調だった。

全員がペレスのほうを見たが、誰も動こうとはしなかった。

「みんなでポリーをさがさないと」ペレスがくり返したが、先ほどよりもいっそう切迫した口調になっていた。

「スレッツに戻ってきて彼女がいないとわかると、男性陣はすぐにまた出ていきました」キャロラインがいった。「わたしはここで待機して、あなたたちに電話をかけた」言葉をきる。「ポリーは、まだ見つかっていません。先ほど、男性陣から電話がありました。途中で見落としたかもしれないということで、かれらは崖沿いの小道をボートクラブまでひき返していったんです。でも、いまはばらばらにさがしています。ロウリーはこのあたりをよく知っているので崖のほうを、残るふたりは内陸部のほうを」ふたたび言葉をきる。「マーカスは、エレノアの死体があった水溜まりを見てみるといってました」

ペレスが立ちあがり、みんなの目がそちらへむけられた。いまや、彼が場を仕切っていた。

「あなたのお友だちが崖の小道のほうをさがしているのなら、われわれはメオネスをあたってみましょう。ウィローは、ここと集会場のあいだの浜辺をさがしてくれないか？　サンディはロウリーの実家のヴォクスターにいってくれ。道路からではなく、エレノアの携帯電話が見つかった作物の囲い《プランティクラブ》のそばをとおる小道を使って。小道の両側の草地と溝も確認しろ。ポリーは溝に落ちたとも考えられるから。そして、ヴォクスターに着いたら、ジョージとグルーシェと話をして、今夜いつもとちがうことはなかったかと訊いてくれ」

キャロラインがすばやく口をはさんだ。「ヴォクスターにいっても、意味ありません。すこしまえにジョージに電話して、わたしたちの帰りが遅くなっている理由を説明したんです。義父はなにもいってませんでした」

「そこにはグルーシェも？」

「たぶん。べつに確認したわけではないので」

「とにかく、様子を見てきてくれ、サンディ」ペレスがきっぱりといった。昔のペレスが戻ってきてくれて、サンディは天にも昇る心地だった。フランが死んだあとで、もう二度とそういう彼にはお目にかかれないのではと心配した時期もあったのだ。「なにか変わったことがあったら、すぐに連絡するんだ」

ペレスがどこを捜索するつもりなのかをたずねるものはいなかった。どうせこたえてはもらえないことを、みんなうすうす察していた。

外に出たサンディは、霧がすこし晴れてきていると思った。夜のいちばん暗くなる時間帯は、すでにすぎていた。スレッツを出てしばらく道路を歩いてから、浜辺の上をいく小道にはいり、ヴォクスターを目指す。彼の心はぼんやりとさまよっていた。一週間前のきょう、マルコムソン家では里帰り結婚式の準備がおこなわれていたのだろう。家のなかは活気にあふれ、パンやお菓子を焼く匂いで満たされていた。友人たちや親戚があらわれて、旗布作りや集会場の飾りつけを手伝っていた。キャロラインは本領発揮で、あれこれ指示を出していたにちがいない。やがて、サンディの思考は自分自身の結婚のほうへむかっていった。そして、ルイーザのほうへ。

空ははっきりとまえよりも明るくなってきていたが、それでもサンディは懐中電灯をつけたまま、ポリーの名前を大声で叫んだ。たとえ彼女が地面に倒れていても、薄闇のなかの光の点は目にはいるかもしれなかった。彼はポリーが元気に生きているところを想像した。それだったら、ペレスは大喜びするだろう。作物の囲い《プランティクラブ》のところで、サンディは足を止めた。だが、そこにポリーの姿はなかった。草の上に携帯電話が落ちていることもなかった。海のほうに目をやる。空はさらに明るさを増しており、水平線がぼんやりと光っていた。それよりもはっきりとした光の点は、おそらく浜辺をさがしているウィローの懐中電灯だろう。サンディはポリーの名前を叫びながら、マルコムソン家の小農場を目指して土手を下りはじめた。闇にむかって叫んでいる彼の姿は、きっと狂人みたいに見えているにちがいなかった。

作物の囲い《プランティクラブ》をあとにしたとき、ちょうど携帯電話が鳴った。サンディは発信元を確認せずに返事をした。「ジミーですか？　見つかったとか？」

だが、聞こえてきたのは女性の声で、それが誰だかわかるのにサンディはすこし時間を要した。メアリ・ロマックスだ。

「サンディ、ほんとうにごめんなさい」いまにも泣きだしそうな取り乱した声だった。

「なにがあったんだ？」

「デイヴィッド・ゴードンが逃げだしたの。車のエンジン音が聞こえるまで、気がつかなかった。彼はきっと裏手の階段を使ったにちがいないわ。急いで外へ出て車を止めようとしたけど、手遅れだった」

「ペレスに知らせるんだ」それ以外、サンディはなんといっていいのかわからなかった。この件の責任者になりたくなかった。それに、ペレスからはグルーシェとジョージの様子を確かめてくるようにいわれており、彼はその任務をまっとうするつもりだった。

ヴォクスターの建物は、どれも空を背景に黒い影となって浮かびあがっていた。サンディが鶏小屋のまえをとおると、なかにいる鶏たちがざわついた。彼は家のまえで足を止め、窓からなかをのぞきこんだ。キッチンの明かりはまだついていたが、今夜サンディがここを訪れたときにジョージがすわっていた椅子は、いまは無人だった。テーブルの上には、ほぼ空になったウイスキーのボトルとグラスが残されていた。グルーシェの姿も、どこにもなかった。まともに考えたら、ふたりともいまごろはベッドのなかだろう。キャロラインはポリーのことでここに電話したとき、ジョージと話をしたといっていた。だが、それはしばらくまえのことなのかもしれなかった。ジョージは外へ出て、ポリーの捜索を手伝っているのだろうか？　サンディは窓を軽く叩いてみたが、返事はなく、そのまま家の周囲をまわって正面玄関にむかった。窓から漏れてくる明かりがあったし、目が薄闇に慣れてきていたので、懐中電灯は切っていた。ドアは鍵がかかっておらず、彼はなかにはいった。

あわただしい物音がして、サンディの目のまえに白い人影があらわれた。古めかしい木綿のナイトガウンに肩掛けをまとったグルーシェだった。「誰なの？　ロウリーかい？」サンディの記憶にあるよりも年老いた声だった。あわてふためいていて、か弱い感じがする。そのとき、彼は気がついた。明かりのついた寝室から出てきたグルーシェには、こちらが黒い影にしか見えないのだ。

「サンディ・ウィルソンだよ。ラーウィックの警察からきた」

「サンディ。こんな朝はやくに、いったいここでなにしてるの？　びっくりしたわ」グルーシェが明かりのスイッチに手をのばすと、突然、部屋に光があふれた。そこは小さな流し場で、ブーツやコートが置けるようになっていた。

サンディは目をしばたたいた。「ポリー・ギルモアの行方がまだわかっていないんだ。ジミー・ペレスにいわれて、ここにきた。ポリーがこちらのほうへ迷いこんできてないかを確認するために」

「彼女がここにいたら、あなたたちに連絡してるわ、サンディ。もちろんね。キャロラインから電話があって、ポリーが行方不明なのは知ってるから」いったん言葉をきる。「ほんとうに、ひどいことばかりつづくわね。あのイングランド人たちが本土へ帰ってくれたら、ほっとするんだけど。あの人たちは厄介ごとしかもたらさない」

キャロラインもイングランド人だ、とサンディは思ったが、もしかするとグルーシェの頭のなかでは、すでにキャロラインは地元の人間になっているのかもしれなかった。

「ジョージと話せるかな？」

グルーシェが一瞬ためらった。「あの人は寝てるわ」という。「ひと晩じゅう飲んでたから、ベッドにはいらせたの」苦々しい口調だった。夫婦のあいだがどうなっているのかは外からうかがい知れないものだ、とサンディは思った。家のなかの実情と外聞がまったく異なる場合だってある。それは結婚式の日にはじまる。音楽と笑みで彩られた一種のパフォーマンスの日に。よほどの幸運に恵まれないかぎり、物事はそこから下降線をたどっていくのだ。グルーシェが息子にシェトランドに戻ってきてもらいたがっているのは、夫がいっしょにいる相手としてまったく用をなさないからなのかもしれなかった。

グルーシェは寝室とキッチンのあいだで立ちつくしていた。ベッドに戻るか、サンディのほうにいくかで、迷っているかのようだった。結局、彼女は肩掛けを頭からかぶると、サンディをキッチンに連れていった。

「ジョージを起こさないと」サンディはいった。彼と話をするよう、ペレスからいわれているのだ。

「そんなことをしても、時間の無駄よ」グルーシェがこたえた。「あんな状態の彼からは、なにもまともなことは聞きだせない」グルーシェはドア口に立ちふさがった。なんとしても夫の邪魔をさせまいとしているのがわかった。

「よく、そうなることが？」

グルーシェは肩をすくめ、調理用こんろのところへいくと、やかんをホットプレートにのせた。

「ええ。あの人には助けが必要なんだけど、本人は本気で変わりたいと望んでいないみたい。灯台守の仕事から離れて以来、彼は結婚したときとは別人よ」

「いっしょに暮らすのは大変そうだ」サンディはいった。このことが二件の殺人と関係があるとは思えなかったが、ジミー・ペレスなら事件の参考人がなにかいおうとしているとき、それを聞くチャンスを逃したりしないだろう。

「そうでもないわ。ジョージは善い人よ。よく働くし、昔からロウリーにとっては良き父親だった。パーティで一座の中心になることもある。ただ、彼は知らない人や大変な状況とむきあうまえに、一杯やる必要があるの。そして、何杯かやると、そのまま飲むのをやめられなくなる。そういうシェトランド人は大勢いるわ」

そのとおりだ、とサンディは思った。

やかんが沸騰して甲高い音をたてはじめた。グルーシェが紅茶を淹れた。

「ポリーはどうしたんだろうね？」そういいながら、グルーシェはサンディのまえのテーブルに紅茶のマグカップを置いた。

「わからない」サンディは紅茶をすすった。「霧が濃いから、迷っても不思議はない」

「エレノアのいっていた子供の幽霊をおいかけていったのかもしれない」グルーシェがいった。

「というと？」

「ポリーは自分も〝小さなリジー〟を見たと思っていたんだよ。里帰り結婚式があった晩に。そして、その翌々日の晩にも」グルーシェが言葉をきった。「キャロラインとわたしで、彼女をイェル島での昼食に連れだしたの。そのときの彼女は、あの馬鹿げた話にすこしとりつかれているように見えた。まあ、親友が殺されたら、ものの見方がおかしくなるもんなんでしょうけど。簡単に霊の世界を信じるようになってしまうのよ。彼女は自分が見かけた少女の正体を突きとめようと決心していたわ」ふたたび言葉をきる。「ポリーはすこし頭がおかしくなっているような感じがした。彼女をひとりにしておいたらあぶないわ、サンディ。はやく見つけてあげないと」

サンディは、いまの話をどう解釈したらいいのかわからなかった。だが、ウィローとペレスはおそらくポリー・ギルモアの精神状態に興味をもつだろう。「彼女のことは、まえまえから知ってるのかな？」

「ええ。ロウリーが大学にはいってすぐにできた友だちのひとりだから」

「で、彼女のことをどう思った？」

「物静かでおとなしい子という印象を受けたわ」グルーシェがいった。「キャロラインとエレノアにいつでも圧倒されていて、彼女たちにかまってもらえることを感謝していた。もちろん、キャロラインとエレノアは崇拝者がいるのを楽しんでいた。自分たちの言葉をなんでもありがたがるポリーに、自尊心をくすぐられていたのよ。でも、ポリーはそのうち成功する、とわたしにはわかっていた。すごく一生懸命勉強していたから。それに、そのころは突拍子もない空想にふける子じゃなかった」

「でも、最後に会ったときは──彼女を昼食に連れだしたときは──すこしまいっているように見えた？」サンディはたずねた。

「口では、幽霊なんて信じない、自分の見た少女にはきっと筋のとおる説明がつくはずだ、といってたけれど、たぶん彼女は、わたしとキャロラインだけでなく、自分自身も納得させようとしていたんじゃないかしら。ポリーを怯えさせてパニックに陥らせるのは、簡単だろうね」

グルーシェは、自分がいま口にしていることには重要な意味があるとでもいうような目つきで、サンディをみつめた。「もしも誰かがそうしたいと思えば」

「キャロラインがいうには、ポリーは今夜パニック発作を起こして、それで逃げだしたんだとか」サンディは紅茶を飲み終えると、そろそろスレッツに戻って、ポリーにかんするあたらしい情報がないか確認したほうがいい、と思った。居心地がいいとはいえ、いつまでもこの暖かいキッチンにすわって、うわさ話に興じているわけにはいかなかった。

グルーシェも立ちあがって、サンディを正面玄関まで見送った。「ポリーやほかの人たちをあの夕食会にひっぱっていくべきじゃなかったんだよ。あれはキャロラインの思いつきだった。ロウリーは、そっとしておこうといっていた」

「キャロラインは強い女性だから」サンディは笑みをもらした。「でも、彼女はうちの子をすごく愛している。結局のところ、肝心なのはそこよ」

そうとも言いきれないのではないか、とサンディは考えていた。キャロラインは、ものすごく嫉妬深くて独占欲の強い女性になるかもしれなかった。だとしたら、二十年後のロウリーはどうなっているのだろう？　一日じゅうきつい女房からしつこく小言をいわれ、浴びるようにウイスキーを飲んだあとで、ベッドにはいるのだろうか？　それをいうなら、グルーシェもまた、いっしょに暮らすのが楽ではなさそうな相手だった。もしかするとジョージは、まだ灯台守の仕事をしていたころのほうが――毎月、逃げだす場所のあったころのほうが――グルーシェと上手くやっていられたのかもしれない。そして彼女のほうも、そのころのほうが――ロウリーだけを相手にしていたころのほうが――しあわせだったのではないか。だが、ロウリーとキャロラインは、これから毎日いっしょに働き、いっしょに暮らすことになっていた。どうやったらそれで関係が上手くいくのか、サンディにはわからなかった。

「それじゃ、スレッツに戻って状況を確認するよ」サンディはいった。「ポリーはもう帰ってきてるかもしれないし、そうなったらなにも心配する必要はない」
「そうだね」だが、グルーシェがそれを疑わしいと考えているのが、サンディにはわかった。
彼が家をあとにしたとき、鶏小屋のなかで若い雄鶏が鳴きはじめた。夜が明けようとしていた。

42

浜辺におりていくとき、ウィローは突如として怒りがこみあげてくるのを感じた。いったいここでなにをしているの？　あなたはこの事件の捜査の責任者であって、偉大なるジミー・ペレスに指図されて使い走りをする新米の制服警官じゃないのよ。上級捜査官が男性なら、ペレスだってあんな口はきかなかったはずだわ！

怒りはまず、自分自身にむけられた。なぜなら、そうする機会ならいくらでもあったのに、ウィローは率先して捜索の指揮をとろうとしなかったからである。そして、主導権をみすみすペレスに渡してしまった。それから、怒りの矛先はそのペレスへとむけられた。彼は〈スプリングフィールド・ハウス〉を出て以来、ずっと殻に閉じこもって上の空だった。どうして彼を相手にすると、自分は泣き言ばかりいう小娘みたいになってしまうのだろう？　まったく権威を示せなくなってしまうのだろう？

潮はひいており、ウィローは湿った砂の上を歩いていった。足もとの砂は硬く、畝状になっていた。このあたりの霧にはむらがあり、方向感覚を失って海のほうへ歩いていってしまうくらい濃くなるときもあれば、スレッツの明かりが見えるくらい晴れるときもあった。ウィローはポリーの名前を叫びながら、どこからでも見えるように懐中電灯をふりまわした。だが、こんなことをしていても無駄な気がした。ちかくに安全な休暇用の貸し家があるのに、どうしてポリーが浜辺にいたがるというのか？　スレッツには、彼女が恐れるようなものはなにもないはずだった。そう、ジミー・ペレスはまたしても単独行動をとり、ヒーローになろうとしていた。自分が完全に復調したことを、自分自身と世間にむかって証明したいのだ。若い女性の命を救うことよりも、自尊心を満足させることのほうが重要なのだ。

ふいに海のほうから風が吹いてきて、霧が奇妙な模様を描いて渦を巻いた。そのとき、ウィローは波打ちぎわに立つ人影が見えたような気がした。これは想像の産物だ、と自分に言い聞かせる。さもなければ、水平線のかすかな光のいたずらで、そんなふうに見えただけだ。だが、それでもウィローは寒気立ち、急に怖くなった。波打ちぎわにちかづくにつれて、それが〝小さなリジー〟ではないことが——白いドレスを着た少女ではないことが——わかった。フード付きの防水ジャケットを身にまとった大人だった。ふたたび霧が濃くなり、人影が見えなくなった。ウィローはポリーの名前を叫びながら、人影のあったほうへ駆けていった。だが、平坦な砂地では方向感覚がつかみにくく、ウィローは逆方向へ走っている可能性もあった。足を止めて、耳を澄ます。潮の流れが変わりつつあるにちがいなく、波の砕ける小さな音が聞こえてきた。こういった朝に、エリザベス・ゲルダードは養母の目を盗んで——もしくは、養母に連れられて――浜辺にきて、溺死したのだ。入り江にはいりこんできた海水に退路を断たれて。それがいかに簡単に起こりうることなのかを、ウィローははじめて実感した。

べつの音が聞こえてきた。超自然的なものではなく、人間のたてた音だった。嗚咽だ。「ポリー!」ウィローは声をかぎりに呼びかけた。だが、それは音のない夢の世界で叫ぶのに似ていた。彼女の声はひろびろとした浜辺にのみこまれ、返事もかえってこなかった。「ポリー、水辺から離れて。そこは危険よ」ポリーはほんとうに神経がまいってしまったのだろうか? それとも、誰かに襲われたあとで放置され、意識が朦朧としたまま浜辺をさまよっていたのか? ウィローはふたたび耳を澄ましたが、いまや波の砕ける音しか聞こえなかった。

そのとき、幕があがるような感じで前方の霧が晴れ、人影がはっきりと見えるようになった。あいかわらず彼女よりもすこし北寄りの浜辺にいて、すでに海水がそのふくらはぎのところまであがってきていた。ウィローは、母親といっしょに訪れたマージーサイドの浜辺で見た一連の彫像を思いだした。彫刻家アントニー・ゴームリーが自身の身体をモデルに鋳造した鋳鉄製の彫像だ。それらは砂浜に設置されており、一日に二回、潮が満ちると海に沈んでいった。水に囲まれた彫像はどれもひどく孤独に見え、ウィローはそれらがすこしずつ波の下へ隠れていくのを魅入られたようにみつめていた。

霧がふたたび出るまえに人影のところにたどり着こうと、ウィローは浜辺を駆けていった。そのとき、ポリーにしてはその人影の背が高すぎることに気がついた。そこにいるのは男性だった。じっと立ちつくし、波にのみこまれるのを待っている男性だ。

「デイヴィッド」潮は依然として満ちつつあった。彼は長靴をはいていたが、すでにそのなかにまで水がはいりこみはじめていた。「さあ、こっちへきて。そのままだと、ひどい風邪をひいてしまうわ」ウィローはデイヴィッドにちかづこうとはしなかった。真夏とはいえ、やむをえないかぎり服を濡らす危険を冒したくなかったし、デイヴィッドはひどく取り乱しているようなので、むやみにちかづけば彼を怯えさせてしまうかもしれなかった。そうなったら、彼はそのまま海のほうへ歩いていって、みずから溺れてしまうだろう。

デイヴィッド・ゴードンがゆっくりとむきなおった。そして、そのときはじめて、ウィローがそばにいることに気づいたようだった。

「水から離れて、デイヴィッド」返事はなかった。「話をしましょう」

デイヴィッドが大きく息を吐くと、その口からはすすり泣きと同意が混ぜこぜになったような音が漏れだしてきた。それから、彼はウィローのほうへ歩いてきた。すぐそばのメオネスの集会場のまえの砂浜に、誰かが用意した焚き火があった。満潮線のちょうど上あたりに、流木や庭の低木の乾燥した枝、腐った柵の支柱が山積みにされていた。ビーチ・パーティでも予定されているのかもしれなかった。

「マッチをもってたりはしないでしょうね」いまこの焚き火を燃やしてしまったら、準備した人物は怒り狂うだろうが、ウィローはキャロラインの待つスレッツにデイヴィッドを連れて帰りたくなかった。とはいえ、彼はいますぐ身体を温める必要があった。

デイヴィッドはポケットのなかをさぐった。「これはチャールズの予備のジャケットです。

これを着ていたら、彼をもっと身近に感じられるような気がして。じつに馬鹿げている！」彼はライターをとりだした。

ウィローがいちばん下にある低木の枝に火をつけると、焚き火はすぐに燃えあがった。ふたりは乾燥した砂の上に腰をおろし、炎に見入った。「いったい、なにをするつもりだったの？」

「エレノア・ロングスタッフが殺された晩のことについて、ぼくはあなたたちに嘘をついた」デイヴィッドがいった。「彼女が亡くなった時間帯に、チャールズはこのメオネスにきていました。彼のあとを尾けたんです」デイヴィッドがむきなおると、オレンジ色の炎が彼の顔を照らした。「彼がエレノアを殺したのだと思いますか？　ぼくは何度も頭のなかでその可能性を検討してみました。もしもそうだったのなら、彼が殺された理由は説明がつくかもしれない」

「でも、彼がエレノアを殺した理由は？」

デイヴィッドは炎をみつめた。「お金です」という。「ぼくらは商売が破産の危機に瀕しているのを知っていた。でも、ふたりともその現実を受けいれられなかった」

「誰かが彼に金を払ってエレノア・ロングスタッフを殺させた、というのかしら？」ウィローは声から懐疑的な響きを消すことができなかった。元奇術師が殺し屋として雇われるというのは、馬鹿げた考えに思えた。

「いえ、ちがいます！　すくなくとも、ぼくはそうは思わない」デイヴィッドは炎のほうへ両手をのばした。「でも、頭がおかしくなりそうだ。きょうの午後、野菜畑で作業をしながら、ずっとそのことばかり考えていました。もうなんでも信じられそうな気がする」一瞬、言葉をきる。「里帰り結婚式の晩、チャールズはここにきていました。そして、そのことでぼくに嘘をついた。なぜ、そんなことをしたんでしょう?」

ウィローにもわからなかったが、その答えを得るまでデイヴィッドの心に平安が訪れないのはあきらかだった。「彼が今回の事件にかかわっているとあなたが考えるようになったきっかけは、なんだったのかしら?」

デイヴィッドはまえに身をのりだした。その顔は紅潮しており、温まったジーンズからは湯気が立ちのぼっていた。「ここ何週間かのチャールズのふるまいは、おかしかった。謎めいた電話をかけたり、急にラーウィックに出かけたりして。なにを企んでいるのかとたずねると、ある企画の調査をしているところだ、という返事がかえってきました。商売にとってプラスになるかもしれない企画とかで、すべてが正式に決まったら教える、といわれました」ふたたびベッドにはいりました。「あの晩、ぼくらは里帰り結婚式に出ないことにしていたので、ぼくははやめにベッドにはいりました。そのとき、チャールズの出かける音が聞こえたんです。彼の車のエンジンがかかる音が。ぼくは自分の車であとをおい、メオネスの集会場にたどり着きました。彼はそこに車をとめたものの、集会場のなかにははいらなかった。かわりに道路をすこし歩いていって、人と会っていた。あらかじめ待ちあわせていたような感じでした」

「誰と会っていたのか、見ましたか?」

「女性でした。すこしほっとしました。たぶん、ぼくは彼がべつの人を見つけたのではないかと疑っていたんでしょう。べつの男性を見つけたのではないかと。顔は、よく見えませんでした。薄暗かったですし、あまりちかくに寄りたくなかったので」デイヴィッドが言葉をきった。

「ぼくにスパイされているとチャールズに思われるのだけは、避けたかったんです」

「それがエレノア・ロングスタッフであった可能性は？　背が高く、黒髪だったとか」

「その女性は、間違いなく黒髪でした。でも、それ以外のことはよくわからなかった」デイヴィッドはいまや落ちついてきており、事実を正確に語ることに集中していた。「ふたりはしばらく話をしたあとで、浜辺におりていきました。そして、とてもくつろいだ様子で、いっしょに海のほうを見ていた。そのとき、人びとが集会場から出てきました。ダンスが一曲終わって、新鮮な空気や煙草でひと息つくためでしょう。それで、ぼくはその場を離れました。誰かに見つかって、パーティにひきずりこまれたくなかったんです」

「チャールズさんも、そのとき同時に浜辺をあとにした？」ウィローは時系列を整理しようとしていた。たとえチャールズがこの浜辺で会っていたのがエレノアだったとしても、それで彼が殺人犯となるわけではなかった。エレノアはパーティのあともまだ生きていて、友だちといっしょにスレッツに戻ってから、テラスでさらにワインを飲んでいるのだから。とはいえ、エレノアのレコーダーは、このときにチャールズの手に渡ったのかもしれなかった。

「いいえ。ぼくがここを離れたとき、チャールズはまだ例の女性と話をしていました」

「帰宅してからは、なにを？」

「ベッドに戻りました。先ほどもいったとおり、ぼくがあとを尾けていたことを、チャールズには知られたくなかったので」デイヴィッドは長靴といっしょに靴下を脱ぐと、それを絞った。

炎の明かりのなかで、彼の青白い素足はピンクでぽっちゃりとして見えた。ヤニマツの木切れが炎のいちばん熱いところに落ちて、火花が立ちのぼった。

「彼は何時に帰ってきました？」

焚き火にあたっているうちに、ウィローはバルラナルドのちかくの浜辺で体験したパーティのことを思いだしていた。ヒッピー共同体《コミューン》の全員が参加したパーティでは、中年のヒッピーたちがアコースティック・ギターの演奏にあわせて、若かりしころに流行ったフォーク・ソングを歌っていた。島の不良少年たちがひらいたパーティでは、みんなすごく退屈していて、酔うことくらいでしか興奮を得られなかったので、やたらと酒を飲んでいた。

デイヴィッドからなかなか返事がなかったので、ウィローは質問を変えてみた。「彼が帰ってきたとき、あなたは寝ていたとか？」

今度は、すぐに返事がかえってきた。「まさか！　でも、寝たふりをしていました。ぼくは不安でした。彼は逃げだそうとしているんじゃないか。商売のストレスに耐えかねて、ついにそれを決行したんじゃないか。時計を見ては、彼がいまなにをしているのか考えました。あのままパーティに参加したのだ、飲みすぎたので歩いて帰ってくることにしたのだ、と自分に言い聞かせてみたものの、それを完全には信じていませんでした。そのうちに、事故が起きたのかもしれないと考えて、彼が崖の下に横たわっているところを想像したりもしました。ようやく彼の車の音が聞こえてきたとき、ぼくは安堵のあまり泣きそうになりました」デイヴィッドがウィローのほうをむいた。「さぞかし馬鹿げて聞こえるでしょうね。過剰反応だと。でも、チャールズはぼくがはじめて真剣につきあった相手なんです。どうしても失いたくなかった」

「彼は何時に帰ってきたんですか?」

「二時五十分です。彼の車が中庭にはいってきたときに、ベッドわきの時計で確認したので」

エレノアはそれよりもまえにポリーにメールを送っており、その時点ではすでに亡くなっていた可能性もあった。ウィローは海のほうへ目をやり、霧がほとんど消えかけていることに気づいた。「そんなに帰りが遅くなった理由を、彼はなんといってましたか?」

「先ほどもいったとおり、ぼくは寝たふりをしていました。それに、そのころにはもうくたくたでした。不安のせいもあったし、すでに疲れきっていたところへ、メオネスまで彼のあとを尾けていったというのもありました。おまけに、宿泊客がいたので、朝はやく起きて朝食の用意をしなくてはならないとわかっていた。きちんとした話し合いをするには、時機が悪すぎました」

「朝になってから、彼とそのことについて話しあった?」

デイヴィッドは首を横にふった。「チャールズが秘密を抱えているのなら、ぼくはそれを彼のほうから打ち明けてほしかった。穿鑿《せんさく》はしたくなかった」

けっこうな心がけだ、とウィローは思った。とても大人びていて洗練されている。ただし、殺人犯を突きとめるのには、あまり助けにならなかった。「それで、彼はあの晩自分が外出していたことを、おくびにも出さなかった?　そこで自分が見たりやったりしたことを、ほのめかしたりしなかった?」

「ええ」デイヴィッドはためらった。「でも、彼は興奮して、悦に入っているように見えました。そこへ、サンディがエレノアの死の知らせをもってホテルにあらわれたんです。そして、捜査チームが〈スプリングフィールド・ハウス〉に滞在できるかどうかを問い合わせた。チャールズからその話を聞かされたとき、ぼくはお金のことしか考えていませんでした。それですごく助かるということしか」

「エレノアが殺されたことにかんして、チャールズさんはどのような反応を示していましたか？」

「信じられないようでした。情報に疎いぼくにまで、なにか知らないかとしつこく訊いてきた。それから、グルーシェなら地元のうわさを小耳にはさんでいるかもしれないということで、彼女に電話していた。チャールズは昔からすごいうわさ好きなので、このときも〈スプリングフィールド・ハウス〉が殺人事件の捜査の拠点となることで興奮しているのだ、とぼくは考えていました。でも、いまにして思うと、それ以上のものがあったんでしょう。彼は必死に情報を集めようとしていましたから」デイヴィッドは焚き火からウィローのほうへとむきなおった。「やっぱり、チャールズがエレノア・ロングスタッフを殺したとは思えません。彼女の死に対する彼の驚きは本物だった」

ウィローも、おそらくチャールズは殺人犯ではないだろうと考えていた。だが、チャールズはメオネスにきていた晩、なにかを見ていた可能性があった。エレノア殺しの謎に光明を投げかけるようななにかを。そして、その知識ゆえに、彼は殺されることとなったのだ。

43

ポリーの捜索にむかうサンディとウィローを戸口で見送ると、ペレス自身はスレッツに留まった。ストレスにさらされ、不安と絶望に苛まれているであろうポリーのことを考える。キャロラインは窓のところへ移動しており、まるで霧のなかからいきなりポリーがあらわれるかもしれないとでもいうように、浜辺をみつめていた。ペレスはしばらく黙っていた。考える時間ができて、嬉しかった。それから、部屋の奥へはいっていき、薪ストーブのそばの椅子に腰をおろした。

「お訊きしたいことがあります」ペレスはいった。キャロラインがぎくりとして、彼のほうへむきなおった。ペレスもほかのふたりといっしょに捜索に出かけた、と考えていたのかもしれなかった。「あなたはエレノアさんがブルームズベリーのレストランで男性といっしょにいるところを目撃した。そのことを誰に話しましたか?」

「エレノアだけです」キャロラインははっきりと力強くいった。「わたしはあまりうわさ話をしないので。それでなくても、考えることがたくさんありますから」

沈黙がおりた。ペレスは、自分もあわてふためいて、ほかのみんなといっしょに外でポリーをさがしているべきなのだろう、と思った。だが実際には、落ちつきはらっていた。この世で起こりうる最悪のことは、フランが亡くなったときにすでに起きていた。彼があわてふためくことは、もう二度とないだろう。もちろん、キャシーの身に危険が迫ったら話はべつだが、そんなことはとても考えられなかった。「いまの答えは正確とはいえないのでは？　たとえば、あなたはエレノアがレストランで男性といたことをご主人に話した」

「ロウリーは、話したうちにはいりません」キャロラインは小さく笑った。「わたしたちは夫婦で、すべてを共有しているんです」

ほんとうに？　おまえとフランの場合はちがった。

「でも、ご主人はほかの誰かにそのことをしゃべっていたかもしれない」ペレスはいった。「たとえば、お友だちのイアンに。友人に奥さんの浮気を教えるのは自分の義務だと考えて。結局のところ、ロウリーはエレノアがどんな女性かを知っていた。大学生のときに彼女に翻弄されたわけですから。もしかすると彼は、これをそのときの仕返しをするチャンスだと考えたのかもしれない」

しばらく沈黙がつづいたので、キャロラインはその可能性を真剣に検討しているのかもしれなかった。だが、ふたたび口をひらいたとき、彼女の口調はきっぱりとしていた。「ロウリーはエレノアにふられたことを、もうずっとまえに吹っ切っています。わたしたちは学生でした。学生の恋愛なんて、みんなそんなものです。彼はいま、わたしといます。わたしは同棲しているだけでよかったのに、彼のほうが結婚して里帰り結婚式をひらくことを望んだ。その相手として、わたしを望んだ」キャロラインは手のひらで窓の下枠を叩いて、その点を強調した。

「ほんとうです。〝家族〟という形にこだわっているのは、彼のほうです」

ペレスは、それについて考えた。事件に関係しているすべての複雑な家族のこと。本土出身の黒髪の魅力的な女性にふられて自殺をほのめかしたロウリーのこと。いっしょにシェトランドにきた恋人と友人たちくらいしか人づきあいのないポリーのこと。ペレスは依然としてそれらのことを考えながら立ちあがり、キャロラインには声もかけずに、そのまま家を出た。小道のはじまる地点で足を止め、耳を澄ます。なにも聞こえなかった。耳が周囲の小さな音を拾えるようになるのを待つ。彼の頭のなかではまだキャロラインのきついイングランド訛りの声が鳴り響いており、静寂のむこうの音を聞きとれるようになるまでには、しばらく時間がかかった。最初に聞こえてきたのは、水音だった。シェトランドでは、いつだって背景に水の音がしていた。浜に打ち寄せる波。空から降る雨。日中はたいてい、それに羊のたてる音がくわわった。風の音も。だが、今夜は風がまったく吹いていなかった。

携帯電話の振動で、ペレスの集中力は破られた。彼は小道をすこし歩いて、家から離れた。うわさ話に興味はないといっていたものの、キャロラインが戸口越しに聞き耳を立てているかもしれないからだ。

かけてきたのはメアリ・ロマックスで、ものすごい早口だったため、しばらくはなにをいっているのかよくわからなかった。やがて、彼女がもっと整然としゃべれるようになると、ペレスにもデイヴィッド・ゴードンが逃げだして行方知れずだということが理解できた。あまりありがたくない状況だった。大勢の人間が暗闇のなか、びくびくしながらうろつきまわっている。

だが、メアリ・ロマックスを責めても仕方がなかったので、ペレスは彼女の謝罪を途中でさえぎった。

電話を切ったとき、ペレスは子供の歌声が聞こえたような気がした。だが、それはすぐに消えたので、空耳かもしれなかった。もしくは、携帯電話の奇妙な残響音かも。

それから、ペレスはじっとその場に立ち、ふたたび目と耳がまわりの状況に適応するのを待ちながら、自分を殺人犯の立場に置いて考えてみようとした。

ペレスはスレッツの裏にある土手をのぼって、エレノアの死体が発見された水溜まりのほうへとむかった。そのちかくの丘の上には骨組みだけになって雑草に埋もれている廃墟があり、そこからジョージ・マルコムソンはペレスたちを見おろしていた。ペレスがウィローといっしょに、〝ウトラ〟と呼ばれる古ぼけた農家を調べたときのことだ。あそこからなら、このあたり一帯の状況がつかめるだろうし、日がのぼってくれば、海岸沿いに遠く北のほうまでのぞめそうだった。実際、ペレスがそこに立って見渡すと、炎が見えた。誰かが浜辺で焚き火をしていた。おそらく、冬へとむかう分岐点である夏至を祝っているのだろう。花火か緊急用の照明弾のように、火花が空へと舞いあがっていた。もしかすると、ボートクラブで食事をした人たちが、そのままパーティをつづけようと考えたのかもしれなかった。だとすれば、すこし安心だった。ほかにもいろいろな人が外をうろついていれば、それだけべつの殺人が起きる可能性は小さくなるはずだからだ。

そのとき、ペレスは足音を耳にした。重たい足音だ。ブーツをはいた人物が岩だらけの小道を歩いてくる。ペレスは廃墟のふたつの壁が交わる箇所に身をひそめ、自分の影が明るくなりつつある空に浮かびあがらないようにした。床の敷石がまだところどころで残っていて、その隙間からワタスゲが生えていた。ペレスは角にしゃがみこんで待った。すこし馬鹿馬鹿しい気がした。子供時代に戻って、従兄弟たちと隠れん坊をしているような感じだ。突然、彼のまわりで動きがあった。壁が生命を帯びて動きだそうとしているかのようだった。ざわめきにつづいて、やわらかい羽が空気を叩く音がする。壁の隙間を寝床にしていた蝙蝠のようなウミツバメたちが、海にむかっていっせいに飛び立っていった。

足音がさらにちかづいてきて、いまでは懐中電灯の明かりが見えるようになっていた。電池が切れかけているかのような、すごく弱々しい光だった。聞こえるのは足音だけで、ポリーの名前を呼ぶ声はしなかった。これが捜索者だとするならば、すでにやる気を失っているのかもしれなかった。あるいは、べつの理由があるのかも。あたりはまだ薄暗く、この人物の正体を特定することはできなかった。

姿を隠したまま、ペレスは先週アンスト島にきてから出会った人たちのことを考えていた。かれらが巨大な舞台にいる俳優よろしく島のあちこちで動きまわっているところを想像する。だが、いまやその動きは制御できなくなっていた。かれらがメオネス周辺の崖や浜辺に散らばっているのはわかっていたものの、その正確な位置はつかめておらず、そのことがペレスを不安にさせた。彼は俳優たちから無視されている演出家だった。すっかり主導権を失っていた。

人影は、そのままメオネスの集落につうじる小道を下っていった。途中で足を止め、エレノアが洒落た絹のドレス姿で横たわっていた水溜まりのほうへ目をやる。そして、なにかをさがすかのように、草の生い茂る土手を懐中電灯で照らした。この人物の性別はわからなかったものの、健康体であるのは間違いなく、そのあともきびきびとした足どりで傾斜の急な小道をおりていった。ペレスはどうすべきか決められずに、しばらく逡巡していた。ここにいれば、ポリーがとおりかかるかもしれない、と彼はまだ考えていた。頭上では霧が晴れており、明るくなる直前の空がふいに星で満たされていた。天の川がはっきりと見え、ペレスはその広大さに頭がくらくらした。一瞬、自分がいまここでなにをしているのかわからなくなった。それから、われに返って、小道のずっと先をいく人影をおいはじめた。

メオネスの集会場へむかう道路のところで前方の懐中電灯の明かりが消されたため、追跡はより困難になった。もしも相手が薄闇のなかで立ちどまっていたら、ペレスはちかづきすぎてしまうかもしれない。そして、彼は尾行を相手に気づかれたくなかった。道端に、ウトラ――サラ・マルコムソンが子供時代をすごした家――のぼんやりとした影が浮かびあがっていた。ペレスは足を止め、耳を澄ました。静寂。距離があきすぎて、まえをいく人物の足音はもはや聞こえなくなっていた。ここでふたたび逡巡する。駆けだして、相手においつこうとするべきか？　それとも、家のなかにはいってみるべきか？　いまは、ポリーを見つけるのが最優先だった。そして、ペレスの前方にいるのが誰なのかは、いまだにはっきりとわかっていなかった。一方で、この家は〝小さなリジー〟の関係者にとって大きな意味をもっており、ポリーはもう一度なかをのぞいてみたいと考えるかもしれなかった。ペレスは戸口のドアを押しあけた。

家のなかの闇は、溶けたタールのように濃厚に感じられた。戸口より先では、それをかきわけて進まなければいけないような気がした。懐中電灯をつけ、流し場をとおって、そこよりもひろい部屋へとむかう。湿気と腐敗の匂い。ペレスはぼんやりと、前回ここを訪れたときのことを思いだしていた。ウィローを驚かせた野良猫。彼女の腕に手をかけたときの感触。その瞬間に彼の肩までかけのぼっていった電気ショックのような感覚。あのときはふたりとも動揺していて、室内の捜索がおろそかになっていたような気がした。ペレスは迷った。ぐずぐずしていたら、ここまで尾行してきた人物を完全に見失ってしまうだろう。だが、興味もあった。この家のなにかが、ポリー・ギルモアとチャールズ・ヒリアーをひき寄せたのだ。ペレスは懐中電灯で部屋を隅々まで照らした。じつに殺風景だった。片隅にあるストーブの扉をあけると、燃えかけの泥炭のかたまりがあった。そこを離れようとしたとき、金属製のストーブの鋭い角にひっかかっている布切れが目にとまった。白い布切れ。〝小さなリジー〟があらわれるときにいつも着ているドレスとおなじだ。すくなくとも、ここにある布切れは空想ではなく、現実だった。

遠くのほうで車のエンジン音がしたので、ペレスは家の外へ出た。ヘッドライトはすぐに消されてしまったものの、車がメオネスの集落のどのあたりにとめられたのかは、だいたい見当がついた。ペレスは荒れはてた農家をあとにして、小道を駆けていった。そのとき、携帯電話が鳴った。ペレスはスピードを落としたものの、そのまま早足で歩きながら、携帯電話をポケットからとりだした。

「ジミー！」サンディはパニックを起こしており、〝どうしていいかわからない〟といった声を出していた。「スレッツにひき返していく途中で、悲鳴が聞こえたんです」

「悲鳴は家のなかから聞こえたのか？」

「家のなかか外かははっきりしませんけど、とりあえず家のほうからでした」

ペレスは、それがどの家かをたずねる必要がなかった。いまや、どこに焦点を絞って捜査に着手すべきだったのかがわかっていた。

「いまから、そちらへいく」ペレスは言葉をきった。「なかにはいるな、サンディ。おれがいくまで待ってろ」

古ぼけた農家のなかの濃厚な闇を体験したあとでは、外はすでに夜が明けているかのように感じられた。頭上には冷たい灰色の空がひろがっており、星の姿は消えていた。鳥たちがさえずるなか、ペレスは走りつづけた。サンディの不安がうつっていた。自分は状況判断を誤ったという考えに苛まれていた。彼はずっと間違った相手をおいかけていた。ほんとうは、車に目を光らせていなくてはならなかったのだ。

サンディはペレスがくるのを丘の斜面で待っていた。身体をまるめて丘と一体化していたので、彼が身体をほどいて立ちあがったとき、ペレスはぎょっとした。

「ウィローは浜辺にいます」サンディはささやくような小声でいったが、そんなことをしなくても、家のなかから聞かれる心配はまずなかった。「デイヴィッド・ゴードンもいっしょです。集会場のところから、ふたりの姿が見えました」

ペレスはうなずいた。心配事がこれでひとつ減った。「それで?」

「悲鳴が聞こえたんです。甲高い悲鳴が」

「男か、女か?」

「女だと思います。でも、よくわかりません。ポリー・ギルモアをさがしているところだったので、彼女にちがいないという先入観があって」

「当然だ」人の認識は期待に影響される。それを利用して、奇術師はあんなにも簡単に観客を煙に巻くことができるのだ。「それは――」

ペレスが最後まで言い終わるまえに、ふたたび悲鳴が聞こえてきた。怯えたような声。だが、依然として性別はよくわからなかった。ペレスは耐えられずにいった。「ここで待ってろ。家から出てくるものがいたら、足止めしろ。誰であろうと。それから、誰もなかにいれるな」

ペレスは身体をふたつに折ったまま、小走りでヴォクスターの周囲をまわった。鶏小屋と古いトラクターのはいっている小屋のまえをとおりすぎる。小屋の外には、ジョージ・マルコムソンの車がとめられていた。ボンネットにふれると、まだ温かかった。家のこちら側へくると、裏口のドアについている小さな窓からキッチンをのぞきこむことができた。ジョージの姿はどこにもなかった。

キッチンには、ポリー・ギルモアが立っていた。うしろから首に腕をまわされ、喉もとにナイフを突きつけられているにもかかわらず、妙に落ちついていた。そして、神経が耐えられなくなると、青白い顔に涙をぽろぽろと流しながら、ふたたび悲鳴をあげた。

44

ヴォクスターのキッチンで、ポリーは自分の身体の輪郭がぼやけていくような感覚をおぼえていた。いまの自分は、きっとエレノアが人生最後の晩にテラスにすわっていたときとおなじような感じに見えているにちがいなかった。霧にのみこまれ、ゆっくりと姿が見えなくなっていったエレノア。あのとき彼女が家のなかにはいっていたら――マーカスにかんする馬鹿げた話をしたあとで、ポリーといっしょに家のなかにはいっていたら――なんの問題もなかっただろう。エレノアも、あのホテルを経営する意地の悪い男も、まだ生きていただろう。そして、ポリーはこの海辺にある風変わりな家で、ほとんど息もできない状態で喉もとにナイフを突きつけられてはいなかっただろう。

まるでひどい悪夢のなかにいるみたいだ、とポリーはふたたび思った。もうすぐ目がさめて、すべてはもとに戻るのだ。喉を締めつけている腕に力がはいり、ポリーは気が遠くなりはじめた。今夜の出来事が、霧のなかの影のようにゆっくりと脳裏を漂っていく。彼女はそれを、すごい高みから見おろしていた。自分の番組のために広角ショットを撮影しているエレノアになったかのように。

ボートクラブを目指して崖沿いの小道を歩いていく五人の男女。イアンは大またで、ひとり先をいっていた。まるで、ほかのみんながいないふりをしたいとでもいうように。マーカスは妙に口数がすくなかった。ポリーは彼のほうをむいてたずねた。「どうしたの？」このときポリーは、彼から別れ話を切りだされるのではないか、エレノアの母親のほうがいいといわれるのではないか、とびくびくしていた。なぜなら、心の奥底では、エレノアから聞かされた情事の話が事実だとわかっていたからだ。マーカスの気分が伝染したのか、うしろを歩くロウリーとキャロラインも無口だった。

それから、ポリーの頭のなかの場面はボートハウスへと切り替わった。雰囲気ががらりと変わって、ここではパーティがひらかれ、音楽が鳴り響いていた。部屋全体がエレノアの死を祝っているかのようだった。それを悲しんでいるのはポリーだけのように感じられた。そのとき、踊っている少女が目にはいった。〝小さなリジー〟だ。それが幽霊のはずはなかった。なぜなら、ポリーはその子がみんなのまえで踊るのを見ていたからだ。少女はスポットライトがあたっているかのように目立っていた。カメラがズームインして、少女のまわりのものがすべてぼやけているような感じがした。ポリーは少女のあとをおって、夜のなかへ出ていった。霧がたちこめていた。これは予兆だ、という考えが彼女の頭をよぎった。少女を目撃したのは、警告なのだ。もしかするとポリーは、これからエリザベス・ゲルダートとおなじように溺れ死んで、死体が浜辺に打ち上げられるのかもしれなかった。そうなっても、誰も気にとめないだろう。マーカスでさえ。

エレノアがいなくなった晩のことを思いだしてポリーのパニックが最高潮にたっしたとき、

携帯電話が鳴った。電話口のむこうの分別のある声が、ポリーに救いの手をさしのべてくれた。「崖の上をとおって帰ろうとしちゃ、だめだよ。こんな天気のときは。ボートクラブへむかって小道を歩いていくんだ。そしたら、車で迎えにいって途中で拾ってあげるから。時間はすこしかかるかもしれないけれど、それがいちばん安全だよ」

そしていま、うしろからきつく締めあげられ、ナイフの切っ先を肌に感じながら、ポリーは車がちかづいてきたときの安堵感を思いだしていた。ロウリーの父親のジョージが助手席側に身をのりだし、ドアをあけてくれた。そのとき、里帰り結婚式ではじめて彼と踊ったときのことがポリーの脳裏に甦った。ふたりで勢いよくまわっていたときの彼の腕の力強さ。音楽がやんだときのかすかな興奮。

「さあ、外は寒いから、はやく乗るんだ」ジョージはいった。「きっと凍えてるだろう。きみをヴォクスターに連れてくるよう、グルーシェからいわれてる。みんなのために、スープを火にかけて待ってるんだ。ほかの連中にはグルーシェから連絡がいってるから、スレッツに戻るまえに、みんなで夜食をとっていけばいい」

だが、ヴォクスターに着いてみると、みんなの姿はなかった。風変わりな白いナイトガウンに手編みの肩掛けをまとったグルーシェがキッチンにいるだけだった。それから、ジョージが姿を消した。もうベッドにはいらないと、といったようなことを口にしていた。つぎに気がつくと、グルーシェがポリーのうしろに立ち、エレノアとロウリーのことについてなにやらつぶやいていた。そして、その力強い腕で――羊をもちあげたりパン生地をこねたりして鍛えあげられた腕で――ポリーを万力のように締めあげてきた。ポリーは悲鳴をあげはじめ、ついにはすべてが闇に包まれた。

しばし意識が戻ったとき、ポリーは窓に人影が見えたような気がした。〝小さなリジー〟が彼女を水のなかにひきずりこみにきたのかもしれなかった。だが、ドアがあいてはいってきたのは、リジーではなく、あのぼさぼさの黒い髪をした刑事だった。そういえば彼もまた、幽霊にとりつかれているように見えることがときどきあった。

刑事はちかづいてくると、子供に話しかけるような感じで、グルーシェにむかってやさしく語りかけた。「もういいんじゃないかな、グルーシェ？　ほんとうはポリーを傷つけたくないんだろ。彼女がなにをしたっていうんだ？」

ポリーは、首を締めつける力がすこしゆるむのを感じた。

そのとき、家の奥につうじるドアがひらいた。ジョージが立っていた。「その娘を放してやれ！」その霧笛のようにはっきりとした声で、ポリーの意識は完全に戻った。グルーシェが彼のほうにむきなおると、その動きがポリーの肩にも伝わってきた。首の締めつけがさらにゆるんだ。

「ロウリーのためだったんだよ」グルーシェがいった。

「そうかな？」ふたたび、あの黒髪の刑事がいった。「あなたはいつだって正直だった。例の美術の夜間講座で、フランはあなたの作品をこう評した――妥協がなく、真実を伝えている。ちがったかな？」ここで、いったん言葉をきる。ふたたび口をひらいたとき、その口調はゆったりとしてくだけていた。「だから、いまも正直にいこう。これは、あなた自身のためだった。あなたは孤独な老女になりたくなかった。いっしょにいてくれる話し相手として、ロウリーとキャロラインを必要としていた。その気持ちは理解できるよ。自分も孤独を知っている身だから。でも、もうここで終わらせないと」刑事が手をさしだした。一瞬のためらいのあと、ポリーの首のまわりの圧力が突然強まった。それから、グルーシェの手がまえへのびた。手首をひねって柄が相手側にむくようにしてから、ナイフを刑事の手のひらに落とす。刑事の肌が浅黒いことに、ポリーは気がついた。まるで、ずっと日にあたっていたかのようだ。それに、その手はマーカスとおなじくらいごつごつしていた。

つぎに気がつくと、ウィロー・リーヴズがそばにいた。ポリーの身体を毛布で包みこみながら、救急ヘリコプターで病院にいかなくても大丈夫か、とたずねてきていた。スレッツでお友だちが待っている、といっていた。ポリーは一瞬、グルーシェのほうをふり返った。ポリーをみつめる彼女の目は、依然として憎悪に満ちていた。

45

ウィローは〈スプリングフィールド・ハウス〉の小さな居間の片隅にすわって、ジミー・ペレスとグルーシェ・マルコムソンのやりとりを観察していた。居間の窓からは日がさんさんと射しこんでおり、外では鳥のさえずりがしていた。部屋には、ペレスがどこからか調達してきたコーヒーの香りが充満していた。皿に山盛りになっている砂糖をまぶした小さな丸いビスケットは、おそらくグルーシェ自身が焼いたものだろう。

「どうしてエレノアを殺したのかな?」ペレスの声はとても小さく、ウィローは耳をそばだてなくてはならなかった。

グルーシェは着替えることを許されており、いまは太いリンネルのズボンに手編みのセーターという恰好だった。自分も六十代になったら、きっとこんなふうになっているのだろう、とウィローは思った。背が高く痩せていて、チャリティ・ショップでそろえた服を着ている女性だ。

グルーシェがさっと顔をあげた。「彼女は悪い女だった。それは知ってるでしょ、ジミー。彼女はロウリーをたぶらかし、キャロラインから盗もうとしていた。わたしから盗もうとしていた」突然、声が鋭く、甲高くなった。

「それはないと思うな、グルーシェ。彼女は自分の夫に忠実だった。はじめから、ずっと」

「そんなはずはない!」その言葉は、グルーシェの口から銃弾のように勢いよく飛びだしてきた。「わたしには証拠があった。ロウリーは本土で結婚式をあげる一週間前に、あの女とこのシェトランドで会っていた。そのときの写真がロウリーのノートパソコンにあるのを、わたしは里帰り結婚式の当日に見た。写真には、あの女の肩に腕をまわしたロウリーが写っていた。背景はラーウィックの博物館だった」いまの話がどういうことなのかをペレスに理解させようと、グルーシェは鋼のような目で彼をみつめていた。「里帰り結婚式の日の午後、ロウリーは自分の部屋にいて、その写真をみつめていた。わたしがパーティ用のきれいなシャツをもって部屋にいくと、あの子は急いでパソコンを閉じた。でも、わたしには画面が見えた」

「あなたはそれを印刷した」ペレスがいった。「印画紙に」彼はすべてお見通しなのだ、とウイローは思った。

グルーシェがうなずいた。「あの子とキャロラインが集会場で旗布の飾りつけをしているあいだにね。その写真がなにを意味しているのかを考えてみて、ジミー。あの女がうちの子に対してもっている力について。ロウリーは結婚してまだ間がなかったのに、あの女といっしょに写った写真に見入っていた。あの女は魔女かなにかにちがいないよ」

「それで、どうして写真を印刷したのかな、グルーシェ？」ペレスはコーヒーをひと口すすった。じっくりと味わっているように見えた。

「あの女と対決するためだよ。そちらの企みはお見通しだってことを、証拠を突きつけて問いつめてやりたかった。そのためには、手もとになにか欲しかった――なにか具体的なものが」

グルーシェは正しい言葉を見つけようとするかのように、言葉をきった。どうしてもペレスには理解してもらいたいとでもいうように。「なにか見せられるもの。でも、ロウリーのパソコンをスレッツまでもっていくわけにはいかないでしょ？」

「なにがあったのか話してくれないか」ペレスはそういうと、椅子の背にもたれて、相手がはじめるのを待った。外では、ダイシャクシギが鳴きながら空を横切っていった。ペレスが目を閉じたので、ウィローは一瞬、彼がうとうとしかけているのかと思った。

「わたしはエレノアと話をしなくてはならなかった。彼女がしているのがどういうことなのかを、本人にわからせなくてはならなかった。あの晩、彼女が踊ったり笑ったり男たちといちゃついたりしているあいだじゅう、わたしはこのことが頭から離れなかった。わかるでしょ、ジミー、わたしはなにかせずにいられなかった。キャシーが誰かにひどい目にあわされたら、あなただっておなじような心境になるはずよ。エレノアはわたしの息子の結婚をぶち壊そうとしていた。そうなったら、あの子はまた気がふさいで、おかしくなってしまうわ。あの女をおいかけて、いっしょに本土へいってしまうかもしれない。そして、わたしは二度とあの子に会えなくなる。あの女がシェトランドで暮らそうと思うことは、決してないだろうから」

ペレスが目をあけて、グルーシェのほうへ身をのりだした。「エレノアはあなたから息子を奪おうとは考えていなかった。いまのあなたは、そのことを知っているはずだ」だが、その言葉はすごく小さな声ではっせられたので、独り言のようにも聞こえた。

　グルーシェはペレスの言葉が耳にはいっていないらしく、そのまましゃべりつづけた。「パーティのあとですこしかたづけをしてから、ジョージはベッドにはいった。あの人はひと晩じゅう飲んでたから、朝になるまで目をさまさないとわかっていた。大きな熊みたいないびきが聞こえていた。それから、ロウリーとキャロラインも自分たちの部屋にひきあげていった。わたしはこっそり家を抜けだすと、浜辺のほうへ歩いていった。スレッツのテラスでみんながすわっておしゃべりしているのが見えた。笑っているのが。しばらくして、男性陣が家のなかにはいっていき、そのすこしあとでポリーも姿を消したので、エレノアはひとりになった。それはお告げのように感じられた。彼女のところにいって話をしてこい、というお告げのように。ちょうど明るくなりはじめたところで、彼女はわたしがちかづいてくるのに気がついた。そして、手をふると、こういった。〝あなたも眠れないの、グルーシエ？　すこしいっしょに歩きましょうか？〟彼女はこちらの返事を待とうともしなかった。一度も人のいうことにきちんと耳をかたむけたことがなかったんじゃないかしら」

一瞬、部屋のなかが完全な静寂に包まれた。それから、グルーシェがつづけた。

「ふたりでどこへいくか、わたしはなにも考えていなかった。でも、そのとき彼女がこういった。〝あなたは幽霊を信じてる、グルーシェ？　リジーの幽霊は実在するのかしら？〟これもまた、お告げのように感じられた。だから、ヴァイラが〝小さなリジー〟を目撃した場所に案内するといって、エレノアを歩行者用の小道のほうへ連れていった。立石につうじる小道のほうへ」

ふたたび静寂が訪れた。ペレスがマグカップのコーヒーを飲みほした。「その時点で、エレノアを殺そうと考えていたのかな、グルーシェ？　重要なことなので、はっきりさせておきたいんだ」

「まさか！　わたしは彼女にわからせたかっただけだよ。ロウリーにちょっかいをだすべきではないって」

「それで、あなたたちは歩行者用の小道を立石のほうへ歩いていった。あたりは、ちょうど明るくなりかけていた」ペレスは力づけるような笑みを浮かべてみせた。「それから、なにがあったのかな?」

ウィローは自分がうとうとしかけているのを感じた。ここ数日あまり寝ていなかったし、事件が解決して気がゆるんでいたからだ。それに、陽射しが強く、部屋のなかはとても暖かかった。

「わたしたちは崖の上で腰をおろした」グルーシェがいった。「そして、話をした。彼女は、こんなにしあわせなのは数年ぶりだ、ようやくすべてがいい方向へむかおうとしている気がする、といっていた。赤ん坊のことであんなに大騒ぎしていた自分は愚かだったのかもしれない、ついに愛する人を見つけたので、ほかのことはどうでもよく思える、と」

「あなたは彼女がロウリーのことをいっていると思った?」

「ほかに誰がいるというの?」

「彼女のご主人だ」ペレスがいった。「おそらくエレノアは、自分の夫のことをいっていたんだろう」

「わたしは彼女にあの写真を見せた」グルーシェは叫ぶようにいった。彼女もあまり人のいうことに耳をかたむけるほうではないな、とウィローは思った。「それを草の上に置いて、なにを企んでいるのかと問いつめた。わたしには知る権利があった、ジミー。ロウリーが結婚式をあげるまえの週に、彼女はうちの子とラーウィックでなにをしていたのか?」

「それで、彼女はなんと?」

ここでも、ウィローはペレスの言葉を聞くのに耳をそばだてなくてはならなかった。「それは秘密だ、といわれたわ。〝でも、心配しないで、グルーシェ。わたしはあなたの息子さんになにも企んではいないから。それに、彼はもう立派な大人よ。あなたに面倒をみてもらう必要はないんじゃないかしら〟。そういうと、彼女は笑った。まるで、息子のことを案ずるわたしを馬鹿にするかのように」

「それで、あなたは彼女を殺した」それが世の中でもっとも自然なことであるかのように、ペレスがいった。「そのときのことを正確に話してもらえるかな、グルーシェ？　記録に残すために」

「わたしは彼女が笑うのをやめさせたかった」グルーシェがいった。「そして、あの女が二度とロウリーを不幸にすることができないようにしたかった。二度とあの子が自殺を考えることがないようにしたかった」

グルーシェは言葉をきった。ウィローはそのときの様子を頭に思い浮かべながら、注意深く耳をかたむけていた。この事情聴取は録音されていたが、はじめて耳にしたときの印象が事件の理解の助けになるかもしれなかった。

グルーシェがつづけた。「わたしたちのすわっていた崖の上は、いまの季節特有の奇妙な早朝の光に包まれていた。いろんな音がしていた。頭上で甲高い鳴き声をあげている海鳥たち。でも、わたしにはあの女の笑い声しか聞こえなかった。わたしは大きな石を手にとると、それで彼女を殴った」ふたたび間があく。「彼女はぎごちない動きで倒れた。くしゃっとつぶれたような感じだった。わたしが美しいイメージを好きなのは知ってるでしょ、ジミー。わたしは画家になることだってできた。その可能性があるって、フランはいつもいってくれていた。でも、わたしは喜んでそれを息子のために犠牲にした。わたしはエレノアを水溜まりの真ん中までひきずっていくと、死体を絵に見立てて整えた。すくなくとも、その息をのむようなイメージから、誰かが喜びを得られるかもしれないから。彼女は美しい女性だった」

「それから？　彼女のマントとサンダルを崖下に捨て、写真をびりびりにひきちぎったあとは？」

「家に帰ったわ」グルーシェがいった。「いびきをかいている夫のとなりに横たわり、眠りについた」彼女は手をのばしてビスケットを一枚とると、品質を確かめるかのように、すこしずつかじった。彼女がとても冷静に見えることに、ウィローは驚いていた。ふたたび完全な静寂が訪れた。

「その晩の出来事を、ロウリーには話したのかな？」ペレスの声がこれまでよりも鋭くなった。

「つまり、彼は自分の母親が殺人犯であることを、先週からずっと知っていた？」

「まさか！」まえとおなじく銃弾のような返事がかえってきた。「もちろん、話さなかった」

「でも、あなたは彼に質問したはずだ。彼がエレノアとラーウィックでなにをしていたのか、知りたかっただろうから」

グルーシェははじめて、自分の見解に自信がもてなさそうな様子を見せた。「あの子は、友だちとしてエレノアと会っていただけだといった。彼女がとりかかっていた企画を手助けするためだと。だから、わたしはそのことを秘密にしておくようにといった。エレノアとこっそりラーウィックで会っていたことが警察に知られたら、エレノア殺しの容疑者にされてしまうからと」

「そして、ロウリーはいわれたとおりにした」ペレスがつぶやいた。「もちろん、そうだろう。彼はいつだって誰かに決めてもらっていた。まずは、あなたに。つぎは、キャロラインに。一度も自分で考える必要がなかった」

ロウリーは自分の母親がエレノアの死に関係していることをうすうす察していたのではあるまいか、とウィローは思った。だが、彼にとって母親は完璧な存在であり、その人物が殺人犯である可能性を想像できなかったのかもしれない。もちろん、彼が母親に気まずい質問をすることはなかった。ウィローはチャールズとデイヴィッドのことを思いだしていた。あのふたりは不愉快な事柄を無視し、面倒や気まずさを避けることで、関係を維持していた。

「チャールズ・ヒリアーについては？」ペレスがいっていた。「どうして彼は死ななくてはならなかったのかな？」

「彼はあの晩、あそこにいたの」グルーシェがいった。「わたしがエレノアといっしょに小道を歩いていくのを目撃していた。そして、わたしがひとりで戻ってくるのを」

「彼はあなたを脅迫した？」

「なんて馬鹿な男だろう！」グルーシェが吐き捨てるようにいった。「うちに金なんてあるはずないのに」

「そのときに、チャールズ・ヒリアーから聞かされたのでは？　ラーウィックの博物館でロウリーとエレノアが会っていたとき、その場には自分とモニカ・リーズという女性も同席していたことを？」

グルーシェはしぶしぶうなずいた。では、正体のわからなかった男ふたりはロウリーとチャールズだったのだ、とウィローは思った。彼女には、ペレス自身が奇術師のように思えた。答えが見えてくるまでテーブルの上にカードをひろげつづける奇術師だ。

「それじゃ、あなたはエレノアがほんとうのことをいっていたのを知っていたわけだ」ペレスはいった。「ふたりのあいだに情事はなかったことを。ロウリーは友だちとして彼女と会っていたことを」

「でも、うちの子はそうは思ってなかった」ふたたびグルーシェが叫ぶようにいった。「あなたは写真をみつめていたときのあの子を見てないでしょ。ロウリーは、あの女のためならなんでもしたはずよ。はじめて会ったときとおなじくらい、いまも彼女にのぼせあがっていた」

「たとえ、そうだったとしても」ペレスがいった。その声は悲しげだった。「それはあなたが口出しすることではなかったんじゃないかな」それから、彼の口調が変わった。「チャールズ・ヒリアーのことを。なにがあったのか聞かせてもらいたい」

「わたしは〈スプリングフィールド・ハウス〉のそばの浜辺で彼と会う約束をした。財産を相続していくらか貯えがあるから、取引できるかもしれない、といって。その晩は、いつものようにバルタサウンドでひらかれた読書会に参加した。そして、帰りに〈スプリングフィールド・ハウス〉のほうに寄り道した」

読書会の課題本がなんだったのかを、ウィローはたずねたくなった。すこし頭がくらくらしていた。彼女はグルーシェのことを、威厳のある聡明な女性だと考えていた。こんな妄想にとりつかれていたとは、まったく気づいていなかった。

だが、グルーシェはまだしゃべっていた。「ヒリアーは砂浜でわたしを待っていた。また霧が押し寄せてきていた。彼を始末するのは簡単だった」それから、彼女はぴしゃりと口をとざした。「これ以上はしゃべらないわよ、ジミー。いま、ここでは。わたしには権利がある。さあ、ラーウィックに連行してちょうだい。ロウリーが弁護士をつけてくれるわ。あの子が面倒をみてくれる」

46

「グルーシェ・マルコムソンがポリー・ギルモアを襲った理由が、まだよくわからないんですけど」サンディがいった。「それに、〝小さなリジー〟の一件も。砂浜にいたという少女は、エレノアとポリーの想像の産物にすぎなかったんですか？」

かれらは本島へ戻る途中で、昼食をとるために例のイェル島にある画廊に立ち寄っていた。ウィローの提案だった。ペレスとしては、ラーウィックにまっすぐ帰って、はやくキャシーとのふだんの生活に戻りたかった。画廊の壁には、あいかわらず白いドレス姿の少女の絵が掛かっていた。キャサリン・ブルトンはガラス張りの仕事場にいて、壺の制作にいそしんでいた。画廊もカフェも、やけに静かだった。風の強い日で、雲の形をした影がつぎつぎと水面を横切り、吹きあげられた砂が窓を叩いていた。

ペレスがサンディの疑問にこたえようとしたとき、ドアがあいて、女性がはいってきた。ウィローはその女性があらわれることを予期していたらしく、ペレスはふたりがまえもって会う約束をしていたような印象を受けた。女性はドアの内側でいったん足を止めてから、ペレスたちのほうへちかづいてきた。鮮やかな赤のコートに頑丈な茶色いブーツという出で立ちで、煙草の匂いをさせていた。

「けさフェリーでラーウィックに着くと、その足で警察署にいってきました」モニカ・リーズは、ペレスが個展の初日で見かけたときとおなじ神経質なエネルギーを発散していた。こわい髪の毛と栗色の目も、彼の記憶にあるとおりだった。「そこで警察の人から、ここであなたたちと話をするようにといわれたんです」

「これで、サンディに幽霊の件を説明する準備が整ったわね」ウィローは浮ついた調子でいったが、それはモニカ・リーズのほうへむきなおるまでだった。彼女に対するウィローの態度は、ペレスがこれまで見たことがないくらい厳しいものだった。「あなたの関与がもっとはやくわかっていたら、チャールズ・ヒリアーは死なずにすんだかもしれません」

「もちろん、わたしはもっとまえに警察にいくべきでした」モニカ・リーズはテーブルの上のナプキンを何度も四角く折って、しだいに小さくしていった。「でも、わたしがシェトランドを離れたとき、エレノアが死んでいることはまだわかっていなかった。わかっていたのは、彼女が失踪しているということだけだった。そして、それは最初から計画の一部だった」モニカ・リーズは窓の外をみつめていた。ウェイトレスがコーヒーをはこんできたが、それに気づいた様子はなかった。「もともとは、ちょっとした悪ふざけでした。ネルを金銭的な苦境から救うための方策で、誰も傷つくはずではなかった」

「どういうことだったのか、最初から話してください」ペレスにはほとんど見当がついていたが、テーブルの反対側にすわっているサンディは困惑の表情を浮かべていた。彼は今回の捜査で大きな働きをしていたし、実際のリジーにかんする彼の仮説はほぼ真実を言い当てていると思われた。彼には、この偽物のリジーにかんする説明を聞く権利があった。「あなたたちは三週間前にシェトランドで会っていた。あなたと、ほかの三人は」

「エレノアとは、だいぶまえからの知りあいでした。芸術関係の集まりとかで、よく顔をあわせていたんです。わたしの夫は演出家でしたし。チャールズとロウリーのことは、まったく知りませんでした。あの日、わたしたちは〈ヘイズ・ドック〉に集まって、チームを結成しました。ネルの秘密兵器です。四人で昼食をとりながら打ち合わせをしたとき、それはすごいお楽しみのように思えました。ちょっとしたパーティです。わたしたちは秘密の任務についているように感じていました」モニカ・リーズが言葉をきった。「エレノアときちんと話をしたのは、それが最後でした。ロウリーとエレノアは陰謀劇さながらに、ロンドンからそれぞれべつの飛行機でシェトランドにきていました。ロウリーはエディンバラ経由で、エレノアはグラスゴー経由で。わたしはイェル島に住んでいるので、チャールズ・ヒリアーの車にラーウィックまで乗せてもらいました」

「それで、そうやって集まった目的は？」

「もちろん、〝小さなリジー〟の幽霊のぺてんを計画するためでした。ネルは、幽霊にかんするドキュメンタリー番組を大成功させる必要がありました。何本か失敗作がつづいて、彼女の番組制作会社は赤字を抱えていたんです。そのころ、エレノアは赤ん坊を失って集中力を欠いていて、絶好調とはいえなかった。会社を倒産の危機から救うには、この幽霊をあつかった番組が最後のチャンスでした。失敗は許されなかったんです」

「それで、あなたは？」ペレスはたずねた。「あなたはその企みからなにを得るんですか？」

一瞬、モニカ・リーズは驚いているように見えた。あまりにも答えがあきらかなので、説明の必要などないとでもいうように。「お楽しみよ」彼女はいった。「さっきもいったとおり。それに、ネルは友だちで、助けを必要としていた。あと……」モニカ・リーズはふたたび言葉をきった。

「あなたは、ごくありふれた世界を不気味なものに変えるのを得意にしている」ペレスはいった。

「ええ。そのとおりよ」モニカ・リーズはペレスを奇妙な目で見た。「たぶん、わたしはこれを一種の芸術作品のように考えていたのだと思います」

「そして、あなたたちは幽霊を作りあげた」

「テレビの視聴者を欺くためではないわ」モニカ・リーズはきっぱりといった。「エレノアは、そこまで品位を落とすことは決してなかった。自分の仕事を真剣にとらえていて、真摯に取り組んでいた。そうではなくて、理性と教養をそなえた人たちがある状況下では簡単に暗示にかかってしまうことを、視聴者に示したかったんです。エレノアは自分の友人たちに、〝小さなリジー〟の存在を受けいれさせたかった。そして、その体験をドキュメンタリー番組のなかの例として使いたかった」

「どうして彼女はチャールズ・ヒリアーとロウリーをまきこんだのかしら?」ウィローはそういうと、立ちあがって伸びをした。指先が画廊の低い天井にもうすこしで届きそうだった。突然雨が降りだして、雨粒が小石のように窓を激しく叩いた。室内がかなり暗くなった。

「エレノアは昔からチームを組むのが好きだった」モニカ・リーズがいった。「とりわけ、自分の賛美者を集めるのが。でも、実務的な理由もありました。ロウリーは島の地勢をよく知っていた。アンスト島で育ったので。チャールズ・ヒリアーのほうは、パートナーが〝小さなリジー〟の物語の背景情報を調べていました。それに、彼はもともと舞台の奇術師だった。使えそうな技術をいろいろ知っていて、すべてを本物らしく見せる細部の詰めを提供することができた」

チャールズ・ヒリアーは大喜びで参加したのだろう、とペレスは思った。テレビに復帰する機会が訪れたのを楽しんでいたはずだ。

「それで、あなたは?」ウィローがたずねた。「あなたの役割はなんだったんですか?」

「わたしは舞台装置家であり、演出助手でした。みんなで昼食をとったとき、わたしは絵を何枚か持参しました。そのうちの一枚は、エレノアが花嫁の付き添いのドレスを着てオフィーリアのように横たわっている絵でした。マスコミで報じられているところでは、実際にエレノアの死体はそれとよく似た状況で発見されたみたいですね。そのとき用意したイメージをどう使うのかは、まだ決まっていませんでした。どれも、すごく安っぽかったですし」間があく。「でも、わたしのいちばん大きな役割は、幽霊を提供することでした」

「あなたのお孫さん」

「そう、グレースです。母親はこの子に手を焼いています。ロンドン暮らしが良くないんじゃないかしら。エネルギーのありあまっている子なので。それで、ときおりこちらで預かっているんです」

ペレスは画廊の壁に掛かる少女の絵をみつめていた。

「あれは、わたしの娘です」モニカ・リーズがいった。「でも、気味が悪いくらい孫娘と似ている。ひさしぶりにあの絵を見て、はじめてふたりがそっくりだということに気がつきました。孫娘がもっと小さかったころは、それほどでもなかったんですけど」

ポリーがあの絵を見て動揺したのも無理はない、とペレスは思った。自分の正気を疑いはじめたのも。

「あなたはグレースに〝小さなリジー〟の曲を歌わせて録音した」ペレスはいった。「でも、どこか違和感が残った。当然です。シェトランドで長時間すごしているとはいえ、お孫さんはまだこちらの訛りを完全には身につけていませんから」いったん言葉をきる。「お孫さんはきのうの晩、ジェン・アーサーのふたりの息子といっしょに夕食会で踊りを披露していた」

「わたしは里帰り結婚式の翌日に本土にむかいましたが、グレースはジェン・アーサーのところに残りたがりました。あの家には、おなじ年ごろの男の子がふたりいますしね。それで、一週間くらい学校を休ませても害はないだろうと思ったんです。ジェンは喜んでグレースを預かってくれますし、孫娘にとってはシェトランドで暮らすこと自体が教育みたいなものになるでしょう？　それを決めたときには、エレノアが殺されていてアンスト島に殺人犯がいることなど、知る由もありませんでした」

「本土の新聞でも事件は報じられたはずだ」サンディがいった。「エレノアだけでなく、チャールズ・ヒリアーも殺されたあとは。どうして、きょうまで警察に連絡してこなかったんです？」

モニカ・リーズはあいかわらず外の灰色の水面をながめていた。「怖かったんです。エレノアが殺された晩に自分が現場ちかくにいたことが警察に知れたら――そして、エレノアの死体を描いたように見える絵が発見されたら――わたしは殺人犯にされてしまうかもしれない」

「無実ならば、その心配はありません」サンディがいった。「われわれに真実を話してくれれば、なにも恐れることはない」

モニカ・リーズがサンディのほうを見た。そのあとで彼にぶつけられた言葉は、窓を叩いている雨粒とおなじくらい激しかった。「そうかしら？　わたしは学生のとき、大学の講師に襲われた。そして、そのときは警察にいった。でも、かれらは自由奔放な美術学生よりも、きちんとした大学講師のほうを信じた。そして、もしも訴えを取り下げなければ、警察の時間を無駄にした罪でわたしを告発する、と脅してきた。そんな危険を、いままた冒すつもりはなかった」

部屋のなかは静まりかえった。カウンターの奥で、コーヒーマシンが音をたてていた。

「〈ヘイズ・ドック〉にみんなで集まったときのことに、話を戻しましょう」ペレスはいった。「昼食のあとで、写真を撮りましたか？」

「ええ。エレノアが宣伝用の写真を欲しがったんです。番組の放映前に、マスコミに配れるように」モニカ・リーズが顔をあげた。「彼女はすでに、新聞に載せる特集記事の手配もすませていました――〝都会に住む三十代の男女四人がいかにして幽霊を信じるようになったのか〟」

「そして、そのうちの一枚はエレノアとロウリーのツーショットだった？」

「ええ。その写真をもらえるかとロウリーからいわれたので、メールで送りました。どうしてですか？　なにか問題でも？」

ペレスはこたえなかった。ロウリーがパーティのまえにその写真をみつめていたときに、グルーシェは彼の部屋にはいっていった。そして、それがエレノア殺しの引き金となった。「里帰り結婚式のあった晩のことを話してください」

「わたしはグレースを連れてフェリーでアンスト島へ渡りました」

「そして、それをメオネスの教師が目撃していた」はっと目がさめたような感じでサンディはそういうと、ふたたび腕をテーブルにのせ、椅子の背にもたれかかった。まえの晩はみんな徹夜しており、サンディはいまにも眠りに落ちそうな保育園児に見えた。

モニカ・リーズはこの横やりを無視した。「車は集会場にとめました。ほかにもたくさんの車があったので、目立たないだろうと思って。それから、〝ウトラ〟という名称の古い家に転がりこんだ。ロウリーから、そこを使ってもかまわないといわれていたんです。グレースはそこで白いドレスに着替えました。あの子にとっては、これはただのゲームにしかすぎませんでした。夜遅くまで起きているのも、パーティ用のドレスを着るのも、浜辺で踊るのも。うちの家系の女性はみんなそうですけど、あの子も自己顕示欲が強いんです。わたしはチャールズ・ヒリアーと浜辺で落ちあうと、ふたりで煙草を吸いながら、グレースのパフォーマンスを見守りました。そして、それがすむと、グレースを連れてウトラに戻り、床に寝袋をひろげて、イエル島へ渡る朝いちばんのフェリーの時間になるのをじっと待っていた。翌朝はやく、わたしはグレースをジェンの家で降ろし、そのまま車で本島へむかいました」

「あの晩以降も、幼い少女がメオネスの浜辺やウトラで目撃されている」またしてもサンディだった。彼がモニカ・リーズのことを子供の世話をするのに不適格な人物と考えているのが――なにせ、友人を死体に見立てた絵を描いたり、廃屋でひと晩すごしたりする女性なのだ――ペレスにはわかった。

モニカ・リーズは肩をすくめてみせた。そわそわして、居心地が悪そうだった。もしかするとサンディは、彼女にロンドン警視庁で出会った刑事たちを思いださせるのかもしれなかった。あるいは、ただたんに外へ出て煙草を吸いたいだけなのかも。「ジェンが別れたご主人に息子たちを預けるとき、グレースもいっしょに預けたのかもしれない。別れたご主人は再婚して、メオネスで暮らしているんです。ウトラのとなりにある不恰好な平屋建ての家で。離婚が成立してからだいぶたちますけど、この元夫婦の関係は良好で、男の子たちは父親のところで生まれた赤ん坊を見るのが大好きなんです」

それか、もしかするとポリーは自分で勝手に幽霊を想像していたのかもしれない、とペレスは思った。もともと情緒不安定なところのある女性だし、彼女が少女を目撃したのは、自分の恋人が年上の女性と関係していると教えられたあとのことだった。彼女が邪悪な考えにとりつかれて夢想にふける姿は、容易に想像できた。

「エレノアが友だちに送ったメールは、誰が出したんですか? 〝自分はもう死んでいるだろう〟というメールは?」ウィローの声がペレスの思考に割りこんできた。

「エレノアが書いて、わたしが送信する、という手はずになっていました。シェトランドは電波の届かない場所が多いので、確実に送れるようにしたかったんです。パーティがひらかれている集会場の外でわたしがエレノアから携帯電話を受けとり、深夜になってからどこか電波の状態のいいところを見つけて送信する」モニカ・リーズはいった。「グレースはよく眠っていたので、わたしはこっそりウトラを抜けだし、メッセージを送りました。そして、打ち合わせどおりに携帯電話を作物の囲い《プランティクラブ》に置いておいた。エレノアがあとで回収できるように」

「エレノアのデジタル・レコーダーについては、なにか知っていますか?」ウィローがたずねた。

「それも携帯電話といっしょにエレノアから受けとって、浜辺で落ちあったチャールズに渡しました。エレノアはレコーダーをスレッツに置いておきたくなかったんです」

「エレノアは、その晩に姿を消すことになっていた?」

モニカ・リーズがうなずいた。「チャールズが車を用意して待っていました。エレノアを〈スプリングフィールド・ハウス〉に連れていくために。そこに小さな部屋を確保してあったんです」

だが、エレノアにはつぎつぎと邪魔がはいった、とペレスは思った。まずは、男たちがベッドにはいったあとでポリーがテラスにふたたびあらわれた。それから、グルーシェがやってきた。結局、チャールズ・ヒリアーはひとりでホテルに帰った。そして、エレノアが死体となって発見されると、グルーシェが崖からひとりで戻ってくるのを見たことを思いだし、誰が犯人なのかを知った。

モニカ・リーズが立ちあがった。「これからグレースを迎えにいって、ロンドンの娘の家に送り届けてきます。ときどきこちらですごすのはあの子にとっていいことだと思っていましたけど、なんのかんのいって、ロンドンにいるほうが安全なのかもしれない」彼女はドアのところで足を止めると、ペレスのほうをふり返った。「あなたとは、まえにどこかでお会いしてませんか?」

「ええ、ここで会いしました」ペレスはいった。「あなたの個展のオープニングパーティで」言葉をきってから、つづける。「わたしは画家の女性とつきあっていました。フラン・ハンターです」その名前がすらすらと口から出てきたことに、ペレスは満足した。

それを聞いて納得がいったとでもいうような感じでうなずくと、モニカ・リーズは去っていった。

ラーウィックに戻った三人は、ペレスが貸し出しを検討している水辺の家にいった。ペレスはすでに、キャシーが父親のところにもう一泊するように手配していた。いまが何時なのか、よくわからなかった。それをいうなら、何曜日なのかも。彼はレイヴンズウィックの家にはやく帰りたかった。キャシーのおしゃべりに耳をかたむけながら物思いにふける毎日に戻りたかった。キャシーを学校に送り迎えし、みずからを律するために仕事をつづける毎日に。だが、いまは三人でコーヒーを飲んでおり、ウィローが自分の鞄からひっぱりだしてきた未開封のシングルモルトのボトルもあった。窓のまえを、フルマカモメがつぎつぎと横切っていった。アンスト島とちがって町には霧の気配すらなく、ペレスは海峡をいく巨大なフェリーを目にすることができた。アバディーンにむかうノースリンク社の長距離フェリーだ。それで、いまが夜の七時すぎだとわかった。十三時間後には、スレッツに滞在していた三人のイングランド人たちはスコットランド本土に到着しているだろう。ペレスはポリーとマーカスの今後に思いを馳せた。マーカスは魅力的な年上の女性をあきらめるのだろうか？　そして、自信のないポリーは彼を許すことができるのか？　彼女は自分の望むとおりに世界を見る術を心得ているようだった。イアン・ロングスタッフにかんしていえば、事件の謎が解明されたいま、彼が妻の死と折り合いをつけるのはいくらか楽になるのではないかと思われた。

「エレノアは、なぜこんな手のこんだ計画をたてたのかしら？」ウィローは床の上にすわっており、長い髪が膝にかかっていた。

「彼女は必死だったんだ」ペレスはいった。「モニカ・リーズがいっていたとおり、彼女の会社は倒産寸前だった。なにか斬新な手法を使って、番組をヒットさせる必要があった。それには、高等教育を受けた連中に一九三〇年に亡くなった子供の幽霊を見たと信じこませるのが、いちばんだった。それに、エレノアにとって、これには仕返しの意味合いもあったのかもしれない。彼女は、赤ん坊を失ったあとで夫から受けたあつかいに不満を感じていた」

「あの夫婦の関係は、ちょっと変わってましたね」サンディはすこしぼうっとした様子で、考えこんでいた。いまや全員に寝不足の影響があらわれてきていた。もしかすると彼は、アンスト島の学校で再会した幼なじみのことを考えているのかもしれなかった。もう一度あの教師に会う計画をたてているのかも。

「わたしには理解できるような気がする」ウィローがいった。「あの夫婦は、どちらも劇的なことが好きだった。喧嘩して距離をおいては、また仲直りするの。エレノアは、アンスト島で超自然的なことが起きているとイアンに信じこませるのを、ひとつの挑戦と考えていたんじゃないかしら。そして、その挑戦を楽しんでいた。なぜなら、それに成功したら、彼女はふたりですごす残りの人生のあいだじゅう、夫をからかいつづけられるもの。それに、そもそも彼女の場合は、人生そのものが舞台みたいなものだった。だから、こういったお膳立てをするのは苦にならなかった」ウィローはいったん言葉をきった。「このドキュメンタリー番組で彼女が証明しようとしていたのは、たぶん、人間が日常以外の世界を信じずにはいられないということね。人は偶発的な出来事にも説明を求めてしまう。仮説として、これはさほど馬鹿げた考えではない気がするわ。うちの両親がいるヒッピー共同体《コミューン》にも、答えを求めてしょっちゅう人がやってきてたもの」

この件は欺瞞ではじまった、とペレスは思った。すべては幻覚であり、錯覚だった。奇妙な影。途中で中断させられた嘘。「今回の企画についてエレノアからなにも聞いていなかったというロウリーの言葉は、最初からどうも怪しかった。とても信じられなかった。エレノアは、自分が頼めばロウリーはなんでもやってくれると知っていた。彼女の援護者。輝く鎧を身につけ、倒産しそうな彼女の会社を救いに駆けつけてくれる騎士だ」

ウィローが手をのばして、自分のグラスに酒のおかわりを注いだ。見た目は骨ばっていてぎごちなさそうなのに、彼女の動きには優雅さがある、とペレスは思った。ふたたび海のほうへ目をやると、長距離フェリーはすでに視界から消えていた。

「エレノアの死体が発見されたとき、どうしてロウリーはこのいかさまのことを警察に話さなかったんですかね？　彼女が死んだら、もう秘密にしておく必要はなかったのに」これまた、良識あふれるサンディからの疑問だった。

「警察に話すのは間違いだ、と母親に説得されたのさ——〝いかさまへの関与があきらかになれば、おまえが容疑者にされるかもしれない〟。ロウリーは理にかなった決断を下せるような精神状態にはなかった。ふたりの強い女性に囲まれ、結婚、シェトランドへの移住と、つぎつぎとことが進んでいた。そこへ、エレノアの死体を発見するというショックがくわわった。彼の最愛の女性。若き日の恋人だ。彼はこれまで、ずっと母親の望むとおりに行動してきた。ここにいたって、いきなり母親に立ちむかうのは無理だっただろう」

「彼は自分の母親が犯人であることを察していたんですかね？」

ペレスはためらった。それは、グルーシェを連行して事情聴取をしたときから、ずっと頭にひっかかっている疑問だった。「心の奥底では、見当がついていたのかもしれない。だが、それを自分では認められなかった」

「きのうの晩のことが、まだよく理解できないんだけど。あんなことをする必要があったのかしら？」ウィローはいまや床に寝そべっており、ペレスの家の擦り切れた絨毯の繊維がセーターにくっついていた。「グルーシェは、なぜポリーを襲ったの？　なにがきっかけで、ああいう行動に出たわけ？」

「〝小さなリジー〟のぺてんはなんとしても秘密にしておかなくてはならない、とロウリーは母親に言いふくめられていた。ところが、ポリーはほんとうに幽霊の存在を信じはじめていて、すっかり混乱していた。彼女がボートクラブの夕食会で目にしたのは、もちろんグレースだった。少女はヴァイラとニールに連れてこられていたんだ。ニールのふたりの息子といっしょに。

このころには、ポリーは自分の頭がおかしくなりかけているとと考えていたにちがいない。なにしろ、グレースは浜辺で着ていたのとおなじ白いドレス姿で夕食会にきていたのだから」ペレスは言葉をきり、頭のなかで時系列を整理した。「グルーシェはロウリーに電話をかけた。霧のなかを歩いて戻らなくてもすむようにボートクラブまで車で迎えにいこうか、と訊くために。このときすでに、ロウリーはグレースが夕食会にいるのを目にして、ぴりぴりしていた。そして、母親にそのことを報告した」

ペレスはゆっくりと先をつづけた。これはふたりの聞き手だけでなく、彼自身に対する説明でもあった。「少女とポリーがおなじ部屋にいるのを見て、ロウリーはパニックを起こしていたんだろう。そして、こう考えた。〝ポリーが少女に気づいたら――そして、少女がすべてをしゃべったら――どうしよう？　警察はなぜぼくが嘘をついていたのか知りたがるだろう〟。もしかすると、そのときに責任転嫁もおこなわれたのかもしれない。〝最初からジミー・ペレスのところにいって、きちんと説明しておけばよかったんだ〟。裏を返せば、すべては母親のせいだということだ。だが、グルーシェはそんなことくらいではびくともしなかったんだろう。〝おまえは心配しなくていいのよ。あたしにまかせておきなさい。なんとかするから〟。やがてポリーがみんなのまえから姿を消すと、ロウリーはヴォクスターに電話をかけて、もう一度母親と話をした。事態はますます切迫してきていた。グルーシェは息子の声に恐怖を聞きとったにちがいない。〝ポリーがいなくなった。グレースをおいかけてるらしい。さっきポリーからマーカスに電話があって、そういってたんだ。リジーの幽霊をまた見たって〟。ここでもグルーシェは息子を安心させたんだろう。彼女はいつでもロウリーの面倒をみてきた。彼に答えを用意していた」

ペレスはふと、この家ですごく満足して暮らしていたころのことを思いだした。強い潮にはこばれる漂流物のように、レイヴンズウィックにあるフランの家へと押し流されていくまえのことを。

「グルーシェはポリーの携帯に電話して、ボートクラブに戻るようにいった。そこでジョージが彼女を車で拾うからと。サンディ、おまえがきのうの晩遅くにヴォクスターに訪ねていったとき、ジョージは寝室ではなく、車のなかにいたんだ。妻にいわれたとおり、霧のなかを運転していた。寝ぼけまなこで、かなり酔っぱらった状態で」ペレスは間をおいてからつづけた。「このころには、グルーシェは自分が無敵だと感じていたんだろう。息子を守ることこそが人生における唯一の役割だと」

「じつをいうと、犯人はポリー・ギルモアじゃないかと思ってたんです」サンディがいった。「すごく変わり者に見えたし、ぼうっとしていることが多かったから。毎日、仕事で古い民話や伝説を読んでるわけでしょ。そんなことをしてたら、頭だっておかしくなるかもしれない。とても大人の女性のする本物の仕事とは思えない」

「子供たちに教えるのとはちがって、といいたいのかしら？」ウィローは他意のない笑みを浮かべていたが、それでもサンディは髪の根元まで真っ赤になった。

ペレスはにやりと笑った。サンディがぎごちなく立ちあがった。「もう帰って寝ます」そういうと、彼はふり返りもせずに、よろめきながら出ていった。家のなかが、ふたたび静かになった。

「このあとの予定は、どうなっているのかな？」ウィローが足もとに寝そべっているのを意識して、ペレスは急に落ちつかなくなった。サンディは、まるでわざとペレスたちをふたりきりにしたかのようだった。あからさまな縁結びだ。

「あすの朝いちばんの飛行機を予約してあるわ」

気まずい沈黙がつづいた。ウィローが先にそれを破った。

「あなたにはいつわかったの、ジミー？　グルーシェが犯人だと？」

「ヴォクスターのキッチンで彼女がポリーの首に腕をまきつけているのを見るまでは、わかっていなかった」

「でも、疑ってはいたんでしょ。だいたいの見当はついていた」それは質問ではなかった。

「グルーシェとは、いくらかつきあいがあったんだ」ペレスはいった。「彼女はいつでも息子の話をしていた。べつに、それは悪いことじゃない。むしろ、そんなに息子を自慢にしているのは素晴らしいことに思えた。だが、今回の事件で彼女が息子の話をするときの様子を見ていると、居心地の悪さをおぼえた。まるで、彼女は息子をつうじて自分の人生を生きているかのようだった。あまりにも、のめりこみすぎていた」おまえも気をつけたほうがいいのかもしれないぞ。

「わたしに話してくれてもよかったのに、ジミー。自分が正しいと確信するまで待つ必要はないのよ。同僚って、そういうもんでしょ。おたがいの疑念や考えをわかちあう。締め出されるのは好きじゃないわ」

「悪かった」ペレスはいった。「すべてを自分の頭のなかだけでまとめあげようとしていたんだ。きみに馬鹿だと思われたくなくて。あの幽霊にかんするあれやこれやで、こっちもすこしびくついてたし……」

ウィローが立ちあがった。このまま帰ってしまうのだろうか、とペレスは思った。サンディとおなじように、ふり返りもせずに。そのとき、彼女が笑った。「やかんを火にかけてちょうだい、ジミー・ペレス。コーヒーを飲んでから、もう一杯やりましょう。捜査は終わったんだし、わたしたちには祝うことがたくさんあるわ」

47

翌朝、ペレスはキャシーとウィローを車に乗せて、サンバラ空港へむかった。ウィローは空港で降りると、トランクから鞄をとりだし、小さく手をふりながら去っていった。空港からグラットネスの港まではみじかいドライブだったので、キャシーは助手席に飛び乗った。ペレスはまえの晩によく眠れており、溌剌とした気分でいると同時に、妙に心が落ちついていた。フランが亡くなって以来、こんなに調子がいいのははじめてだった。彼はキャシーといっしょに低い岬にのぼり、南から〈グッド・シェパード〉号がちかづいてくるのをながめていた。

乗客は、ペレスとキャシーだけだった。フェア島までの二時間半の船旅は酔うという評判で、たいていの訪問者はいまでは飛行機を利用するようになっていたのだ。だが、〈グッド・シェパード〉号がはこぶのは人間だけではなく、店の補充品や鳥類観測所のための備品を積みこまなくてはならなかった。ペレスは乗組員たちの作業を手伝い、そのあいだキャシーは真剣な顔をして、すこし離れたところで待っていた。やがて、船長をつとめるペレスの父親がキャシーに乗船するようにいった。

「ジミーといっしょに操舵室にくるか、お嬢ちゃん？　これまで女性の乗組員はひとりしかいなかったが、そろそろつぎを迎えてもいいころだ。それに、これは特別な旅だ。だろ？」

そういうわけで、キャシーはペレス父子のあいだに立ち、霧でかすんだフェア島の輪郭がしだいにはっきりとしてくるのを――北灯台《ノース・ライトハウス》や楔形の羊岩《シープ・ロック》が見分けられるようになるのを――ながめていた。ペレスの父親がキャシーに船の操作の説明をしているうちに、時間はあっという間にすぎていった。やがて、ミツユビカモメやオオハシウミガラスの個体が識別できるくらいまで崖がまぢかに迫ってきた。船が岬をまわりこみ、ノース・ヘイヴンの港にはいっていく。かれらのまえに、島がその全容をあらわした。

魅惑的な謎としての幽霊、あるいは英国人のリアリズム

松浦正人

英国の北辺にあるシェトランド諸島でジミー・ペレス警部とその同僚が難事件にたちむかう名シリーズ（翻訳はすべて創元推理文庫）、待望の第六作をお届けします。

英国推理作家協会の最優秀長編賞受賞作『大鴉の啼く冬』（二〇〇六年）に始まる〈シェトランド四重奏《カルテット》〉四部作が衝撃の結末にいたった『青雷の光る秋』（一〇年）は、秋のできごとでした。明くる春、療養中だったペレス警部が再生への道を歩みだすのが、つづく第五作『水の葬送』（一三年）です。一四年に発表された本作は、季節がひとつ進んで夏の物語。〝この腸《はらわた》のちぎれそうな罪の意識に対処する唯一の方法は、彼自身が死ぬことだった〟とまで思いつめ、しかし〝ふたたび現実世界とむきあう痛み〟をおのれに課したあの秋から、まだ一年もたっていないわけですが、公私ともに責任をひきうけた警部にしてみれば、いつまでも立ちすくんではいられなかったのか。心の歪みを見つめるプロの捜査官として、一人の大人として、実直に生きていく。その道のりこそがシリーズの要諦となっていくのでしょう。

そんなペレス警部が本作で直面するのは、魅惑的な謎をはらんだ事件です。

シェトランド諸島の最北端に位置するアンスト島で、里帰り結婚式がひらかれました。新婦の実家のあるケント近くでおこなわれた式のあと、こんどは新郎の地元でお披露目をするべく陽気に踊りまくる祝宴がもたれたという次第です。そこには花嫁の付き添いをつとめた学生時代からの親友の女性二人をふくむイングランド人の四人組も参加していました。宴がはて、四人は共同で借りた休暇用のコテージにひきあげます。時は六月、白夜とはいえ薄闇がさす時間帯となっていて、海からは霧がのぼってくる。眠れずにテラスへ出てささやきかわしていたところ、女性の一人が、昔風のパーティ・ドレスを着た全身白ずくめの小さな女の子が浜辺で踊っているのを午後に見たと言いだします。近づいていくと、もういなくなっていたと。幽霊だったのではないかと考えているふうなのですが……ひとりテラスに残ったその女性エレノアは、翌朝になると姿がなくなっていました。

自殺が心配される事情もあったものの、通報をうけて来島したペレス警部とウィルソン刑事に、友人たちは、テレビ番組の制作者であるエレノアが現代の幽霊にかんするドキュメンタリーにとりくんでいて、界隈につたわる幼い少女の幽霊、〝小さなリジー〟に興味をいだいていたことを話します。ひょっとして、〝リジー〟にまた逢えないかと深夜に屋外へさまよいでたのか。臆測と不安が錯綜するなか、エレノアは死体となって発見されます。

それだけなら、幽霊といってもしょせんは伝聞。怪奇的な雰囲気をかもすため背景におかれたにすぎないとの見方も成り立つでしょう。ところが、情況にはさらなるひろがりがあります。

冒頭の里帰り結婚式は、イングランド人の一人であるポリーの視点で叙述されるのですが、彼女が外の空気を吸いに出たとき、やはり白いドレスの女の子が波打ち際で踊る姿を目にするのです。ほかに大人はいないかとあたりを見まわしたあと、視線を戻すと少女はいなくなっていました。この時点でポリーはまだエレノアの目撃談を聴いていませんし、なにより、ポリーの目をとおして見た少女の存在感はきわめて鮮明です。読者にとって幽霊の件が魅惑的な謎として具体性をおびるのは、このくだりがあるためです。しかも、ポリーの目撃情報はやがて刑事たちにも知られ、幽霊をめぐる謎は、捜査をするうえで考慮せざるを得ない案件となります。

超自然的な事象について具体的な検討を探偵役がせまられる。これは、本作がつらなる一群の英国ミステリの歴史において異例の事態と申しあげねばなりません。解説子の念頭にあるのは、P・D・ジェイムズやルース・レンデルによって一九六〇年代に書かれはじめ、七〇年代以降、レジナルド・ヒルやピーター・ラヴゼイ、コリン・デクスターらがくわわって、すっかり市民権を得た種類のミステリです。個々のヴァラエティが相当に幅広いので各作家の持ち味を楽しむのがいちばんだと思いますが、主としてプロの捜査官を探偵役に据え、地道な調査と推理によって真相の究明をめざすスタイルをとること、捜査官自身をふくめた登場人物の心情や生活が、それ以前の謎解きミステリよりこまやかに、もしくは同時代の社会情勢をより反映するかたちで、描かれるようになったところが一応の共通点といえるでしょうか。基調は英国人のリアリズム。現実の地面をしっかりと踏みしめ、平常心や冷静さを大切にする態度であり、いたずらに怪力乱神や陰謀論を語らない。けれど日常が変わりゆくものであること、人が見かけどおりとは限らないことを彼らはうけいれているのだろうと、解説子は考えています。興味の対象となるのは、第一に謎めいた存在としての人間です。

こうしたミステリでは、超自然的な事象を手軽には扱えません。非現実の存在を小説に導入しようとするなら、それなりの覚悟と工夫が必要です。先人はどうしたでしょう?

一九七一年に、P・D・ジェイムズは出世作『ナイチンゲールの屍衣』(ハヤカワ・ミステリ文庫)を発表しました。同作にはなぜ幽霊が出るのか、と問うエッセイ「P・D・ジェイムズと死者の代弁者」が、《ハヤカワミステリマガジン》二〇一五年三月号のP・D・ジェイムズ追悼特集に掲載されています。執筆者は翻訳家の宮脇孝雄。犯人が、かつて庭の木で首を吊ったメイドの幽霊や、おなじように理不尽に死んでいった女たちの代弁をしているという論陣を張っていて傾聴に値します。煎じつめるなら同作において幽霊は小説の主題をになっており、迫力ある描写の力で、つかのま出たかのように感じさせられる(第六章に、ダルグリッシュ主任警視が畏怖におののく場面があります)存在でした。

それから、幽霊(ghost または ghosts)の一語を題名にとりいれた中短編を少なくとも三つ、レジナルド・ヒルがものしています。一九七九年の第一短編集『パスコーの幽霊』(ハヤカワ・ミステリ)に表題作および「ダルジールの幽霊」が、八七年の第二短編集『ソ連に幽霊は存在しない』(ハヤカワ・ミステリ)に表題作が、それぞれ書き下ろされました。まず「パスコーの幽霊」は、ずっしりと読みでのあるゴシック・ロマンス仕立てです。幽霊は伝聞によってつたえられるのみですが、終盤の皮肉きわまるツイストは幽霊ものならではでしょう。「ダルジールの幽霊」のほうは、なんとゴースト・ハントもので、幽霊を待ち伏せしながら、ダルジール警視がパスコー警部に、巡査時代に自分が経験した幽霊騒ぎを回想するという二重底になっています。ゴースト・ストーリイの伝統をシリーズ探偵ものに落としこむ工夫と遊び心がこの作家らしい、洒落た一編でした。

　右の二作が、既存の小説ジャンルと戯れることで幽霊を出没させていたのにたいして、最後の「ソ連に幽霊は存在しない」は非常に独創的です。トム・ロブ・スミスの二〇〇八年作品『チャイルド44』（新潮文庫）に先んじて、ソ連という国家の理念にそぐわないものは存在しないとみなされる不条理をからかっているところからして驚きですが、奇怪な幽霊現象を調査する（幽霊が存在しないことを証明せよ、との国家の厳命にこたえるべく！）過程が、まさに前述の意味での英国ミステリとして申しぶんなく成立していることにはもっと驚かされます。なじみづらいはずの英国ミステリと超常現象が、なぜ共存できるのか。ポイントはふたつあります。第一に、検証できない伝聞にのみもとづくのでなく、また、雰囲気のいろどりとして漠然と語られるのでもなく、幽霊の出現のありさまが複数の証人やリアルな細部などによって確認されていること。第二に、〝出る〟なら〝出る〟で、その幽霊がそこに出現する具体的ないわくがきちんと書かれていること。要するに、出る謂《いわ》れのある幽霊が、実際に出たらしいと検証ないし体感されてはじめて、最小限のリアリティが確保されるというわけです。手練《てだれ》の作者は、謂れがあるかどうかを検討する作業そのものを、地道であっても惹きつけてやまない探索の紆余曲折にしたてることで、英国ミステリと幽霊を見事に両立させたのでした。

以上をふまえると、幽霊をめぐる謎を扱うにあたって、本作『空の幻像』の作者もまたリアリティの構築に意をそそいでいることがわかります。幽霊の出没について、事前にポリーの五感をとおして読者自身に体験させた点が工夫のひとつですし、問題の幽霊である〝小さなリジー〟の伝承にかんしても、関係者の聴取をつうじて事情がたどりなおされるにつれ、昔話というより歴史のひと齣《こま》へと変わっていくのです。こうしたつみかさねのおかげで、超自然的な事象に明瞭な輪郭がそなわり、七〇年代前後からの英国ミステリの流れにあっても違和感のないたたずまいを獲得したのでしょう。

作者の工夫と創意はプロットの組み立てにも発揮されています。シリーズの特徴のひとつが複数の視点人物による語りにあることは、既刊の解説者が指摘しているとおりですが、本作ではこれを活かして、幽霊の謎のさまざまな側面が同時並行的に探求されていきます。あるところでは〝リジー〟の来歴が調査され、別のところでは被害者のエレノアが現代の幽霊についてどんな取材をしていたのかが尋ねられる。そうして、それぞれの幹が太くなったり、枝わかれしたり、思いがけない葉を茂らせたりする過程を巧みに采配して、全体像がひろがり、あるいは収斂《しゅうれん》していくさまを読ませる作者の手腕は、実に見事です。

謎の発展ということでいえば、言及しておきたい美点がまだまだあります。ただし、本作を未読のかたにはいらぬ予備知識ですから、**このさきは読了されたかたのみを対象に書かせてい**

ただきます。どうかご諒承ください。

さて、本作で感心させられるのは、〝小さなリジー〟と、ポリーの見た幽霊とがきっちり腑《ふ》分けされている点です。リアリティのためには、そこに出る謂れと、実際に出た幽霊の手ごたえが双方ほしい。ですが捜査の対象にしようというときに、最初からいっしょくたにするのはどうでしょう。いったん別々に検討し、等号で結べるかどうかの判断はあとまわしにするのが理性的な態度であり、英国人のリアリズムにかなう姿勢だと思います。

難しいことはさておいても、たとえばポリーの目撃情報を検討すれば、あれは幽霊などではなく現《うつ》し身の少女なのではないかという考えは、多くの読者の心に浮かぶでしょう。解説子の場合もそうでした。それでミステリの楽しみが薄れたかといえば話は逆で、あてはまる外見の女の子がどこかで出てくるだろうと予想をしていたら、16章末で、それくらいの年頃の少女は近辺にいないことを土地の人間から教えられる場面に出くわし、むやみに嬉しくなったのを憶えています。幽霊の謎が、いるはずなのに存在しない少女の謎へと鮮やかにシフトしたのですから。ここを境にというのは言いすぎですが、いかにして、その少女の存在を確定するか、身元をあぶりだすかが焦点になっていくのだろうと感じました。舞台のアンスト島は、閉じたコミュニティを形成していて住人はすべて顔見知りに近い。ではなぜ、あの少女がここに立てたのか、そこには現実的な経緯があるはずで、究明の意欲をかきたてられ、思わず膝をのりだしたのでした。

本作にはほかにも、謎がころがっていく過程にたくさんの巧妙な変遷がしかけられていて、ほんとうに油断ができません。とくに終盤、ビリヤードで玉を突いたように、ことがいっせいに動きだしてからは、着地点が容易に見きわめられず、スリリングなことこのうえない読み心地です。けれん味の豊かさでは本シリーズでも指折りの一編でしょう。

もっともそのさきには、真相という名のうつろな悲しみが、コミュニケーションの不全というには、あまりに空虚なすれ違いのかたちが、ひっそりと待っているのですが……それを生んだ事情についてては、多くのことばを費やすか、ことばをひかえて悼むかのいずれかしかないような気がします。解説子は、里帰り結婚式の宴がはてたあと薄明の時間がやってきたのと似ているかも、とだけ書いて店じまいを始めるとしましょう。

最後に、シリーズのつぎの長編についてふれておきます。第七作は*Cold Earth*という題で二〇一六年に刊行されました。どうやら、地滑りで流された家の残骸から身元のわからない異国風の女性の遺体が発見されるのが発端となるようです。第五作以降、水(water)、空気(air)ときて、こんどは地(earth)ですから、ギリシア哲学において万物の根源をなす四つの元素を題名に採った、第二の四部作が構想されているのやもしれません。だとするなら、つぎは火(fire)ということになります。当たっているかどうかはともかく、翻訳紹介が継続されることを心から願いたいと思います。

(二〇一八・四・一二)

検印
廃止

訳者紹介　1962年東京都生まれ。慶應大学経済学部卒。英米文学翻訳家。主な訳書にクリーヴス「大鴉の啼く冬」「白夜に惑う夏」、ケリー「水時計」、サンソム「蔵書まるごと消失事件」、マン「フランクを始末するには」などがある。

空《そら》の幻像

2018年5月31日　初版

著　者　アン・クリーヴス

訳　者　玉《たま》　木《き》　　亨《とおる》

発行所　(株)　東京創元社
代表者　長谷川晋一

162-0814/東京都新宿区新小川町1-5
電　話　03・3268・8231-営業部
03・3268・8204-編集部
URL　http://www.tsogen.co.jp
暁印刷・本間製本

ISBN978-4-488-24510-8　C0197